全新版官方小说

上册

仙剑奇侠传

软星科技 ○ 原著
槿华 ○ 执笔

中信出版集团 | 北京

图书在版编目（CIP）数据

仙剑奇侠传.二/软星科技原著；槿华执笔.--北京：中信出版社，2024.6（2024.8重印）
ISBN 978-7-5217-5101-7

Ⅰ.①仙… Ⅱ.①软… ②槿… Ⅲ.①长篇小说－中国－当代 Ⅳ.① I247.5

中国版本图书馆 CIP 数据核字 (2022) 第 250937 号

仙剑奇侠传二

原著： 软星科技
执笔： 槿华
出版发行： 中信出版集团股份有限公司
（北京市朝阳区东三环北路27号嘉铭中心　邮编　100020）
承印者： 河北鹏润印刷有限公司

开本：787mm×1092mm 1/16　　印张：41　　字数：570千字
版次：2024年6月第1版　　印次：2024年8月第2次印刷
书号：ISBN 978-7-5217-5101-7
定价：88.00元

版权所有·侵权必究
如有印刷、装订问题，本公司负责调换。
服务热线：400-600-8099
投稿邮箱：author@citicpub.com

序言

从 1995 年《仙剑奇侠传》第一部面世开始，已历 28 年寒暑，算算也有 9 部单机游戏作品面世了。我如同面对自己的孩子一样，看着它们慢慢地成长，历经不同的冒险，最终成为一个个口口相传的传奇。但是在游戏中，有太多的留白，受"游戏"这个载体的限制，有太多没能细细道尽的背后细节。我想，小说恰好是一个可以圆满这一切的渠道。它可以用另一种方式将游戏里的故事完善并创新地展现出来，故此，"仙剑"陆续出版了相关的小说作品。

这是《仙剑奇侠传二》的首次小说化，是一部经无数次修改打磨后如约而至的诚意之作。

回想《仙剑奇侠传二》的研发时光，已是二十余年前的事，却依旧令我们难以忘怀。"仙剑"初代在市场上成绩斐然，是年轻的我们未曾预料到的结果，而"仙剑二"作为仙剑系列的第二部作品，有继承前作的使命，同时也要讲述好一个新的故事。备受期待的我们，研发压力也随之增大，讲什么？怎样讲？这将是令"仙剑"系列延续下去的重要一环。当时大家夜以继日，都迫切希望自己对"仙剑"的那份理解能够传达给玩家，但介于种种原因，这部作品最终还是留下了不少遗憾。对这个作品的评价和争议，我们都欣然接受，毕竟这是整个"仙剑"系列成长中必不可少的一个阶段。就像这个故事的主题"宽恕"那样，如今我们怀着一种放下与释怀的心态去看待它们。而这一次的小说创作，作者与团队反复打磨，在游戏原著的基础上进行了优化补充，故事情节更加跌宕起伏，人物形象也更加跃然纸上。

小说选择以苏媚的视角切入，这个身世悲苦的女主将会让读者更加理解她那份心境，更为怜惜她所遭遇的一切。而这样的设计，也与初代是另一种风格与角度的衔接。小说文字将不受限于游戏研发技术、玩法的限制，《仙剑奇侠传》系列一直以其地道的国风古韵为大众所熟知，我也希望这份源于中华文化的意蕴，可以通过作者的文辞再造那个世界中的一砖一瓦、一花一草、一情一人，让这个游戏的玩家和初次接触小说的读者都能身临其境，得到与在电脑平台畅玩游戏一样的快感与趣味。

这次小说改编中不乏精彩片段的描写，例如小虎与苏媚在天师陵寝与虎煞博弈的片段。其中对天师陵寝更庞大、细节更丰沛的场景描述，已经脱离一般对游戏"迷宫"的理解，它就像一个真实存在的地方一样；而苏媚与小虎在矛盾中萌生的纠结情感和心理自述，相信也会让读者们为之动容，成为另外一段经典的回忆。小说里，最终反派有了更完整的人物背景，以及对其更深入的动机剖析。游戏中未曾开口说话的虎煞，在本书里也化身为一个更加有趣的角色，不少打趣的桥段都是它来撑起，让人忍俊不禁。

感谢各位少侠长久的陪伴和支持，仙剑系列的延续离不开每一位粉丝的热爱，愿你打开这本书，便能回到少年时和小虎并肩前行的温暖光景，重拾曾经纯粹的快乐。感谢槿华老师执笔，本书虽然在讲述一个过去的故事，但又可以算作全新的历险，让大家可以放下那些对迷宫机关的担忧，对 Boss、怪物战力的恐惧，全身心沉浸在这个故事中，感受个中悲喜。

姚壮宪

2023 年 3 月 1 日

蜀山，纵观千岩竞秀，可赏云霓明灭。犹如九州青云梯般存在的它承载着一座令世间妖邪闻风丧胆的塔，此塔乃无数高僧耗时二十载，遍寻天下金刚白玉石，以七星盘龙柱为基造就而成。塔内符咒加持，塔外层层封印，锁尽天下妖魔，守护盛世人间。

此为锁妖塔。

然，蜀山派前掌门犯下大错，将落难的女娲后人误认为蛇妖，打入锁妖塔，引发一连串动荡，塔崩，万千妖魔尽出，六界大乱！蜀山周遭一度沦为人间地狱，赤地千里。

从锁妖塔里逃走的妖魔中，最被各仙门忌惮的是异魔教掌旗使孔璘。十年前的异魔教之乱，各大仙门付出巨大代价，才将其首混天魔尊的真身封印在五华山下。孔璘是混天魔尊最得力的左右手，忠心耿耿，曾誓言不惜一切代价复活魔尊。

传说，魔尊被封印前将元神一分为三，注入三个魔器由孔璘带走，以留下将来元神重聚复活的机会。孔璘被蜀山抓捕后，无论蜀山如何折磨，多年来他始终未交代三魔器的下落。

锁妖塔废墟中并未找到孔璘的尸首，消息传出，各仙门如临大敌。

……

转眼，已是八年之后。

五华山未见异动，孔璘和三魔器也未曾出现，各仙门逐渐松了口气。

世人不由纷纷感叹，孔璘自诩对魔尊的忠心也不过尔尔。

终归妖邪之辈，何来恩义一说？

又或许他在锁妖塔中早已撑不住，成为化妖池中的一摊血水。

第一章 妖出盛世

"我是红毛小狐狸,
眼睛弯弯笑眯眯。
不做好事不偷鸡,
只要世间三魔器。"
……

苏媚就是歌谣里那只小狐狸。

乱世之后,是久违的盛平。此刻,山色空蒙,水光潋滟,苏媚拨开脚边的一层云雾,露出余杭的十里长街。街上层台累榭,间阎扑地,一片欣欣向荣的景象,全然不似他们妖族,要隔着好几个山头才能遇到一个洞府,府中兴许还因久不住人而结满蛛网。

之所以冷清寥落成这个样子,全因当年锁妖塔的坍塌。

本来锁妖塔坍塌,妖魔两族普天同庆,奈何乱世出英杰。

锁妖塔初坍塌那几年,人为砧板鱼肉,妖魔横行无忌。然妖魔两道尚未猖獗几时,凭空杀出一个得道高僧千叶禅师和一位清柔师太,千叶禅师广纳门徒,成立大慈悲明宗,清柔师太则在峨眉山成立仙霞派,与后来李逍遥接手的蜀山鼎足而立。三人携本门弟子四处传道布施、救人救灾,短短八年,就归还了万千生灵一个河清海晏的人界。

不过,说这前两位云行雨施,乃救世英雄,苏媚无可非议,但要说李逍遥是人中豪杰，她却嗤之以鼻。在她看来，此人不仅不该受人敬仰，而且该堕入畜生之道，受尽轮回之苦。

"让你帮我找男人，你居然在这里抠脚丫子？"苏媚适才愤慨完这苍生大道，一个女子声音便响彻在这仙雾缭绕的云端。

简直穿云裂石。

身后这位美若天仙，言谈举止雷厉风行却无人垂爱，每天都对男人如饥似渴，却又宅在深山不敢出林的大龄妖女，便是苏媚来到余杭之后结识的第一个本家——画妖巫柔，也是唯一一个没有内丹精元也可存活的妖。

"你们狐妖不都善于魅惑男人吗？"巫柔一脸谄媚地凑过来，贼兮兮道，"你要是帮我骗个男人，我生个孩子跟你姓，怎么样？"

苏媚冷不丁地瞅了她一眼："……"

诚然，巫柔所言不错，苏媚的确善魅惑之术，她父亲是蛇，母亲为狐，两者皆修魅术，因此苏媚的魅惑之力有得天独厚之优势。此术可蒙蔽凡人心智，但有一弊端，术法顶多支撑三刻钟，而巫柔憧憬的是长相厮守的刻骨情缘，纵使苏媚的魅惑之术冠绝妖界，也爱莫能助。

"情爱之事得看缘，缘分到了，自然就遇上了。"人族的话本子中都是这么说的。

巫柔却气急败坏地直掐大腿："我这不是遇不到嘛！"

苏媚揶揄道："你终日藏于那方寸之地，遇到的也都是孤魂野鬼！"

"那我怎么办？"巫柔还一副理直气壮的样子。

苏媚眼珠转了转，忽然指了指云雾下纷华靡丽的街巷，挑眉："去不去？"

"不去！"巫柔一口拒绝，"听说余杭来了位捕快，我才不去送死。"

苏媚无语："捕快捉贼，又不捉妖。"

"你有所不知！"巫柔谨慎且憎恶道，"这个捕快，人妖通吃！"

巫柔说的这个捕快，是个疾恶如仇的少年英雄。

少年名叫王寅虎，自幼拜在三大神捕之一的"神眼魔刀"盛尊武门下，并习得魔刀刀法，功力之高深，同龄中无人能及，缜密的逻辑、敏捷的思维，更是令同行望尘莫及。他初来余杭，就以一己之力连破数桩棘手案件，更是孤身一人，便将这四周作恶多端的妖怪尽除，令无数歹徒妖邪闻风丧胆。

传言如是，然苏媚听后只是云淡风轻地感叹一句："那他一定很孤独。"

巫柔一愣，不明所以："啥？"

苏媚撑着下颌草草分析："不然为何总是孤身一人？"

巫柔无言，这是重点吗？

不过这都与苏媚无关。苏媚从灰不溜丢的云上站起身来，一边伸手掐出术法，一边打趣道："一个英雄竟然叫王寅虎，大概也就是妄自尊大的武夫，吹嘘得厉害——我有要事在身，就不奉陪了。"

见她要走，巫柔的眉宇立刻阴沉下来："你有什么事？又搪塞我！"

苏媚还真有顶天的要事——余杭天师陵寝的五劫辟魔锥。

晚秋时节，天气初肃，街上行人络绎不绝，马车辚辚而行。路边小摊的商贩神采奕奕的吆喝声、卖艺的精彩演绎将满街吵得沸沸扬扬，作坊、当铺、脚店……市列珠玑，户盈罗绮，映衬着这泱泱盛世的富庶与安宁。

苏媚却与这热闹格格不入。萧瑟城门处，她一袭红衣斗笠，纤细玉手一直紧握蜻蜓断玉刺，但凡有人近身五步内，她便轻巧避之，避不开，就以魅术控之。

余杭街上连袂成帷，比肩继踵，唯有她，在一片熙攘中形单影只，游刃前行。

"那人好生奇怪。"此刻，闹城街边一个小面馆正坐着一名男子，一身直裾长袍，目若朗星，单手托着汤碗，目光却一直紧随着那红衣女子。

女子外表不过二十岁的模样，双眸却冷肃得骇人，时而警惕着四周，时而直视前方攒动的行人，而周遭之人皆绕道而行，仿佛在她五步开外，有一层不可跨越的强大势力，与市井之气针锋相对。

"是奇怪。"这时，另一个身穿玄色金纹衣袍，胸膛绣着"捕"字的男子也开口了。

"是吗？"见他同感而发，玄衣男子便握起桌边搁置的魔刀，神色紧绷，"连你都觉得奇怪，那就得去会会了。"

"是得会会。"那人点头，打量着苏媚：她身姿纤纤，裙纱飒飒，翕动的双唇如染猩红，狭长的眼眸妩媚生风，实在是人间绝色。男子嘬了一口碗里的阳春面，幽幽长叹："毕竟这余杭很久没有见过这般貌美的女子了。"

"……"正提刀而去之人足下一个趔趄。

街上熙来攘往，门庭若市。苏媚小心谨慎地前行，足以见得她已许久不曾涉足过人间繁城。她幽韵撩人、柔桡轻曼，实在招人眼目，以至于周遭视线如织，可在她眼里人人面目可憎。

她目不斜视，加快步伐，待穿过余杭便是天师陵寝。

近来江湖传言，失踪已久的五劫辟魔锥便藏于天师陵寝中，这也正是苏媚迫切前往的原因。

这时，苏媚忽察觉身后一股浓重的阳刚之气正朝她迅速靠近——来者气势沉稳，健步如飞，穿梭在人群中朝她奔来！

苏媚不由停驻，闭目凝神，以灵台妖识锁定方位。

很快，杂乱无章的步伐中，她找到那风驰电掣的身影。

是个男子，虎眼灼灼，身长七尺。

苏媚凝聚媚惑之术第六式，一招击之，隔空制敌，登时，磅礴袭来的阳刚之力戛然而止！

苏媚心中冷笑，区区凡人还妄想触碰她这堂堂狐妖？

凡人之中终归还是平庸无能者居多，武功高深又如何，在术法面前不堪一击。

睁开双眼，天色苍茫，而这一刻，苏媚阴柔的笑容却霎时僵滞于脸上。

面前少年与她不过两步之距，剑眉星目，风姿特秀，身负一把耀黑魔刀。

她竟然完全感受不到此人的存在。

苏媚下意识退开两步，与这不明男子拉开距离。男子看着她对自己如避虎狼的姿态，不由一笑："姑娘莫怕，我不是坏人。"

他是不是坏人苏媚不知道，反正是个人族就对了，而她生平最恨的就是人族。所以她并未理会，只是睨了他一眼，径直绕开。但哪承想，这男子却不依不饶地追了上来。苏媚登时厌从心生，天生的敏锐和自卫意识让她起了杀意。她余光轻瞥，当即排出掌法，要将此男子一掌击毙！

但匪夷所思的是，这一暗掌打过去，男子不仅毫发未伤，甚至毫无所觉，仍保持礼节唤道："请等一下！"

苏媚脚步促停，当即转身。几乎是一个错愕之间，疾步而来的男子与忽然转身的苏媚迎面撞上！

瞬间，四目相对，呼吸可闻，而苏媚身形镇定，瞳色微异，散着摄人心魂、令人沉沦的奇光。因这咫尺之距，男子心慌神乱，却未被苏媚术法所控，还下意识后撤一步，与之迅速拉开距离。

"你怎么忽然停下了？"适才的惊慌失措下，男子并未察觉任何异常，只是脸色微红，"没冒犯到姑娘吧？"

"你竟然……"苏媚欲言又止。

他竟然对她的媚惑之术毫无感觉！

从未有男子可在她幻术之下这般应付自如。为免身份暴露，苏媚只能咬牙切齿道："你跟着我做什么？"

男子从杭州一路到余杭，路上御鬼伏魔，斩邪无数，从未有妖邪之物能在魔刀的威慑下这般镇定自若。但这女子行为怪异，分明不是寻常人等，而魔刀却迟迟无所响动，若非妖，就只能是仙门中人了，若说哪个门派的女子对男子避之不及，他首先想到的便是男女之别戒律重、只有女弟子的仙霞派。男子揖手致歉后才道明来意："见姑娘气质不凡，可是仙霞派弟子？"

打听仙门中人,又可破媚惑之术,此人绝非等闲之辈!做出判断后,苏媚不再与之纠缠,提步便走。但男子却又追了上来,解释道:"在下没有恶意,只想跟姑娘打听一个人,她名唤七七,四年前拜师于仙霞派门下……"说到这里,又想到什么,补充道,"对了,忘了说,我叫王寅虎,与七七是……"

言到此处,苏媚总算停下,惊疑不定地瞅着他:"你就是王寅虎?"

王寅虎拧眉反问:"姑娘识得在下?"

苏媚打量着他,爽朗清举中是扑面而来的凛然正气,这就是巫柔口中那位同龄人无人能及、同行人望尘莫及的少年英雄王寅虎?

苏媚轻蔑地将之上下一扫:"名字真土。"

王寅虎:"?"

得知这人便是王寅虎,苏媚多少还是有些顾虑。她此番去天师陵寝取魔锥,最好速战速决,莫要出什么纰漏,而这个王寅虎瞧上去确实不太好应付。

不过既然幻术对他无用,不如……

苏媚计由心生,旋即纤手画出结印,下一刻,人群中便有人高喊:"捉贼!"

石破天惊的一声后,是一片鸡飞狗跳。

王寅虎当即回神,毓秀身姿纵起一跃,落足于混乱之地,殊不知,那贼人只是苏媚捏造的妖法。

若从王寅虎可抵幻术这一点来看,他着实定力惊人,非寻常之辈,可他连她是人是妖都分辨不清,也能令无数妖邪闻风丧胆?

呵,传闻终归只是传闻。

留下身后的满街喧哗,苏媚唇携无尽冷笑,转身悄无声息地退场。

余杭城外,一座青砖沉木搭建的茶肆内,年过半百的老先生正襟危坐于红椅之上,将二十九年前一桩蜀山弟子和魔尊之女的不伦之恋讲得精妙绝伦。而另一端的孤静角落中,几个歇脚的江湖男子正在津津乐道着近来盛事。

"……如今世道总算是太平了些，当年妖族祸乱人间，全靠千叶大师普度众生，这才得以换来如今的盛世，这般正义之举，当记载入史，供后世传颂才是。"

其余人举杯一饮而尽，附和道："这千叶大师可真是造福四方的得道高僧，以一己之力除尽半数妖邪不说，还设下锁龙阵擒获四方孽龙。听说这孽龙的龙角下酒可以治百病。"

另一个不屑道："呵，龙角算什么！听说那三魔器才是真正厉害之物。"说着又心虚地环顾一下四周，才压低声量道，"听说这魔锥就在天师陵寝里，就是不知道这陵墓之中有什么厉鬼邪神……"

众人一听这话，不约而同地一阵感慨，面面相觑，都不敢继续这个话题。

"不过话说回来，前些时候的诛妖阵诸位可看了？"片刻，一个有眼力见儿的立刻岔开了话题。

一听这话，众人神色变得微妙起来："阁下说的是九月九日，蜀山掌门人在重阳台施法除妖一事？"

"没错，那妖暴戾恣睢，食人精血，手段残忍至极，千刀万剐也不足惜！"

"可恨不能亲眼见证他们被挫骨扬灰的场面，想必十分壮观？"

"自然！"那人拍案叫绝，"李大侠焚杀群妖之时，我特意前去瞻望，那凄厉的惨叫听着就大快人心！"

群情激昂，一字一句，全是义愤填膺。

这时，一个满脸稚气的男孩挥着木剑激动道："长大后我也要像李掌门一样，征山倒海、斩杀妖邪，做一个扬名立万的大侠！"

男子摸了摸男孩的头，调侃道："你连是人是妖都分不清，还斩妖除魔？"

"谁说的？"男孩不甘示弱，"蜀山有锁妖塔，我们余杭有天师陵！这是人是妖，只要拉进天师陵遛一遛不就知道了吗？"

调侃之言，于十尺开外的苏媚而言，不啻惊雷。

她偏过头来，红色帷帽下，一双瞳色微异的眸子散着幽冷的光，适才骂妖骂得最起劲的男子忽然起身朝她走去。

一步一步，僵硬麻木。

桌边那几位男子也只是半吊子的剑客，见状丝毫未察觉异样，甚至打量了一番苏媚的美貌，不禁笑这男子色心不小，见到美女就毫不犹豫地扑过去了云云。

苏媚厌人，不喜靠近，令男子在一步外停下后，方才启齿："天师陵寝为何可辨妖邪？"

男子双目空洞，一字一顿地答了十个字："妖邪入此陵，从无生者归。"

苏媚稍滞。

适才茶肆中的话一字不漏地落入她耳里，李逍遥以他们妖族的血肉之躯累积一世英名，他的残暴不仁是凡人眼中的丰功伟绩。而她这半生，虽为修炼术法全力以赴，但单枪匹马面对一代宗师李逍遥……她也知道这是不自量力。

她想杀他报仇，唯今之计，只能借三魔器的力量，而三魔器之一的五劫辟魔锥就在天师陵寝墓。

只有这一条路可走。

妖邪入此陵，从无生者归。

既踏上这条路，她早该置生死于度外。

山路崎岖迂回，几乎全是悬崖峭壁，绝非普通人类可以攀登。山脚随处可见的累累白骨，腐化得已经瞧不出是人是兽还是妖，只是大概能猜到这里应该发生过不少争斗。

苏媚大概能猜到是为何而斗。

五劫辟魔锥是世人垂涎的法器，它有魔尊三分之一的力量，虽可收服各路妖魔，但隐含邪气，错用者自身极易被其力量反噬，故被天师秘密镇蔽于陵寝之中。苏媚在异魔教时，无意间从掌旗使孔璘口中得知此事，不过孔璘既然能查出天师封陵的真相，这江湖自然也有其他高人知晓。这些年，多多少少传出了一点有关五劫辟魔锥的风声，毕竟这世道，觊觎此物的妖邪数不胜数。

为捕风捉影之事，而不惜头破血流，以身赴死。

如她一样。

林子较深，参天大树拔地起，遮云蔽日。苏媚见周遭无人，直接捏诀而上，如同一道光矢，直奔云中山巅。

目之所及，重峦叠嶂；披云俯瞰，即是苍生。

云雾探入鼻息，幽凉入体，山顶之上的空气出奇的清冷纯净，竟让人心旷神怡。尽管如此，苏媚一直起伏不定的心却并没有因此平静放松下来，而是拿出腰间武器进入戒备状态。

光秃秃的断壁之上是一道紧闭的石门，石门两边是庄严的神兽石像。设有阵法，却不是什么厉害的阵法，拦拦手无缚鸡之力的凡人或一些灵力低微的妖倒是不在话下，不过于苏媚而言，破开它不过是动动手指的事。

陵墓之中，有幽蓝微光，苏媚一步进去，瞬间，身后大门轰然紧闭！

回头，陵墓之中阴沉幽闭，鬼影重重。无数怨灵沉浮飘荡，朝她龇牙咧嘴，露出饥肠辘辘的嘴脸，这一切与外面的宁静和谐截然相反。

招魂阵！

苏媚紧握武器，双眉立起，蓄势待发。

招魂阵招的全是厉鬼邪神，毋庸置疑，这是一场生死难料的战斗。

与此同时，繁华的余杭西城。王寅虎背着一柄魔刀，凛然立于一小商贩面前，正向贩鞋的阿婆描述着什么。阿婆听后，一脸茫然地沉思："这红衣姑娘进进出出的倒是见了不少，实在不知侠士所指是谁？"

"就是那个眉长眼大、身段婀娜、肤白貌美的！"叶良凑过来一股脑儿地补充完后，赖皮地挂在王寅虎肩上，笑得不怀好意，"是极其貌美哦！"

王寅虎被他戏谑的样子弄得心生不适，但阿婆听后却只是乐呵呵一笑："我这老眼昏花，十步之外不辨雌雄，貌不貌美，我倒是不知道。"

二人叹气。

余杭近来太平，鲜有贼人妖物作祟，闲了几日的王寅虎今儿个倒是碰巧抓住一个妖贼。那妖灵力薄弱，三招两式就败下阵来，奇怪的是，彪形男妖在王寅虎拳掌下瞬间化作一缕细烟，随风而逝，行人大惊失色，登时一哄而散，满街人仰马翻，乱作一团。

除掉这来历不明的妖贼只是一个错愣的工夫，但安抚村民倒是花了不少时间。

是以待王寅虎将这一混乱处理完毕，红衣女子早已杳无踪迹。

"你不是都说了她不是妖了吗，还找她做甚？"叶良不免好奇。

王寅虎虽来这余杭不久，但因其是三大神捕之一的"神眼魔刀"盛尊武门下的首席弟子，这些年又在杭州城屡立奇功，同行之人早有耳闻。此番来到余杭，二人就因为几桩案件立刻熟识。

而这段时日，无论多棘手的案件，王寅虎一直从容镇定、应对自如，倒是鲜少有这般神情。

此女子与他非亲非故，又非妖非贼，他为何还如此穷追不舍？

"你不会是瞧上人姑娘了吧？"叶良实在想不到第二个理由了。

闻言，王寅虎剑眉微凝，不太赞同地看向他："她似乎是仙门中人，许是仙霞派弟子……我不过是想向她打听一个人罢了。"

"王兄竟还识得仙霞派弟子？"惊愕之余，叶良若有所思，"上次诛妖阵我见过仙霞派的弟子，那真是个个沉鱼落雁，闭月羞花，亭亭玉立，落落大方。但是今天这位嘛，美则美矣，却更像是个野丫头，哪里像仙门弟子了？"

王寅虎只是笑他无知，失笑摇头道："她腰配武器，同仙霞派弟子常用的峨眉刺有些形似。"

"哦！"叶良恍然大悟，又啧啧称叹，"今日这女子倘若真是仙霞派弟子，必然是仙霞派顶顶厉害的人物，走路都比其他女弟子嚣张得多。"

"……"王寅虎对此话题及时打住，转而问道，"我让你盯着她，你做什么去了？"

言及此，叶良扶额沉思片刻，面色茫然道："不知。"

他是真不知道。

当时两人吃面时商量，叶良从后面突袭，王寅虎从正前方锁敌，两面夹击，那女子若是妖，必定无处遁形。但不承想，就在叶良准备直击而去之时，忽然一步踏空，神识涣散，四周虚幻，如坠梦境。待梦醒时，他立于街头，却什么都不记得了。

"让你办差的时候不要喝酒！"王寅虎抄手恨声前行。

叶良实在倍感冤枉，追上去力争辩解："这次我真没喝！"

"那总不能是那个小妖贼动的手吧？"叶良此人，最是不良，即便奉旨缉拿要犯，腰间都能佩上两壶酒，他说没喝酒，就跟二流子要去烧香一样，王寅虎自然不信。

叶良听得此言，脸色乍然不太好看了："你若是这样说，我倒宁愿承认自己喝酒了。"

王寅虎："……"

第二章 几度凉秋

"小虎哥!"

呛嘴间,身后一个清越的声音乍然响起。

王寅虎回头,足边是一个方及他腰的男孩,手里拿着两串冰糖葫芦,眼中纯真无邪,犹如一片圣洁之地。

王寅虎蹲下身去,耐着性子问:"怎么了?"

男孩举起冰糖葫芦往远山遥遥一指,一脸郑重其事:"我看到一个红衣女子朝天师陵寝去了!"

"天师陵寝?"

王寅虎瞬间眉头紧蹙。

天师陵寝,顾名思义,是曾经天师门掌门人仙逝之后的陵墓。

常言道墓地风水与后世运势息息相关,一不葬人居稠密之地,二不葬独立断山之地,三不葬急水争流之地,但是这个天师陵寝却与风水罗盘背道而驰。

它不仅独占断壁山头,甚至俯瞰余杭众生,四周飞湍瀑布直下,清澄如练,砰然万里,这个季节,丹枫迎秋,层林尽染,巍峨矗立的山峰,满是流金叠翠。

然,入此陵者,无一生还。

其中厉害,不言而喻。

即便那女子是仙门中人，也绝无可能全身而退。

此刻，苏媚身上已有多处创伤，但她依然神色凝肃，双眸如冰，就连烟罗纱的轻衫都在罡风中猎猎作响。

四周涌来的黑暗，犹如纸上洇染不开的浓墨，而身后穷凶极恶的厉鬼，肃杀之气逼得越来越近。

苏媚心下一急，立刻捏诀运转术法。

登时，一道银光乍裂，平地惊雷起，万千鬼魅在迸裂的惊雷中撕裂，而九死一生的苏媚单手支地，似已精疲力竭。

这招"狐御天雷"使出，她已使尽全力，再这么打下去，术法消耗太大，根本不可能支撑她走到最后一个关卡。可前虎后狼，进退两难，更棘手的是鬼魅还在不断被召唤。魅者，本就无形，不断散开又凝聚，循环往复，源源不断，苏媚只能以蜻蜓断玉刺制敌，以此保存法力。

苏媚适才稍稍缓了一口气，忽然，一个青面獠牙的恶鬼朝她迎面袭来，她一步后撤，旋步回身，险险避开，但另一个恶鬼却趁其不备，逮住机会死死咬住她已经伤痕累累的左手！

左手的蜻蜓断玉刺被打落在地，四周瘴气缭绕，铺天盖地的恶鬼露出凶残嘴脸，横冲直撞地猛扑过来！

下一刻，她这磨砺千遍后自以为足以战胜这些厉鬼的身躯即将成为他们的果腹之食。

其实她早该料到的，多年来，多少人对魔锥趋之若鹜，可从无生还者，而她竟不自量力，前来枉送性命……可她若是连魔锥都拿不到，又谈什么报仇？

只是没有想到，她竟然败得这样狼狈。

终究是输了吗？

苏媚万念俱灰，准备赴死。

忽然，那扇遥远的石门被一刀劈开！

黑暗绽开无数裂痕，顷刻间，一束光涌进来。

光的尽头站着一个男子，身躯凛凛，轮廓分明，手中一把黑铁锻造的魔刀，上面嗜血般鲜红的纹理和锋利的刀刃正泛着冷冷的光。

竟然是他？

灵力涣散失去意识前，苏媚记住了那个模糊的影子。

……

她是被阵阵捣衣声惊醒的。

"梆梆"几声入耳，苏媚猛然坐将起来，脸上冷汗涔涔，下意识便警觉地审视周遭处境。

这是一方斗室，食案香几、妆奁柜台、桌椅床凳陈列整齐，所有家具一应俱全。

窗外是晚秋的天，碧空如洗，亮如明镜，唯独她灵台惝恍迷离、混沌不清。

她努力回忆天师陵寝之事，却发现所有细枝末节似被抹得一干二净，残留在记忆中的只有那些嘈杂尖锐的厉鬼之音。

这时，门闩被人拨开，苏媚出于本能反应，瞬间收心凝神，去握腰间武器，却发现随身多年的蜻蜓断玉刺已不见踪影，她眼珠转动，欲捏诀遁身，却为时已晚……

陈旧的木质门被人推开，阳光破门而入。

一瞬间，沉没的记忆奔涌袭来。视野中逆光而立的轮廓并不陌生，是她失去意识前留在灵识中的身影，只是此番他手中握的不是那把浑厚的魔刀，而是青竹编织的精巧食盒。

"你醒了？"

见竹榻上的苏媚已经坐了起来，王寅虎将手中东西搁在食案上后，便从袖兜中拿出一瓶药递给仍警惕着的苏媚，顿了顿，转而礼貌地笑道："你不用怕，这朱果母莲专门治疗妖邪所伤，你在天师陵寝中伤得不轻，用了此药，约莫十天半个月就可痊愈……"

话还未完，只见苏媚裸露在外的伤竟在肉眼可见的速度下飞速愈合。

王寅虎登时卡了壳般，盯着那凝脂般的肌肤，愣了好半响才讪讪笑道："姑娘不愧是修仙之人。"

她戒备着，神色冷冰冰地看着王寅虎："这是哪里？"

"盛渔村。"王寅虎答完，起身去将食盒中的饭菜端了出来，动作如他口吻一般温柔，"你在天师陵寝中重伤昏迷，我便将你带了出来。之前我们在街上有过一面之缘，当时瞧你似乎不喜与人触碰，所以将你带到此处。这里远离市井，不会有人打扰。"

"你救我出来？"苏媚冷笑。纵使王寅虎如传言般，是个功力浑厚、超群绝伦之人，但终归也只是凡人之躯，天师陵寝中的幻术变幻莫测，他这一进一出，能保全性命已是惊人之举，绝不可能毫发无损。"你是如何出来的？"

王寅虎仔细看着手中的杯盘碟碗，不以为意道："自然是用脚走出来的。"

"……"

苏媚不信。当时情况万分紧急，穷凶极恶的厉鬼被阵法召唤，机关阵法又一环扣着一环，莫说是她，即便是人界的宗师或妖界的天妖皇与之一战，鹿死谁手都尚不能定，王寅虎竟可以一己之力携她全身而退？

简直匪夷所思。

"姑娘如此年纪，没想到术法这般高深。"王寅虎无端冒出一句话，苏媚奇怪地审视着他，不明其意。

他看着她，竟笑了一下："传闻天师陵寝险象环生，里面的厉鬼邪神凶残无比，历来多少高人丧命于此，有去无回，但姑娘竟能将之尽数清剿，着实惊人。"

"什么？"那些鬼东西难道不是败在他手？

王寅虎凝思，略略回忆了一下："我去的时候，天师陵寝一切安然，唯独见姑娘身负重伤，昏倒在地，若非姑娘，还能有别人？"

"所以……"苏媚迟疑，"你什么都没有看见？"

他不解，挑眉："嗯？"

后知后觉地忆起街上那一幕，苏媚登时恍然大悟！

王寅虎或许不仅仅只抵她的媚惑之术，甚至可抵世间一切幻术，万物讲究相生相克，而王寅虎克制术法的存在，指不定就是此阵法的相克之道。天师陵寝固然是个虎穴龙潭，但说穿了，即便机关玄妙，但皆始于幻术，万变不离其宗罢了。

所以哪里是她将鬼魅清剿，明显是王寅虎的出现，使得幻术自动瓦解。

可他似乎毫不知情，如果取得他的信任并加以利用，取得五劫辟魔锥岂不是轻而易举？

此时饭菜已经备好，王寅虎不知她心中算计，只见她走神得厉害，唤了好些声才回过神起身就餐。王寅虎考虑到她带伤在身，又误以为她是修仙人士，特意只备了清粥素菜，奈何苏媚可是饿极之下可生吃野兔的狐妖，这些饭菜于她而言实在是食之无味。

"姑娘……"

她睨他一眼，打断他："我叫苏媚。"

"苏媚？"他喃喃唤了一声，饶有兴致地笑了笑，"名字不错。"

苏媚冷哼一声，调侃道："跟你的比起来，是要好听点。"

王寅虎不由一噎，她似乎对他名字存有敌意？

饭后不久，一个快马加鞭赶来的小捕头气喘吁吁地叫走了王寅虎，说是近来恶贯满盈的盗贼的踪迹有了些许眉目，请他帮忙擒拿。王寅虎自是义不容辞，提刀便去，临行前与苏媚嘱咐了一两句，无非是些嘘寒问暖的关切之语，在苏媚看来都是无关痛痒的废话。

但苏媚耐着性子，温婉应之——这个人，她要好好利用。

诚如王寅虎所言，盛渔村极为清静。苏媚凝神打坐，运转周身灵力，待疗养完伤势后，外面暮色沉沉，天光暗淡，已是酉时。

苏媚起身出去，倚在长廊上，看着晚霞渐收，感受湖面清风，心境似乎许多年不曾这样宁静过。

不多时，河岸边来了几个小孩，他们不惧秋风的寒冽，卷起裤脚玩泥巴，嬉戏一团。苏媚瞧着有趣，正好整以暇地观望时，就听见他们家里人大老远地开始呵斥，然后操起又长又粗的木棍气冲冲地追打过来，几个小孩吓得一哄而散，提着鞋子漫山遍野地跑。

苏媚以前也喜欢背着父母偷玩。

九年前,享有"地上天宫"美誉的苏州就同云下余杭一般,仿佛一座蜃楼山市,立于云山之间。隐约记得那时,一到夜晚,苏州华灯璀璨,流光溢彩,城中霓虹在云雾中晕染,悄无声息地渗透进幽暗无垠的深山。而那深山深处有一处生人勿进的隐龙窟,地势极其复杂险峻,毒蛇猛兽众多,周遭打猎的村民屡次被伤,久而久之,成为无人涉足的极恶之地。

苏媚就是在那样一个人迹罕至的极恶之地长大。

那年,尚未幻化成人的她还是只不谙世事的小赤狐,站在山崖间,凉风习习,也抵挡不住她看向人类城池时眼底萌生的盎然春意。

"阿娘,那是什么?"那比萤火虫还要明亮的东西,让她好奇极了。

身侧,她的阿娘杳杳回应了一声:"灯火。"

她憧憬道:"好温暖,我想去。"

阿娘却是付之一笑:"灯火温暖,人心叵测,可灯火之处必有人烟。"

"人?"她笑了笑,双眸坚定,"阿娘,我修成人形之后就可以学习媚惑之术,就不怕人了,到那时我是不是就可以去了?"

她阿娘轻笑:"傻丫头,魅惑之术再高深莫测,也抵不过人的阴险狡诈。"

人心……

如果可以,苏媚这一辈子也不愿再了解人心。

她第一次见到阿娘口中的人,是在隐龙窟外面。那是一个身材魁梧、肤如古铜的男人。看上去顶天立地、身强力壮,却被一只连五识都未开的毒蝎所咬,最后身中剧毒,性命垂危,只能等死。

那就是让山中精怪退避三舍的凡人?也不过如此,不曾涉世的苏媚这样想。

瞅他苍白挣扎,苏媚现身施法相救,甚至送他归去。

十步之外,是人间袅袅炊烟,是她憧憬的灯火。可阿娘的嘱咐无时无刻不在撕咬着她那颗蠢蠢欲动的心。终究,她还是转头回到自己熟悉的深山之中。

此事很快被父母知晓，父亲勃然大怒，厉声怒斥她会招来横祸，可苏媚却觉得父亲草木皆兵，杞人忧天。

区区凡人，连毒蝎都可取其性命，能奈她何？

然，不久后，苏媚就知道自己错了。

大错特错。

那一日，大雪初霁，春寒料峭，山涧流水潺潺，天际青云出岫，枝头松鼠嬉戏，妖灵眠云卧石……山中，一如既往的平淡，可也就是这样稀松平淡的一天，一道剑光横天而降，将这维持数百年的祥和与宁静斩得稀碎。

"人心险恶"这四个字，在过去数百年间，无论阿娘与她叮嘱多少遍，她总是无所用心，充耳不闻，终于，上苍以双亲为代价，让她一次便刻骨铭心。

李逍遥手起剑落，漾开的鲜血，融进满地沉沙。

世人之心，果真，凉薄无情。

苏媚厌恶人，特别是男人，尤其是像李逍遥那种看上去就一身凛然正气的男人。

宵小之辈固然可耻，但他们从不隐藏邪恶与贪妄，而这种人，总喜披着正义的外衣，做尽狡猾万端之事，说尽冠冕堂皇之话，做蒙蔽世人的伪善君子，苏媚最是厌恶。

"苏媚。"低沉的男人声音猛然将她飘远的思绪拽回这沉静的村落。苏媚偏头看向风尘仆仆的王寅虎，他依旧负着重刀，左臂却缠着纱布，面容有些许憔悴，手里提着热食，仍笑得云淡风轻，"还没吃晚饭吧？"

苏媚未答，而是拧眉问道："你受伤了？"

"不碍事。"他一笑置之，又转而道，"还以为你走了。"

苏媚仍不答反问："你功夫不错，什么贼能伤你？"

他顿了顿，犹豫了一下，才道："想必你也听过，异魔教的啸狼？"

苏媚自然听过，啸狼是孔璘的心腹，长得五大三粗、憨头憨脑，仗着孔璘撑腰，这些年没少作恶多端，干些丧尽天良之事。

近来余杭有不少女子遇害，王寅虎一直追查此事，恰在今日，叶良巡逻时听到巷子中有女子呼救，便拔刀冲了过去，哪知堪堪撞见啸狼的暴行。

啸狼如此横行无忌，还能成为孔璘的"一把手"，其道行绝对不浅。即便是身经百战的叶良，也不过两刻就败下阵来，他们这才迫不得已，百里加急地派人来寻王寅虎。

王寅虎幼时就在啸狼手里吃过亏，今朝也算是新仇旧怨一起报，怎料千钧一发之时，久不出世的孔璘竟然现身了……

"孔璘来余杭了？"听到这里，苏媚豁然大惊。

大概是她表现太过激，以至于王寅虎稍稍一怔，正要问什么，苏媚心虚似的，赶紧转移话题："不过你幼时在啸狼手中吃过亏是什么意思？"

话题转得猝不及防。

"陈年往事了。"他低眉一笑，似乎不愿提及，但抬眉看向苏媚时，反而犹豫了一下，忽然又说了起来，"这还得从四年前认识的一个朋友说起。"

四年前，阳春三月的杭州，青烟细雨，柳暗花明，待暮色掩去时，林下一片斑驳。

他第一次见到那位朋友，便是在那纵横交错的斑驳光影之中。

那人一袭缟白素衣，跪在坟头，回眸望向他时，杏眼柳眉，泪眼婆娑。

她叫七七。

十四岁时，七七亲手葬下相依为命的母亲后，一直寄住在她姨娘家。

她姨娘便是跟王寅虎同村的黄大娘，但黄大娘为人刻薄，总是对七七恶语相向，王寅虎多次出言阻止，一来二去，就跟七七结为好友。某次王寅虎陪七七去山上给故去的母亲上坟，竟遇上来办事的啸狼，啸狼对七七心生歹念，两人拼死反抗。若非清柔师太和千叶禅师恰巧路过，如今，大概也没有王寅虎此人的存在了。

啸狼被千叶禅师带回去以佛法感化，收归于正道，但其为何逃脱却不得而知，而清柔师太见七七骨骼清奇，又生得亭亭玉立，有意将之收为弟子。

仙霞派是名门正派，山门条规严谨，每年层层选拔后也才招收一两个弟子，多数为拜入仙霞派而勤加苦练的女子都不能如愿以偿，七七此番也算因祸得福。

临别之时，王寅虎将随身携带多年的双鲤玉佩的一半赠予七七，两人定下三年之约，可转眼已是第四年，而七七杳无音信。

仙霞派，也仿佛从未有过此人。

苏媚听后，只是草草掐指一算："人家十四岁就给定情信物了？"

王寅虎："……如我所料不错，苏媚你或许是仙霞派弟子？"王寅虎未答，只是客客气气地询问，"不知苏媚是否认识七七？"

苏媚若有所思地撑着脑袋端详着他，也很好奇："为什么你总觉得我是仙门中人？"

王寅虎迎上她的视线，诚然道："你法术高深，能控制周遭行人，又胆识过人，敢独闯天师陵寝，绝非普通女子。"

"在你看来，会法术、有胆识，便是仙门中人？"苏媚觉得他这个结论下得好笑。远山凝重，夜如寒潭，缱绻的烛影下，苏媚神色肃穆，认真地凝视着他，"你就没有想过，我会是妖？"

明明一袭红装热烈又明媚，可她眼中却清冷得犹如三九风雪，仿佛有一股让人沉陷之力。

王寅虎竟不由一呆。

"实不相瞒，委实怀疑过。"不消片刻，王寅虎便抽回神识，对苏媚浅浅一笑，"你灵力清澈，绝非妖孽。"

灵力清澈……

但这四个字对于苏媚而言，不是褒义。

妖居于洞中修炼，需得炼气、筑基、蜕凡，成就后天道体，凝炼金丹。可她无论如何，也炼不出属于自己的金丹。曾有涅槃九重的大妖说过，她灵力过于纯净，无法利用妖气凝结精元之体，纵使再勤加苦练一千年，也无济于事，只能寄希望于三魔器。

而孔璘沉寂多年，此番现身余杭必是为了五劫辟魔锥，如若五劫辟魔锥落入孔璘手中，复仇之事她便再无胜算。

苏媚必须尽快想办法获取王寅虎信任。

"很抱歉，我不是什么仙霞派弟子，也不认识七七，让你失望了。"纵使苏媚想将计就计隐瞒于他，但王寅虎是闻名遐迩的捕快，必然还是有些斤两，长期相处下来，他总是会旁敲侧击地问些什么，届时三言两语，她必定会有所暴露。

这个谎，好撒但不好圆。

"那你的蜻蜓断玉刺……"

王寅虎欲言又止。苏媚的蜻蜓断玉刺已经遗落在天师陵寝之中，这法器虽是她在异魔教捡来的，倒也十分得心应手，并肩作战多年，忽然丢失也难免惋惜，但见王寅虎区区凡人，竟能叫出它的名字，又十分疑惑，问道："那法器，很有名吗？"

"你不知道？"

苏媚摇头。

王寅虎想来，她即便不是仙霞派弟子，能得蜻蜓断玉刺，多半也与仙霞派颇有渊源，认真道："偶然在一本《兵籍》上瞧过，记载乃是仙霞派之物，你术法又如此厉害，可是仙霞派弟子？"

仙霞派之物？仙霞派乃是名门正派，其法器怎会落入异魔教？苏媚有些不解，但也没细想，只道："我跟仙霞派没什么干系，我原本是天师门派弟子，不过拜师不久，门派就没落了，后来我独自在山中长大，受过高人指点，仅此而已。"越是简单，越是少些破绽。

"难怪你会去天师陵寝……"王寅虎露出了然于心的神色，却又有些失落，他原本还以为可以在她身上找到七七的下落……但他又很快将这些情绪掩下去了，只是清浅一笑，悉心道，"难怪初见你时，就不喜与人靠近，想来是一个人在山中待久了。"顿了顿，又迟疑道，"那你在这余杭，还有亲友吗？"

苏媚神色微变，沉默半晌，才道："我父母早就死了，我也没有朋友。"

"啊？"她的音色陡然疏冷凛冽，叫王寅虎为之一愣。且戳到他人伤处，王寅虎也有些不知所措，迟钝半晌才道："没关系，以后我来做你朋友，改日我就带你去集市瞧瞧，就当是散心养伤，如何？"

"这……"苏媚看着他满眼的真诚与良善，虽然有些不太情愿，可这似乎……也正合她意。

第三章 残月娇影

"一二三四五六……"五日之后,虹销雨霁,天色乍好,苏媚坐在一家脚店,百无聊赖地数起街边路过的行人。

半炷香后,她眼花缭乱了。

难怪人为六界之本,纵使他们毫无法力,甚至如同蝼蚁,但他们生生不息,比较起来,妖族简直不过区区之众。

摆在苏媚面前的还是几盘素菜,只是她对面空无一人,唯有半碗冒着热气的白饭,上面还插着一双摇摇欲坠的筷子,可见食客走得匆忙。

那是王寅虎坐的位置。

他又去做善事了。

据苏媚多日观察,这王寅虎是个极其好管闲事之人。

王寅虎说她不喜生人,是许久不曾出山的缘故,便特意带她看看繁城,体验一番风土人情。结果这一天下来,王寅虎捉了两回贼、教训了三回恶少、帮助几个小女孩找到了母亲以及处理了无数桩纠纷事件……而现在,他又因一起街头斗殴,丢下碗筷便赶去劝和了。

苏媚扶额无语。

他那身直裾玄袍上虽没有"捕"字,但似乎比街上那些腰佩宝剑穿得整整截截、一直来回巡逻的士兵还要忙碌许多。

据说这在人类世界里叫古道热肠、见义勇为,是被世人尊崇的侠义之举，不过按照她们妖的习俗，先人而后己，实乃愚不可昧。

等王寅虎回来，菜已经凉透了。

王寅虎对她抱歉一笑，苏媚不知他有何抱歉。

如果是因太平盛世没看成，反倒是让她看到一桩桩鸡零狗碎的闹心事，那大可不必，毕竟苏媚眼中，人心本就丑陋不堪；如果是点的菜不对胃口，倒也没必要，修仙人士清汤寡水无可厚非，毕竟是她隐瞒身份在先；若是因他没有陪同用餐，更是多此一举，他在或不在，这些东西入她口里都是索然无味，无甚区别……

但苏媚也就心里这么想想，表面上，她还是盈盈一笑："事情处理完了？"

王寅虎掏出碎银付账："商贩争摊位的事情，倒也不是什么大事，想来你该是不爱听的。"

嗯，苏媚的确不感兴趣。

出了脚店，市面繁荣，摩肩接踵的全是些逛集市的市民。

鳞次栉比的建筑、目不暇接的店铺、形形色色的路人……从前苏媚都是匆匆路过，这些在她眼里不过是转瞬即逝的光影，今次仔细瞧下来，这些光影竟如此包罗万象，缤纷多彩，甚至一个奇形怪状的糖人，都足够她停下脚步，端详半天。

"你多少年没下过山了？"

攫住她眼底的陌生和畏惧，以及稍纵即逝的惊喜，负手紧随的王寅虎忽然问道。

"不记得了。"苏媚静然而立，"好像也就三五载。"

可这三五载，恍如隔世。

这时一个人撞上苏媚，尽管苏媚走神得厉害，仍然敏捷地避了开来。王寅虎见状，了然笑道："难怪，如此生人勿近。"

苏媚也笑，她不与人触碰，只是单纯地觉得，人心肮脏而已。

不远处正围着一群人，苏媚自是提不起兴致，但王寅虎怎可能袖手旁观。

将糖人递给苏媚后，他便跟人过去一探究竟。纵使王寅虎身姿颀长，但也很快被衣袂埋没。苏媚觉得好生无趣，索性硬着头皮，也从人少的一侧绕了进去。只见人潮中央，一衣衫褴褛的男子跪在草席上，神色悲痛欲绝，旁边旧黄棉絮裹着一女子，那女子面容憔悴，瞧着已是无力回天。

苏媚好奇地审视着男人裸露在外的腿，青一片紫一片，无一完肤，像极了两根冻伤的茄子。周遭有人指指点点、评头论足，也有的扼腕长叹，给些散钱。苏媚在袖兜之中掏了半天，最后掏出一缕狐狸毛。

呃……

王寅虎自是不能放任不管，过去慰问一二，众人这次大致摸清了情况。

男子幼时受雪灾所害，下身瘫痪，承蒙妻子不弃，多年以来悉心照顾，怎料苍天不仁，让妻子遭受无妄之灾，现重病待医，然家徒四壁，三餐不继云云，这才迫不得已，摆出如此"阵仗"，求财救命。

王寅虎手里正掂量着剩下的几两银子，男人见状，一脸的哀怨凄苦，朝王寅虎磕着头："谢谢好心人。"

"倒也不必急着谢。"王寅虎犹豫了一下，将银子装回兜里，慢道，"秋末天凉，容易加剧病情，不若我带二位去就医如何？"

"啊？"闻言，男人先是愣了一愣，见王寅虎作势要来扶他，这才有些自乱了阵脚，忽然慌张推辞道，"不用不用，侠士慷慨解囊，我夫妻二人已是感激涕零，怎敢、怎敢再叨扰侠士……"

"不碍事。"王寅虎口吻仍旧温和，不紧不慢道，"我衙门里有人，叫上几个捕快，马上就到。"

男人的脸瞬间铁青，张了张口正要说什么，这时，他嘴角忽然一阵抽搐，紧锁的糙眉间似隐忍着什么，以至于整个面部越抽越狰狞……终于，男人忍无可忍，扑哧一声，他竟然笑了出来！

这突兀一声，让喧哗的四周陷入诡异的僵局。男人收敛了笑容却慌张失措，一眼锁定还在挠他脚心的"罪魁祸首"："哪来的野丫头！敢挠老子！"

众人视线从跳起来的"瘸子"齐刷刷落在蹲在地上那一袭红衣的女子身上。女子未施粉黛，却堪比浓妆艳抹，尤其是那双斜长的杏眼，一颦一笑都摄人心魂。苏媚若无其事地把玩着指尖那缕狐狸毛，抬头，故作正经地惊疑道："咦，你不是下身瘫痪了吗？"

男人睚眦欲裂："你！"

话音未落，四周乍然沸腾。原来这男人是装病博同情，出来招摇撞骗。众人疾恶如仇，操起家伙就要上去为民除害，这时，全程僵滞的女子忽然一脚踹开身上的棉被，霍然站了起来，惨白着一张脸，犹如诈尸，吓得众人一哆嗦。

女人也不发怵，当机立断，捡起钱财，拽着男人的手一头撞散人群，慌不择路地仓促逃离。

众人适才反应过来，跟着后面骂骂咧咧。

"死骗子，骗老娘的眼泪还骗老娘的钱！非打得你们满地找牙不可！"

"分明有手有脚！丧尽天良的败类！"

"揍一顿扔出余杭！"

……

凑热闹的人一哄而散，掏了钱财的正死命追赶，人多手乱，场面简直一片狼藉。

向来逢乱必出的王寅虎此番却是抄手一旁，冷眼旁观，苏媚反倒是奇了："这次你怎么不追了？"

看着"骗子夫妇"毫无章法的逃跑路线，王寅虎一副大局已定的神色："不急。"

苏媚不解，跟着观摩，不消片刻，那群清闲的巡逻侍卫忽然从横贯的巷子中出来，不偏不倚，同"骗子夫妇"迎面相逢。两拨人猝不及防，撞了个人仰马翻。"骗子夫妇"连滚带爬，却不过挣扎两下，就被追赶上来的市民制服在地，动弹不得。

苏媚这才知道王寅虎为何如此气定神闲。

原来他早识破那两人的骗局,并且算准了他们的逃亡路线。

"怎么样?"苏媚忽然灵机一动,拍了拍他的肩,眼中透着一丝狡黠与得意,"本姑娘这推理能力可也不比你差,既然咱俩配合这么默契,要不要考虑带上本姑娘一起办案?"

此言一出,王寅虎有些惊诧,迟疑道:"……我们一起?"

苏媚哪知有男女有别的俗世礼节,见他犹豫,便高傲地扬了扬下巴:"怎么,你还不愿意?"

王寅虎踌躇道:"我倒是没什么,只是怕委屈了姑娘。"

"我有什么可委屈的?"见他也不似要拒绝的模样,苏媚登时展颜一笑,三步并两步追了上去,继续劝说道,"你跟着本姑娘,断然只有好处没有坏处,譬如这赏银俸禄什么的,我都可以让你几成……"

王寅虎哑然失笑,却没正面回答,只是看着眼前这个姑娘,似已与最初那个生人勿近、清冷淡漠的样子大相径庭,如今她厌世的清丽间掺了几分俏皮与灵气,想来是这几日相处让她的心境有所变化了,王寅虎有些为她高兴。

回盛渔村的路上,夕露凝结,轻雾笼罩,苏媚闲来无事,借着天际一抹浅红,忽问及他为何会做捕快的事。

王寅虎听后,沉默了半晌,才忽道:"你知道李逍遥吗?"

不知为何提及这个名字,苏媚勉力一笑:"自然。"

莫说修仙中人,便是市井之人,也无一不耳熟能详。

如今的李逍遥,乃蜀山掌门。武功之高已入化境,世间鲜有敌手,除非借用三魔器的力量,然则世间,再无人能与之匹敌……

这些,苏媚比谁都清楚。

王寅虎忽道:"我小时便是在这里长大,他也是。"

"他?"苏媚神色微凝,片刻,乍然惊道,"你说李逍遥?"

"怎么?"他笑了一声,"不相信?"

苏媚停下,神色渐渐凝肃起来:"你认识李逍遥?"

王寅虎很轻地"嗯"了一声。

视野之中，盛渔村河渠纵横，沃野千里，层层梯田错落有致。有老伯使着锄头，弓着身子在田地间耕耘，也有妇人手提着打过霜的白菜回家备饭，一缕青烟袅袅，山涧鸡犬相闻，些许窗牖烛光已燃，光影缱绻，穿透薄韧麻纸，落满地温暖。

"很多年前的事了，逍遥哥长我十岁左右，自幼就是一个鬼灵精怪之人，带我四处玩耍，每次闯了祸，他都能化险为夷。当然，有先生说，逍遥哥那是颖悟绝伦。"

言及李逍遥，王寅虎便不禁唇携笑容，挂出几分敬仰之色："后来也果然证实了这一点，他不过是得客栈歇脚的酒剑仙前辈点拨几句，便能无师自通，毫无根基也能习得蜀山剑术。说起来，他还是客栈小二时，便想做令世人崇敬的英雄，如今也如愿以偿，成为一代大侠。"

苏媚对李逍遥过往的殊勋伟绩嗤之以鼻："这跟我问你的事有何瓜葛？"

苍茫暮色，将少年的身影雕刻得沉重而伟岸。他道："因为，我做捕快，就是想和他一样，奉公守法，惩恶扬善！"

"惩恶扬善？"苏媚冷笑，"你怎知他惩的是恶，还是善？"当年李逍遥不分青红皂白，在隐龙窟杀她父母，后为一己之私，摧毁锁妖塔，如此伪善之辈，也配为人师表，受人敬仰？

察觉她话中有话，王寅虎微微竖眉："何出此言？"

"没什么。"自知失言，苏媚没再继续，随口道，"我累了，先回去休息。"

王寅虎似还要问些什么，然苏媚话毕，已捏诀而走。

一阵清风过耳，虹影掠过天际，犹如夜里一霎花火，转瞬消失殆尽。

随即，苏媚所住的茅草屋中，沉寂的烛光猛然一亮。

以云代步，以气凝形，瞬息之间，抵达彼岸。

王寅虎深邃的眸子掺杂了些许复杂，不知在想什么，默立良晌后，悻然叹道："会些法术，到底还是多有裨益的。"说着，摸了摸天吒的把柄，颇有些无奈道，"咱俩还是脚踏地、慢慢走。"

深夜，寒衾之下，苏媚望着孤月，辗转难眠。

孔璘早已到了余杭，却又不露锋芒，似他这般唯恐天下不乱的魔物，既能重见天日，断然不会甘于平淡安逸，这风平浪静的背后，多半是在韬光养晦，密谋大计。

不过话说回来，这天下如何与她有何干系？

她只需知道，这段时日无人踏足天师陵寝即可。

窗外寒星寥寥，夜阑人静，苏媚肚子叫了几声，她摸了摸空瘪的肚皮，长叹。

承蒙王寅虎"照顾"，她这几日总食素菜素汤，此时实在有点清肠寡肚。

孤月悬至半边天镜，这夜尚还漫长无尽，苏媚觉得今夜熬过去怕是有点艰难，更何况，骗王寅虎去天师陵寝的事目前还没有头绪，兴许还得花点时间，便索性起身披起衣裳，琢磨着出去寻点吃的。

三更的天静得只闻风声，四周静影沉璧，灯火熄尽，连声狗吠都没有。

苏媚下了石阶，绕出栅栏，却看见身穿古老款式的月白冰丝袍，美如冰雕的巫柔。

"给我找的男人呢？"巫柔开门见山。

苏媚往茅草屋指了指："王寅虎算不算？"

"什么？"巫柔霍然站起身来，一脸惊疑不定，"他在这里？"

"怕他做什么？"巫柔好歹也是五百年资历的老妖了，竟然惧怕一个不及弱冠的人族捕快，实在有挫妖族气势。苏媚表示不能理解。

巫柔却是一副看无知小儿的神色："王寅虎手里那把魔刀可是天吒！这天吒乃是上古魔刀，一旦遇上妖邪，便能触发魔性，狂怒不止！"

"天吒？"苏媚唔了唔，若有所思，"倒是听他提过……"

"听他说过？"巫柔惊诧，"你们交过手了？"

苏媚摇头："……未曾。"

巫柔这才松了一口气："我就说以你的修为怎可能从天吒刀下活着离开。"

这话苏媚就不爱听了，要不是王寅虎体质异于常人，单从术法修为来说，王寅虎未必是她的对手。不过苏媚觉得巫柔数百年不曾下山，这些话多半是道听途说来的，想了想，懒得与她计较争论，况且这段时间，她一直跟着王寅虎，也不见他背上那块冷冰冰的黑铁有何奇异之处，怕只是众口铄金，以讹传讹罢了。

然而，巫柔已作势要逃之夭夭了。临走前还特意回头看着无动于衷的苏媚，焦急道："你不走？"

苏媚摇头。

巫柔似有所悟："有媚惑之术防身，对待男人果然是有恃无恐。"说着，又嘱咐道，"不过，你千万要提防他的魔刀，此刀能斩世间虚无，斩金截玉、威力惊人，听说那日他和孔璘交手，就连孔璘都仅是伤到他些许皮毛，如此功力，怕是你我联手都未必是他的对手，你也要小心。"

见巫柔这么担心自己，苏媚憋了半天憋出一句："那你多多保重。"

巫柔拍拍胸脯，稳操胜券道："虽说他武功刚阳一骑绝尘，但我金蝉脱壳之术也无人能及！"

话毕，一阵疾风过境，苏媚抬头，四周衰草寒烟，萧索空旷，唯有一轮荒寒的孤月悬至天镜中央。

"……"这逃跑技术，果然是无人能及。

"苏媚？"

低沉有力的一声，震得苏媚心头陡然一颤。

倒不是这声音多么极具震慑力，主要是巫柔前脚才走，王寅虎后脚便到，不免心虚。

王寅虎手握嗜血般鲜红的天吭，飞速倾轧荣荣青草，转眼已箭步移至苏媚跟前，一双黑眸，如夜般寒凉："你怎么在这里？"

苏媚以最快的速度将脸上的情绪收敛无遗："你也是听闻动静出来的？"

他喉结轻动发出一声"嗯"后，便蹲身下去搜寻地上的蛛丝马迹。

见状，苏媚生怕他瞧出端倪，有些乱了方寸，但脸上仍保持着淡定："我也是听到声响，便立刻赶过来查看，到底是我们草木皆兵了，想来只是黄鼠狼罢了。"

王寅虎沉默着没说话，只有天吒黑铁刀刃泛着冷冷的光，那柄上暗红的纹理灼热炙烫，发出很轻的金石之音。

它在震怒。

王寅虎起身，炯炯深邃的目光看着苏媚，只道出一句："是妖。"

苏媚凝滞。

终究，还是被发现了？

她习惯性去腰间寻找武器，摸了半响，才想起蜻蜓断玉刺早已落在天师陵寝之中。不动声色地收回手后，她想趁王寅虎闭目感受魔刀的震怒之时捏诀遁身。这时，王寅虎倏然睁开眼睛，震怒的魔刀随之平息下来。

他看着她，口吻沉静："不用追了，已经逃远了。"

苏媚手中动作猛然一滞，面露困惑："什么？"

"此妖道法高深，行动敏捷迅速，非寻常人等能及。"王寅虎将已归于平静的天吒收了起来，误以为苏媚是打算去追，便不急不缓道，"我脚力跟不上，无法瞬移，而你虽精通术法，但让你一个人前去，我不放心，今夜，姑且饶它一命。"

她立在原地暗暗琢磨了好半天，才后知后觉地猛然反应过来，他说的是巫柔！

而后，王寅虎简单问了几句她来时所见的状况，苏媚自是故作茫然，王寅虎也未多疑，便没有再纠结于此，赶紧带着她回去休息。

月光笼罩着此起彼伏的山丘。王寅虎走在前头，苏媚心不在焉，在他身侧一步后紧跟着。

"你怎么了？"王寅虎见她心事重重的样子，不由放慢了脚步。

苏媚敛眉顺目，同他并肩而行，摇头："没什么……"

王寅虎偏头看她："冷？"

苏媚正要摇头，但王寅虎不待她答，便已自行将身上外氅脱下来，递给她，又道："今日这妖莫非也是为五劫辟魔锥来的？"

苏媚一愣，却默然不答，因为真正为五劫辟魔锥远道而来的，其实正是他眼前人。

苏媚接过他的玄色大氅，拢了拢衣襟，借题问道："若是呢？"

王寅虎不假思索："自然是尽快除之。"

"尽快除之？"苏媚一顿，"在你看来，妖都该死吗？"

王寅虎睨了她一眼，不知为何，总觉得今夜的苏媚不同往日，有一种说不上的愁绪。

"倒也不是，妖也分善恶。"他说着，又不由轻叹了一声，补充道，"不过五劫辟魔锥本就是邪器，觊觎此物自然无一善类。"

"果然。"苏媚所料不错，在王寅虎眼中，她就是恶。

尽管此番她没有暴露原形，但难保他日不会，尤其是在天师陵寝甚重的戾气下，妖邪很难一直维持人形。若当真王寅虎又偏巧在陵墓之中得知她是妖，届时，她是死在天师陵寝的阵法中，还是丧命于他的魔刀之下都未尝可知。

这也是苏媚迟迟没有带他去天师陵寝的原因。

盛渔村就在天师陵寝脚下。

但凡天师陵寝有任何风吹草动，苏媚都一清二楚。

多年来，邪魔外祟无一不对五劫辟魔锥虎视眈眈，但面对道法森严的天师陵寝，即便是异魔教功高盖主的孔璘也无计可施，以至于如今的天师陵寝，已快自成妖邪禁地。

这几日，苏媚守着天师陵寝和唯一能破开陵墓阵法的王寅虎，竟然久违地睡了几个踏实觉，甚至连着好几日都梦见了儿时在隐龙窟的日子。

那个时候，承欢膝下，无忧无虑……直到一把剑光，将她的梦境斩得稀碎……

苏媚披上衣服出去，晨雾弥漫，秋日萧索，枯黄的草坪上，一群小孩正在嬉戏玩耍。其中一个小孩手执木剑，挺胸抬头，扮演正义剑侠。其余几个小孩披头散发，脸做怪相，瞅着是在扮演妖怪。

手执木剑的男孩高喊一声："妖怪还不速速就擒！"

话毕，七八个小孩一哄而散，被拿着木剑的男孩追得上蹿下跳。

很快，一个小女孩被抓住。女孩立马跪地讨饶："小妖一定潜心修习，求李大侠饶我一命。"

男孩冷哼一声，动嘴配音："吱——"旋即木剑一挥，得意扬扬道，"你死了。"

扮作妖怪的女孩立刻原地躺下不动，男孩又挥起木剑去追其他伙伴，嘴里仍高喊着："我蜀山掌门李逍遥在此，妖怪还不速速就擒！"

竟然是李逍遥。

苏媚顿时失了兴致。

走过七层青石阶，是篱笆围成的一方小院。院中一张石桌，两三盆墨兰，简约单调的格局布置中有两人正对坐着，一位艾发衰容、精神矍铄，一位风华正茂、相貌端正，桌上放着一壶热茶，缕缕白雾浮沉。

苏媚正欲进去，背对她的那位鬓染白霜的老伯便开口了："盛尊武才让你离开多久？你就敢带姑娘回家了？"

老伯虽上了年纪，但锐气不减，粗狂的白眉入鬓，手执着红梅纹理的茶杯，慈眉善目的笑意间，却又略染几分戏谑。

王寅虎温茶的动作稍稍一顿，清泉似的眸子看向苏媚，笑着点头致意后，转而向对面老伯引荐："师伯说笑了，这便是我适才同你提到的苏媚。"

老伯回头，极其认真地打量了一眼苏媚后，又囫囵吞了一口热茶，戏谑道："嗯，姑娘挺标致的，不过这事你还得问你师父盛尊武的意思，我可做不了主。"

听得此话，王寅虎知道他误会了，叹笑道："师伯说到哪里去了？我与苏媚萍水相逢，只是朋友。"

"朋友？"老伯冷哼一声，一副俨然不信的架势，审视着别致的庭院，一副洞悉一切的神色，"孤男寡女，共居一院，还是……"

"师伯。"毕竟苏媚也在场，王寅虎不免有些难为情，打断他后郑重其事地重复道，"您真的误会了。"

老伯不知是略感扫兴还是觉得他烂泥扶不上墙，揶揄道："人家姑娘都没说什么，你一个大男人怎么先害羞起来了?"一边打趣着，一边还不忘往嘴里塞花生，对一言不发的苏媚和善笑道，"不过苏姑娘不要介意，我这人就爱跟他开玩笑，随口说说。"

苏媚自然不会介意。

落座寒暄之后，他二人东拉西扯，说的无外乎近来的一些案件，而苏媚也才得知，这位爱说笑的师伯，竟然就是当世名捕之一，皇甫英!

苏媚虽久不涉世，但为谋划复仇，多年来一直掌握着仙门各派和异魔教的消息与动向。这皇甫英，自然有所耳闻。

皇甫英年少时期，亲手擒服四大恶人中的东江虎"游天霸"、西淫鼠"司马无忧"、北神偷"钱无通"，得了皇上亲口御封的"铁臂神英"封号，与王寅虎的师父"神眼魔刀"盛尊武和"神州大侠"喻承宗并称三大神捕。

此三人，匡扶正义、声名远扬，为社稷安定而鞠躬尽瘁。

可最后结局，却不尽理想。

喻承宗的家四年前被无端灭门，偌大的喻府，在一夜之间血流成河；盛尊武受魔刀反噬之后，若非受须弥山玄一真人开导教化，回归正途，或许早已暴毙而亡。而皇甫英当年为捉捕南盗侠李三思夫妇而中了断肠草毒，毒性侵入四肢百骸，性命垂危，李三思夫妇不计前嫌，远赴苗疆给他寻找解药。皇甫英服药之后，毒性虽解，但李三思夫妇却因故中了苗疆巫毒，不久后双双离世。皇甫英无法报答恩情，一直深感内疚，从此辞去职务，退隐江湖。

而李三思夫妇，就是李逍遥的生父生母。

苏媚一直在想，这苗疆蛊毒用来对付李逍遥，会不会比三魔器更事半功倍?

第四章 妖狐祸世

中午时候,王寅虎烧了几个菜,皇甫英习惯饭前小酌两口,但王寅虎任捕快一职,随时待命以应付各种突发状况,向来是滴酒不沾,正要回绝,苏媚倒是来了兴致。她自皇甫英手中接过杯子,自斟了一杯,道:"小酌怡情。总不能让师伯一人喝,那多没意思!"

皇甫英登时乐不可支:"还是小姑娘懂事啊。"

秋高气爽,艳阳高照,两三枫叶簌簌落下,照得小院暖如初夏。

酒过三巡,皇甫英忽然讲起了年轻气盛时,缉盗拿贼的一些丰功伟绩。这些陈年旧案皇甫英逢人便说,王寅虎听得耳根子起茧,替他们去房中盛饭。苏媚趁此机会,旁敲侧击地向皇甫英问起了当年李三思巫蛊之事。

这桩事是皇甫英心病,是他多年来不愿触及的东西。苏媚提及时,适才还情绪高昂的皇甫英陷入了难挨的沉默之中。

不知沉默了多久,皇甫英迷迷瞪瞪地道:"是水灵珠。"

"水灵珠?"突如其来的答案,让苏媚没有反应过来。

皇甫英闷了一口酒:"当年断肠草毒入我肺腑已深,李三思夫妇不计前嫌,远赴苗疆为我偷来毒龙胆解毒,但他们自己却因触碰水灵珠,中巫毒而亡。"

水、火、雷、风、土五种巨大的自然力凝聚而成的五颗灵珠是人间最强之力，水灵珠便是其中蕴含无穷法力的水系灵珠。

此灵珠作为圣物，应该比三个魔器好寻。

如果能借水灵珠之力，参悟巫蛊封印之术，何尝不是诛杀李逍遥的一种办法？

怎料这时，皇甫英又叹道："后来水灵珠丢失，如今辗转回到他们孩子手中，可能这就是天命吧。"

苏媚脸色登时一僵，有一种不好的预感："您是说，水灵珠在李逍遥手中？"

"不错。"

苏媚："……"

她信这世间有天命。

只是天命，始终眷顾着李逍遥。

两日后，又是暮色沉沉的初更。

水灵珠指望不上，如今非三魔器不可。

妖虽生而冷血，但人却有七情六欲。要想得到一个男人无条件的信任，还有什么方法比死心塌地的爱来得更快呢？

媚惑之术虽对王寅虎无济于事，但媚惑却是生在狐狸骨子里的天性，无须法术亦可施行。

王寅虎长眉略染疲倦，头倚木栏在院中小憩，忽然，清冽的一声"小虎哥"，让闭目养神的王寅虎一个激灵。

他似乎不习惯这样的称谓，尤其是不习惯被苏媚这样称呼，于是下意识拧眉："嗯？"

猜到他会是这样的反应，苏媚道："我听村里的孩子都是这么叫你的。"

王寅虎应了一声，但又总觉得这样平常的称谓，由苏媚唤出来有些说不上的亲昵。

"对了小虎哥，你打算在余杭待多久？"苏媚撑着下颌望他，双眸炯炯有神。

"这……"王寅虎犹豫片刻，难得露出一副欲说还休的神情，"尚且不知。"

他此番来余杭，其实是奉了师命。

当初盛尊武命他带上魔刀和刀法秘诀，来盛渔村找师伯皇甫英，借皇甫英鹰爪门的绝技"大无量手"替他打通周天。现下，他周身经脉已通，短短半月，功力更是突飞猛进，而且这一次，他收敛锋芒，没有忘乎所以，可盛尊武却以一纸书笺告知他，魔刀已正式传于他，但今后，不必再回师门……

很简短的一行字，简短到连会错意的机会都没有。

他以为只要像他师父一样，成为一代名捕，让世人知道盛府不仅仅只有魔刀能堵住悠悠之口。所以他勤加苦练，读遍万书，后来终于屡立奇功，成为远近闻名的捕头。可即便如此，回到师门，盛尊武却总说他资质不佳、筋骨粗硬、难成气候，总是多番斥责他得意忘形……

依照王寅虎的性子，收到此信，一定会回去寻根究底，可他若是此时回去，去天师陵寝之事估摸着又得往后挪不少时日。此事耽误越久，变数就越多，苏媚不免有些担忧："所以，你打算回去问个清楚？"

王寅虎迟疑半晌，摇头道："不，我得把那只妖除去之后，才可回去复命。"

"妖？"

"嗯。"王寅虎低眉擦拭着手里的魔刀，口吻云淡风轻道，"上次我们在田埂遇上的那只妖，你忘了？"

巫柔？

苏媚心头一惊，更加担忧："余杭并无妖邪作祟，她虽是妖，但也不一定就是要为祸作乱。"巫柔要是栽在王寅虎手里，一定不会有好结果，"况且锁妖塔坍塌，妖邪横生，杀了一个又来一个，你哪里管得了这么多的事？"

"你怎么了？"不知是不是自己的错觉，王寅虎总觉得她有些义愤填膺，"你这副样子，倒像是在袒护她？"

听得此言，苏媚立刻颔首，略感心虚："实话实说而已。"

王寅虎自是没有在意，思索了片刻，却忽赞同道："不过你说得对，以我之力，确实应付不过来。"

以为自己终于说服了他，苏媚期待道："所以……"

"所以……"他接过她的话，从容一笑，"我更要管好眼前之事，至少，这是我力所能及的。"

苏媚："……"

"况且……"他顿了顿，端详着手中魔刀纹路，眸子深不可测起来，"天吼震怒，此妖绝非善类。"

非善？

苏媚一直在想，究竟何谓善？何谓恶？

李逍遥四处斩妖除魔，可若他斩的是善，那他所行之事，还是善吗？

她觊觎三魔器不假，可她为血亲报灭门之仇，便是恶吗？

妖有妖的生存法则，人有人的至德要道，格局大异，所谓善恶，孰来定义？

世人高举正义之旗，将妖赶尽杀绝，不分青红皂白屠妖之事比比皆是。

这是善？

可于妖而言，此为大恶。

巫柔长居深山，虽对男人如饥似渴，但胆小如鼠，从未做过伤天害理之事，苏媚自然不会坐视不理。

隔日，王寅虎一早便赶去了衙门，苏媚趁此机会，来到余杭后巫山。

入冬之际，山中大雪。

越往深处，这林中暴雪越是大得有些蹊跷。苏媚上次来时，这后巫山还是钟灵毓秀、山光明媚之景，现在不过一轮朔月盈亏，竟成了险象环生的极恶之地。她捏诀化成屏障，逆着暴雪，艰难前行，四周环视一圈，莫说巫柔踪迹了，就连半分活物的气息也无法感知到。

苏媚气馁，正当她打算打道回府时，她竟发现自己被风雪所困，迷路了。周遭风雪肆虐，饶是她是妖，也只能堪堪自保，换作寻常人或兽等，早被这残暴的霜雪撕成碎片。这时，苏媚才猛然意识到这风雪不对劲，立刻施法一探究竟。

原来这不是余杭的初雪，而是一个妖力撑起的地形结印术！

毋庸置疑，这是巫柔的阵法，可巫柔既然不在山中，为何设阵？

她在保护什么？

苏媚来不及细想，当务之急是寻到办法破阵。寂寥的白光还在枝头，按理来说，一个时辰过去，这日头不可能丝毫不动。

她闭上眼睛，收心凝神，以妖识视物。

很快，她便找到了破绽。古老的咒语从她嘴里念出，旋即，一片红色光矢自她脚底飞速绽放！那光如火如荼，又如雾如水，铺天盖地而来，云涌飙发而去，似血色业火般，在刹那之间，将整片雪域染成一片红色。随之，苍茫的天破开一道裂缝，晚秋的艳阳穿破云霄，直照而下。

阵法已破。

她正要飞身而出，却在这时，虚幻之中忽然闪出一个寥寥人影。

苏媚收起术法，白茫茫的冰雪之中，她看见了一个男子。分明一身整整截截的冰蓝长袍，却在他颀长而高挑的身姿下显得翩翩飘逸。

苏媚犹豫片刻，仍是在好奇心的驱使下，选择跟他过去。她总觉得此事没那么简单。可那人走了不足十步，苏媚尚未来得及开口，倏然间雪霁天晴，森林密布，一片秋色撞入眼中。

她抬头四周而望，却无半分身影。

恍若一梦。

这后巫山方圆数里只有巫柔，且依照巫柔对男人如饥似渴的模样，不可能放着这么大个男人在这里——且从背影上来看还是一个姿色不错的男子。真正令她百思不得其解的是，此间数日，巫柔却如人间蒸发般杳无踪迹。苏媚猜她或许藏进画轴之中，要找到她，首先要找到画轴，再进入幻境。不过如此一来，苏媚反倒是安心了，这大江南北如果连她都没有办法找到巫柔，更遑论王寅虎了。

这天下午，王寅虎正在温习魔刀刀法，苏媚像往常一样，在一旁全神贯注地盯着他的一招一式，甚至会和他过上两招。王寅虎以为苏媚是如她所言那般，略懂刀法，学一技以防身，殊不知，苏媚是为防有朝一日终要与他交手，提前参悟他刀法上的破绽。

一匹骏马如同离弓之矢，从一片桔梗丛中穿刺出来！驰骋而来的叶良没有喝酒，但身形慌张得比喝了酒还要踉跄许多。他翻身下马后，大步流星冲过去打断了王寅虎的一招"真炎斩"。

"怎么了？"见向来没个正形的叶良忽然郑重其事，王寅虎收起刀，心生凝肃，"案子有进展了？"

叶良点头道："发现两具尸体。"

余杭城中短短七日，失踪三十三人。

这桩事苏媚起初并不以为意，直到听他们说起，这失踪者皆是身材魁梧、健硕有力的男人时才有所警觉，这同当初巫柔要她去媚惑男子时所描述的外貌几近一致。而衙役一直查不到蛛丝马迹，满城人心惶惶，还有老人传言精怪作祟，使得整个案件更加扑朔迷离。

失踪这么多男子，最让衙役棘手的就是找不到尸体，所以今日发现的这两具尸体，是调查至今唯一的突破。

两人正准备赶回城中，苏媚忽然跳了出来。叶良被乍然蹿出的人影吓了一跳，他看着面前之人，熟悉的妖冶红袍下是一张猖狂却不失清丽的面庞，他瞠目结舌半响后，一拍大腿脱口道："这不是你上次死皮赖脸、穷追不舍也要找的姑娘吗？"

闻言，王寅虎脸色一凝，有种不好的预感。

这时苏媚眸子笑眯微闪，直捻重点："死皮赖脸？穷追不舍？"她饶有兴致地挑了挑眉，古怪地看向王寅虎。

王寅虎捂嘴咳了咳："倒不至于穷追不舍……"

尚未说完，叶良已经急不可耐地打断他，啧啧摇头："不知道是谁，才一面之缘，便找遍街上各大客栈茶馆，向半数之人打听去向，如果这都不算死皮赖脸穷追不舍，那什么才算？"

"……"

苏媚一副深以为然的样子："还有这档子事呢？"

王寅虎叹气，无奈扶额："我说过，当时我以为你是仙霞派……"

"我知道了。"无非就是为了峨眉山的七七。但苏媚却未明言，只是觉着他无语凝噎却又着急澄清的模样，有些好笑，"真是榆木脑袋，这都能把你耳朵惹红了？"

苏媚没再继续这个话题："不是案子有线索了吗？"

言及案子，王寅虎神色当即肃穆不少，只是不知她何故来此一问，便问道："我们过去看仵作验尸，你要去吗？"

"当然，说好一起破案的。"苏媚收回视线，凝视着他，"别拿我当那些普通女子看。"

话毕，王寅虎大抵是怔了一怔的，只是眨眼的瞬间，掩下了忽然牵动心弦的情愫。

据叶良所言，今响午他手下发现尸体之后，便第一时间赶至现场。见场面过于诡异，为避免造成周遭街坊邻居的恐慌，并未声张，只留了几位手下守着现场，自己则马不停蹄地赶往盛渔村。

两具尸体来得有些蹊跷。三十三名男子是凭空消失，且没有规律可循。除了皆是身材魁梧的男子，失踪者之间没有任何联系，难以摸索行凶者的动机，所以坊间传言是妖怪所为，对妖痛斥不已，难免有一两句不堪入耳的腌臜之词传到苏媚耳里，令她不由激愤。

历年来，但凡是人类自己无法解释的天灾人祸，便全盘推给妖界。

妖界的臭名昭著，大多是人类谣言的推波助澜。

但碍于王寅虎在，苏媚只能压制怒意，不敢贸然造出事端。待三人到达现场，叶良所言不错，此处的确怪异。

这方庭院外面秋水融融、溪水潺潺，可仅隔着一个门槛的距离，这里面却寒彻入骨，便是余杭的隆冬时节，也赶不上这般阴寒。

"纵使已至初冬，也不至于冷成这般模样……"叶良说到这里，就见王寅虎正要解下外氅，立刻出言阻止，"这里屋尤其阴森寒凉，劝你还是穿着，小心冻坏了身体可……"还没有说完，就见王寅虎将外氅递给了苏媚。

"……"

逝者家中门丁稀落，拢共只有三人，皆是砍柴维持生计的穷人家。死者是家里的父亲和爷爷，留下的是不及灶头高的小姑娘。姑娘年幼，眼泪流干之后，此刻正魂不守舍地跪在双亲面前，寒霜挂在她微垂的眼睫上，目无童稚颜色。她的旁边是衙役中人给她备的饭菜，只是早已凉透。

苏媚一步进去，仿佛时空回溯，看见了曾经的自己。

当年，她眼睁睁地看着双亲被人斩于剑下，而自己被封于石壁之中无能为力，父母尸体近在眼前，也无法触碰。

苏媚一时之间，也五味杂陈。

茅茨土阶，青砖碧瓦。石磨、水缸、几张陈旧木桌和简陋家具，以及大片干柴便是逝者家中全貌。

室内，十来位捕快正搜查线索，而仵作对着尸首一下午也无头绪，见叶良偕王寅虎前来，顿时激动道："可算把王捕头盼来了！"

另一个仵作也长舒一口气："是啊，王捕头，这事儿可真是邪门得很，不过有你在，一切就好说了。"

王寅虎没在意这些阿谀奉承，进去之后，专心查看地上的尸体。

两具男尸身体却并无异状，皮肤状态同生前无异，仍有血色，表情也还停滞在脸上：老人笑容和煦，表情生动；男人则面露惊恐，似乎是正在逃跑时瞬间被杀，甚至来不及反应。

王寅虎沉吟道："妖术所致，让天吒试试。"

刀锋出鞘，肃穆之气让人仿佛怕被误伤一般，纷纷礼让数尺。只有那个小姑娘，仍跪在地上无动于衷。

王寅虎以刀锋轻触尸体，驱散妖气，并不会伤及他人，自然没有刻意去拉开小女孩。但苏媚看着尸体上轻罩的妖气，猛然意识到什么，在王寅虎刀尖碰到尸首的一瞬，以迅雷不及掩耳之势将手中玄色外氅抛向女孩，王寅虎手中刀锋碰及尸体，下一刻，全场噤若寒蝉。两具僵硬的尸体，仿佛在瞬息之间被抽干，化为枯柴般的干尸。面目全非，骇心动目。

莫说寻常人等，就是仵作也一时惊愕失色。唯独苏媚庆幸，如此不堪入目的一幕没落入小女孩的眼中。

"这、这……"众人还在惊魂未定之中，一个仵作率先打破僵局，惊慌不已，颤巍巍道，"这还怎么验尸啊？"

另一个嗤道："验什么验，明显是妖孽作祟，难怪听说最近千叶禅师来了！"

"连千叶禅师都出动了？"有人喟叹，"这妖怕是不好应付。"

听到千叶禅师即将到来，苏媚暗道不妙，虽说她和这桩案件毫无干系，但难保实力与威望并存的千叶禅师不会一眼识破她妖身，到时她被冤枉成凶手也有理说不清，百口莫辩了。念及此，苏媚开始悄无声息往旁边挪动，想趁二人不注意离开。

屋内还陷入方才触目惊心的嘈杂声中，这时，王寅虎似才想起什么，左右寻去，却找不到那道身影，回顾适才苏媚的反应，脸色凝重起来，转头问叶良："你说，她为什么会下意识去护住孩子？"

"你说苏媚？"对于他这个莫名其妙的问题，叶良只是脱口而出，"还能有什么？说明她善良？单纯？慈悲？"

"不。"王寅虎摇头，低沉的嗓音却几近笃定，"是她早已知道接下来的场景。"

正在勘察地形的叶良微微一怔，但环顾四周，苏媚早已消失得无影无踪了。

王寅虎识不破苏媚的真身，但千叶禅师却未必。

千叶禅师是八年前横空出世的得道高僧，没人知晓其来历，只道他以慈悲为怀，普度众生，在李逍遥接手蜀山派不久后，独创了大慈悲明宗。

江湖有传言，千叶禅师的实力与天下第一剑客李逍遥不相上下，更有甚者道他法力高深，远在李逍遥之上。

得知千叶禅师会来现场除妖，苏媚当即捏诀离开，本以为能逃开千叶禅师，却被外面早已布好的阵法所困。

苏媚踏上云端，一道佛光忽然笼罩下来，将她打回赤狐之身，苏媚猝不及防失足跌落。急速穿过耳畔的风将她缠裹得几近窒息，眼见着就要落入一城池中，苏媚捏诀不及，这晃神的工夫，她的身体已经重重砸在地上。骨碎般的撕裂之痛，遍布四肢百骸，苏媚下意识化作人形撑起身子，不承想四周已经聚拢了人，他们张张朴素的脸上皆是惊恐、畏惧，以及……愤怒。

"妖！"

苏媚还在错愕之中，这心惊胆战的一声，如一块石头，在这个平静的繁街激起一阵惊诧的涟漪！

"就是她，杀了我余杭三十三个人！"

"原来是个狐狸精，难怪专杀男人！"

"残忍至极，天理难容，用火烧死她！"

……

苏媚在人世一直压制着妖形，但适才被佛光逼出原形，难免遭受人类的唾弃和憎恶。

不一会儿，各方衙役快手、除妖道士从四面八方纷至沓来。他们行动敏捷，以最快的速度布兵摆阵。

尖刀锐器、咒语符箓，顿时朝她袭来。

苏媚自然不能屈从。她两手如钩，散发出阴森可怖的气息，五指更是生出三寸长的血色指甲，或抓或刺，或切或割，看似凌厉狠辣，实则每一击都下意识避开了要害。

人多势众，她形单影只，尽管如此，她的招式却仿佛从四面八方袭来，令众人无法招架。苏媚也没想到，这些人看似嚣张跋扈，结果个个不经打。片刻的工夫，各方衙役道士全然崩溃，街市一片狼藉，唯独苏媚身轻如燕,一袭红袍独立屋檐之上。清风挽发,袍裾猎猎,与生俱来的风韵缭绕,让她自带几分出尘绝艳的幽冷之感。

惜命的平民跌撞着逃离,胆大的却蜂拥上前,对其痛诟丑诋。

"妖孽,你作恶多端,杀人无数,迟早会遭天谴的!"一妇女手腕青筋暴跳。

也有人指着她恶狠狠地咒骂:"妖孽!你杀了我孩儿他爹,十恶不赦,你不得好死!"

可惜苏媚只是将这些疾言厉色的辱骂付之一笑:"我如何作恶多端?又如何杀人无数?你在这儿喊得这么义愤填膺,是亲眼看见我杀害你夫君了?"

女子悲愤得理直气壮:"除了你这祸乱人世的狐狸精,还有谁干得出这种专偷男人的事来!"

苏媚觉得好笑,仅因她妖狐的身份,就将这三十三条人命推在她身上,未免过于草率荒唐。

"狐狸确实喜欢诱惑男人,但也并非个个都要的。"她目光极是轻浮地将那些手持兵器的男子扫视了一遍,嗤笑道,"比如这些,算得了什么东西。"

周遭男子的脸顿时齐刷刷绿了。

"妖狐,休得嚣张!"

这时,一个淡如流水的声音响起,随之一道强光闪入眼中,苏媚警觉地侧身避开,方才所站之处顷刻迸裂出一道巨大的裂痕。

"好生厉害的术法。"

站定之后,苏媚这才看清,袭击她的是名男子。男子方及弱冠之龄,手持一把折扇,挺直而立,举手投足皆是翩翩风度,他站在一侧,不矜不伐,温恭直谅,显得有些清冷。

有人直呼道:"是千叶禅师的得意弟子,喻南松,喻少侠!"

"他爹可是当年名震一方的'神州大侠'……"

"可惜喻大侠一家,唉!"立谈之间,全是长吁短叹的惋惜与悲叹。

苏媚寻思她对付几个半吊子道士和区区衙役尚算游刃有余，但跟喻南松和千叶禅师交手，胜负难料。

权衡利弊下，苏媚不再恋战，捏诀便要离开，却在这时，苍穹之上再次降下一道璀璨佛光。苏媚警惕着环顾周遭，佛光结成一鼎巨大的古钟罩在她头顶，强大的结印让她感到恐惧和不安。

这不是简单的法力，是压迫性极强的毁灭之力。

来不及多想，苏媚直接承力而上，犹如一轮新生的朝阳，与坚不可摧的佛印迎面撞击。

苏媚艰苦僵持，但心中却是另有担忧，再这么下去，一定会引来王寅虎。王寅虎若是知道她是妖，甚至欺瞒他如此久，断然不会轻易放过她，当务之急是赶紧脱身。

可未曾料到，他们来得这样快。

"苏媚！"

王寅虎赶来时，苏媚正险险避开喻南松的一记回旋扇，准备跃上屋檐而逃。他尚不清楚当前形势，只是见苏媚与人缠斗便徒生紧张，而那白衣少年用的是大慈悲明宗的招数，想来不是邪魔外道，他便收起魔刀，上去劝架，哪知这时，佛光凝聚成一把擎天般的法杖，以摧枯拉朽之势朝苏媚的背重击而去！王寅虎面色刹那间惨白，满脸惊恐地冲还不知情的苏媚大喝一声："闪开！"

苏媚下意识回头，璀璨金光遮天蔽日，聚成一道势不可当的力量，迎面袭来。

穿云裂石，避无可避。

几乎只是一个合目的工夫，法杖刺穿她的身体，顷刻间，沸沸扬扬的余杭街，万籁俱寂。

王寅虎双目大瞪，如箭矢般疾冲过去。

但为时已晚。

强大的术法殃及周遭田埂屋舍，倏然裂开的一道万丈深渊将苏媚席卷掩埋下去。千沟万壑，裂痕遍布，王寅虎搬开横七竖八的木桩巨石，试图在废墟之中找出苏媚。

这时，一声悠远的佛号自虚无传来，不远处踏云而来的僧人，仙风道骨，鸾姿凤态，面目端得和善无比。

正是千叶禅师。

大抵没人想到，适才为除一妖而不惜大肆破坏街道的一击，竟然是出自千叶禅师的手笔。然而千叶禅师只是双手合十，云淡风轻道："此妖心术不正，功力不浅，假以时日必将成为仙门世家的心头大患，当立即除之。"

"你说什么？"不知前事的王寅虎不明所以，"妖？"

苏媚若是妖，他怎可能毫无察觉？

"是与不是，施主一看便知。"千叶禅师知道王寅虎内心的质疑，慢道，"佛光之下，任何妖孽，都将原形毕露。"

沾满尘土的十指微微一顿，王寅虎拔出魔刀，以强大的刀光劈开尘土。

刹那间，风卷残云，飞沙走石，震开的恢宏之势如疾风扫叶，扫荡长街。

千叶禅师温和的目光登时一变。

适才袭击苏媚那一击他足足用了七成功力，如此力度之下，便是天妖皇都能形神俱灭，可此刻躺在壑底的，仍是一肤如凝脂的红衣少女。

这绝无可能。

同样觉得匪夷所思的，还有九死一生的苏媚。

她睁开沉重的眼睛，苍白的天光落进眼眸，一同落入眼眸的，还有战斗之后城池的断壁。

她竟然……没死？

苏媚很清楚，以她之力根本无法避开千叶禅师的破天一杖，可那一瞬间，强大的佛光穿透身体，势不可当之力似乎被瞬间净化般，在触及她体肤之时消失殆尽，但四周尽毁，可见并非千叶禅师手下留情，但现下尽管她未被术法所伤，身体却被凌厉的砾石划出一道道流血的口子，她正要施法缝合伤口，面前忽传来急促而窸窣的脚步声。

本能的警觉，让她意识到危险的逼近。

猛地抬头，闯入视野的，竟是漆黑的刀锋。

此刻，刀锋散着冷冷的光，抵在她心口，寂然不动。

苏媚从未觉得他这张目若朗星的面孔如此深不可测过。

他也应该知道她是妖了。

他会杀了她吧？

这段时间，苏媚一直试图破解他的魔刀刀法，但这刀法是上古魔神所创，一招一式本就毫无破绽可寻，又被王寅虎练得如此炉火纯青，莫说现下媚惑之术对他无效，即便苏媚使尽浑身妖法，在这佛光加持之下，她想要在王寅虎手中全身而退，也绝非易事。

"连你也怀疑我？"苏媚凤眼忽立，率先开口，声色很是冷静。

王寅虎手持魔刀，身躯伟岸，如刀的长眉斜飞入鬓，平添几分正义凛然之气，沉默许久，才问道："我只想问你，你是怎么知道，尸体上有妖术，又怎么知道，妖术驱散之后会呈那般狰狞之状？"

苏媚又觉得好笑："仅凭这个，便将三十三条人命扣在我头上？"她收起那张柔情面具，幽冷地看着王寅虎，"所谓少年名捕，便是这样连蒙带猜，罗织罪名的？"

"我……"

"我没杀人。"他方一张口，苏媚便已将淡漠的脸撇向一边，干净利索，由不得人反驳。

不知怎的，王寅虎心头竟变得前所未有的凌乱和踌躇，只觉她楚楚艳骨下，透着一股倔强和无辜。他迟疑片刻，终又开口："那妖呢？"

苏媚心头一紧，仍旧面不改色："什么妖？"

他持刀不动，玄色步靴却一步逼近她："你究竟是不是妖？"

看着王寅虎眸子里如深夜海水般汹涌的黑，苏媚打算咬紧牙关，死不松口，面不改色道："千叶禅师适才说过，佛光之下，任何妖孽都将原形毕露。"一丝轻佻染上她的眉宇，她倾身凑近王寅虎，柔媚的唇齿，泛着丝丝甜腻。"你看清楚了，我只是一名女子，何来的妖形？"她含蓄浅笑，"况且，这段时间，我不是一直跟你在一起吗？"

是啊，她一直跟他在一起，根本没有作案时间……

他纠结地看着她，此刻日乱山昏，光影翩跹，她娇艳的身体在红绸翻动间若隐若现，眸含秋水，入艳三分，还有几分含苞待放的自持清冷。触之一瞬，王寅虎心如鼓捣，一股莫名的冲动抑制在了心口。他立刻转过头去，可仓皇局促，被苏媚尽收眼底。

这时候最快赶到现场的那人发声道："她就是妖，刚刚我看到了，她露出了原形！"其余人一听便想起方才的情形，确是隐约看到一只赤色狐狸，便跟着应和道："对!!"

苏媚此时目光一凛，不慌不忙地回道："呵，方才天色不好，且佛光不断，如何证明你不是看错了？"

她深知这些人族急于找一个靶子，也会有夸大事实，且她变回狐形不过一瞬，对方可能也不过看到一点皮毛。她语气中带着不容置疑的坚定，对方被这般一问反而也有点不确定了，退后了几步支吾道："这……"

"但千叶禅师都说了她是妖，她就是！还是专勾男人的妖狐！"围观的群众见情势有变，立刻掺和劝阻道，"王少侠，你莫要被她迷惑了！"

"是啊，余杭失踪的三十三名男子就是死在她手里！千叶禅师的判断一定不会出错！"

"就是啊，王少侠，她就是狐狸精！"

……

周遭声音，此起彼伏，震得王寅虎愁绪浮涌，心下一片纷乱。

他不相信苏媚会做出如此丧尽天良之事，可面对百姓的众口一词，他一时之间也拿不出足够的证据来为苏媚脱罪，他不敢去看苏媚的眼，万一自己相处多时的那个少女真是一只妖物，他不知如何面对她，面对自己。

叶良此时也赶了过来，看着将自己置于众矢之的境地的王寅虎，登时焦眉愁眼，过去欲将王寅虎一把拉过，奈何看着有气无力的王寅虎却定立原地一样，竟然纹丝未动，叶良瞥了一眼苏媚，晦涩道："王兄，你刚不是还说她有嫌疑吗，怎么这一会儿工夫，就将她护如至宝了？"

他咋咋呼呼的声音，更是吵得王寅虎心神不宁，叶良恍然不觉，还将脸凑得更近，狐疑道："你莫不是真的中了什么妖的魅惑伎俩了……"哪知正一凑近，王寅虎突兀起身，吓得叶良往后一步："你没事儿吧？没被什么不干净的东西附身吧？"

王寅虎看着他："命案之事与苏媚无关，凶手另有其人。"

"你怎么知道？"叶良惊疑，周遭之人亦沸沸扬扬地复问。

王寅虎闭目抬头深深呼吸一口气，让自己心神安静下来，再侧回身去面对着一双双激愤的眼，沉稳道："我现在的确拿不出足够的证据，但此事我一定会查个水落石出，各位若信得过，便以十日为期，如何？"

"这……"百姓面面相觑，若换作他人说这话，他们绝不退让半分，必要将苏媚捉拿归案，但眼前的人是王寅虎，他除暴安良，为国为民，一片赤诚之心，也是不可否认。众人正纷纷迟疑不决之时，王寅虎已弯身抱着伤重的苏媚离开，而这一刻，刚刚还有些张牙舞爪如受惊小猫的苏媚不知怎的，此刻乖乖地伏在他胸口，那断断续续的阻挠声、埋怨声、痛斥声……被他凛然的身姿统统挡在其后，而沉稳有力的心跳，一声一声，在她耳畔回响……

苏媚强撑的意识一下放松，渐渐闭上了双眸。

第五章 旧雨重逢

晚秋时节，湖水静默，群鸟迁徙。有女子倚门回首，有男人田埂播种，也有童稚高举弹弓……从灶火屋出来的王寅虎端着饭菜走过庭院，推开一扇木门。阳光逾窗半尺，苏媚轻卧棉墩，青丝垂散，露出半张芙蓉玉面。王寅虎习惯浅笑，问道："好些了吗？"

之前王寅虎一直给她备的都是清汤寡水的东西，后来在苏媚的暗示之下，现在桌上终于不再是几碟清汤小菜，而是汤白肉嫩的炖鸡。但看着这精致的吃食，苏媚却迟迟没有动筷。

"你为什么信我？"许久，苏媚才看向他，忽然问道。

王寅虎盛了一碗鸡汤给她，脸上云淡风轻得像是在讨论鸡汤的咸淡："能在数日间连杀三十三条人命的，不会下意识去护住一个孩子，我因此怀疑你，也因此相信你。"

此言一出，苏媚听到心口一声姗姗来迟的悸动。

本以为这件事就这样过去了，却没想到，翌日喻南松一早便来到了庭院。

偏巧苏媚起了个大早，正准备出门，却猛然感受到那位白衣男子的气息。苏媚谨慎地透过门隙往里一探，果然，只见喻南松素玉的手轻展着一把青色折扇，顾长俊秀的身姿立在树下，风流倜傥，他打量四周景观之时，嘴角带着几分散漫的笑意。

苏媚犹然记得初见时他便如此笑过，末了就是一扇锁喉斩直取她的性命。

苏媚心有余悸，立刻放下了准备拨开门闩的手，恰在这时，王寅虎从对面房中出来。

"喻大哥！"仿佛旧友重逢，王寅虎显出一丝激动与欣喜，喻南松反倒眉目温和，矜平躁释，笑道："小虎，好久不见。"

"喻大哥，你怎么在这儿？"

喻南松合上折扇，朝王寅虎而去："前日你救人匆忙，没留意到我，我可是一直看着你。"

王寅虎剑眉轻蹙，回忆半晌，这才迟疑道："原来那日的白衣少侠便是喻大哥！"他有些懊恼，"怪我一时大意，竟然没能一眼识出喻大哥！"

他点头，爽朗一笑："正是。"

喻南松是"神州大侠"喻承宗唯一的儿子。当年喻府被一夜灭门，而他作为喻家唯一的生还者，却不知仇人是谁，只能怀着满腔的血海深仇，来到杭州找神捕盛尊武出面调查，为其讨还公道。

喻家与盛家本是世交，喻南松以为这些年虽鲜有往来，但当年恩义应仍在。喻南松自幼便听人讲他爹和"神眼魔刀"并肩作战时的丰功伟绩，慕名仰仗盛尊武的威名长大，可未曾料到，他千里迢迢赶来，换来的竟是冷眼相待。

当时的盛尊武对这等江湖纷争，亦不过问许久，江湖人重诺，他既然宣布退隐，便决然不会再次卷入这些事中。于是，尽管喻南松跪求他重新出山，可他也全然不作理会。

彼时王寅虎年少，为师父的置之不理而不解，多次帮喻南松说话请求，可他师父一概拒之，甚至一怒之下要将他逐出师门。王寅虎别无他法，却无法撒手不管，便带喻南松去蜀山找李逍遥。

从杭州到蜀山，路途本就遥远，又逢锁妖塔崩塌没多久，天下妖魔猖獗。他们当年刚一出城，就被无数山妖伏击追捕，所幸千叶禅师及时赶到，二人才幸免于难。

是以，喻南松便索性拜了功高盖世的千叶禅师为师，他和王寅虎两人也因此结下生死之交。

他们这场旧友重逢，对于苏媚而言，却是始料未及。

她与喻南松正面交锋过，喻南松知道她是狐妖，而他此行来，必然是来续上那场未分胜负的战斗，证明她狐妖的身份。一旁王寅虎也有些担忧起来："如果我没有猜错，喻大哥是奉了千叶禅师的命令来捉拿苏媚的？"

喻南松笑着摇头道："既然你确定真凶另有其人，我此次便是来协助办案的。"

他王寅虎办案，什么时候需要大慈悲明宗的人来协助了？分明是借故盯着苏媚。

也罢，身正不怕影子斜。王寅虎索性搁下茶杯："关于此桩命案，你们有何头绪？"

"能在王捕快眼皮子底下这般大肆虐杀的，此妖功力绝对不浅。"喻南松望着苏媚那扇紧闭的房门，轻摇折扇，淡然的笑意间，带了几分胜券在握的笃定，"且这世间能接下师父法杖的妖邪，除了孔璘，真不知还有谁能有这个本事。"

此言一出，王寅虎眉头紧锁，苏媚却是醍醐灌顶。

不久前，啸狼在余杭周边作恶，若非孔璘出手相救，啸狼早已生祭天吒。可孔璘这些年一直深居简出，在异魔教养精蓄锐，怎可能只为救啸狼而现身，他来余杭必有其他目的。且如今仔细想来，昨日千叶禅师那一法杖消魂灭道，以她之力根本无法抵挡，可偏在佛光袭来的千钧一发之际，势不可当的力量似乎被瞬间净化，在触及她体肤之时消失殆尽。

是时，四周尽毁，可见这绝非千叶禅师手下留情。

这林林总总，莫非……

异魔教。

天空暗红，大地流火，悬于黑岩焰火之上的，是面目狰狞的凶兽雕像。尊尊龇牙咧嘴，凶神恶煞，它们托起的是一座赤红而瑰丽恢宏的大殿。苏媚立于殿中，四周火舌喷卷，厉风阵阵，扯得她的裙角猎猎作响，她娇媚纤细堪称完美的身影与这里生得奇形怪状的异魔族人格格不入。

"多谢掌旗使大人救命之恩。"苏媚单膝而跪，颔首道。

灰暗的光影中，看不清孔璘的身躯，唯独浑厚的声音从上面传下来，低沉而又凌厉："四年前救你一命，如今才想起来谢我？"

九年前，苏媚为报仇雪恨战战兢兢地踏入灯火辉煌的人界城池，上门寻仇，不料，林家堡高手如云，将她打成重伤，她奄奄一息地逃出林家堡，恰孔璘扩建异魔教，她拖着孱弱无力的身体混进异魔教中。

孔璘看中她的媚惑之术，赋她妖力，赐她术法，将她收入麾下，为其办事，但苏媚从未谢过他。因为他们之间，相互利用，各取所需，并未亏欠，也无恩义。

所以今日苏媚谢的显然不是这件事。她礼毕起身："上次我与千叶禅师交手，可是掌旗使大人出手相救？"

"什么？"听说此事，孔璘神色阴沉，"你被千叶禅师盯上了？"

苏媚也困惑："难道掌旗使不知？"

孔璘未答，苏媚又问："天吒感受不到我的妖气，难道不也是大人一手安排？"

话一落地，面前闪过一道黑影，四周光影随之明灭，苏媚抬眸，黑影转瞬即逝，凝聚成男人身形，男人银鳞盔甲、身材魁梧，两鬓已白，面色仍厉，正是异魔教掌旗使孔璘。孔璘炯炯有神的双目紧盯着台阶之下一袭红衣、落落穆穆的苏媚，猜疑之中隐藏着激动："你是说，王寅虎手中的魔刀感受不到你的妖气？"

"没错。"苏媚终于疑窦丛生。

她原本以为是自己灵力清澈，才使得天吒对她毫无敌意，但昨日那铺天盖地的佛光之下，任何妖孽都将原形毕露，她竟能来去自如？

她比谁都清楚自己的身份。可天吒的威名赫赫，千叶禅师的高深道法，都绝非徒有虚名……

"我与这个王寅虎交过手,虽无功法内力,但力量惊人。"孔璘打断她的思绪,"如果我没有猜错,他就是寅年正月正日出生,生来就能克制术法的人。"

联想自己媚惑之术对他次次失效,苏媚这才恍然大悟:"生辰特异,天赋异禀。"

"不错。"孔璘沉吟道,"如今他手持一把专斩妖邪的魔刀,日后必将成为心腹大患,应当趁早除之。可他如今的力量已经不可小觑,我正愁如何除去他,不承想,你就是那把刀。"

苏媚心头蓦然一紧:"你要我杀王寅虎?"

孔璘得意一笑,忽然凑近她的耳边,意味深长道:"当然,但是现在还不是杀他的时候,还要利用他取得五劫辟魔锥,对不对?"

三言两语,看似平平无奇,但所用语态,全是警告。

孔璘目射寒星,盯了她半晌后,纵身一跃,又回到殿上,沉声命令:"顺便,你再把那只画妖给我带回来。"

"巫柔?"苏媚不解,"要她做什么?"

孔璘气定神闲道:"对付李逍遥。"

巫柔的幻魅之术跟苏媚的媚惑之术有所不同。媚惑之术是控制人的意识来操控他人行动,而幻魅之术却是通过操弄人心愿念,使进入画中之人深陷于过去的美好回忆而无法自拔。

对于李逍遥而言,过去,远胜现在。

八年前,李逍遥与女娲后人赵灵儿相爱,并产下一女,两人琴瑟和鸣,传为佳话。但好景不长,南诏国拜月教主,野心勃勃妄图统治大地,消灭白苗族让黑苗族君临天下。为此,他不惜驯养凶猛的水魔兽,导致天色大变,巨浪席卷南诏。

眼看南诏国即将变成一片汪洋大海,身为女娲后人的赵灵儿独担大任,现身救世,与水魔兽同归于尽。

李逍遥接手蜀山仙剑派后,在功法上无人能及,但心底软肋却不堪一击。利用他对赵灵儿的执念将他困在画中,的确不失为一个良策。

回到盛渔村时，薄雾冥冥，天如被墨水浸染，阴沉不已，与喻南松的郁闷脸色不谋而合。

苏媚在街上露出狐狸妖身，不下百人亲眼所见，但王寅虎两耳不闻窗外事，只坚信自己的判断。喻南松本也因苏媚未在佛光之下显露妖形尚存一丝顾虑，但今日苏媚在他来时便逃之夭夭，他反而深信不疑："她若不是妖，为何我一来便立刻逃走，不是做贼心虚又是什么？"

喻南松质问得有理有据，但王寅虎只是淡定地翻了一页纸："如果我是她，上个街就被莫名其妙安上凶手之名，被你们不分青红皂白斩杀一记，见你来了，估计也得躲一躲。"

"你这是在怪我出手伤她？"喻南松颇感无语。

王寅虎提笔做记，并不直面作答。

喻南松自当他是默认，不免气急败坏："她若真的只是普通女子，怎可能接得住我师父的法杖？"

"她本就不是普通女子。"王寅虎低眉研墨，神态略显漫不经心，"她在山中修行，会法术，懂剑术，有何奇怪的？"

"这……"喻南松张口结舌，一时找不到说辞，但又总觉得这苏媚不简单，"可那么多人亲眼看见她的狐狸身，你为何就单单信她，不信我们？"

"我谁都不信，只信证据。"王寅虎的嗓音无波无澜，"只有彻查到底，才能真相大白。"

话毕，便再不理会喻南松，直到三声敲门声起，王寅虎才将目光从字里行间中抬起来。

推门而进的苏媚，红纱绸缎，迎风而扬，狭长的眉眼在灰暗的天光下妖冶撩人。王寅虎搁下笔，过去迎她，而苏媚看着屋中当即对自己剑拔弩张的喻南松，脸上并没有任何情绪反应，只是将一篮子食材递给王寅虎，道："昨日误伤喻少侠，今日特意上集市买了菜，赔礼道歉。"

王寅虎接过她手中两篮子重物，对喻南松示意，神态间似乎在解释她并没有做贼心虚而逃。喻南松却合上折扇，并不领情："你去集市，怕不是去买菜的吧？"

"不买菜，还能做什么？"苏媚知道他怀疑自己，只是假装听不懂他弦外之音。

喻南松抱着扇子，视线紧盯着她，正要说什么，忽然，"嘭"的一声巨响打断了他。

一个男子破门而入！

男子身材瘦小，躺在地上精疲力竭，仿佛每一声喘息都已经是用尽全力，但面色惶恐苍白，冷汗涔涔，如见了恶鬼一般。

王寅虎扔下手中东西，赶忙过去搀扶男子并询问情况。男子颤巍巍地站起来，呆滞的双瞳瞪得奇大，哆嗦了半天才哆嗦出一句："杀人了，妖怪，又、又……杀人了……"

闻言，喻南松一把擒住苏媚，俨然一副人赃并获的架势。

男子大口大口地喘着粗气，心肺仿佛要撕裂了般："我跟大哥……去山上捕猎，刚准备下山，忽然林中卷起一阵黑雾，挡住了我们的视野，我跟大哥被迫走散。等我循着声音找到大哥时，正好看见一个妖怪，忽然出现在大哥背后，大哥……大哥就变成一具、一具干尸……我慌张之下，就跑了出来……"

喻南松将苏媚提到男子跟前，直接问："那妖怪长什么样子？"

男子看了一眼苏媚，却并无反应，只是认真回忆一番，道："黑衣，长剑，撑着一把伞，是、是个……男子。"

"这倒新鲜，男妖吃男子？"听他描述的外形不是苏媚，喻南松只得放开苏媚，嘴上却不依不饶。

苏媚理了理被他弄乱的衣袖，有恃无恐："可能妖也讲究吃什么补什么。"

"……"

王寅虎无暇顾及他们，直接问男子："案发何地？"

男子赶紧交代："东山头的小林中！"

东山头的小林离这里不过两里路。三人抵达林中时，林中黑雾弥漫，分明是下午，却已经黑得如同深夜。王寅虎四处勘察妖气，而喻南松一直盯着苏媚，寸步不离。其他事情暂且不论，这件事苏媚行得坦荡，懒得与他多费口舌，便随他去了。

"去集市要穿过这小林吧？"喻南松跟在后面，意有所指地问道，"这只妖杀了三十三个人，没有留下一点蛛丝马迹，偏偏在我怀疑你的时候，肆无忌惮地出现了？是不是过于巧合？"

苏媚淡然："你想说什么？"

喻南松抄起手，故作漫不经心："都知道王寅虎在盛渔村，这妖竟还敢在离盛渔村这么近的地方行凶不说，还特意放走一个人通风报信？"他顿了顿，"妖狐，你是故意想让王寅虎觉得凶手另有其人，以便洗清自己的嫌疑吧。"

喻南松的分析不无道理。

失踪三十三名男子，每一次案发现场都无从取证，为何单单这次彰明昭著？

苏媚察觉不对，正要上前提醒王寅虎，林中却在这时弥漫出更多黑雾，那雾浓如绸纱，遮天蔽日，让人辨不清方向。一直行在前面探路的王寅虎担心与他们分散，立刻撤步退回，与他们二人并肩而行。

"看来是中计了。"王寅虎谨慎道。

苏媚反而讽道："喻大侠现在可还有话说？"

以喻南松的功力，苏媚不可能在他眼皮子底下施法而不被察觉。喻南松也知自己多半是冤枉了苏媚，事已至此，只好道："这是瘴气，待久了会暴毙而亡。"

"交给我。"王寅虎淡定自若，从背后找准方位后忽然腾空，借内力而上，拔出天吒朝天一斩！

瞬间，黑绸般的天色被撕开一道口子！

天光蜂拥而下，黑雾随之驱散，他们看见了那个男妖。

他就立在十丈外的松树下，一身冰蓝色的暗纹长袍，在枯尽的山林中显得孤高又清冷。他的双目如夜色清冽，刀削似的薄唇轻抿，手中抱着一把长剑。剑泛着冷冷的寒光，如他注视着的目光那般冷漠。

苏媚还在端详其真身，王寅虎已欺身而上，那优雅流畅却风驰电掣的致命招式，干净利落如悬河注水的千钧之势。这样的刀法，男妖根本无法招架。被打得无力还手之后，男妖只得十指结印，化出一把六骨天伞，以此抵御王寅虎的攻击。

可王寅虎除了刀法登峰造极，还能破解一切幻术。这天伞于他而言，就像这满林子的瘴气一样，无济于事。

不过三招，魔刀便以破竹之势，刺穿天伞！

几乎只是一个合目的工夫，以天伞死撑的男妖被击落在地。疾风从四面八方吹来，黑雾彻底散去，满地斑驳，光影分明，而树荫下的男妖力量受损，这才显现出了他真实的样子……

泼墨山水画般的袍子逶迤在地，云鬟浸墨，亭亭玉立，低眉之间，般般入画。

苏媚万万没有想到，男妖的真身，竟然是……巫柔？

她认识的巫柔，是大大咧咧开着玩笑，不修边幅的本家朋友；是每天躲在深山之中，安分守己，不敢踏足人世的千年老妖；是孤独已久，求着她去抓男人给她排解寂寞的大龄妖女……可如今，她不仅敢变化成他人模样，在余杭大肆虐杀，甚至还能这样从容不迫，毫不畏惧地与王寅虎对峙，目光冷漠，凶残无情，与苏媚所认识的巫柔判若两人……恍然间，苏媚觉得自己似乎从不认识她。

"三十三个人，是你杀的？"苏媚难以置信。

"不是。"巫柔伏在地上，缓缓摇头。

得到这个答案，苏媚莫名松了一口气，正要向王寅虎为她辩白，可这时，巫柔却看了一眼身侧那具已经干如柴火的男尸，纠正道："是三十四个。"

苏媚蓦然一怔！

就在王寅虎朝巫柔挥起魔刀的千钧一发之际，苏媚忽然施法阻止。

刀锋在巫柔脖颈一寸处堪堪停下。

王寅虎的目光下意识投向苏媚，巫柔当即施法遁身而逃。喻南松见状，暗道不妙，施法去追，但到底还是晚了一步。

悻悻而归的喻南松，看着纵她逃生的罪魁祸首苏媚："这么明显的里应外合，还说这件事与你毫无瓜葛？"

苏媚的确是故意的。

巫柔于她而言还大有用处，她可不能让巫柔就这么平白丧命。但面对他们的质疑，苏媚一时之间也找不到说辞，只能低着头，苍白辩解："此事疑点重重，不能错杀好妖。"

"好妖？"喻南松失笑，"她哪里像个好妖了？"

苏媚结舌。

"苏媚所言不错。"这时，一直沉默的王寅虎却开了口。他收起魔刀，并无谴责之意，而是冷静分析："此事的确疑点重重，比如，她为何自投罗网？"

"自投罗网？"喻南松不解。

王寅虎点头："今日这妖道行不高，遁身术却十分了得，你也该见识过了？"

回想适才情形，喻南松并不否认："疾如闪电，非我能及。"

"这就对了。"王寅虎若有所思，"她明明可以在我们赶来之前，或者在我出手之前逃走，可为何非要等到露出本相之后再逃？而且，她幻化成男子时，手中的长剑，你可看清了？"

喻南松显然没有注意到，拧眉："剑？"

王寅虎沉声道："那是失传千年之久的帝王剑。"

二人闻声一凛，倒吸一口凉气，神色骇然。

王寅虎所提的那柄帝王剑是曾经杨国的镇国之宝，是杨国王宫供奉之物，历代君主都将之视若瑰宝，但几百年来，从未出过鞘，只因这剑乃是保护人类的神剑，只斩妖邪而无法杀人。

但后来杨国公却将其赐给护国将军萧玦，这位萧玦有着百战不殆的显赫威名。杨国国定之初，他为扩展版图，挥师南下，吞并数个小国，后一鼓作气欲攻齐国。

腊月初，边关就传来喜讯，道护国将军萧玦用兵神速，连夜筑城，以火攻烧齐国两桥，齐国战败，萧玦凯旋，杨国公大喜，亲自到城门迎接，却发现杨军全军覆没，仅有萧玦一人归来。

也是这日，杨国王宫惨遭血洗，而帝王剑却与萧玦一道销声匿迹。

谁也不知道，这中间究竟发生过什么……

回去后，苏媚辗转难眠。

月夜清辉落地，竹舍炉火熠熠，有雪翩然而至，凄烈的火光中，如扑起的灰烬。恍恍惚惚之间，苏媚好像做了很多梦，梦见林中的巫柔，目光幽冷，食人精气，抬头看她时，笑容阴森；梦见齐杨那场大战，弥漫的硝烟氤氲，遍野的尸骸腐烂……

她双目一睁，猛然坐起身来，却发现自己置身于洞府之中，纵横交错的树根被编制成精致的帘门，松柏的清香袅绕，临崖而设的巨大天窗外，是一幅壮美的山河图景。她父亲盘着壮硕的蛇尾，端着一杯茶，坐在窗边，悠然惬意，母亲置办饭餐，正往竹筒杯的酒中兑水。

苏媚记得，那水是清晨采来的露水，酒是山中树皮酿制的酒，母亲总说那酒灼心，回回都背着父亲悄悄兑水。

"阿娘……"脱口而出的称谓，竟让她有几分哽咽。

"我的小妖精，这怎么还哭鼻子了？"她阿娘抬头一见苏媚泪眼婆娑的模样，顿时心疼不已。

这应该是梦吧……可为什么如此真实？

苏媚愣了很久，才点了点头，多年酸楚悉堆眼梢，满腔委屈不断发酵，她赖皮地环住她阿娘的腰，将头埋进去，啜嚅的声音喑哑不已："做噩梦了，做了好长一个噩梦。"

苏媚也分不清，究竟哪边才是梦。那端是九年的生离死别，这里却一成不变。但跟这久违的相拥比起来，那九年的所经所见，竟如过往云烟，指尖尘沙，恍若不值一提的噩梦一场。苏媚想，哪怕这是梦，她也甘之如饴。

然就在这一刹那，一道皓白清辉闪入眼中。

青天白日，何来清辉？

那分明，是剑光。

苏媚被一股力量掷开数尺，挣扎之间，九年前的记忆蜂拥袭来。她又看见一长身玉立、五官锋利的男人破洞而入，又一次看见她眼里所向披靡的父亲三招就败下阵来，母亲又一次声泪俱下，跪求那人饶其性命，可男人手起刀落，漾开的鲜血，融进满地沉沙。

苏媚木滞地抬头，此刻面前的持刀之人，竟然是……王寅虎。

思绪完全凌乱，大脑一片空白。

苏媚不知道情势为何急转，可看着再次躺在血泊之中的双亲，九年的仇恨和怨念，彻底爆发。她积蓄毕生妖力于掌心，王寅虎可免疫一切术法。于是，苏媚倾尽全部妖力击出的一掌，对于王寅虎而言，简直无关痛痒，只是妖力消散那一瞬，她力道把控不足，直接以"投怀送抱"的姿态扑进了他怀里。

王寅虎高大的身躯猛然僵滞，苏媚却无半分迟疑，旋即掏出匕首，又朝他胸口狠狠刺穿而去！

呆滞的王寅虎出于护身的本能，制止了这剜心一刀。

"是我！"他死死拽住她的手，低沉的声音似乎让她冷静下来，"这是幻境！你看清楚了！"

苏媚一顿："幻境？"

她这才发现，这洞中物品、窗外景色、地上血迹……正在逐渐褪色，它们形如指尖流沙一样，在肉眼可见的速度下，不断流逝消散。

王寅虎"嗯"了一声，见她已经冷静下来了，才放开她，随之抛来一物："拿着！"

苏媚本能接过，一看是天吒刀鞘，登时色变："给我这个做什么？"

"以免你再入幻境。"王寅虎答完，又将夺过来的匕首完好归还给她。

明白了大概情势，但苏媚还是不解自己明明在皇甫英的书房，怎么会一个打盹的工夫就误入幻境："我们怎么会来到这里？"

王寅虎似乎在寻找出口:"白日那妖还记得吗?"

苏媚脱口而出:"巫柔?"

"你果然认识她?"王寅虎没看她,但口吻却很是沉静,似乎早有所料。

"有过几面之缘。"苏媚不免心虚,"我念她心善,所以瞒着你。"

"心善?"王寅虎却哂笑一声,不以为然,"你一心救她,她却以德报怨,置你于死地?"

王寅虎向来温和,极少用词这样沉重。苏媚追问:"何意?"

他站定,余光轻扫周遭,此刻,这个缤纷多彩的世界已经褪成了一片虚无的白色,唯一能看见的,是远处那不知是浓如墨一样的雾,还是轻如雾一样的墨的东西,在远处不断地流淌,如同山水画上浓墨重彩的一笔。他道:"这里,就是她的画中世界。"

"什么?"王寅虎说得何其云淡风轻,苏媚却倏然色变。

画妖噬人怨念而成,其幻化魅术是由被困人心中怨念而成,中术之人,无一能将其识破。但王寅虎体质特异,再高深的魅术对付他,都是徒劳无功,而苏媚大惑不解的是,巫柔为何反戈一击,要将她囚禁于画中?

"你的天吒这么厉害,能劈开这画吗?"苏媚问。

"劈开?"王寅虎仿佛觉得她暴殄天物,"若我所料不错,这画便是当年未完的《山川社稷图》,尽管是残卷,但却是离后一针一线耗时两年而成,如今再经千年岁月,可是价值连城的文物。"

苏媚噎了噎:"……都这个时候了,你觉得文物比命重要?"

王寅虎笑了一下,不答反道:"我想,我大概知道真凶了。"

"谁啊?"苏媚显得比他还迫切。

王寅虎负手而立,娓娓道来:"三十三名失踪的男子中,有一位是盗墓贼,前段时间被捉捕入狱,我们从他身上搜出一枚千年前的发簪。据这小贼交代,这发簪是东山头的小林中所得,但是整个东山头只有一座被刨的新冢,从一个新冢盗出一支千年前的发簪,怎么听都觉得是狡辩之词，可我们无从查证，便一直将之关押待审。结果昨日，那贼人死在狱中，其死状与今日那人无异。而今日，我又在《杨国秘史》上看见了那枚簪子的图绘，正是萧玦和杨裳笙的定情信物。"

"杨裳笙？"这个名号苏媚却是不曾听说。

王寅虎点了点头，徐徐道："杨裳笙是杨国公之女，当年与萧玦互生仰慕，被赐予国婚，可不久后，杨裳笙重疾缠身，日日要咯上半碗血。杨国公殚精竭虑，张榜寻遍天下名医，仍束手无策，后一方士寻一偏方，道之可以妖心续命。"

"妖心？"经此一提，苏媚似有些眉目了，"那杨国公将其赐予萧玦，莫不是要他……"

"没错。"接过她话的，是一个利落的女子声音。

二人循声回望，虚白之中，浓稠墨汁如纱飘扬，一笔一画自绘成画，形成一方有画有水的庭院，分花拂柳而来的巫柔，纤细手腕托着一壶茶，忽明忽暗的眸光中，没有一丝悔意。"将军为救心上人，剜割女妖之心。最后，妖毁、人亡、国破。"她微微侧头，"故事很长，想听吗？"

王寅虎直接过去坐下，从容的姿态如同故人叙旧："既然来了，当然。"

巫柔无声施法，如梦如幻，她利用画中幻境，让他们看清了整个故事的全貌。

第六章 婆娑因果

千余年前,人界兵连祸结,九州战火不休,列国为争寸土之地,大动干戈,从而造就乱世。就在列国还在忙于招兵买马时,姜国却得来一个上古剑谱,传闻可铸就威力巨大、可破百万之军的魔剑。

杨国公心存忌惮,率兵欲灭掉姜国,夺其魔剑。

姜国不敌,以刺绣《山川社稷图》为条件换取齐国援兵,未料,两年后,离后积劳亡故。得知《山川社稷图》未能完成,齐国立刻撤走援军,杨国率兵长驱直入,围困姜国都城。

屋漏偏逢连夜雨。大军在前,而姜王却身染重疾,只能指派太子龙阳暂代朝政。

龙阳为救国难,召集方士,修造熔炉,循古方铸造魔剑,欲挽回局势。可半年后,魔剑未成而姜国都城已破,姜王与龙阳皆战死。

杨军以剑炉焚尸,姜国公主龙葵悲愤欲绝,跳入剑炉自尽,未料其处女之血结合无数怨灵,竟然使得魔剑天成,引起一场血雨,杨军悉数暴毙,无一人生还,后称"天剑之变"。

姜国虽灭,杨国国力也大大折损,后靠新任将军萧玦挽回一点国力。

那时候的萧玦,冷峻肃穆,战功赫赫,但令世人津津乐道的,还是他与杨国公之女杨裳笙之间的风月往事。

当年,萧玦与齐国首战便连攻齐国数道防线,短短七日,就已兵临城下，就在杨军信心大增，想一举拿下齐国之时，郡主杨裳笙被齐国所掳。

得知此事的杨国公方寸大乱，答应立刻撤军，并以一座城池换杨裳笙一命。

杨国的寸金寸土都是萧玦麾下的千军万马以性命换来的，萧玦断然不愿轻易割舍，便主动请缨，一人前往齐国，营救郡主。

杨国公思索再三，应了。

萧玦脱下铠甲，换上便衣，潜入敌营。可饶是他身手敏捷也敌不过敌方百万雄师，更何况，还带了一个人。所以从敌营闯出来时，两人已是伤痕累累，但好在性命无忧。

齐国派兵四处搜查二人下落，萧玦带着她避开城关，从敌国边境一路往北而上，历时三月走回杨国。

回宫之后，杨国公大喜过望，封萧玦为护国将军，而萧玦和杨裳笙也互生情愫，索性喜上加喜，赐下婚事。可好景不长，不久后，杨裳笙竟疾病缠身，难以下榻，且祸不单行，齐国这时又举兵来犯，杨国前线不堪重负，一再崩溃。杨国朝臣审时度势，让萧玦临危受命，再次率军援助前线。

萧玦当即放下手中药碗，离开卧病在床的杨裳笙，转身披上盔甲，持戟上阵。

这一战，萧玦的确大胜而归，然世人不知的是，萧玦回国途中，遇见一位来自回魂仙境的翁姓方士，方士手持一图，道此图曾被战场的万千鲜血染尽，由此生出妖邪之气凝作妖身，在杨国边境为非作歹，他在途中遇见，将之带回镇压。

心忧杨裳笙性命的萧玦，也曾听说过妖的内丹精元可以救人性命。带着这样一份执念，他当夜在方士的水中动了手脚，瞒着所有人，以赴死之心，入画擒妖。

大抵苍天有眼，竟真让他见到了传说中的妖，可同样让他始料未及的是，世人口诛笔伐的妖，竟这般纯正无邪，尤其笑起来时，更如一泓清泉。

那就是年少的巫柔。

巫柔原本是姜国宫女，因为年幼懂事，离后见着很是喜欢，就一直带在身边养着，很少让她做脏累活。离后薨逝之后，她便日日守着那幅未完的山川社稷图为国祈祷，可姜国终还是走向了灭亡。

姜国被灭的那日，巫柔提前带着尚未完成的山川社稷图逃出王宫，却被杨国军人一箭穿心，当场气绝身亡。而世间法器，皆因血而活，她的血，让山川社稷图"活"了。但她的魂魄，也永久宿于山川社稷图中。紧接着的"天剑之变"生出的万千冤魂被山川社稷图吞噬，成就其无上妖邪之力供她驱使，被后世称为幻魅画轴的法宝由此诞生，而巫柔便是寄宿于其中的幻画魅妖。但巫柔却从未作恶，顶多也只是在杨国军队奴役姜国百姓之时，才会以妖术恐吓，却不承想被路过的翁方士所收服。

萧玦见她并无方士所言那般恶贯满盈，而是热情好客、平易近人，于是决定留在画中，趸摸情况，待寻得机会，再伺机动手。

山川社稷图好进不好出，萧玦能进来，是因为偷了翁姓方士唯一的一张阵法符箓。

符箓和萧玦凭空消失，方士便以为萧将军误入画中，一直在外守着画轴，直到上个朔月，画面出现异样，方士被吸入画中。他和萧玦一样，皆未料到，族长说的恶灵横生之地，竟然只有一位至净至纯的小女孩。

方士动了恻隐之心，但萧玦取丹之心坚决。且他发现，一到朔月，画轴力量减弱，方士在没有符箓的帮助下，也可施法而入。

萧玦笃定，这简直就是天赐良机。

这一天很快就来了。

为了镇压画中恶灵冤魂，巫柔几乎每月都会和他们进行一次战斗，那天，夜下漆黑，苍宇之上，没有一颗星子。

巫柔从来没有想到，她会在这种时候犹豫。她默默无声地跟在萧玦身后，声音小得几不可闻："我什么时候才能结束这样的战斗？我不喜欢战斗，也不想再战斗了。"她看向萧玦，黑白分明的眼睛忽蓄满了勇气，

"萧玦，你能不能带我出去……"

他望着她，忽笑了，随即自顾走在前面，不为所动："你走了，谁来压制画中恶灵？你忍心看着这些恶灵逃出画中，祸害百姓吗？"

"可是……"她顿了顿，面前的萧玦偃傥而立，眼里只有面前这幅锦绣山河，可她满眼都是他，满眼都是这个打乱她多年孤寂，甚至可以给予她前所未有的温暖的男人。良久，她低声道："我忽然不想了……"

他闻言，只是道："你放心，我会陪着你去。"

云淡风轻的一句话，却在她心头掀起巨大涟漪，她抬头凝望着他："可这一次，我若是输了呢……"没来由的伤感，让她的笑容都变得勉强起来："我不知道为什么，忽然不想跟你分开。"

他蓦然顿住。

好熟悉的话……

当年他从齐国营救杨裳笙归来时，也是这样。他驾着一驾从匪贼手里抢来的马车，日夜兼程，才终于望到了杨国的高墙。他自是如释重负，当即翻身下马，拨开帘子，扶杨裳笙下车。

可她并没有想象中的那般欣喜，只是看着面前高垒的三尺围墙，凝重道："一路风雨兼程，就是想回到皇宫，可是，我忽然不想回去了。"她回头注视着他，"回去之后，我在深宫后院，你在朝前当臣，即便只隔几面墙，可那墙，却比这姜国到杨国还要远。"

她说："萧玦，我忽然不想回去了……"

恻隐之心吗……可为了今日，他已谋划数月之久，如果因她的怯弱而功亏一篑，他还要再等一轮阴晴圆缺。他等得起，而杨裳笙却等不起了。

"我会陪着你的，"他立在巫柔前面，夜色将他伟岸的背影映衬得高大又挺拔，面不改色，"也会等着你。"

明明是很温柔的话，竟让巫柔寒彻入骨。大概是错觉吧……巫柔没有怀疑："那你就在这里等我，我怕……吓到你。"

对于这个交代，他只是一笑置之。这些年死在他手上的人，数万之众，哪种鲜血淋漓、刀光剑影不曾见过，何曾惧过？

可他错了。

在人界，他的确是高瞻远瞩、无往不胜的将军，可将格局放在三界，他到底还是管窥蠡测了。

这一天，他看见如水的夜风起云涌，看见黑夜被惊雷撕成碎片，凝聚成巨大的旋涡，血色雷电就在翻滚的云层之中惊现、跳跃，犹如盘桓的巨龙，苍劲有力，腾跃辗转……强大的气流逼得他连退数尺，而这势不可当的力量，就这样准确无误地劈在那具纤弱的身躯之上！

而那个小小的身躯只是微微屈膝，再次倔强地站立起来……

他竟然望而却步了。

不知多久之后，巫柔终于将恶灵镇压，她长松一口气，回眸望去，尽管已经面无血色，却依旧展出一个极尽妍丽的笑来，可她却没有看到那个说要等她的人。

她妖力减去大半，气息奄奄，却没有立刻原地休息，而是拖着遍体伤痕的身子，跌跌撞撞地从山上下去。

她想他可能在山脚等她，她想倒进他坚实的怀里，想安安心心地睡过去……想到这些，尽管她已体力不支，但觉得接下来还能跟他待在一起，便心情愉悦起来。

耳边凛风变得温柔，低垂苍宇云开雾散，如释重负的巫柔，即便举步维艰，但仍满怀期待，以至于一个火把砸过来时，她竟险些没有避开。

庆幸火把失准，与她擦肩而过，落在地上，将无尽夜色烫出一个洞。

抬起头来，却发现，等在山脚的，不是萧玦，而是久经沙场、见惯厮杀的精兵将士，是杀人如麻、不畏生死的人类战士。

他们手中没有一把利器，只有凄厉燃烧的火把……她感受到了前所未有的肃杀之气。

她还没回过神来，混战已经开始。妖尽管仅存一丝力气，亦可杀人，术法依然信手拈来。萧玦预感不妙，可就在他准备命令所有人后退之时，寂静的雪域忽然传来长风的呼啸，铮铮铁骨的将士在一瞬的噤若寒蝉后，平地而卷的狂雪扑灭了所有的火光。灰暗之中，是一阵厮杀之音，凄厉的、哀号的、忍痛闷哼的……情势已完全往巫柔一方扭转之时，一直作壁上观的他终还是动手了。

看见他的那一瞬，巫柔好像已明白一切。

所有的温柔以待，全是蓄谋已久。

大抵是不习惯他温和如玉的手握着崭新锋利的长剑，更不习惯，他脸上是她从未见过的冷厉决绝，所以这一剑，从一开始她就没有想过避开，又或者，根本来不及避开。

她双眸就如一潭不见底的死水，绝望且悲伤地看着他："没有用的，凡人刀剑，伤不了我。"

"是吗？"他冷冰冰的样子，仿佛从不认识她，"这是杨国王宫供奉的帝王剑，专门斩妖。"

低头，她才发现，长剑早已没入命门。

"萧玦……"这是她第一次叫他的名字，声音颤颤的，几近破碎，"我做错了什么？"

寒星惨淡无光，天地之间再无声音。

四周将士被妖术束缚，动弹不得，却未有一人丧命。即便是这种性命攸关的情况，她仍未伤一兵一卒，她何错之有？

十里春风横扫天境，万物萧条且凄凉。萧玦看着身后被她击倒的精兵将士，在很久的沉默后，道了一句让巫柔在今后无数婆娑岁月中，都在脑中挥之不去的话。他说："妖，不都该死吗？"

巫柔满眼的不可置信，她在恍然间觉得，眼前这个俊朗少年，竟如此面目可憎。

萧玦拿走了巫柔的内丹精元，未等她魂飞魄散就迫不及待地启程回宫。可他不知，他决绝果断的一剑，不是斩杀了巫柔，而是释放了恶灵。

姜杨两国一场大战后，山川社稷图被摒弃在浮尸万里的战场之上，汲取了成千上万的冤魂怨念，它们在画中怒号沸腾，甚至有恶灵逃出四处作恶。而巫柔每月要对抗的便是这些层出不穷的恶灵。那些恶灵为了破画而出，聚成雷霆之势，是她持之以恒的对抗，才得以将这些恶灵永久关押于画中世界。

她就像一道活的封印。

可这一切，都因萧玦，毁于一旦。

当萧玦拿着内丹精元，和众侍卫从画中出去之时，以怨念重塑妖身的巫柔，已在画外等候多时。

那一晚，她不记得究竟杀了多少人。

只清晰地记得，手掌穿过他胸膛时，那血肉之中，还有让她怀念的温暖。

后面之事，不难猜到。姜国冤魂觉醒之后，第一时间就是灭掉杨国。

萧玦身死，巫柔抽其魂魄，控其肉身，以护国将军的身份再次回到杨国。

元月初七的夕阳嗜血般的红，映照着他的身影高大而伟岸。百姓在城中仰望，激动盼望他们大将军的凯旋，却不知战马上那威严的身躯下，是万千姜国战士的冤魂。杨国公当日也大摆筵席，率诸位大臣亲自迎接，待第二日，灼目的阳光再次普照这繁华的都城，杨国，成了真正意义上的血流成河。

从取下第一个监门将军的首级开始，到踏着所有将士尸首铺成的路去往王宫，看着两百零八具忠肝义胆的大臣尸首摆满正殿，以及躺在血泊之中的杨国公……巫柔带着萧玦的魂魄，向他炫耀自己的杰作，根本无视萧玦疯了似的悲愤，目光环视了一遭后，只冷冷道："还剩最后一个人了。"

萧玦脸上的悲愤瞬间僵滞。

杨裳笙。

苏媚想，究竟是恨到了何种程度，才会在杀了他之后，又重聚其魂魄，让他眼睁睁地看着，他拼尽全力所守护的一切，毁于一旦？

白云苍狗，岁月如梭，一千年前杨国王宫灭亡的真相，不消片刻就已呈现完毕。

"你杀了他的心上人，灭了他效忠的王朝，也亲手杀了他，如今为什么还要杀人？"苏媚不能理解。

三尺之远静然而立的巫柔，不再是那副不拘形态的放纵之态，千年的岁月在她脸上沉淀着悲凉："因为他在临死之时，还想跟杨裳笙续来世情缘。"她漾起一丝嘲讽，"来世？他们永远都不可能有来世。"

事已至此，苏媚大抵猜到了："所以你就将他困于画中，以人类阳气滋养着他的魂魄？"

"不错。"巫柔也不否认。苏媚的腿软了一软，却忽然惊醒一半，撑起头来时，苏媚发现自己仍趴在书案上，手中抱着那本《杨国怪诞》，而面前火已燃成灰烬。她一时有些摸不着头脑，正揣测自己是不是做了个梦时，王寅虎挺拔的身姿从她身后一掠而过，淡淡道："不是梦，跟我来。"

"嗯？"苏媚立刻起身，紧随其后，"去哪儿？"

王寅虎没说话，而后拔出魔刀。魔刀还在隐隐震怒，看来萧玦未走多远，两人便顺着天吒的指示追去。不久，便在后巫山底下，看见了真正的萧玦。

昔日俊朗无双的护国大将军，早已褪尽锋芒，不再是战场上那般锐利刚毅。他撑着一把伞，腰佩帝王剑，手中是那枚丢失的发簪……曾经统率万军的萧将军，一人一骑都能杀出千人阵仗，如今，竟然无比萧条落寞。

天吒震怒得越发厉害，大抵察觉动静，他警觉起身，试图举起帝王剑，与王寅虎对抗，可王寅虎反而收起魔刀，肆无忌惮地上前两步，侃然而立："别挣扎了，你如今根本用不了帝王剑。"

他一愣，想起什么，恍然失笑："是啊，我已属妖邪，竟还妄想挥动帝王剑，不自量力。"一丝孤寂在他眼眸之中稍纵即逝，他收起适才的锋利，道，"画妖用阳气滋养我，我多活一日，便会多一个无辜的生命死去，与其让我不伦不类地活着，不如死了好。"他闭上眼，"杀了我吧。"

王寅虎轻笑一声："你若真是如此想，何必等到现在？"

萧玦沉默了半晌，低眉看了一眼还紧握在手中的发簪，慢道："本想再见裳笙一面……可她，已经死了……如今这尘世，我再无牵挂，何惧一死？"

听得这般话，苏媚更加捉摸不透，而就在这时，一个物什忽然隔空突袭而来，速度之快，苏媚来不及反应，但王寅虎却早有预料，缩手避开，与此同时，重如千钧的天吒如箭矢般朝林中白衣女子飞刺而去！

林中传来一声女子吃痛的轻喝。

猜到是巫柔，苏媚立刻追过去，却发现天吒插进树干之中，那个缥缈的人影消失殆尽。

但妖法讲究万物归元，妖气逃出本体，事后又会回归本体，以人的肉眼根本看不见，但苏媚看得见。苏媚正准备跟着妖气去追。

巫柔为天吒所伤，她也没有逃去别处，而是回到了故事最开始的地方——后巫山。

她似乎猜到苏媚会来，静静坐在云端，苍白的天光打在她面无表情的脸上，她自嘲起来："他说他已经放下仇恨，我竟然又信了他。苏媚，人心就如此凉薄无情吗？"

"所以你囚禁他，从不是因为恨？"苏媚走过去，问，"你爱他？"

这三个字，仿佛幽静林中的一声爆响，叫巫柔惊慌失措，但她很快收敛了这样的情绪，转头看着云海之外的远山青黛："这些年，我将他囚禁于画中，他也终于摘下温柔面具，以本身的样子面对我。他不再跟我逢场作戏，不再对我嘘寒问暖，不再演绎款款深情……当然，他也不再正眼看我。我其实很清楚，我留住的萧玦，身已毁，魂虽在，但心死了。"

她看着终日萎靡的萧玦，于心不忍，便以萧玦的怨念给他捏造了一个幻境。

画妖可以幻化成任何人的样子，但这跟寻常变幻术不同，寻常变幻的只是皮囊，但画妖却可以完全幻化成另一个人。无论是从神态到举止，还是下意识的本能反应，都可以做到一模一样，毫无破绽。

幻境之中，杨国王宫恢复往昔盛况。而皇城外，他班师回朝，万丈高的城墙上，杨裳笙盛装而立，绰约多姿，手中抚着一把七弦玉琴，一挑一捻，尽显芳华，像是送给他的凯旋之歌……他沉沦于这样的盛况，沉沦于巫柔变幻的杨裳笙，也沉沦于自己怨念所构想而成的世界。

可长此以往，巫柔自己也分不清，沉沦在这个世界的，究竟是自己还是萧玦。

她爱上了萧玦，当她察觉之时，已经覆水难收。

苏媚听完却觉得整件事情不大对劲："你既然灭了杨国，杀了萧玦，那你的内丹精元呢？"

她指尖一顿，好久，忽笑道："你猜？"

"莫非你真的将内丹精元给了她？"得出这个结论，连苏媚自己都觉得荒唐，但巫柔却点头承认了。她自取内丹精元让杨裳笙服用，条件是萧玦留在画中，永远陪着她。只是巫柔没让他等到杨裳笙彻底醒转，就带着萧玦踏过满地残兵断戟，走出了这座他征战数载才护下的杨国王宫。

漫天鹅毛大雪扑面而至，掩埋着一切冰裂后肉骨可见的狰狞惨状。兴荣数载的杨国王宫，被这一场无妄之灾，洗劫一尽，红颜枯骨，国破人亡，所有一切都不复存在。而此桩事也成了百姓口中的怪诞。

苏媚却眉头紧蹙："一派胡言，我们查过，杨裳笙早在国破当日死去，何来妖救人一说？"

萧玦被困于画中千年，出来第一件事必然是找杨裳笙，可他却埋簪建冢……可见杨裳笙的确是在国破当日而死，也就是说巫柔骗了萧玦，她根本没有救杨裳笙……而这三十三条人命，是从她撞开巫柔结界，放出萧玦开始的……难道杀人的根本不是巫柔？

巫柔故意告诉当年杨国灭亡的真相，是为了将所有疑点指向自己？幻化成萧玦的样子之后，又显露原本模样，也是为了掩人耳目？她故意露出重重破绽，只是为了替萧玦承担所有罪名？

思及此，苏媚立刻掉头回撤，却被一幅泼墨而成的山河画拦住，但苏媚身形敏捷，以绝不恋战的脱困之术，很快逃出生天。在她看来，王寅虎就是个好管闲事的菩萨心肠，以为萧玦是受害者，且还愿自刎谢罪，就足以让他对萧玦网开一面，王寅虎那生来就是个冤大头的性子，不上当才怪！想到这些，苏媚就一个头两个大，脚下也登时更加卖力了。

怎料待她十万火急地赶回盛渔村，一脚踹开王寅虎家的大门时，所见之景与她想象的，大相径庭。

房中四窗全合，灰暗无光，无菜亦无酒，只有一个木凳、一把交椅，以及两个人：一个被麻绳绑在木凳之上，整个人仿佛是从水里捞起，精神萎靡，神情怏怏；另一个手持天吒，正襟危坐，满脸肃穆，端出少年名捕的风范，却俨然一副严刑拷问的架势。

见到踹门而进的苏媚，萧玦神色一凝，王寅虎却同平常一般，无波无澜："回来了？"

苏媚指了指这要对萧玦滥用私刑的阵仗："你这是……"

"既不承认自己是妖，也不承认自己杀过人。"王寅虎节骨分明的手指轻叩着桌沿，口吻颇为平淡，"衙役的刑法是惩戒恶人的，对恶鬼没用，我只能动用私刑了。"

"你早知道是萧玦？"苏媚被巫柔欺骗得团团转，却未曾料到，王寅虎竟早已知道真相，"你到底，什么时候发觉的？"

"一开始就知道了。"王寅虎自斟了一杯茶水，娓娓道来，"画妖为了维持萧玦的魂魄，便以阳气滋养着他，但从未被人发觉，可为何最近却开始大量出现尸体？"他目光轻轻掠过萧玦，"雏鹰离开了母亲的庇护，总要学会自己觅食，不是吗？"

他所言不错。

萧玦已不再是人，步入人世，总要觅食，而鬼魅向来以凡人为食。萧玦初为鬼，自然不懂，噬人之后，畏惧又后悔，却又压抑不住内心的渴望，继续逢人便吃，事后又将自己藏起来。后王寅虎因为帝王剑查到了他的头上，巫柔得知后心系其安危，设计将一切疑点指向自己，可她将自己的意图摆放得过于明显，反而让王寅虎疑窦丛生。

至于内丹精元，尽管苏媚还心存疑虑，但她的重点始终不在案子上，只要王寅虎平安无事，其余的，她并不关心。毕竟，王寅虎可是她开启天师陵寝的钥匙。而这时，王寅虎却问道："画妖呢？"

苏媚去追巫柔，纯粹是想让她为孔璘所用，但见王寅虎发问，便摆出一副深切关心的神态："我追她途中察觉不对，担心你有危险，所以就立刻赶了回来。本以为你会被萧玦所骗，看来你也不傻，早发现了这端倪，枉我担心一场。"

王寅虎迟疑道："你……担心我？"

"我当然担心你啊！"苏媚几乎是脱口而出。

王寅虎大抵怔了片刻，而这时，被忽略于木椅上的萧玦却哂笑出了声。萧玦右手已废，狼狈地被拴在木椅上，蓬头垢面，衣衫褴褛，哪里还有当年纵横疆场的大将之风。

"死到临头还笑得出来，不愧是杀人无数的……护国将军。"苏媚冷讽道。

萧玦不以为意，一双厌世的眼眸抬起，懒懒地看着他们，随后，竟然哼起了小曲。声音喑哑，极为难听，可悲凉意味却极为浓重。苏媚听得头皮发麻。

他笑不见收，反而越发猖獗，甚至拿那双冷冰冰的眸子将她与王寅虎上下一扫，摇了摇头，轻道："人与妖，终不得。"

王寅虎没懂其意，但苏媚可没打算给萧玦戳破自己身份的机会，当即催着王寅虎出去了。晚间时候，苏媚头绪紊乱，便翻身下床，倚在窗口，借月下精华静气凝神。

奈何冤家路窄。

看着屋檐之上那个白衣萧萧、临风而立的男人，苏媚揉了揉额，面色郁闷。

"苏姑娘，好巧，又见面了。"喻南松轻摇折扇，存于眉眼之间的恬静，如流水般淡泊，只是不知他在屋檐之上矗立了多久，苏媚竟毫无察觉。

"巧倒是不巧。"苏媚不动声色道，"承蒙喻少侠不弃，穷追不舍数里，不然，何来这巧合？"

他迎着月光笑了笑，"师父总说你会为祸苍生，我左右瞅着你，都不是为祸苍生的那块料。"他起身，眼中潋滟却尽收无遗，"你靠近王寅虎，究竟有什么目的？"

苏媚理了理额前遮眼的碎发："有道是窈窕淑女，君子好逑。"她漫不经心地瞥他一眼，"这谦谦君子，就不许我寤求之？"

"如此不知廉耻，果然是狐狸精。"喻南松手中折扇一扬，当即声色俱厉，"我倒要看看你到底有何等能耐，能躲过天吒法眼，还能在我师父的佛光之中安然无虞！"

话毕，扇承疾风，直劈过来！

苏媚偏头险避，这一合目之间，喻南松已悄无声息跃至苏媚身前，好在苏媚反应极快，折腰抬脚，一记飞踢，踹开了喻南松要点她穴的右手。

渔火已灭，灯火熄尽，眼花缭乱间，两人已过数十招。

喻南松招招留情，似在试探，总想在她身上搜索些东西来一般，苏媚也未下狠手，导致这场战斗难分胜负，僵持颇久。

很快，苏媚寻得契机，将其折扇击飞，他撤身追扇，苏媚趁机坐上屋檐，与之拉开数丈之远："白衣行过处，折扇不离身。喻少侠，果如传闻。"

"功夫不错。"喻南松拾回折扇，指尖摩挲着扇面，目光却不着痕迹地打量苏媚。这女子不过二十岁的模样，若说她是妖，佛光之下她却不显妖身，天吒近在咫尺，也不为之震怒；若说她是人，妖狐之身，前天的余杭众人却是有目共睹。

她的来历，可比那画妖之事扑朔迷离多了。

喻南松安然站好："你到底是什么人？"

本就带伤的苏媚跟喻南松这几招过下来，到底有些吃力，但她自然不想被喻南松瞧出端倪，便强撑着体力倚檐就座，脸不红气不喘，说起话来，仍格外悠闲："自然是心存善念，不畏佛魔的……"似在搜索一个更加精准的词,酝酿半晌,方才道,"良家姑娘。"

"……"真是语不惊人死不休,最后这四个字,险些没让喻南松气背过去。

然他尚未开口,静谧的月夜乍然响起乌鸦啼鸣。

突兀,而哀怨,浓烈的不祥之感。

随之,一声诡谲的号角响彻长空,风中顿时传来肃杀之气。只闻四周传来金戈铁马之音,震慑心扉的脚踏声,仿佛千军万马之阵仗。两人不约而同停下交谈,从檐上俯身望去。只见数以千计持刀握戟的将士从四面八方齐聚而来,黑压压的一片,仿佛拔地而起的一片丛林,将这茅草庭院包围得密不透风。

就在苏媚无知地以为这是因王寅虎破案有功,特来颁发圣旨的皇家军队时,却发现那些将士的战衣铠甲上,都刻有一个"姜"字,登时如临大敌:"那是鬼军!"

"看来是巫柔。"喻南松冷静分析。

幻魅画轴蕴藏乾坤,其中的魅惑之术更是登峰造极,除非做到无欲无求、心无所想者,方能不被幻魅画轴中幻象所惑。可人入红尘,因果已生,繁华乱世过,谁又能真正六根清净?一旦失足入画,一切怨念,皆成牢笼罢了。

"幻魅画轴是战场之上所有忠肝义胆、为国捐躯的铁血男儿之鲜血及怨念所成,当年画妖灭杨,便是这群战士所化的鬼军倾巢而出,才能在一个时辰之内,灭了强大的杨国。"喻南松忧心忡忡,"看来今夜一战,必然是要伤筋动骨了。"

他话音刚落,震怒的天吒已破窗而出!浩然刀光如一道霁月清辉,横扫千军,所有身材魁梧狰狞的鬼军悉数倒下,风卷残云之下,再无鬼影。

几乎是飙发电举,瞬息之间的事。苏媚没反应过来,喻南松抽了抽嘴角,木讷之中残余些许震惊:"瞬杀?"

王寅虎从房中出来,天吒回鞘,他抬头看见屋檐之上的二人,眼神仿佛在说："你们怎么一同出现在屋檐之上？"但眼下显然又不是说这些的时候。因为令他措手不及的是，才倒在刀光之中的鬼军竟然全部复生，重新站了起来，且他们不再徐徐靠近，而是随着一声号角，举起手中刀剑，直接发起攻势。

这些鬼军，不仅数量庞大，而且能反复重生，就连举世无双的魔刀天吒都杀不死。

"看来他们跟巫柔一样，要彻底杀死，必须毁画。"喻南松割掌取血，染于扇面，跃下屋檐，与王寅虎并肩作战。可鬼军战斗攻击毫无章法可言，且源源不断，又闷声道："照我们这个打法，不被鬼军杀死，也能被其耗死。"

很明显，巫柔如此大动干戈，是为救萧玦而来。巫柔虽嘴上说着痛恨萧玦，却愿以覆灭一个王室的力量来护他周全，萧玦在巫柔心中的分量可见一斑。苏媚想，如果她趁乱将萧玦带回异魔教，还怕巫柔不帮她们对付李逍遥吗？

第七章
囹圄情长

  思及此，苏媚身轻如燕，轻巧避开鬼军攻击，落至关押萧玦的门前，推门而进后，反手就将扑上来的鬼军和那些嘈杂之音关在门外。萧玦整个人仿佛气数已尽，憔悴的脸埋在凌乱的发中，眼中的刚毅坚定，经千年的消磨，终也变成了一盘散沙。

  "她来救你了。"苏媚道。

  他听罢，嘴角牵出一个苦涩的笑来："与我何干？"

  "与你何干？"苏媚失笑，显然觉得他这个反应实在令人无语，"她如此大费周章地救你，甚至为你顶替所有罪名，你倒是一点感动都没有？"

  "感动？"他冷笑一声，慢条斯理道，"大慈悲明宗创始人千叶禅师、'神州大侠'之子喻南松、魔刀天吒传人王寅虎，还有你，你们四人合力竟然无法诛杀一个画妖，这若是传出去，确实叫人感动。"

  "你这话何意？"这明嘲暗讽之中，竟然夹杂着一丝遗憾？苏媚不解，"你莫非，还想巫柔死？"

  他却不再作答，索性闭上眼，一副置身事外的样子。

  外面厮打声仍盛，看来王寅虎和喻南松被拖住了，一时半会儿还无法顾及这边。苏媚三两下松开萧玦身上的麻绳，又施法变成一个银圈将他捆住，以免他出去后擅自逃出自己的视野。而萧玦似乎也已万念俱灰，任由她摆布，但在出门之时，一抹流光乍然闪入眼中！

苏媚指尖一颤，当即举步回身，扇子飞空，留下的白色残影稍纵即逝，却在苏媚手让开的木桩上割下一道极深的痕！苏媚不免唏嘘一声，这两人不愧是师徒，都是满嘴的苍生大义，阴着下手时谁都狠辣。

"好一个不畏佛魔的良家姑娘！"喻南松独立槐树枝头，拍了拍扇缘余留的木屑，任由底下鬼军抱树攀爬咆哮，他仍是一副从容不迫之貌，"原本我同小虎皆信你是为救他赶回盛渔村，不想苏姑娘的真实目的是打算与画妖里应外合，救出萧玦？"他头自右侧微微一偏，躲过一支箭，清冷的口吻略带谴责之意："枉费小虎对你一腔赤诚，这种境况还装作留下断后，让我们来护送你离开？"

苏媚笑了笑，看着孑然一身的喻南松，不慌不忙道："那不如你来断后？"

话音刚落，她双瞳变成暗红之色，喻南松浑身一震，当他意识到什么的时候，显然已经来不及了。苏媚对他施了法，喻南松开始毫无意识地将四周接踵而来的鬼军驱离数尺，他在以苏媚和萧玦为中心，以自己一人之力，为二人辟出一个安全圈出来。

"媚惑之术？"一直形如行尸走肉的萧玦，看着不顾自身安危为他们辟路的喻南松，饶有兴致道，"媚惑之术只对心存杂念之人有效，看来喻少侠，表面云淡风轻，实则心事重重？"

四周厮杀之音此起彼伏，尽管短暂安全，苏媚还是时时警惕，半响，才冷不丁地回了一句："你一个不人不鬼的东西，还知道这些呢？"

"听巫柔提了一嘴罢了。"

苏媚冷哼一声，又问道："上次巫柔故意现身，便是为了引我离开，而你示弱故意装受害者，便是为了让王寅虎对你放松警惕？"

"不错，可惜，王捕快不等我有所动作，便已知事情真相。"萧玦无奈苦笑一声，"王捕快胆大心细，身手敏捷，既能降妖又能除恶，有这般本领，只做一个捕快，倒是可惜了。"

这一点，苏媚表示赞同，随后又警觉道："不过话说回来，你要王寅虎做什么？"

"苏姑娘不可能不知道,所有魅惑幻术,对于王寅虎而言,都不过指尖清风。"萧玦此番倒不似之前那样闷声不语,老实交代,"在幻魅画轴中都能不为所动之人,其意志力空前绝后。当然,这也得益于他是虎年正月出生,所以阳刚之气极盛,一人即可抵过千人……"

这话未说完,苏媚已是恍然大悟,震惊道:"你想借王寅虎之手杀了巫柔?"一股莫名怒火直掀天灵盖,苏媚几乎是咬牙切齿道,"还是利用巫柔爱你之心?"

曾经战功赫赫的大将军萧玦,此时连人带剑捆如战俘,跟在苏媚身后,多日未进食的脸,沉默起来,更显丧气:"可惜,我还是高估了王寅虎。"

听得这话,苏媚不禁往王寅虎的方向望去一眼,此时此刻,浑厚有力的魔刀正在张袂成荫的鬼军之中左右盘绕,其静若伏虎、动若游龙之态已将一把黑铁之刀的威力发挥到极高水平。尽管如此,情势仍未向王寅虎扭转,此时的王寅虎已快是强弩之末,这接踵而来的鬼军,来势汹涌,他无法蓄力给出首招那般横扫千军的气势,只能不断消耗体力,斩杀寸步之近的鬼军。

见前院战况比这边惨烈数倍。不仅是鬼军,巫柔手持画轴不知还招了些什么魑魅魍魉,个个彪悍魁梧,如人如兽,当是有一定修为的厉鬼,将王寅虎里三层外三层地包围起来。

小小一方庭院,转眼之间,已成鬼蜮之地。

巫柔此番目的虽然是救萧玦,但纵观战况,大半势力都在与王寅虎周旋。王寅虎以为是自己在断后,却不知实则反中了巫柔的计。纵使他身手功法一骑绝尘,却也难以招架这层出不穷的恶鬼。

"明知自己不会术法,还逞强断后,什么一腔赤诚,就是个傻子!"苏媚忍不住咒骂,原本心安理得,此时却有些负罪的愧疚之感,"明哲保身都不懂,生来就是个冤大头的命!"

可她靠近王寅虎,就是为了天师陵寝的五劫辟魔锥,如果单凭幻魅画轴就足以困住李逍遥,那三魔器对于她而言,也没有那么重要了。

"抱歉，小虎。"

原谅她的一己之私，原谅她的袖手旁观，原谅她的薄情寡义。

她来到这世间，身负血海深仇，活着，并非为了无愧于心。

可回过神来，苏媚那张精致的脸蛋登时如晴天霹雳。

萧玦，不见了！

地上就只剩一把帝王剑和一只断臂！

他为了斩断桎梏他的银圈，竟然不惜自毁右臂！

与此同时，缠斗中的王寅虎正将力量汇于刀刃之上，然这一刀尚未斩下，方圆三里的厉鬼凶煞却猛然消亡，几乎是在顷刻间荡然无存！苍宇之下，乌云散尽，一轮孤月高悬空中，这突如其来的寂静，让王寅虎心生不安。他将天吒握得更紧。

画轴不毁，鬼军不竭，画妖如此倾尽全力，没道理无功而返。王寅虎提刀正要进去确认后院情况，这时，苏媚行色匆匆地赶出来，王寅虎见其无恙后，又往里张望，正准备问什么，苏媚却急忙打断他道："跟我来。"

苏媚拉起他的手转身施法就要走。

她掌心冰凉刺骨，如玉瓷般细腻无痕。王寅虎背后的一根筋瞬间绷紧，一抹潮红悄无声息地爬上了耳郭。可见苏媚火急火燎的样子，王寅虎又立刻收拢心神，往其奔去的方向一瞧，目光深邃起来："天师陵寝？"

原是方才巫柔被王寅虎一刀斩伤，当即仓皇逃离，以至于残余了大量妖气。苏媚顺着她的妖气，发现萧玦诱导巫柔去的方向，竟然是天师陵寝！

妖邪入此陵，从无生者归。

苏媚先前为了让王寅虎随她进天师陵寝，一直煞费苦心地博取王寅虎的信任，却奈何找不到合适的由头，结果萧玦这一闯，借口从天而降，且名正言顺。

陵墓之中，阒然无声，脚步与呼吸，清晰可闻，与苏媚初来时完全不一样。

苏媚上次一脚踏进便是重重机关，危机四伏。但此刻，它就是一个平平无奇的巨大地穴，凹凸不平的墙面粗糙不堪，再深一点，有成堆的剑冢和尸骨。

"上次只忙着救你，竟未察觉这里面这么多骨骸。"王寅虎手持魔刀勘察周遭地形，发现并无异常后，才将魔刀收好，"据说当年天师为了镇压五劫辟魔锥，在里面设置了无数机关，一座山，也因而变成了活地狱。不过也奇怪，这里虽有尸骸，可并无异常，这些人不知因何而死？"

天师所设障碍全是法力打造的虚假之象，是针对人魔妖三界而设的，而非简单机关陷阱。也只有王寅虎这种生辰命格特异者敢说这里并无异常。

两人一路往前走，再深一点便是伸手不见五指的黑暗地带。苏媚是狐，可夜视，四周光景倒是尽收眼底，可对于王寅虎显然就有些吃力，他一直靠扶着墙壁艰难前行，且这地面全是碎石，无一处平坦的落脚点。

苏媚似乎看出了他的难处，一个散发着莹蓝色光芒的球状之物自她掌中飞出，瞬间将整个洞穴照如白昼。

"这术法果然是个好东西。"王寅虎会心一笑，不由赞叹了一句，可在低头看路时，却瞬间面容失色！

哪有什么碎石，这遍地都是尸骸铺就。

四周墙壁上还刻着图腾，皆是镇压妖魔的邪神，长相奇丑，面目狰狞。更可怕的是，那些壁画全被陈血染尽，从其毫无章法的凌乱走向来看，应该是直接飞溅上去的。能想象，这个地方，究竟发生过多少次惨烈争斗厮杀。王寅虎蹲在一个尸骨旁边，皱眉喊住苏媚："你有没有发现，这里，全是人的骨骸？"

苏媚现在满脑子都是如何找到五劫辟魔锥，如何在王寅虎的眼皮子底下将其盗走，根本没空搭理王寅虎。

王寅虎也没等苏媚回复，眉头却蹙得更紧了："传言妖邪入此陵，从无生者归，可我们走了这么久，却不见一个妖怪尸首？"他按住魔刀，口吻出奇地镇静，"你说，妖都去哪儿了？"

世间之妖，按本体可分为两种：一种是有本体者，诸如苏媚这般，由山中灵兽幻化而来，死后与人无异，至少有个狐狸骸骨；另一种便是无本体者，便似巫柔那般，怨念凝聚成妖，死后便灰飞烟灭，随风而逝。但就目前来看，这数百年来入天师陵寝者，要么全是无本体的妖，要么就是此间有一种东西，可以让妖形神俱灭。

忽然，苏媚好像又听见初次到来那般若隐若现的哀怨与哭泣，像是精怪惨死之时，留下的声音。苏媚不寒而栗，总觉得暗处有双猩红的眼睛，正一眨不眨地盯着她。苏媚目光睃巡一圈，又没有找到任何蛛丝马迹，她便开始端详石壁上的图腾，希望能找出什么线索。

图腾被陈血渲染，更添了诡谲肃杀之气，另一边的壁画则稍微正常些许，描绘的是当年天师利用五劫辟魔锥收服各路妖怪，后发现五劫辟魔锥里面隐藏邪气，不仅反噬自身，还牵连无数天师门弟子暴毙身亡，天师悔恨难当，便率数名弟子打造陵墓，将之同自己尸骨一起埋葬，镇压于此的故事。

苏媚见那上面所绘的五劫辟魔锥活灵活现，呼之欲出，便不禁伸出手尖轻触，哪知，她触碰瞬间机关被触发，石壁反转，一口棺材展露面前！

棺材通体呈现出淡淡的青色，一眼便知是青铜锻造，这番独具匠心，想来应是这陵墓主棺，里面躺的必是天师无疑。

想起壁画所绘内容，苏媚隐约觉得，她苦寻的五劫辟魔锥就在这青铜棺之中。

她正要去打开棺材，王寅虎忽然注意到进来的路口有少许灰尘落下。他停步抬头一望，顶上石砖严合无缝，但仔细一看，似乎有一处在隐隐震动，仿佛有什么庞然大物正在蠢蠢欲动，而对应的下面，有一道跟路口一般长，宽五指的痕迹。

恍然意识到什么，王寅虎厉声大喝："不好！"同时甩刀而去！

说时迟那时快，震动之处落下一道石闸，本想以刀撑住一道缝隙逃生的王寅虎还是晚了一步。一扇石门轰然落地！

巨震之音让苏媚惊吓一声，王寅虎召回魔刀，阔步来到苏媚身边。两人对视一眼，倒未恐慌，着手便开始寻找其他出路，可唯一的路口被封后，这四周除了壁画、骸骨和这口铜棺，再无他物。

苏媚坚信这是天师的棺材，王寅虎沉吟半响后，却觉得未必："铜棺向来只有那些达官显贵为了彰显地位才用，但天师生前是个高风亮节之人，用铜铁做棺材显然不是他的一贯作风。"他望了望四周，忽然回头一瞧铜棺，发现铜棺纹理与壁画所绘相呼应，而东南角所有守护兽的头颅正视棺木，这像是一种阵法……

他更加确信铜棺之中不是天师，但还没来得及说，苏媚已经将铜棺掀开！

不知道是不是错觉，在棺盖掀开之时，苏媚似乎听到几声钟鼓的声音，"咚咚咚"，拂击在胸口，震慑心肺。而紧接着，壁画上的邪神全部破壁而出，苏媚总算看清它们的真实面目，那是她第一次进去墓穴闯入招魂阵之时所见到的东西，它们围绕着两人嘶鸣怒吼、龇牙咧嘴，那尖锐之音，如同海水般倒灌入耳，几乎在瞬间淹没了苏媚一切感知。

恍惚之间，又见那头厉鬼袭来，苏媚拔出腰间匕首刺了过去！

"苏媚！"

手腕忽然被人握住，苏媚猛地睁开眼睛，嘈杂犀利之音登时又如潮水般退去，一切恢复到之前的样子，而面前，匕首划过王寅虎的手背，渗出些许血迹。王寅虎半扶着她，满脸的紧张："你没事儿吧？"

苏媚摇了摇头，她刚刚应该是离王寅虎太远，加上棺材之中的阵法过强，所以中了招。

"我伤到你了？"苏媚正要扯下一块裙纱帮他包扎，王寅虎却轻笑一声，缩回手去："小伤，不碍事，你没事就好。"

本以为棺材之中即便没有五劫辟魔锥，也会有天师的遗体，再不济，跳出一个活死人也好——结果什么都没有，这么大一口铜棺，做得如此巧夺天工，里面竟然空无一物！

"看来是被骗了。"苏媚大失所望。

"这铜棺是个法阵。"王寅虎给她指了指,解释道,"你看陈列在东南角的那些死人头颅,像不像一个招灵幡?"

苏媚顿悟。难怪她刚刚听到鼓声,所谓发版起鼓,引幡招灵,便是招灵阵。设阵之人将骷髅排成幡,将鼓设在棺盖之下,盖起鼓响,触发招灵。

苏媚恍然:"难怪,我刚刚看见的就是这些壁画上的东西!"

"不错。"

两人说着,王寅虎便伸手去拿棺盖下的鼓,哪知手背上的血顺着中指,不慎滴入铜棺之中。一个体形矮小的人影倏然蹦出,像是受到刺激一般,直飞冲天。四周本就静得落针可闻,气氛更如弓上之弦,这玩意儿从棺材底部倏然蹦出,苏媚委实吓得不轻。

王寅虎倒是镇定自若,挥刀一斩,那团活蹦乱跳的人影生生挨了一刀,极其圆润地滚到角落后竟吆喝连天起来。二人定睛一看,那顽石一样圆滚滚的东西,赫然是个身长两尺、肚大面圆、长胡齐腰的老人。

"晚辈王寅虎,误闯陵墓,扰了阁下清修,实属罪过。"王寅虎见状收刀,态度谦和,颔首询问,"冒昧请问阁下尊名?"

原本正满脸痛色查看自己屁股的胖墩老人,一见王寅虎尊敬有礼,立刻装腔作势起来:"本座乃看管这一带的洞中仙。"

"原来是仙人?"王寅虎惊喜了一声,请教道,"我们洞中迷路,不知仙人可否指点我们出去?"

"出去?"老人鄙夷道,"你个臭小子,拿血烧我不说,竟敢用刀砍我!"说着又情不自禁地摸了摸自己的屁股,倒吸一口凉气,"真是痛死我也,就你、你、你还想出去?门儿都没有!"

"晚辈实不知阁下在棺木之中。"王寅虎显然没有想到人生遇到的第一个仙人竟然这般严厉,诚然道,"无心惊扰,深感愧疚。"

洞中仙似乎不太领情,过了一会儿,又将他二人上下打量一眼,说道:"想出去也不是不可以,留下来给我捶肩松背,我开心了,可考虑放一位出去。"

"一位？"王寅虎稍愣，看了一眼默立一旁的苏媚，正要说什么，苏媚却率先打断了他，"书中仙倒是听说过，洞中仙？闻所未闻。"她眸子极冷，边说边活动了活动筋骨，十指关节更是压得"咯吱"脆响，一副摩拳擦掌、跃跃欲试的架势，"睡在棺材里修炼的神仙，更是前所未见。"

老人愤道："本大仙……"话音未落，迎面就是一记重拳，打得他头晕目眩。

王寅虎被苏媚如此贸然之举震到，立刻上前扶住洞中仙，开口阻止苏媚。可苏媚恍若未闻，"喊"了一声，摆出一副苦大仇深的样子。洞中仙感觉自己此刻就像个不倒翁，摇摇欲坠，头昏脑涨，抬手指着苏媚，气得浑身发抖："你竟敢弑神……"适才开口，苏媚忍不住怒火般，抬脚直接就是一记飞踢。

洞中仙当即就跟个皮球似的在大厅之中弹来弹去，最终弹回苏媚脚底。

"苏媚！"王寅虎过来阻止，苏媚全然不听，自娱自乐一样，得意地扬了扬嘴角后，抬脚蓄力又是一脚！

王寅虎从未见过如此蛮横无理的苏媚，正要开口呵斥，这时，经反复几遭怒踢后，在苏媚第五脚抬起时，洞中仙终于不堪忍痛，连忙求饶："我错了姑奶奶，别踢了别踢了，老骨头要散架了……"

苏媚道："区区精怪也敢叫嚣！"

"精怪？"王寅虎不解。

这时的"洞中仙"被苏媚踢得一点脾气都没有了，规规矩矩地蹲在角落里，像个小孩子一样抠着手背，老老实实地交代了自己的身份。原来他并非洞中仙，而是钟鼓石人，因数百年待在棺木之中，受这里阴寒之气和亡灵所染，便有了灵识，修成了精怪。

和盘托出后，钟鼓石人委屈巴巴地表示成精不易，只要饶其性命，必知无不言，言无不尽。见其态度良好，苏媚便收起盛气凌人之态，没再咄咄相逼，且入墓之后的确存有诸多疑点，这外形七老八十的石怪建陵便有，说不定对陵墓之事，尤其是五劫辟魔锥了如指掌。思及此，苏媚何止收敛了锋利，连眉眼都弯成了一道桥。

"你可知，五劫辟魔锥？"

脱口而出的五个字，让王寅虎微微一惊，他以为苏媚会首先问巫柔的境况，可她那双炯炯有神的眼眸，让他刹那间存了置疑。钟鼓石人只是木讷摇头，一副从未听过的茫然状："不知。"

"不知？"苏媚显然有些意外，但转念一想，又觉情有可原。如此法宝，他若是随口道出那才是有诈。苏媚转而又旁敲侧击地问："传闻这陵墓之中有五劫辟魔锥，引得各路妖王纷纷入陵夺宝，可我们一路过来，为何不见半具妖尸？这妖尸都去哪儿了？"

"这个……"钟鼓石人挠了挠光秃秃的后脑勺，仿佛听到一个极其高深难懂的问题，半晌，方又摇头，"不知道。"

苏媚脸上笑容一僵，酝酿了半天情绪，但显然已经不及适才半分温柔："那出口在哪儿你总知道吧？"

钟鼓石人眼珠转动一番，支支吾吾半天，道出三个字："不知道。"

"……"怎么有一种被人当猴耍了的感觉？苏媚脸色青白，怒不可遏，敛起裙裾，作势欲一脚将之踹回原形，"那你跟我说什么知无不言、言无不尽！"

他一脸无辜："知无不言言无不尽的重点不是'知'吗？"

"……"

尽管钟鼓石人言之有理，王寅虎也觉得他无隐瞒，但是苏媚怒火中烧，对这些都充耳不闻，继续动手。最终在其惨无人道的欺凌逼问之下，钟鼓石人顶着一张鼻青脸肿的头，艰难地从嘴里掏出一把钥匙，一脸拧巴地递给苏媚："这位少侠所言极是，天师造我，给我的使命便是保管此钥匙，除此之外，我也一无所知。只是记得天师封陵时说，只有有缘人才能拿到钥匙。"他怯生生地瞅了一眼苏媚，"我不知什么是有缘人，但我知道我再不交出，老命就没了。"

"我就知道！"苏媚一副奸计得逞的样子，接过钥匙在手里掂了掂，"这顽石吃硬不吃软的。"

看着苏媚手中的钥匙，王寅虎却另生疑问："钥匙只有一把，可这铜棺并不难开。"

"铜棺的确不难开。"这时，钟鼓石人叹了一口气道，"但历年来的人在盖起鼓响时便已死于阵法。"

那阵法确实厉害，若非王寅虎及时出现，苏媚估计也命悬一线。

"你见过断龙石配钥匙的吗？"苏媚又问，"这钥匙对应的锁孔在何处？"

钟鼓老人完全不假思索，脱口道："不知道。"

"……要你何用？！"苏媚反手又是一拳，一声惨叫后，钟鼓石人重重砸回铜棺之中。

入陵有些时辰了，按照钟鼓石人所言，巫柔和萧玦估计也已经是凶多吉少。王寅虎见苏媚自始至终都没有提及过他二人，终于开始怀疑苏媚此行目的，直到苏媚解释说只有找到五劫辟魔锥，利用其强大的力量，与陵墓鱼死网破，或许还有一线生机时，才打消了王寅虎的疑虑。眼前情势不容乐观。如今找不到锁孔，大费周章找来的钥匙等于废铁一块，线索一断，没了出路，两人身心俱疲，不约而同地坐下小憩。

"好一句从无生者归。"苏媚失笑，偏过头来，微扬的嘴角尽是疲倦，"这天师陵寝，果然是有进无出。"

秋末本寒，陵中湿气颇重，坐下来便觉阴寒无比。王寅虎取出火折子，借尸骸上的褴褛衣衫燃起一堆火焰取暖。火影憧憧，凄烈的光将他丰神俊朗的脸映衬得深邃，听到苏媚如此兴叹，那双瞋视有情的眼眸，有种让人莫名心安的力量："你放心，我一定会想办法带你出去。"

还有什么办法呢？

遍地森然白骨都是前车之鉴，街坊流言蜚语皆非捕风捉影。

朝荣夕毙，方生方死。

"门殚户尽，死又何惧，只是没想到，最后是和你在一起。"苏媚给自己预设过很多种结局，或在争夺三魔器时被各道人士挫骨扬灰，或办事不力被孔璘抽筋剥皮，又或被李逍遥反杀一剑穿心……千万种结局，每一种都惨不忍睹，却从未想过，是这般心平气和，静等气数衰尽，名登鬼录。

看着身侧的男人，玄衣裹身，锋芒内敛。

"王寅虎。"第一次连名带姓，略显生涩。

"嗯？"他侧头看她。

迎上他灼热的视线，却觉心头有股清流涌进，她笑了笑，道："人心不足蛇吞象，世事无常螳捕蝉。你下辈子，别再做这么实诚的人了。"

他眉头轻拢，俱是不解："何出此言？"

"没什么。"她讪讪一笑，转而低头挑着火中的灰烬，故作随意，"怕你做冤大头而已。"

他悟了片刻，忽哂笑了声："君子养心，莫善于诚，若无诚字，来生何立？"

她轻顿，想来也是，自古皆有死，民不信不立，诚信本身没错，错只错在遇见了她而已。

若非为她力排众议、护她周全，今日他怎会入这天师陵寝，身陷囹圄？

苏媚心中五味杂陈，她摸了摸心口，忽然发现，它好像缺了一块。

第八章
朝荣夕毙

　　王寅虎不知苏媚心中算计，全神贯注地盯视着面前明火，突然灵光乍现。他站起身来，神态一丝不苟，将声色压得无比沉稳："按照常理来说，在这样完全封闭的密室，青烟应该会盘旋上空，可这上面，并没有盘旋的烟雾。"

　　如果烟雾流走，说明此洞厅并非绝对封闭，有风口的地方，自然便有出路。

　　明火熠熠，青烟稀薄，王寅虎索性用更多的衣物堆积火上，遮掩明火，熏出浓郁的青烟。

　　果不其然，青烟并未盘旋上空，而是缓慢流向北侧浮雕壁画。不过流速极慢，烟雾累积壁上，氤氲不散，足足过了半炷香才悉数消失。其缝隙过小难寻，左右看它都是一块完整的石壁。

　　"看来这中间有一个隔层。"王寅虎敲了敲石壁，听见里面发出"咚咚咚"的空鸣后，方才拿出天吒，比画了一下后对苏媚道："后退。"

　　苏媚方一退开，天吒挥起，蓄力一斩，庄严的浮雕壁画四分五裂，碎了满满一地。石壁中间有个隔层，隔层后方是一个拱形的、巨大的洞，洞中一片漆黑，深不见底。王寅虎正要问苏媚借光去探，忽然，一物什凭空落地，叫他二人措手不及，当即戒备迎战。然定睛一看，那落地之物不是旁人，而是巫柔和萧玦。

地上的巫柔狼狈周章，力倦神疲，似已元气大伤。想来他们应该就跟当初的苏媚一般，一直被困于幻阵之中，直到王寅虎破开壁画，彻底毁了这招灵阵，才得以脱困。

见到王寅虎和苏媚，巫柔脸上没什么表情，转身直接朝萧玦而去。可不管她如何强撑，眼中还是有些无法掩饰的悲凉，那满心的绝望写满眼眶："为何这么做？"

萧玦被帝王剑反噬，持剑的左手已经完全废了，而袖口的纹理上，一朵白色彼岸花在湛蓝的底纹上盛开绽放，美得凄凉而哀婉，就像他嘴角噙着的笑："妖邪入此陵，从无生者归，除了天师陵寝，还有什么法子可以杀你？"

话一落地，苏媚的诧异绝不亚于巫柔。

他是故意将她引入陵中。

"你就这么想我死？"巫柔逐渐黯然的眸子里，只有填不满的悲伤。

萧玦瘫在墙壁上："千年前，百余名跟随我拼杀疆场的精兵将士，尽死你手。随之血洗杨宫，两百零八具忠肝义胆的大臣，乃至数以千计的侍卫宫女无一幸免……再到这几百年，你寄宿于画轴之中，靠噬人怨念而活，为滋养我的魂魄，所杀之人更是数不胜数。"他仇视着她，"你杀了这么多人，难道不该死吗？"

受损的妖力如泄洪决堤，从伤口蜂拥溢出，可巫柔脸上没有一丝痛色，只是惨笑一声："杨国暴政，侵占列国，掀起多少战火，造就多少生灵涂炭？为救一个郡主，屠妖取丹，王室中人也是个个献计，我杀的人中哪一个是无辜的？这些你明明一清二楚，如今何必说得如此冠冕堂皇，你只是为了她罢了。"

"是！我是为了她！"萧玦五脏俱裂，隐忍着痛楚，青筋暴跳，"要不是我从你的阵法中逃出，得知了真相，你还打算瞒我多久？"一直形如行尸走肉般萎靡的萧玦，忽然声嘶力竭地怒吼道，"……她死了，一千年前就死了，你根本没有救她！"

苏媚大概知道这个"她"是谁了。

杨裳笙。

后来苏媚和王寅虎查证过，杨裳笙并非死于疾病，而是自杀。当年巫柔以内丹精元救了杨裳笙的事不假，只是借内丹精元重生后的杨裳笙无法面对王宫里的遍地横尸、满宫的死寂沉沉，而本该死去的她，却拥有了妖的长生之力。在悲伤、愧疚的负罪感下，她痛不欲生，择日便在宫门城楼上行了杨国最高的叩拜礼，而后自燃身亡。

这些，巫柔一直知道，只是没敢告诉他。

直到那日苏媚误闯阵法，萧玦得以重见天日，他才知道后来的事情……

只是可叹，巫柔苦心经营千年，才平息了他们之间的仇恨，却抵不过杨裳笙，一个迟到的死讯。

"我只答应了你救她，其他的，是她自己的选择。"

"她的选择？"萧玦冷漠绝情地瞪着她，一字一句道，"若不是你屠了王室，她又岂会轻生？"

她一愣，转而自我悲怜般嘲讽一笑："……如今，倒是我的不是了？"

萧玦从不曾真正放下她迁怒于王室的灭国之仇，活着，只是以为，杨裳笙也还活着而已。得知杨裳笙早已死去，他便有了轻生的念头，于是故意大肆虐杀，让巫柔被正道盯上，在她动用幻魅画轴大伤本体后，萧玦又引她入陵，想在天师陵寝中与她同归于尽，报当年灭国之仇……

如今真相大白，可惜却再也没有机会公之于众。

巫柔得听萧玦这番话，似乎最后的生气都被耗尽，闭目昏死过去，苏媚怕她一命呜呼，正紧张，却见其尚有气息，这萧玦嘴上狠绝，但实际上也比巫柔好不上多少，暂且无须担心，眼下她需用这钥匙逃出这个吃人不眨眼的陵墓。她与王寅虎暂且将二人安顿在钟鼓石人的洞厅中，便一道出去寻路。

钟鼓石人给出的钥匙是用来开锁的，但是两人好不容易找到新的出路，却发现钥匙派不上用场，而这深不见底的洞也不知道是不是下一个龙潭虎穴。王寅虎问苏媚借来光,在洞口处勘察了片刻,这洞奇大,可通数十人,只是树根纵横交错,极难行走。

王寅虎和苏媚率先进去,走了三四米,一个木匣子忽然撞入苏媚眼帘。

那匣子上了锁,锁孔大小跟自己手中的钥匙极为吻合。

苏媚正要过去,忽然手腕被人用力一抓,她猝不及防,侧身一个趔趄,不偏不倚地摔倒在他温暖的胸膛前,而王寅虎双手顺势一圈,以一个完全占有的姿势将她紧搂在怀中。

苏媚被他如此唐突一举吓了一跳。

她能清楚地听见他强而有力的心跳。

"怎么了?你……的心跳好快。"

王寅虎脸色一红,低沉道:"不是我的。"说着,苏媚顺着他目光所看的方向一瞧,登时惊恐万状。

木匣不是嵌在石壁之中的,而是在一庞然大兽的身上!

那兽形如白虎,体形巨大,盘踞便足以占满溶洞,四周乌七八糟,而它白羽如鳞,不染尘埃,三尺馋涎顺着锋利巨齿腐蚀周遭泥石,一对犄角犹如两把弯刀陵劲淬砺。兽无铁链封印,如若苏媚适才动作再大一点,莽然将其吵醒,后果不堪设想。

趁它还在沉睡,王寅虎保持着守护苏媚的姿势,两人收声屏息,缓慢后退而出。待重返洞厅,苏媚竟发现自己没出息地双腿发软,王寅虎也神色凝重起来,道:"此处不是久留之地,得赶紧另寻出路。"

可室如悬磬,四壁刀不可断,法不可穿。"出去"这两个字,亦如猛虎难对。

"我想起来了!"这时,钟鼓石人突然从铜棺中探出脑袋,悄声道,"天师说钥匙是木匣的,木匣中有开启陵墓的法器!"

"当真?"苏媚喜出望外,可转而又愁苦起来,因为拿木匣,无异于虎口拔牙。

这钟鼓石人说完,又一脸谄媚地恳请道:"姑奶奶,我都告诉你这么大的秘密了，能不能麻烦你，帮我把棺材盖上？"

"……"苏媚一掌击去，关上棺盖之余，不忘嘲讽，"这么厚的棺材板怎么没压死你呢！"

钟鼓石人嘿嘿一笑，随即颇为平静地念叨道："棺材压不死我，可再不进棺材，等那东西出来，我可真要死了。"

"那东西？"苏媚眼睛一眯，手疾眼快，当即出掌，单手阻下即将闭合的棺盖，声色俱厉地一字一句逼问，"说清楚，那东西是什么？"

见苏媚一副不说清楚就别想让他安睡的架势，钟鼓石人立刻说道："你们不是已经见到了吗？"他被苏媚盛气凌人之态瞪得心惊，"便是那洞穴之物，虎煞。"

"虎煞？"

"不错。"钟鼓石人道，"它是上古神兽白虎死后幻化的灵兽。"

"原来是灵兽。"苏媚若有所思半晌，冷厉目光铺下去，又道，"继续说。"

"约莫二十年前，有一个盛世魔王闯陵之后受幻阵影响，走火入魔，几近癫狂。神志不清之下，功力无法压制元气，以至于经脉大开，疯魔之下瞬间荣登化境，其一怒一吼便破开陵中一切阵法。"似乎首次同人述起，钟鼓石人说到这里，忽然精神抖擞起来，其绘声绘色之态，不啻说书人，"当时，我适才开通灵识，以为这陵墓已然守不住了，便立刻藏了起来。怎知这时，虎煞凌空出现，与那魔人一番打斗，地动山摇！最后，那虎煞竟将魔头撕成碎片，然后将其剥了皮，一口一口吃进了肚子。"

苏媚和王寅虎不由对视一眼，仿佛皆在感叹幸好他们还活着。

钟鼓石人又沉思道："我本以为，那虎煞后来居上，也是来抢夺什么五劫辟魔锥，却不想它只是舔了舔那木匣，觉得它食之无味，便拿去做了玩耍之物。之后便如你们所见，它一直栖息于此，但凡进来的妖怪，无一不成为它的果腹之食。"

"以妖为食？"王寅虎道，"难怪一路上没有妖的尸骸。"

苏媚却背脊一凉，随后拎起钟鼓石人的后襟："看来是我先前下手太轻，才让你一问三不知？"

想想之前对他屈打成招的"酷刑"，钟鼓石人便觉头晕目眩、一阵肉疼，赶紧一股脑儿地交代："我原本也是见二位灵泽都非穷凶极恶的妖邪，应当不会惊动那东西，但是……"他视线掠过苏媚的肩，往后看去，提醒，"那两位，就不一定了。"

苏媚的身后，是萧玦和巫柔。

这时，王寅虎也凝神，道："风声没了。"

众人噤若寒蝉，洞穴悄无声息。

片刻的寂静后，苏媚听到洞中的"风声"已然狂暴起来！

"它醒了！"钟鼓石人双目呆滞，唇齿发抖，"快快，帮……帮我合上棺盖。"

说时迟那时快，棺盖刚一合上，那虎煞便从漆黑的洞中一跃而出。其速度之快，风驰电掣，疾如闪电，庞大的虎身就如一道炫白的光矢，直奔萧玦而去。萧玦本已万念俱灰，此番哪想反击，反而解脱一般坐在地上看着那猛兽，视死如归。

可那来势凶猛的光矢，竟在萧玦一步之远时戛然而止。

抵挡虎煞磅礴气势的，正是堪如虎齿般大小的魔刀天吒。

"萧玦死得其所，你救他做什么？"苏媚叹了口气，不怕所向披靡的对手，就怕好管闲事的队友。似王寅虎这般一身浩然正气的人族，在虎煞看来并非美味，吃了萧玦和巫柔后，指不定就回洞休息了，结果王寅虎好死不死地非要甩这一刀子，简直就是自寻死路，愚蠢至极。

虎煞双眸如炬，盯着王寅虎，王寅虎收回天吒，也盯着它，时刻准备接招，得空回答苏媚："我还要带他回去给余杭百姓一个交代，岂能让他这么白白死了？"

听罢，苏媚颇感无语："现在能不能活着出去都是个问题，如此凶险时刻，你竟然还惦记着跟那群毫不相干的人交代？破案时的脑子挺正常的，怎么一到自身安危上，就像进了水一般！"

王寅虎："……"

说话间，虎煞前掌一腾，后腿一蹬，直接飞扑而来，可谓气贯长虹，声撞四野。苏媚当即足尖轻点，飞至虎煞身后，王寅虎速不及她，便迎面而挡。二人配合默契，对其前后夹击，一妖一人一虎，便如那疾风中的叶子，乱缠起来。

这虎煞身躯庞大，动作却不笨拙，后面更像长了眼睛似的，应付苏媚的招式简直跟驱赶蚊虫无甚差别，随意出招，一拍即中。于是苏媚就被一个神"虎"大摆尾直接拍飞，空翻几个跟头堪堪摔倒在巫柔身侧，见巫柔仍在重伤昏死状态，便道："再不醒过来，可都要死在这里了。"

自然是无人应答。

苏媚喟叹一声，继续战斗。不过好在苏媚完全是被无辜牵连，境况并不算糟，因这噬妖兽脾气似乎不太好，且极为记仇，一直对刚刚用刀帮它剔过牙的王寅虎耿耿于怀，根本无视苏媚这只大活妖。又一尾巴扫翻苏媚后，一张血盆大口上去就准备将王寅虎这七尺男儿一口吞下肚！

身后石棺，左右皆墙，王寅虎无从躲避，正要以刀生扛，好在苏媚出手及时，幻化出一条长绳，缠上王寅虎脚踝。王寅虎猜到苏媚意图，顺势一仰，苏媚则用力一拽，王寅虎虎口脱险，顺着虎煞身下，从头一滑到尾。虎煞扑了个空，撞翻铜棺，可怜钟鼓石人无辜遭殃，连滚带爬地逃了出来，一路惨叫连连，最后慌不择路之下，不慎撞上石壁，当场昏厥过去。

虎煞身手敏捷，但奈何洞穴太小，有碍它的发挥，摔倒在地后，硬是在原地扑腾了半天才爬了起来。苏媚趁此机会跟王寅虎商榷对策："这家伙打是打不死了，就是不知道能不能摔晕？"王寅虎还没回答，虎煞忽然借力而起，转身扑来，苏媚和王寅虎应对不及，立刻兵分两路，以绳绊之。

"轰隆"一声，虎煞果然摔倒了，等它费尽功夫爬起后，又是"轰隆"一声……翻来覆去，一遍又一遍，虎煞没被摔晕，似乎也有些疲惫了。

见虎煞静伏喘息，苏媚寻得契机，让王寅虎控制虎煞，自己则直捣洞穴，取下木匣。但怎料这虎煞虽体格彪悍，却不愚笨，甚至略懂战术，知道示弱让对手放松警惕。就在苏媚举步离开之时，虎煞便朝一直昏沉的巫柔咬去，其敏捷之度，叫人措手不及。

王寅虎本就偏于后右侧，根本赶不上虎煞猛扑一瞬，而苏媚因木匣分散注意力，待其反应过来时，为时晚矣。

虎煞迅如雷霆之势，千钧一发之际，一个蓝色身影一闪而过，正是萧玦。

萧玦虽一心求死，但虎煞出来之后，他却聚精会神，寸步不离地守着不省人事的巫柔。故而修为极低的他在最紧要关头，用上了他毕生最快的速度将巫柔推开。

可推开巫柔的一掌萧玦几乎已经动用了身上最后的力气，已然不能躲开虎煞刀锯般的利齿。

虎口大开，罡劲的吸力之下萧玦瞬间七窍爆血，笔直的身子如同棉质，轻而易举地折弯变形直至扭曲，魂裂神散，连同胸口那颗内丹精元，也在肉骨分离后一点一点暴露出来。

萧玦狠心压紧牙关，却不堪灭顶之痛，难抑的咆哮最后还是冲破了喉咙。

一声撕裂般的惨叫中，他口齿不清地含血喃喃道："终是，两清了。"话毕，他瞬间粉碎成末，化成一捧元气，入了虎煞的腹中。

"不！"巫柔惊醒，撕心裂肺的一声，让她呛出一口污血。她万念俱灰的脸上，全是绝望与悲寂，刚好看到萧玦被吞噬的一幕，挣扎着起来，拖着苟延残喘的身子就往虎口爬，声色哽咽："为什么，为什么要救我……你不是，要我死的吗？为什么……要救我？"

没有人知道，也没有人能回答。

这个处心积虑要置她于死地的男人，最后竟然对她舍命相救……

苏媚心神震骇却已无暇多想，眼看巫柔就要扑进虎口之中，她情急之下，只得施法绊住巫柔，巫柔赫然倒地，面如死灰。而始料未及的是，苏媚这一动静，使得才大快朵颐的虎煞四足疾如旋踵，一个纵跃而来，

第八章

那满嘴的獠牙，便堪堪现在她身前。

苏媚胆战心惊，汗毛直竖，看了看怀中的巫柔，木讷道："我现在宁愿在你的画轴里避避难……"

见虎煞要对苏媚下口，王寅虎赶来相救。却见虎煞并没有咬苏媚，而是咬住了她用来绊倒它的那条长绳。

苏媚也惊呆了，跟王寅虎面面相觑，一时之间竟不知道该说些什么。

虎煞将她手中的绳子一点一点、一寸一寸地吃下肚，如同咀嚼稻草。而它凶神恶煞的虎目盯着苏媚，目不转睛，像在耀武扬威。

这下不妙。

这虎煞极其记仇，看来她用绳子绊它之事已经被它记恨上了。咽下长绳后，虎煞一个饱嗝打得震天响，呼出之气如同飓风，直接让苏媚连连倒退。一遭天翻地覆后，眼见就要狼狈砸地，却被一个宽厚的胸膛稳稳托住。

"它现在的目标是你，躲我身后。"王寅虎随即松开苏媚，将她护在身后。

站定，苏媚恨恨道："这家伙，脾气忒大，心眼却小过针尖。"

虎煞果将攻击目标全部锁定在苏媚身上，早将拿刀给它剔牙的王寅虎抛到九霄云外。

这虎煞乃神兽所化，魔刀天吒被压制，威力大打折扣。十招下来，苏媚也终于明白钟鼓石人为何谈之色变。这虎煞竟然同王寅虎阳刚之气如出一辙，也是至纯至刚之力，甚至它的阳刚之气，胜王寅虎数倍不止。

此番不仅王寅虎遇上了真正的对手，甚至她这点力量在虎煞面前可谓是"娇弱无力"。

王寅虎使出分刀奇术，天吒一刀化万剑，剑如雨下。可虎煞刀枪不入，一阵哐啷脆响、火星四射后，虎煞只是抖擞了一番毛发，跟被挠了个痒痒似的，而天吒则被他的爪牙轻轻一弹，便以雷霆之势回旋入鞘！

王寅虎反被击退数尺，虎煞却是声东击西，当即掉头攻其不备，准备去救王寅虎的苏媚措手不及，直接被它迎面顶飞。苏媚后背撞上洞顶，胸口闷出一口血来，身子随之急速下坠，落入早已露出钩爪锯齿的虎煞朝她张开的血盆大口。

顷刻便将命丧虎口，苏媚的身子忽然悬空而止。

她气海正在枯竭，而内息经神庭、妖识、涌泉与三阴之气同聚而行，撞得周天全乱，动弹不得，五脏欲裂，气运从四肢百骸抽离，仿佛要冲破十二经脉，直接破开体肤，奔流泄出。她恍然忆起适才萧玦的死状，这才知道，原来这虎煞并非食其肉骨填腹，而是吞噬妖力强化自身。

王寅虎狼狈起身后，已经身负重伤，但见情势刻不容缓，扬刀便要"虎口救人"，却发现那"人"显出了狐尾赤耳。

眼前景象匪夷所思，却又似在意料之中。

"你果真是妖狐？"王寅虎声色低沉。

虎煞气贯长虹的阳刚之气直接将苏媚逼回原形，而妖力的不断衰竭，莫说反抗逃生，苏媚甚至连人形都无法恢复，自然也无暇顾及王寅虎是否知晓自己真身。虎煞正在吞噬她的毕生妖力，她无法脱身，又痛难自抑，挣扎抽搐之态如同萧玦般扭曲起来，生不如死，此痛不啻摧心剖丹。

就在苏媚即将被其碾为粉末化为元气之时，一道清凉的刀光折射入眼！

铿锵一声，犹如钢铁相撞！

虎口闭合，苏媚猝然失力，结结实实地摔在了地上。

王寅虎竟用天吒，断了虎煞一齿。

虎煞好像被王寅虎的绝地反击打蒙，丢下苏媚后，愣神地看着地上的断齿，又用舌头舔了舔上排牙齿。它一身蓬松的雪白短毛和一双木滞的清澈圆眼，竟在这一刻的失神中，似乎露出了家猫一般无害的表情。

只是下一刻，虎煞勃然大怒，前足刨了三下，仰天长啸，怒扑而来。王寅虎索性收刀直上，跃上虎煞的头顶！虎煞大抵从未吃过如此大亏，气得七窍冒烟，在洞厅横冲直撞。但不管它如何翻腾，王寅虎死拽不放，甚至拿它的耳朵当缰绳使，虎煞睁目张须，发威动怒，撞得断龙石震动，就连王寅虎背上的天吒也被震落在地。但王寅虎并没有急于捡刀，反而茅塞顿开，当即力提"缰绳"，虎煞吃痛，不受控制地撞向断龙石。

地动山摇。

王寅虎见之有望，再提"缰绳"，坚不可摧的断龙石被虎煞生生撞开一道缝隙。

"昏死"过去的钟鼓石人见状，当即"原地复活"，瞄了一眼这边的激烈战况，蹑手蹑脚地顺着缝隙，一溜烟跑没了影。

王寅虎骑虎难下，见钟鼓石人都弃陵而逃了，立刻催促地上的苏媚："你也快走！"

砍下虎煞一齿，王寅虎也受力反弹，双手早已青紫麻木，此番身上多处创伤，已是强弩之末。苏媚委实没有想到，诛妖斩魔、铁面无私的王捕快此刻面对自己这个骗了他多时的狐狸，竟还愿冒死相救。

想起自己在盛渔村弃他于不顾的行为，苏媚心内羞愧再起。

"我来救你！"

这次，苏媚没再退缩，她捡起天吒，欲与虎煞殊死一搏。可被吞噬一番妖力后，苏媚气力殆尽，还未靠近，便被虎煞如驱蚊蝇般拍至墙上。王寅虎身躯巨震，拽着虎煞猛地后仰，才让苏媚免于被一脚踏死的下场。王寅虎气得青筋暴跳，对苏媚声嘶力竭道："走啊！"

这是王寅虎第一次这么大声地呵斥她。

她艰难地支起身子来，唇齿轻启，掷地有声："我若是走了，你怎么办？"

话一出口，时光仿佛被瞬间定格。

王寅虎错愕地看着她，狐尾、赤耳、依旧妖冶的脸。可那眼中，少了万种风情，多了一份真情实感。

万般情绪，沉进心底。

"我不碍事的。"片刻后，他恢复一贯的从容镇静，道，"把画妖带出去，余杭这三十三条人命，总要有个交代。"

听得这话，苏媚凄凉失笑。半晌，又朝他大声咒骂一句："真是榆木脑袋，活该如此！"说的虽是尖酸刻薄的言语，但苏媚那张面无血色的脸上全是悲愤与痛心。虎煞依旧精神抖擞，而她和王寅虎精疲力竭，如此下去，左右难逃一死。苏媚脑子里飞速转动，忽然灵光乍现，不顾王寅虎劝阻，转身闪入洞穴之中，从腐蚀的泥中捡起了木匣。

钟鼓石人给的钥匙果然是用于开启此匣。

苏媚将之打开，只见木匣之中，安放着一把身长七寸、玄铁铸就的法器，法器上，龙走蛇行的纹理，泛着诡谲阴森的光，像是邪魔鬼魅犀利的爪牙——这就是叫世人争得头破血流的五劫辟魔锥！

苏媚拿出五劫辟魔锥，忙不迭地从洞中出去，此时此刻，她满脑子只有一个念头——救王寅虎。

可她还是来晚了一步。

当她瞬移而至时，王寅虎堪堪跌下虎背，虎煞一个偏头，竟极为轻巧地将他一口吞下。

苏媚登时如遭雷劈，彻底怔住，五劫辟魔锥几近被她握得粉碎。

"王寅虎！！"前所未有的愧疚与悔恨扑面袭来，这一瞬间，什么仇恨与任务统统被她抛之脑后，苏媚疯了一般拆卸五劫辟魔锥外壳，试图启动魔锥之力，让虎煞那厮魂飞魄散！可此刻她妖力受创，一时之间竟无法将之启动。

"等我……坚持住……等等我……"苏媚方寸大乱，语不成句，摩挲着五劫辟魔锥，直至被其锋利无俦的刃锋伤得血肉模糊，也无任何松懈迹象。

而虎煞压根没有理会她，它吞下王寅虎后，仿佛吃了个什么极其难吃的东西，一直伏在地上，连连作呕，狂吐不已，随即头疼欲裂般，在殿中横冲直撞，一时天塌地陷，山体剧烈晃动。苏媚随之颠簸翻滚，肚肠如绞……

虎煞狂怒长啸，一跃冲出，竟然撞出了一道大窟窿，贯彻天际的轰隆声滚滚而过，氤氲的青天裸露出来，一道天光洒下来。

"小虎！"举目四望，空旷无垠，虎煞仿佛凭空消失一般，再无踪迹。

这一刻，无能为力之感，将苏媚束至窒息。

她救不了他……

万般无奈之下,苏媚只能帮他拾回天吼,带着巫柔,趁此机会仓皇而逃。

此战,委实狼狈。

第九章 舟过几重水

五劫辟魔锥丢失不足两月的时间，江湖已是尽人皆知。这于各方势力都不啻平地惊雷，偏巧又正逢"南林北沈"比武大会，途经余杭的侠客游士数不胜数，连着半月，这天师陵寝都是挨三顶四、捱裳连袂的盛况。彼时的天师陵寝已从内部坍塌，白骨成堆，尸骸遍野，随后官府出面，将其焚化。

大火不眠不休烧了整整七日，将大半边天染得绯红。山脚茶肆座无虚席，茶水终日供不应求。

茶肆最边上的位置有三名男子，操着一口流利的外地口音，看着那滔天的青烟高谈阔论："早闻这天师陵寝乃是法阵之中的绝顶存在，本想领教一番，怎料晚了一步，竟叫它被一个不知所名的小毛贼破了！想来，天师陵寝也不过如此。"

"听阁下口音，是北方之人？"旁桌人侧身问道。

这人将之上下一扫："怎么？"

"呵呵，没什么。"那人呷了一口茶，笑得轻蔑，"幸好阁下晚了一步，保住一命。"

南方的林家堡与北方的沈家堡是目前江湖最大的两股武林势力，并称"南林北沈"。"南林北沈"每隔八年举行一次的比武大会，是为给予两方的盟主——林天南和沈青锋彼此公开争雄的机会。此比武大会数十年间互有胜负，但沈家堡总是略逊一筹。南方弟子难免有心存优越者，且见这北方弟子大言不惭，更是觉得好笑："天师陵寝中的阵法历年来要了我们南方弟子多少性命，你一个北方修士……呵呵……罢了罢了。"

这人登时脸上青白交加，拍案而起："你……"

"哟哟哟，还想动手？"那人也不是怕事的主，仍旧一脸挑衅，"咱们还是留着力气，在比武大会上见分晓吧。"

这一桌是剑拔弩张，一触即发。旁边则是伤春悲秋，叹息阵阵："不知究竟何等人物，竟能在一夜之间摧毁天师陵寝？"

"五劫辟魔锥被盗，这江湖，怕是不能安生啰。"

路过的一老伯却是付之一笑，满是沧桑的眼在婆娑岁月中，沉淀出几分看不穿的祥和淡定："且不知此遭乱世江湖，又将造就何等戏子英雄？"

老伯步履蹒跚，说话却掷地有声，这言简意赅的一句话，仿佛在每个人心里留下了一颗种子。五劫辟魔锥被盗，余杭衙役可被折腾得不轻，此时，四五个捕快正从山上下来，个个面黄唇干，一脸心力交瘁，走到茶肆讨碗水喝的空隙便也念叨起来："这天师陵寝出了这么大的事，怎也不见王捕快出面调查？"

另一个囫囵咽了口水，道："你这么说，倒是想起，有段时间不见王兄来衙役做客了。"

"王捕头始终是负责杭州之事，前些日子在余杭破了不少案子，让咱们轻松不少，也该知足了。"正蹲在地上歇脚的倒是有几分善解人意，"更何况，此番不比寻常案件，五劫辟魔锥失窃关乎整个江湖的动荡，谁自找麻烦，揽这劳累活？"

"这要我看啊，王捕快就是被那妖狐迷惑了心智。如今，估计也是凶多吉少。"站在最后的那个捕快悄咪咪道，"指不定这余杭命案的第三十五具尸首，便是他的。"

"放屁！"

突如其来的一声怒吼，吓得这小捕快浑身一抖。他回头一见，来人正是他们的头子叶良，小捕快赶紧低下头去，默不作声了。叶良腰悬两把弯刀，一张疲惫不堪的脸，骂起人来仍旧字字激昂："一大把事情还没有做，便在这里偷懒耍滑，乱嚼舌根！"

"马、马上去……"几个人殷切应着，手忙脚乱地丢下茶碗后，赶紧办事去了。

要不是他们跑得快，早就被叶良一脚踹飞。叶良收回脚，端起他们剩下的半碗茶，边喝边自说自话："王兄那身手怎可能被一区区女子所害？"

"这王捕快可是杭州城中盛尊武门下弟子王寅虎？"一远道而来的友客好奇道。

叶良惊愕，不答反问："老兄可是见过他？"

"那倒是未曾。"这人略感抱歉地摇了摇头，遗憾道，"只是听说这杭州出了一个行侠仗义的少年英雄，正是姓王，胡乱猜了一嘴罢了。不过我记得他是管辖杭州一带的捕快，最近杭州一带也不太平，莫不是事出紧急，着急回去了吧？"

叶良虽与王寅虎熟识不久，但几个案件下来，也勉强算是过命之交。王寅虎的心性品行他不说了如指掌，但也深知他绝非对案子"始乱终弃"之人，既当着众人承诺要揪出凶手，给百姓一个交代，断然不会不告而别。

莫非杭州的天塌下来了？

沸反盈天，人多嘴杂，谁都没有注意到在这一位难求的茶肆中，有个头戴帷帽的年轻女子独占一张八仙桌。桌上点心茶水俱备，却一样未动，直到听人言及王寅虎，这女子指尖一顿，将手中碎银放在桌上后，才拾起一把布裹的长物起身而去，在熙来攘往的人流之中留下一道落落穆穆却笔直桀骜的倩影。

茶肆不远处，便是渡口。

"姑娘去哪儿？"船夫见此女珠纱遮面，湘纹飘逸，想来非富即贵。

女子掠过他一步上船，落字干脆："杭州。"

"好嘞!"船夫殷切答完,取下绳索,正要过去持桨,忽然一阵凛冽寒风从河道横刮而来,女子帷帽的珠纱迎风飘扬,露出一张素齿朱唇却如朝霞映雪的侧脸。船夫见状,却如活见鬼般,登时两眼放直,呆若木鸡。

"你是……妖狐……苏、苏媚?!"

苏媚之前跟着王寅虎四处查案,早将这余杭大街小巷都穿了个遍。加上与千叶禅师那一战,以及后来王寅虎的凭空消失,她在余杭已经是臭名昭著。见船夫这般心惊胆战,她索性翘起纤细的指尖,挑开帷帽,将整张芳菲妩媚的脸,完全展露在冬日泛白的天光之下。

"天寒了多穿衣,哆嗦成这个样,可使不了船。"

船夫正要落荒而逃,但刚一转身,却发现,身体失去了他的掌控。

不消片刻,船只在静湖之上摇摇晃晃地荡了起来。冬日的湖面宁静无声,舟行无波。苏媚坐在风舫中闭目养神,远处迷雾缭绕,几股幽香沁鼻,直叫人昏昏欲睡。人人都说江南好,水秀山清眉远长,归来闲倚小阁窗,可现下,柳枝萧条寒鸦啼鸣,两岸陈雪殆尽,凉透寒江的水。

"听说杭州不太平,可是出了什么事?"苏媚问。

船夫身体不受控制地划着船,只有眼珠怯生生地往她这边瞟了瞟,声音抖如风中枯叶,毫不隐瞒地交代:"听说……听说最近杭州有人频繁受到……恐吓,但是没人能看见这作乱的妖怪……都猜测,说是狐仙……"

"狐仙?这倒是稀了奇了。"苏媚从甲板上站起来,饶有兴致道,"一个看不见的东西作乱,便是仙,我这生得这么好看,怎就是妖呢?"

"这……我也不知道,都是当地之人……这么说的……"

见他吓得不轻,苏媚道:"算了,你还是告诉我,这些日子,那些正道之人在天师陵寝之中可有发现什么吧?"

"发、发现什么?"船夫想了半天,哆哆嗦嗦道,"骸……骨,全是骸骨,烧了七天才烧完。"

浓郁滚滚青烟,遮天蔽日,苏媚坐在船上,便能看见,只当他说了一句废话。冷冰冰地问:"除此之外,没有别的了?"

"没、没有了,天师陵寝坍塌之后,国师和仙门弟子进去查看过,确定已经遭受破坏后,就、就……被官府封起来了。这其他的,我也没听过了。"

那虎煞身形庞大,又凶残暴戾,它若逃出陵墓,莫说小小余杭,整个江湖都不可能如此风平浪静。可陵中断龙石已毁,阵法已破,这前前后后进去这么多想要一探究竟的人或妖,不可能不惊动虎煞。为何两个月过去,从未出现过凶兽现世的传闻?

"那个……苏、姑娘……"船夫声音颤巍巍的,像是紧绷的弦。

苏媚道:"有屁就放。"

船夫吞了吞口水,酝酿了半天的情绪,才小心翼翼地开口道:"王捕快是个极好的人,但他一夜之间凭空消失,大家都在传,定然是被……"

"被本姑娘吃了?"苏媚抬起寒眸,冷冰冰地接过他的话。

船夫立刻噤声不语,只是僵硬地划着船,莫说回答了,连呼吸都变得小心翼翼。

"已经两个月了吧?"忽然,苏媚极轻地哂笑一声,低头将怀中包裹紧了紧,色淡如水的眉眼,泛着几不可察的悲凉与落寞,"我也没了他音信两个月了……"

市列珠玑,户盈罗绮,素有"丝绸之府"美称的杭州钟灵毓秀,好不热闹。位于杭州的盛家曾也是显赫世家,这些年盛尊武闭关不问事,前庭已经荒败不堪,唯独门匾上那几个大字跌宕遒丽、笔力千钧。

混杂的市井之气吞噬着苏媚,此起彼伏的叫卖声倒灌入耳,可似乎也没有那么令人厌恶了。她脱下帷帽,坐在岸边,面前行人穿梭,络绎不绝,她紧抱着怀中藕色包裹,视线却时不时地睨向盛府的大门,似乎在逃避什么,又似乎在等待什么。

不知过了多久,紧闭的朱红大门终于开了一道不大的缝隙。苏媚两耳一竖,正要过去一探究竟,只见一女子正被家仆毫不客气地从里面推揉出来。那女子体态轻盈，紫衣罩体，手持玉剑，训练有素，应是仙门的名家子弟。然那家仆极是嚣张无礼，一边驱逐一边颇为烦躁道："王寅虎已被逐出师门，不再是盛家子弟，姑娘莫要一再叨扰了！何况你一个姑娘，成天上门问外男去向，还知不知点礼数分寸？"

女子的脸唰的一下就红了，但还是准备问些什么，大门却已经轰然紧闭。

"欺霜。"

"师姐！"

一行同样身着绛紫衣裳、手持玉质仙剑的女子簇拥过去，从其整整截截的着装和步态轻盈的举止来看，应该是仙门中人。

"不在就不在，凶巴巴的，真是左脸欠揍，右脸欠踹！"其中一位个头稍矮的女弟子一脸不悦，"师姐，咱们走，腌臜之地，我还嫌晦气呢！"

"青杏。"紧随其来的两位女子年龄稍长些许，冷肃着脸训斥道，"不得口出不逊！"

被称青杏的女弟子立刻闭嘴，闷闷不乐地默不作声。

迟来的另一位女子抱着剑，将盛府打量一番后，调侃道："以前总听欺霜念叨什么小虎哥，我当以为沈师妹不至于看上一个乡野男子，结果今日在衙役看到画像，才知竟生得一张风流脸。要我看，那王什么虎的，指不定早就忘了咱沈师妹，到哪里舒服去了！"

"大师姐，连你也开我玩笑了。"欺霜颔首，远山黛眉之间，略显清冷生疏，"他是我故友，路过此地恰巧问一句。如今想不过是萍水相逢，不记得便不记得了。"

"萍水相逢？"青杏嗤之以鼻，俨然一副难以相信的姿态不依不饶道，"定情信物都送了还是萍水相逢？"

"莫要胡诌，那并非定情信物……"亭亭玉立的欺霜，一向端方有礼，但一被调侃此事，便有些张口结舌。另一个见状，索性往青杏嘴里塞了一块吃食，语态颇为宠溺和无奈："忘了咱们门派的'禁止弟子与男子之间有任何牵扯'嘛，一出来就乱说，糖炒栗子都堵不住你的嘴！"

"杭州鱼龙混杂，师父不让我们随意走动。趁师父还没有发现，咱们还是赶紧回去，免得又惹师父不开心……"

听得她们的对话，苏媚也注意到，那个被称作欺霜的女子腰饰玉佩质地轻透，雕琢着一尾栩栩如生的鲤鱼，同王寅虎那枚一般无二。不久前，王寅虎曾跟她提过玉佩，说是母亲所赠，其中一半给了七七……莫非这女子就是他早早便给了定情信物的七七？

苏媚这才细细打量起这女子来，见她远山黛眉有宁静致远之秀丽，纤秾合度的身量端的是高雅脱俗之气度，含辞未吐，气若幽兰，只见那柳眉一蹙，黄昏时分的柔美与绰约，竟蕴含于其眉眼之间，惊艳出尘。

"难怪会倾心于她。"苏媚心中觉得理所当然，可一阵失落却又抑制不住地溢上心口，许是好奇心驱使，她又一直谨慎地尾随其后，见她们在客栈落脚，便也问小二要了她们隔壁的厢房住下。却不多时，见欺霜轻手轻脚关上门后，单独下了楼，苏媚转身拿上包袱，紧跟而去。

方到楼下大厅，便见旁边一桌人斟着酒，聊得眉飞色舞，口中议论着的正是沈家堡堡主沈青锋。

"昨日见到沈家堡的人，可真是神气无比，虽说每年比武大会都输得一败涂地，但那排面叫刚涉世的人瞧了去，还以为武林盟主换了人了。"

"头可断，血可流，排面不能输，沈青锋的一贯风格。"

"哈哈哈……"这些人忍不住嘲笑起来，其中一人又道，"今年千叶禅师将坐镇武林大会，这沈青锋跟千叶禅师私交甚好，莫非要徇私舞弊……"

"哪有什么私交。"对桌打断他们，"所谓私交都是沈青锋每年送礼送出来的一点情分，千叶禅师乃是得道高僧，岂受他那点俗礼？"

"阁下所言极是。"这边人揖手一礼，回道，"这沈青锋平时人模狗样的，背后不知多少风流债，成天君子仁义挂在嘴边，到底其人也非君子。"

……

每字每句，皆是讥讽，从开始的交头接耳，到后来的肆无忌惮，讨论得酣畅淋漓，只有苏媚看见，促停在厅中那紫衣墨发的女子，虽一语未发，但手中仙剑已经握得发白。

厅中辱骂之词越发不堪入耳，欺霜终于忍无可忍，咬了咬唇，出口反驳："武林大会乃是为南北各派提供交流功夫的场所，点到为止，不论输赢，这是江湖规矩。几位背后论人事非，可是君子所为？"

话毕，大家的目光齐刷刷地落在她的身上。她话本在理，奈何她飘忽不定的目光少了几分底气和分量，不过并不影响这句话引起的瞩目，毕竟这可是全场中唯一一个为沈家堡说话的人，只是这声反驳，并未起到遏制作用，反而引来更多非议。

"哟，这么一标致的小姑娘，怎生为那浑蛋说话？"

"莫不是又一个被沈青锋祸害的无知少女？"

"可怜啊可怜。"

女子形单影只立于大厅，独面对众人非议，本就无所适从的她更加手足无措。

见她这般嫉恨愤懑之态，苏媚心想她莫不是沈家堡的弟子？

然而下一刻，这个猜想便被打破了。

一行人浩浩荡荡地从门外进来，小二见其来人，立刻迎了过去。几桌嚼舌根的人见状，也识时务地噤声不语，不约而同地埋首闷头吃饭，一副老实巴交不敢造次的安分模样。

喧哗的大厅瞬间静得诡异。

进来的拢共十八位，为首的男人一双犀利鹰眸，两道漆刷弯眉，长脸白须，颧骨突出，紧蹙的眉宇间藏着一丝阴狠之色，从头到脚都散发着令人望而生畏的凌厉，而举止之间，又刻意端着宗师的做派与风范，更显高不可攀。此人，正是沈家堡堡主沈青锋。

苏媚本以为，沈青锋出面，这女子难堪处境自当化解，哪知这沈青锋瞧见她，那睥睨一世的脸瞬间阴沉下来。而欺霜杏眼隐动，正要开口说什么，他却极为不耐烦地挥手打断，转而向旁边小厮使了个眼色，那小厮心领神会，从袖中取了些碎银给欺霜，小声嘀咕道："拿着钱快走吧，别脏了堡主的名声。"欺霜瞅着塞过来的碎银，仿佛奇耻大辱，字句不言，唯豆大的眼泪一颗一颗地往下坠，惹得沈青锋脸黑如墨。

他怒瞪了她一眼，似觉有毁声誉，转身拂袖上楼，却不知此举直接将欺霜置于众矢之的。

"哟，这瞧着，是送上门都被嫌弃了？"

见沈青锋不见踪影，这些欺软怕硬的人又开始见风使舵。

"要我看你还不如跟了我，咱们年岁相当，何苦跟那半截身子入了土的人，活活遭罪？"

"张兄所言极是，姑娘如此相貌，何苦委屈自己？"

放荡的戏谑之词，引得哄堂大笑。

欺霜紧握剑柄，脸上皆是委屈，还有一丝不明情绪，与其说是盛怒而隐忍，不如说是敢怒而不敢言。片刻后，她似终不堪受辱，夺门而出。

虽不知她与沈青锋之间的种种纠纷，但苏媚瞅着这几桌姿态散漫、笑容猥琐的江湖大家，反而颇感不适，随手送了他们个术法后紧随欺霜出去。

她前脚方一踏出门槛，后脚便传来满屋桌椅崩裂、人仰马翻的狼藉之音，甚至有人扯着嗓子暴怒："哪个龟孙干的，有本事现身一战！"

苏媚扬起嘴角，哼着小曲，追那梨花带雨的欺霜小美人去了。

门庭若市，眨眼的工夫，欺霜便不见了人影。苏媚也奇怪自己何以对初次见面的她感到好奇，兴许能从她身上了解到更多王寅虎过往的事迹吧。晃神间，苏媚在街上徘徊踌躇，却听见不少杭州近来发生的种种"邪事"。比如东街的李大头每天起来发现自己被人五花大绑，浑身都是鞭笞的淤青；刘枢待在家中，说是见着了鬼，一天疯了三回；还有好端端的一个花信女子，却在一夜之间长满雀斑，诸如此类，数不胜数……余杭之人都认定是狐仙作祟，如今天下英雄聚集杭州城，不乏仙门之人，竟还有邪祟在这风口浪尖上作乱，倒是胆大包天。

苏媚正若有所思，忽然，一声惊恐的惨叫响彻街头，众人循声一看，见得一男孩脸色青白交加，步伐凌乱无章，一头撞进面馆，额头堪堪磕在桌角，登时头破血流，惨叫连连。

"哎哟，我的亲娘！"老板娘掐着嗓子高呼起来，"这桌子坏了还怎么做生意得啦！"她一边惋惜着，一边毫不顾及那男孩的伤势，拎起他的前襟就厉声罪责："又是你这个小兔崽子出来惹是生非，这回非得告你爹那去不可……"

"婶儿……"男孩唇齿发寒，哆嗦道，"是、是……狐仙，我见着……狐仙啦！"

话一落地，四周静默，所有人都讳莫如深地面面相觑了一番，苏媚率先一个箭步冲上去："你刚说看见狐仙了，在哪儿？"

男孩怯生生地看着她："就……就在林子那边的小溪上。"

苏媚望了望林子的方向，以欺霜方才受了委屈独自承受的性子，苏媚猜测她极有可能便是到林子散心去了，若是她和这狐仙碰上……指不定遇到什么危险。没过多犹豫，苏媚动身追去，她倒要看看，此"狐"究竟是仙还是鬼！苏媚只身前往，可刚入林子不久，又有几个男孩狼奔兔脱般地在灌木丛中横冲直撞，像阵风似的从她身边掠过。

看样子，是被"狐仙"吓得不轻。

小溪涓涓潺流之声清晰入耳，苏媚赶过去时，东风送暖，春意盎然，遍山梨花胜雪，沁鼻花香丝丝香甜，令人心旷神怡。

这样的宁静，被一阵仓皇急促的脚步声打乱。苏媚起身一瞧，只见一个总角之龄的女孩如被恶狼追扑，正满脸惶恐地往下坡疾奔。苏媚瞧了一眼，本不想搭理，奈何狐狸眼尖，晃眼一瞧，便瞧见那女孩右手中紧握着一枚玉佩，那玉佩露出的半截纹理和色泽，像极了欺霜那枚。

苏媚当即飞身过去，将其捉住。

小女孩身高不及她腰长，被她单手一制，便动弹不得。但这女孩却不像江南女子，她衣着怪异，头顶复杂银饰，身着千种颜色杂糅的长裙，色调艳丽，却不失纯真质感。其模样更是精巧，鼻若悬梁，美目流盼，像是苗疆人士，且那深邃的眉眼之间，竟让苏媚有些莫名熟悉。

"小小年纪，偷人东西。"回神过来，苏媚将她手中之物一把夺了过来，仔细一瞧，果然是欺霜那枚玉佩。

女孩一双黑白分明的圆眼瞪得奇大无比，明明无辜单纯，却又故作凶狠："这是我哥哥的，你还给我！"

"哥哥的？小孩子可不能撒谎，这分明是一位姐姐的。"苏媚松开她，没打算追究个中细节，端着谈判的架势，直接问道，"这样吧，你告诉我这个姐姐在哪儿，我便将这枚玉佩还给你。"

"她在……"小女孩故弄玄虚似的欲言又止，苏媚没有耐心跟小女孩计较，正要上手逼问，忽然之间，后面一道磅礴剑气袭来。剑光逼人，寒气四射，苏媚迅速转身，堪堪避开，而面前对她持剑之人，竟是那气质如兰、温文尔雅的欺霜小美人。

欺霜持剑而立，开口便是诘问："你是什么人，为何盗我玉佩？"

苏媚低头，却发现那个苗疆小姑娘竟然消失得毫无踪影，而她手拿玉佩，被欺霜当场截获。这简直是人赃并获，百口莫辩。

"这玉佩是你的吗？有证据吗？"被人捉个正着，苏媚也不急，另寻契机反问道。

欺霜口吻清脆利落："我同行师姐皆可证明。"

苏媚哂笑一声："那我怎知你们不是同伙？"

"同伙？"

"这玉佩原本在一男子身上，我倒是要问问你，这玉佩，你又是从何而来？"

闻得此言，欺霜当即收起了长剑，神色微有些震惊："姑娘认识他？"

见她这般激动，苏媚一时有些不是滋味，含糊道："凭什么告诉你？"

欺霜长剑回鞘，略有些着急地解释："姑娘请仔细看，这枚玉佩与他那枚并非同一枚，这原本是一块完整的双鲤玉佩，是他折成两块后，分给我一半当作信物的。如今我回来寻他，却听闻他被逐出师门，再无消息，姑娘若是知情，还望如实相告。"

这枚玉佩切口确实有断裂痕迹，且上面鲤鱼赫然与王寅虎所持呈相反方位。苏媚摩挲着玉佩，打量着欺霜，她山眉水眼，举止娴雅，同王寅虎年岁相当……看来，她确实就是王寅虎心心念念多年的七七，可惜，王寅虎已经……俯仰之间，苏媚竟也自嘲起来。悲欢常故，人有离合，她什么时候，也为这些阴差阳错，伤春悲秋起来了？

欺霜眼中却有一闪而过的光，转而难以启齿似的，微微颔首："他、他……跟你提起过我？"

莫名的情绪涌上来，苏媚心里竟然有些难以言喻的复杂。她踌躇了一番后，方才道："就……随口提了一下。"

"小虎哥果然还记得我。"窃窃私语了一声后，欺霜又问："那姑娘是何时何地见过他？可否……"

"两三个月前的事了。"苏媚心中喟叹，王寅虎的死是她一手酿成的，如今遇上他这仙霞派的"旧相好"，苏媚自然不想与她有所纠葛，借着一股巧劲儿将手中玉佩抛还至她掌心后，便欲转身而去。

"天吒？"忽然，欺霜抽身退避三丈，肃然而立，打量她的目光俨然多了一分不太友好的揣测。

苏媚心道不好，低头，怀中包袱已被欺霜的剑刺破，露出天吒油黑的刀柄。

王寅虎行侠仗义，名声在外，大多数人都知道，名捕"神眼魔刀"盛尊武已将魔刀传给门下唯一弟子王寅虎，不少人慕名拜访，魔刀图纸也被广为流传，欺霜下山寻了王寅虎半月有余，天吒的样子早已经刻在心底，哪怕从未见过真正的天吒，此刻也能一眼识出。

得到一丝线索，她岂能轻易放过？欺霜本欲上前礼貌招呼，怎料不受苏媚待见，回头一招"杯弓蛇影"，便逼得欺霜拔剑相向。

两人一言不合，竟又过起招来。

与苏媚所料截然相反，这欺霜在客栈时一副弱柳扶风、温柔似水的大家闺秀样，却没想到身手剑法毫不逊色，不仅出剑有力，而且术法攻击精准。她年纪不大，竟有如此功力。不过，明明剑术造诣高深，却被几个不知路数的流氓痞子欺得说不出话来，看来她在仙霞派一心钻研功法剑术，却少学了些人情世故。

欺霜手中的长剑自苏媚腹前横挡而过，苏媚手疾眼快，反手抵制，力量相互钳制的空隙，欺霜道："天吒对于小虎哥而言，是比性命还要顾惜的东西。你究竟是什么人，为何持有天吒？"

苏媚随口接道："自然是对于他而言，同样比性命还要重要的存在。"

欺霜疑惑更甚。

苏媚瞧她这较真劲儿有趣，又拖着晦暗不明的姿态故弄玄虚："你猜猜，我是他什么人？"

"你、你们……"欺霜忽然面红耳赤，有些结舌。

苏媚趁她走神，将其连人带剑一掌击飞。欺霜内力不稳，连退数步后，才借力站定，浅吐出口血来。而苏媚寻得契机，转身化狐遁走，省得那群来找狐仙的江湖修士齐聚过来，将事情闹大，届时她可就不好收场了。

可哪知，欺霜见她是妖狐所化，登时神色大震，不顾伤势提剑便追。苏媚见之不依不饶，当即十指环绕结印，一团琉璃光晕生于指端，随即回身一掏，迎面追来的沈欺霜应对不及，只觉眼前一片五光十色，便失了意识昏厥在地，苏媚这才全身而退。

第十章 淑女也清狂

这莫名其妙的一番拍架，苏媚也没讨得半分好处。她回到异魔教，足尖一落地，便有些定力不足，借着一旁假石才勉强站定。

"哟，又是一身伤？"一个清亮而又戏谑的男子声音将她思绪从混沌之中惊醒。

异魔教是瘴乡恶土的混杂之地，唯有这里草长莺飞、细水长流，这便是苏媚按照隐龙窟打造的洞府。说话的男子正半裸着身体，露出线条分明的肌肉，蹭她院子的溪水沐浴。他古铜色的手臂悠闲地搁在岸上，偏着头，嘴角漾起三分春色，笑得漫不经心："你说你，这么多年了，总干吃力不讨好的事。"

苏媚单手覆在胸前，抑制着痛楚，冷不丁地瞟了男子一眼："那也比你做缩头乌龟好。"

闻言，男子脸色几不可察地凝滞了半晌，转而从水中起身，在溅起的漫天水花间，三下五除二就将衣服穿戴整齐，动作轻快流畅，落地无声："要不是我，你能从掌旗使大人手中活下来？"

苏媚躺到石床上，闭目养神，懒得搭理。

男子举步趋近，在一旁坐下，看着石床上尚存一息却风僝雨僽的苏媚，不禁轻笑一声："一身是伤，还逞能！"他弯身拾起杯子，拿出一块方巾一边将其擦拭干净，一边慢道："掌旗使大人对你已经够好了，不仅没杀你，还允你将天吒送回盛府，已经是仁至义尽。"顿了顿，目光一滞，"不过这天吒你怎么又带回来了？"

苏媚不领情："天吒留在异魔教，不知还得斩杀多少人，许我回去，还不是想处理天吒罢了。"

那日，王寅虎殒身虎煞之口，天师陵寝随之坍塌，苏媚拿着五劫辟魔锥和他的遗物天吒，九死一生才从天师陵寝逃出。她以为三魔器之一到手便可以逃脱孔璘的控制，凭借这一魔器自行寻找其他两件魔器的下落，诛杀李逍遥。但孔璘对她的行迹了如指掌，在盛渔村外便截住了她的去路。那时苏媚已经恢复一点法力，垂死挣扎之下，拼尽全力才启动五劫辟魔锥，奈何她无法驾驭，被其反噬，身负重伤。

这两个月，苏媚受尽剥皮抽筋、炼狱焚烧之苦，但孔璘如今正是用人之际，再加上天吒一直在异魔教也不是办法，索性留她一命，让她将天吒处理了就算是将功折罪了。

男子叹了一口气，转而又道："其实你是不想三魔器落入孔璘之手，让魔尊祸世，才想私自带走五劫辟魔锥的吧？"

苏媚一愣。

他浅浅一笑："苏媚，你是做不来恶妖的。其实你大可跟我一样，放弃心中执念，毕竟，我们活着又不是为过去而活。"

"我不是你，我放不下仇恨，也不想苟活。"苏媚面无表情道，"你堂堂孽龙，难道就甘愿供人驱使，甘愿不见天日？你就当真不想找千叶禅师复仇？"

男子微顿。

他叫傲澜，按照族规，他是孽龙之中最没有出息的一个。

孽龙嗜杀成性，穷凶极悖，而他樽前月下，岩居川观，是天性暴戾的孽龙中的一个例外，甚至也曾有族人笑他是孽龙一族的奇耻大辱。在他们看来，孽龙者，当该祸乱人间，危害江湖，以作恶扬名立万，可偏偏他与世无争，毫无斗志，龙王见其不堪重用，将其逐出。他也不恼，索性悬壶济世，做起了菩萨。

后来，千叶禅师设锁龙阵，孽龙一族全军覆没，傲澜成了唯一的漏网之鱼。正逢孔璘广纳妖邪扩张魔界势力，便将他绑了回来，实则只是拿他当作一味珍稀的药材——孽龙的龙角，可治百病。

"我也不是你。"傲澜却是一派云淡风轻，"自古逢秋悲寂寥，我言秋日胜春朝，人生得意须尽欢……"他俯近苏媚，长眉扬得轻佻，"快活一天是一天。"

"……"

苏媚与傲澜虽是同病相怜，却非同道中人。虽说志不同不相为谋，但苏媚回回带身伤回来，都靠傲澜妙手回春，她则有恩必报，借他清溪沐浴。两人各取所需，在这弱肉强食、长夜不明的异魔教，他们能如此共处，便算是极深的交情了。

孽龙本身就浑身是药，再加上傲澜精通岐黄之术，什么枯骨生肉，着手成春，在他面前不过小菜一碟。没过几天，命悬一线的苏媚就生龙活虎了。

这日，傲澜端详着她的伤势，一本正经地胡诌道："我忽然想起来，不只是龙角可以治百伤，唾液也可以，要不要我亲自喂你？"

本就有些烦躁的苏媚二话不说，一脚踹过去，其力道之大，让傲澜直接从二楼摔进小溪，飞溅的水花在骄阳下画出一道彩虹。

傲澜吹鼻子瞪眼地在下面控诉她"过河拆桥"，喋喋不休地独自叨叨了大半个时辰后忽然闭了嘴。按照旧例，他向来是死皮赖脸滔滔不绝，今日闭嘴未免早了些。

苏媚心生好奇，趴在窗口一瞧。

果然，出事了。

傲澜被几个四肢粗鄙的狼妖摁在水里，动弹挣扎不得。水虽不能令他窒息丧命，但那姿态叫人瞧了去，多少有些仗势欺人了。

苏媚飞身而下，看向领头，领头之人毛发茂盛，两鬓竖立，鼻大皮糙，半人半兽。其高九尺七寸，五大三粗，十指锋利如刀，生得彪悍魁梧——正是孔璘的心腹大将、在人界兴风作浪的啸狼。

"不在人界强抢民女，来我这三宝殿做甚？"苏媚并不忙着救傲澜，抄手靠着石桩，一副有恃无恐，欲与之慢慢周旋之态。

啸狼与苏媚虽共事一主，但向来割席分坐。啸狼见到苏媚，本就不悦的脸色便更加郁沉："上次余杭之时，你分明同王寅虎在一起，却不告知我，害得我险些遭那小子毒手！"说着，那双能喷火的眼睛又瞪向傲澜，"还有这孽龙，竟敢对老子敷衍了事，一点刀伤拖到现在才愈合，我看你俩早就串通好了，故意整我是吧？今日你们两个都别想好过！"

"这你可误会了，我哪里知道，在异魔教威风八面的啸狼，竟然打不过一个毛头小子。"苏媚说着，忍俊不禁似的，捂嘴一笑。

听得一声哂笑，啸狼登时火冒三丈："别以为你杀了王寅虎，就可以在我面前猖獗！别忘了，你不过是我啸狼捡回来的一只野狐狸！"

不得不承认，偏就是啸狼这么一个臼头深目的玩意儿，还生性喜好伶俐标致的小姑娘，得于他这个令人不齿的爱好，当初没有一刀果断斩了她的命，反而让她见到了孔璘，开启与虎谋皮的生涯……

"对对对，我能有今日，还得仰仗您当年的'拎颈之恩'。"苏媚一脸谄媚，"您放了他，下辈子，做牛做马，我都割草喂您。"

"算你识相。"见她态度难得如此诚恳，啸狼傲着一张脸冷声道。道完后，身边却有人笑出声来，这时，旁边一个尖嘴猴腮的在他耳边嘀嘀咕咕说了什么，啸狼这才反应过来自己被这个狐妖给暗戳戳嘲笑了，登时怒火中烧，不分敌友地将适才哂笑之人全劈开三丈之远，转而指向苏媚，目眦尽裂："刁狐，敢耍老子？"

"岂敢岂敢，啸大将可是会错小妖之意了？"苏媚一脸无辜地纠正道，"小妖岂敢耍老子，小妖耍的分明是你。"

"你……"

纵使他与苏媚水火不容，甚至有将她千刀万剐之心，但深知她对孔璘大有用处，啸狼不敢擅自动她，忍了半天才把这把怒火吞回肚子，臭着脸道："你欲私吞五劫辟魔锥一事，掌旗使大人尚未消火，现在掌旗使大人让你去找七宝琉璃花的下落，以此将功折罪，此事若是办不好，掌旗使大人说了，提头来见。"

啸狼气焰嚣张地吩咐完，便又带着手下横着走了。

七宝琉璃花是三魔器之一，传说可以点石成金。它的最后一次现世，是在月凉山竹林。约莫二十年前，江湖中忽然冒出一号人物，机缘巧合之下觅得七宝琉璃花，但此人行径过于嚣张跋扈，横行无忌，为正邪两道所不容，最后被逼上月凉山。此战两道伤亡惨重，几近是全军覆没，至此，七宝琉璃花再次从江湖绝迹。

这月凉山苏媚前前后后来过许多次，不过是个普通林子，镇不住七宝琉璃花这种邪物，且大抵因那场血战增了点肥，以至于这里的草木倒是长得颇为茂盛。

从月凉山下来，便是闾阎扑地的杭州城。

比武大会召开在即，参会者自五湖四海聚来，络绎不绝，大街小巷的脚店茶肆但凡能歇脚的皆已满员，更遑论客栈酒馆了。被第六家客栈拒之门外后，苏媚叹了一口气，仰头观摩了一番他家屋顶，平整有度，视野开阔，倒也不失为一处安歇之地。

苏媚瞧这高悬天镜的孤月、熙来攘往的人群，以及满檐盛开的梨花，总觉得少了什么。

须臾，她又重新步入客栈。客栈大厅依旧嘈杂，落座者交头接耳皆在议论"狐仙"一事，苏媚不禁摇头失笑。所谓的江湖侠士、名门正派也不过如此，只会纸上谈兵过过嘴瘾，却不见一人主动请缨，彻查此事，以至于整整半月过去，偌大一个杭州，竟还因一个"狐仙"，闹得沸沸扬扬，简直贻笑大方。

苏媚问店小二拿了两壶酒，优哉游哉地回到屋顶，不愿过问人界之事。

春寒料峭，虽是冷了些，却胜在清净。

酒可真是个好东西，既可暖身，又可助眠。苏媚饮了半壶，便昏昏欲睡，不知睡了多久，楼下忽然传来一声可怖的呼喊，不仅惊醒了睡意正浓的苏媚，客栈好几间厢房也掌起了灯烛，给漆黑的街道镀上一层朦胧的光晕。接着是两个人的脚步声，又急又促，不难辨认是两个男人，且功力不俗。

脚步声停，事先呼喊的老人声音响起："又是狐仙作孽啊，瞧瞧将我这屋弄成什么样了，这还怎么住人啊？两位大侠，求求你们，赶紧将这狐仙驱除吧，真是闹得我们不得安生啊……"

"老伯，可看见狐仙往哪个方向去了？"

苏媚一怔，这个低沉而磁朗之音……她立刻起身一看，匆匆离开的那两个人影其中一个，背影身形竟然同王寅虎十分相似，只是背上空空如也，没有魔刀天吒，竟觉得少了几分气概。大抵是酒劲儿上了头，看迷糊罢了，苏媚没有过多在意，摸了摸自己怀中包裹得严严实实的天吒，心中竟愁绪万千。

不都说借酒消愁，怎么还真的愁更愁了？

苏媚自嘲一笑，正要枕着天吒入睡，这时，身后忽然传来瓦裂之音，苏媚一惊，酒劲瞬间荡然无存。

"谁？"

她回头望去，没有看见任何人或妖，但奇怪的是，瓦裂之音依旧，甚至越来越近。她索性闭上眼睛，以妖识视物，首先入目的是及足的百褶长裙、银饰绣花腰围和别具风格的大襟短衣，视线再向上移，是一张粉雕玉琢的俊俏脸蛋。苏媚微怔，这不正是那日偷玉佩的苗疆小姑娘？

那姑娘显然还不知道自己的一举一动已经被苏媚一览无余，还朝她龇牙咧嘴，肆无忌惮地做鬼脸，估计是在记恨上次半路截了她玉佩一事。苏媚忆起上次晃神的工夫，她便消失得杳无踪迹，害得她被欺霜来了个"人赃并获"，不禁觉得又好气又好笑。

合着她替这小姑娘背了锅，跟欺霜打得不可开交，而这小姑娘估摸着一直在旁边观战看戏，拍手叫好。

苏媚过去一把就擒住了这小姑娘，小姑娘有些措手不及，一双葡萄般的眼睛瞪得分外圆溜："你……你怎么看得见我？"

"小鬼。"

"我不是小鬼！"小姑娘气势汹汹道，"把我玉佩还给我！"

她方扬声打断，大抵声音太大，又惹来那两名男子急促的脚步声。此时凝神一听他们的零散对话，其中一位嗓音低沉有力，谈言微中，简直与王寅虎如出一辙。心头如被一拳重击，苏媚正要移至屋檐探个究竟，哪知小女孩忽然起身一跳，拼尽全力死拽住了她的腰，神色惶恐地冲她一个劲地摇头使眼色，生怕她惊动了旁人一般。

见其如此忐忑畏惧之态，苏媚心存疑惑："适才那男子，你识得？"

"那是我哥哥。"小女孩不假思索。

"你哥哥？"苏媚俨然不信，她这般如避虎狼之态哪像是对哥哥的态度？

小姑娘似乎瞧出她的心思，补充道："我哥哥要是知道我不仅偷跑出来，还偷了隐蛊，一定会生气骂我的。"

隐蛊？

难怪她分明灵力不高，却可以隐形自如，想起上次玉佩之事，苏媚有些迟疑道："你哥哥，叫什么名字？"

"我哥哥？"小女孩灵巧的眼珠转了转，警惕地瞅了她好几眼才道，"他是苗疆人，说了你也不认识，她问他做甚？"

"苗疆人？"王寅虎的五官身形明显是正统中原人士，同苗疆沾不上半点干系……苏媚神色暗了下去，彻底断了追上去的心思，等那两人远去，苏媚忽想到什么，转而眯着眼睛打量着这乖张的姑娘，道，"你就是那个装神弄鬼的狐仙吧？"苏媚前后两次听说"狐仙"作恶，便都不偏不倚地撞上她，且这"狐仙"作恶手段十分幼稚，仔细一想，桩桩件件，都十分像是出自顽童手笔。

"我才没有装神弄鬼！"小姑娘义正词严地纠正道，"我明明是替天行道，为那些手无缚鸡之力的人报仇雪恨！"

"报仇雪恨？"苏媚上下打量了她一眼，半信半疑。

"不错。"小姑娘身高不足五尺，却将大侠风范学得有模有样，疾恶如仇道，"李大头成天酗酒，暴打家妻，简直人神共愤！刘枢好吃懒做还好赌，家中田地都被输光了，气得老母亲几番自杀未果；还有那爱漂亮的叶姓女子，竟去扒狐狸皮做毛氅，简直可恨至极……"顿了顿，又颇为自豪地开始交代自己最近的"战绩"，"哼哼，那李大头的妻子没有娘家人撑腰，我便替她出头，日日也将那李大头绑起来鞭笞一番；刘枢的母亲爱子不愿动手，我便帮她教训了，吓得他门都不敢出；还有那叶家女子，不是爱美吗？我就让她长满雀斑，丑死她！哼，还有今日这个大爷，一把年纪了，竟然还背着妻子在外面给别的女子建宅院，那我就毁了他的宅院！"

苏媚忽然明白，她为何被杭州百姓尊称一声"仙"了。

谁能想到，将群英汇聚的杭州城闹得鸡飞狗跳的，竟然是这样一个黄口小儿？叫那些所谓的名门大侠、绝世高人知晓了去，还不得纷纷蒙羞退隐，汗颜无地？

小"狐仙"又激愤道："犯而不校、隐而不发，只会亲者痛仇者快，以牙还牙、以眼还眼，才能彻底抵制恶行！"

简短明了的一席话，竟叫苏媚呆若塑泥。

苏媚漂泊无依那些年，常逢妖便叙起自己的灭门遭遇和复仇的"宏图伟志"。可她遇见的人或妖，无一不笑她复仇是异想天开，劝她放弃仇恨，只有这个小姑娘，初生牛犊不怕虎，跟她一样的倔强。

苏媚弹了一下小姑娘的额头，竟有种志同道合之感，会心一笑："果然是君子报仇十年不晚，小鬼报仇从早到晚。"

"狐仙"小嘴一努："我不是小鬼，我是狐仙！"

"好，狐仙。"苏媚被她稚气的倔强惹得笑出声来，好着脾气问道，"狐仙大人，你的狐狸尾巴呢？"

"我……我……"小姑娘眼珠迅速转了转，转而又将头扭向一边，刻意摆出一副高傲的姿态道，"自然是隐了，我的尾巴岂能叫你这个凡人瞧了去？"不知是天冷还是害怕，小姑娘雄赳赳，气昂昂地说出这话时，声音明显很没底气，甚至有些颤抖。

是以，苏媚凑过去，眨巴眨巴眼，询问道："狐仙大人，冷吗？"

"嗯?"小姑娘显然不知她何故冒出如此一问。

春来夜风稍稍刺骨,小姑娘不禁打了几个寒战。这时,一团赤色的毛绒之物悄无声息地覆盖在她身上,暖洋洋的,叫她整个冰凉的身子瞬间温和起来。小姑娘偏头一瞧,悬空的明月如香糯的大饼,而底下凤鬟雾鬓的女子嫣然一笑,那张媚惑妖娆的脸竟也明眸善睐起来。

小姑娘惊得下巴都要掉了,张口结舌了半天,方才道:"你、你你……你才是如假包换的……狐仙?"

苏媚觉得,"如假包换"这个词,用得极妙。

小姑娘惊得说不出话来,但纠结片刻后,小姑娘这才忽然想起正经事似的,突伸手在苏媚腰身胡乱摸索,苏媚下意识间一把擒住她的手:"做什么?"

"我的玉佩还给我!"小姑娘过河拆桥得理直气壮。见这小姑娘如此嚣张跋扈,苏媚问:"你要那玉佩干什么?"

"都说了那玉佩是我哥哥的!"小姑娘立刻松开苏媚,傲起一张小脸来,"你快还给我!"

苏媚疑心更重:"你除了苗疆哥哥,你还有其他哥哥?"

"当然了,我还有……"她张口正说话,忽然,屋檐底下身着一苗疆服饰年龄尚幼的男子急匆匆地找过来,手中壶形法器冒出缕缕青烟,似乎正往他们这屋檐指上来。小姑娘吓得一哆嗦,直呼:"惨了惨了!"便一溜烟又没了踪影。

苏媚还有话要问,着急忙慌地紧追上去,可这小姑娘脚底下抹油似的,竟没留下丝毫痕迹……

之后苏媚再也没在城内见过那个小"狐仙",再次听到"狐仙"这两字,是在月凉山附近。当时,苏媚正在向月凉山的老人打听往年的那桩陈年命案,怎料当年七宝琉璃花波及甚广,亲历者皆已亡故,苏媚忙了几天,终也无功而返,恰逢几个武林侠士过来讨水歇脚,那一行人装扮怪异,应是远道而来的北方人士,途中听到一些"狐仙"捕风捉影的谣言便津津乐道起来。

一说:"虽说从未有人见过她真实样貌,但都说她是'狐仙',各位可知为何?"

"别卖关子了,说来听听。"另一个囫囵饮了几口水,催促。

那人绘声绘色道:"因她教训的,那都是令人发指的恶人,官府治不了的罪,她便替人出头。以牙还牙,以眼还眼的手段,简直大快人心!此乃替天行道,如此大义之辈,岂能是为非作歹的妖邪所为?"

众人点头赞同,片刻,又兴叹道:"不过话又说回来,到底是哪个不长眼的,竟将这'狐仙'当作妖孽除去了?"

"啪——"的一声,苏媚手中水壶砸地。

前几年群魔猖獗,正逢乱世之秋,比武大会一切从简,但近两年河清海晏,世态开明,林家堡堡主林天南出手阔绰,造了个空前盛况。苏媚才走过三条街,便撞见不少英雄好汉已经龙争虎斗,大战了好几个回合,不过在她看来,这些都是些追名逐利的疯狗。

按理来说,江湖比武盛事本该由蜀山掌门李逍遥坐镇,奈何翘首以盼近两个时辰,也不见李逍遥半分人影。诸位侠客义士摩拳擦掌,有些急不可耐。林天南浓眉剑目、方正之脸,两道青髯略显温和,端坐在主位之上,一边清点人手打探消息,一边有条不紊地安抚来宾,极是从容。

"既然李掌门迟迟不现身,不若便让千叶禅师一人做公证如何?"

这个建议自然是沈家堡中人提出的。

沈家堡早有攀附大慈悲明宗趋势,而林家堡则与蜀山掌门李逍遥渊源颇深。

当年林天南长女林月如不惧一切与李逍遥共赴险境,甚至为救赵灵儿舍生取义,葬身锁妖塔。脱险后的赵灵儿诞下一女,取名忆如,以此纪念林月如,可不久后,赵灵儿与水魔兽同归于尽。李逍遥将独女托付给苗疆的圣姑,终于寻求到了复活林月如之法,李逍遥自然也成了林家堡的女婿。

历年来,武林大会做公证的都是正派仙山之首,近几年千叶禅师风头虽盛，但蜀山根基不可撼动，理应由李逍遥出面公证，可转眼，浮云半遮的春阳已悬至天穹中央。林天南派出去的人手全部悻悻而归，略显焦灼的脸色瞧上去，大抵是李逍遥仍无消息。远赴而来的群雄渐次躁动起来，举起武器蠢蠢欲动，以至于沈家堡那个建议已经是众望所归。

林天南为大局考虑，不可能因李逍遥一人的缺席而辜负所有人的期待，中断一年一度的比武盛事。跟林家极为位高权重的老者商议后，宣布不再等李逍遥，这场比武，终由千叶禅师一人公证。

结果一放出，不过几家欢喜几家愁。对于这些势力之争，苏媚无甚兴趣，况且她今日来找的本也不是李逍遥，而是沈青锋之子——沈齐。

从月凉山下来后，她便从街上几个游士口中打听到，"狐仙"最后一次"作案"，便是因沈齐。

沈齐养尊处优，经常霸凌弱小，仗着身份不俗，肆无忌惮调戏民女。众人顾忌其父乃是北武林盟主，向来忍气吞声，不敢招惹，唯独这"狐仙"，在沈齐白日宣淫时，当街暴揍他一顿，据说是揍得他鼻青脸肿，狼狈周章地摔在地上，爬都爬不起来。可怜沈齐从头到尾，却连狐仙的样子都没瞧见，简直颜面扫地。

事后沈齐便放话，势必诛除"狐仙"。此后不久，"狐仙"果然销声匿迹，大家猜测，多半是被沈齐找人私下诛了。

比武已经开始，擂台上战况激烈，周遭之人不是聚精会神地观摩，便是对上面招式的利弊评头论足等。此时，只见一个弟子从后院亟亟而来，附在沈青锋耳边道了何事，沈青锋脸上一个晴转多云，随后姿态迟缓地向千叶禅师请退后，转身大步流星地跟着那弟子向后院而去。

能叫他如此动怒的，除了那不孝子沈齐，苏媚实在想不出还有什么事能让他离席。

苏媚化为狐身，顺着屋檐，悄然无声地跟了上去。

沈青锋进了一间庭院后，便立刻让弟子锁上大门，一脸的不耐烦溢于言表。这让苏媚好奇心更甚，于是她用爪子拨开一片青瓦，俯视而下，里屋光景登时一览无余。

令人大失所望的是，等着沈青锋的并非沈齐，而是个女子。那女子气若汀兰，着装简洁干练，只是视线所限，苏媚瞧不仔细五官，只是莫名眼熟，直到她开口，那样清丽干净的嗓音，叫苏媚大吃一惊，她几近确定，站在沈青锋身前之人，正是欺霜。

"我若赢了，还请父……"欺霜开口便是一个停顿，片刻后，才又接着道，"还请沈堡主能给我母亲一个名分。"

沈青锋一进来便径直绕过她，坐在一把巨大的交椅上，那盛气凌人之态仿佛一个抬手，便能将楠木镂空的桌椅拍至粉碎："一个死人而已，还要什么名分？！"

"是啊，一个死人而已，沈堡主给了，又能如何呢？"欺霜失笑一声，语气却和缓，"这沈家堡的名声，该败的不是都已经败光了，沈堡主还惧一个抛妻弃女的名声吗？"

"住口！"沈青锋怒火滔天，扬手一巴掌，将所有怒火悉数甩在欺霜那张皎月无瑕的脸上。

欺霜大抵有些猝不及防，浅浅闷哼一声后，不卑不亢地站着，沉着的口吻听不出任何情绪起伏："我只想了却母亲生前夙愿，还望沈堡主成全。"

沈青锋仿佛一拳打在棉花上，怒瞪了她半晌后，甩下一句："待你赢了再说。"便夺门而出。苏媚半悬在屋檐，看沈青锋离开后，欺霜方才抬头忍泪，舒缓情绪。那一刻，苏媚能清晰地看见，她精致秀丽的脸以及脸上那道极深的红色掌印。

须臾，欺霜便已将眼泪逼了回去，转身提剑，朝比武擂台的方向疾步而去。

第十一章 凌寒梅独放

比武大会已近尾声,能如此之快,全仰仗林家功夫数一数二的唐志达上了场。唐志达速战速决,一路过关斩将,片刻的工夫,便全场已无敌手,硬是以一己之力加快了比武的结束。千叶禅师虽受沈家尊爱,但半分私情不徇,眼见今年榜首又落林家,这时,一女子脚步轻点,落在擂台中央。

"仙霞派,沈欺霜,领教阁下高招。"

干净利落的一声,让现场陷入片刻的静默。

原来她竟姓沈,苏媚借着石柱的遮掩,重幻人身,混在参差不齐的人群中,远远注视着这一场暗波涌动。

仙霞派的创始人清柔师太生性喜隐蔽,这些年极少让门下弟子参与江湖的武林争斗,沈欺霜的自报家门,倒是叫众人吃了一惊。这唐志达虽得林天南亲传,但武功随人心性而变,重在一招制胜,适才上场者中,鲜有胜过他三招以上的,再一看这仙霞派的女弟子,手如柔荑,左右掂量都是个完全不经打的。

"刀剑无眼,姑娘,得罪了。"唐志达礼毕,抬头瞬间,猛然出击。

只在电光石火之间,沈欺霜出剑不及,当即平胸横挡,生接下了这风驰电掣的一掌。但她没有任何喘息机会,第二招接踵而来,沈欺霜见状,适才拔剑,唐志达一个凌空倒翻踹出一脚,直将仙剑踢回剑鞘之中,随之五指并起，蓄力一掌，朝沈欺霜的百会穴直击而去……

这三招，快准狠，阴且损，变化万端，毫无破绽，简直不似林家堡的正派作风。

众人一颗心提到了嗓子眼，为沈欺霜捏汗的同时，亦心生感叹：堂堂仙霞派，竟也如此不堪一击。

这厢，沈欺霜仰身避让，撤步回旋，唐志达见状，当即收掌，迂回而至！

战况峰回路转，令众人瞠目结舌，暗叹唐志达的功夫怕已入当今高手之列。这迅猛的招式一旦祭出，千钧一发之际，便是覆水难收，诚然沈欺霜身手的敏捷已是不可多得之才，但唐志达能承摧枯拉朽之力随之变换，才是真正绝妙之处！

便在众人为这一招大饱眼福之时，忽然，唐志达一掌击于墙上，"轰——"的一声，三尺厚重的石墙，碎成一地石头。

谁都不曾料到，那万众瞩目、如持雷霆之势的一掌，竟在合目之间扑了个空。

此时的沈欺霜，就像深藏的宝剑，韬光养晦，不露锋芒，一直循序渐进，诱敌出击，待其势不可收时，再打他个措手不及。只是在场之中，无一人看清，她究竟如何避开那势不可当的一掌。

沈欺霜在第一招故意生承其力时，右手受了轻伤，此时左手展开剑鞘，却毫不影响她精湛飘逸的剑法。唐志达重在前三招，三招之后，功力消耗，力不能及，沈欺霜便是占了这个契机，对唐志达连连出招，占尽上风。她的剑法轻盈似风、出击似箭，速度之快，不过须臾间的一个飞沙走石，便已经过上几十个回合。

暖阳破云而出，清亮的剑锋，堪堪落在唐志达脖颈一寸处。

唐志达输了。

始料未及。

千人之众的比武大会，瞬间鸦雀无声，足足过了半盏茶的工夫，群雄这才反应过来似的，场面一下沸反盈天起来。不少人惊叹仙霞派女子竟如此深藏不露，亦有人激昂兴叹这江湖人才辈出……刺耳聒噪之中，突兀的一声呵斥，再次压下了这满场的喧哗。

"不淑之女，莫要把人当傻子！"

一个衣衫褴褛的丐帮老者从熙攘的人群中挤出，一丝不苟的脸上，是可畏的肃然之态。

沈欺霜有种如临大敌的不祥之感，没有第一时间回话。而众人见他义正词严，字句激昂，又是丐帮中极占分量的领袖人物孙弃年，便有人毕恭毕敬地上前询问："不知孙长老何出此言？"

孙弃年冷哼一声，手指沈欺霜，有板有眼地道："各位可看清了，这女子方才所使的，分明是蜀山派的剑法！"

话一落地，众人这才细一品，惊觉发现，适才沈欺霜前几招柔中带刚，如白云出岫，的确是仙霞派剑式，但最后叫唐志达无还手之力的那一招，剑势走急、避空击虚，俨然是蜀山派的御剑术。

"不错，沈姑娘即是仙霞派人士，用蜀山派剑法制胜，未免太不把比武大会放在眼里！"

"比武大会设立的初衷，乃是为各大仙派提供武学交融汇通的场所，明确规定，参赛者必须用本门武功，姑娘此番，怕是难以服众。"

沈欺霜手中的剑慢慢回鞘，看着争论不休向她乱吠之人，只觉一个头两个大，而沈青锋坐在上位，脸上阴晴不定，浮现着让人难以捉摸的情绪。沈欺霜看了他一眼后，深知他不会为自己辩白，索性移开视线，面对众人的非议与揣测。

"下去吧下去吧，还以为仙霞派如何了不起呢，扫兴……"

"心不诚，还如何在仙门大家立足修行？"

"偷学他门绝学，若是清柔师太知晓，还不得将之逐出师门！"

"也不见其他仙霞派弟子，看来是早已被逐出的弟子吧？"

……

众口铄金，沈欺霜百口莫辩，她颔首低头，紧攥着拳头，一时之间，不知如何去解释或给予回应。

苏媚瞧着，也十分头疼。

这比武大会本就是切磋功夫，交流各派所长，沈欺霜身负两派绝学，不就正合比武大会主旨，如今怎生还扯到要逐出门派那样严重的地步了？

可碍于千叶禅师在场，苏媚实在不敢轻举妄动。只见他捻动手中佛珠，似被这七嘴八舌的人群躁动所扰，眉头轻蹙，嗓音沉静道："各位少安毋躁。"

千叶禅师一开口，现场瞬间噤若寒蝉，静待下文。

他慢条斯理地拨动手中佛珠，目光慈和地落在孤立无援的沈欺霜身上，气定神闲地问道："若老衲所料不错，沈欺霜沈女侠适才所用招式，可是仙霞派御风术？"

仿佛总算遇到个明事理的人，沈欺霜抬头，颇有如释重负之感，对千叶禅师揖手一礼："正是。"

"那便是了。"千叶禅师起身安抚群雄，解释道，"这仙霞派的御风术，跟蜀山派的御剑术有异曲同工之妙，只因沈女侠此番乃是左手使剑，招式之间的虚虚实实，便更为相似罢了。如若有疑，不妨沈女侠以右手使剑与老衲一试，诸位就着适才招式一比便知。"

听得此言，众人纷纷表示信服。

"既然是仙霞派剑式，此事便也作罢，孙长老意下如何？"

孙弃年乍青乍白的脸，看向沈欺霜时或多或少有些难堪："既然千叶禅师公证，倒是我孤陋寡闻了。多有得罪，沈姑娘。"

世上总有一些人，无须千言万语，无须人证物证，侃侃一立，便得人心。这就是世人为之争得头破血流的权力和威望。千叶禅师涉世，便是以德服人，受人爱戴与尊敬，甚至不乏有人将他随口一句话，奉为金科玉律，更遑论这小小的招式判决，毕竟对于大多世人而言，全身心相信，就是对千叶禅师最大的尊敬。

今朝比武大会，榜首落在仙霞派倒也算是实至名归。

千叶禅师步履轻缓，走至擂台中央，正要宣判胜出者时，沈欺霜这才略有些迟疑地开了口："此战，我是以沈家堡的名义出战……"

"沈家？"她话未完，只见一男子姿态张扬地跃上擂台，一声轻蔑地讥刺，打断了她："沈家名义这么好借的？可问过我答不答应？"

此男子身着上乘绸缎裁成的青色衣袍，眉眼细长锋利，口吻轻佻薄情，扭转手腕跃跃欲试的欠揍姿态，正是臭名昭著的沈齐。

"适才有事耽误，延迟些许，现在赶来，尚且不晚吧？"面对千叶禅师，沈齐收起了几分张扬，倒是人模狗样的，只是那低眉微笑之状，在苏媚看来，总是贱兮兮地招人讨厌，像尊恶心的笑面虎。

今日因着唐志达缘故，比武到现在，时间压缩很多，目前尚未到结束的时辰，千叶禅师便给他让了场。只是叫苏媚有些奇怪的是，沈齐和沈欺霜的交锋，沈齐明显处于下风，沈青锋那种极是好面子之人，为何会让自己的长子在这种时候，上台受此大辱？

更何况，沈欺霜和沈齐不论谁赢，今年比武大会榜首落在沈家已经是板上钉钉之事，沈青锋何故多此一举？

走神的工夫，擂台之上拳来脚往，刀剑相错，连走数回合。沈齐虽出自武学世家，但行头更像是纨绔子弟，招式拖泥带水、阴柔无力。而沈欺霜剑法大变，全然不似与唐志达交锋那般寸劲激发、疾如闪电，而是借力打力、如影随形，每招每式转瞬即逝，叫人瞧不出破绽之余，又直逼要害，以守为攻，甚至在好几招紧要关头时陡然收手，叫下面看得全神贯注之人正要喝彩之时，忽然直呼"可惜"。

尽管沈欺霜剑式飘忽不定，处处留情，但是沈齐还是招架不住，被她横剑一削，当即击飞，狼狈跌在地上，连滚数尺，眼见要跌下擂台，然千钧一发之际，借木柱稳住了身形。

底下有人倒吸一口凉气。

大厅中端坐的沈青锋，出了名的性烈如火，此番却是波澜不惊，面不改色。反观沈齐同样不恼，起身舔了舔手肘的血迹，一双多情桃花眼挑起，温声道："姑娘这般如花似玉，怎生如此心狠手辣，打得本少主好生的疼。"

"闭嘴！"听他开口撩拨，沈欺霜登时涨红了脸，随即出招。这一招，她内力走急，长剑疾刺，斜削祭出。沈齐从容不迫，两袖交扬，忽然，一个飞镖自袖中而出，速度之快，肉眼根本来不及捕捉。沈欺霜脸色剧变，心道不好，剑至中途，立刻转向，破空回旋，但后力不及，侧身而摔。飞镖割破布帛，划出一道极浅的口子。

伤口不深，但飞镖之上涂了软骨散，沈欺霜提剑无力，支剑起身已是动用全力，心有余力不足地道了一声："卑鄙！"

"卑鄙？"沈齐凉唇轻勾，似笑非笑地看着她，"明枪易躲，暗箭难防，飞镖也是武林绝学之一，不算违规吧？"

"你！"沈欺霜一语未毕，身体陡然失力，瘫软在地。

苏媚总算是看明白了。若沈齐赢了沈欺霜，沈欺霜适才向沈青锋索要的条件，自然作罢。沈青锋是算准了她念及骨肉之情，不会对沈齐大打出手，才故意借她的手击败唐志达，再让沈齐暗出阴招捡这个现成便宜。这父子俩，真是打得一手好算盘，可怜那欺霜小美人，还心存恻隐之心，招招避险，却不知对方铁了心地要她难堪。

这时，苏媚猛然忆起何事，从袖兜中摸出一颗药丸在手中掂量了一番。这颗药丸是她临行前傲澜给她的，说是包解百毒，不过傲澜这小子，上次也研制了一颗什么药，也说可以包解百毒，结果药效跟泻药无甚差距，闹得她好生受罪，今日这颗，不妨先拿给这欺霜小美人试试毒好了。

沈欺霜为沈家堡而战，沈齐上去讨教，不过是自家相斗，大家本以为只是指教一二，没想到这沈齐毫不留情面，不过他们之前的恩怨众人并不关心，今朝这一波三折的比武盛事着实精彩绝伦，众人连连拍手叫好。

"这沈家公子武功平平无奇，飞镖竟然使得如此出神入化。"

"哪有出神入化，不过是那位仙霞派弟子轻了敌。"

"这倒是，我们都没想到，他竟然留了这么一个后手。"

……

各派子弟交头接耳，喋喋不休起来，谁都没有察觉，一颗药丸自头顶飞速划过，精确地落入沈欺霜口中。沈欺霜当是什么杂物，来不及吐出，已经猝然下肚。与此同时，正耀武扬威的沈齐见沈欺霜尚有起身之意，立刻趁危而入，急送一掌，沈欺霜几乎出于本能反应，立刻双手相交，横阔于前，与沈齐四肘相抵。

一阵内力自沈欺霜身体中激发而出！

其澎湃之力，犹如彩带疾绕、千鸟穿林。沈齐大惊之余，暗生怯意，抽手便要遁走，但已经看穿其意图的沈欺霜自当不依，照着葫芦画瓢，将他劈来的这夺命一式现学现用，飞祭一掌，如刃斜劈，沈齐连滚带爬地后撤，但显然来不及，而沈欺霜用力之重，直接将沈齐一掌重伤！

绝地反击，借力打力，众人直呼"妙哉"。

沈青锋终于坐不住了，从椅子上豁然起身，目光凝重地注视着台上的一举一动。

局势已经完全向沈欺霜扭转。此时的沈欺霜，出手迅猛罡劲，毫不心慈手软，与适才那个处处留情的她判若两人。沈齐应接不暇，衣服转眼被其乱剑撕碎，露出落魄潦倒之样。在飞镖一再失手后，他脸上总算袒露可怖之色，颤巍巍地看着面前手执长剑、寒气逼人的沈欺霜，哆嗦道："你为何？"

沈欺霜冷哼一声，根本不听其废话，直接出击，一招制敌。

沈齐以一个天旋地转之姿，被摔下擂台，"轰隆"一声，掠过肩摩袂接的人群，落地砸出一个巨大的坑。

"这就对了！"对付沈齐这种败类，手下留情完全是多此一举。收敛妖气的苏媚藏于人后，沾沾自喜之余还颇感欣慰，寻思着这傲澜的药有时候还是挺管用的，但不妙的是，此番怕是弄巧成拙了。沈欺霜比武，说好听点，是和沈青锋有约在先，说难听了，不过是讨沈青锋欢心，此番却重伤他爱子，让沈家颜面尽失，这沈青锋估计不会给沈欺霜好脸色了。

果不其然，只见沈齐弯身弓背蜷缩在地抱头嚷痛的模样，瞧得沈青锋焦灼万分，勃然大怒，当即对沈欺霜怒目相对。莫名的心虚和愧疚，让沈欺霜又默默垂下头去，不敢正视他们父子二人。苏媚见状，心中轻叱一声，随即灵光一现，暗戳戳地对沈齐捏了个诀。

沈青锋疾步过去，扶起沈齐，心系其安危的同时，言之比武盛会点到为止，呵斥沈欺霜手段泼辣，蛇蝎心肠云云。苏媚听了，只觉此生再未见过如此厚颜无耻之人。她也用不着为他留德了，当即双瞳一睁，泛出微异的光，随之，沈齐忽然伸手抱住了沈青锋的大腿，语出惊人道："爹，您就给她母亲一个名分吧！"

话一出口，在座之人，纷纷面面相觑。

"你说什么？"沈青锋面色铁青，低下头去，一字一句、咬牙切齿地反问。

沈齐字字铿锵道："您抛妻弃女，实在有失堡主威风，趁此事尚未到人尽皆知的地步，您回头补救她们母女还来得及！"

众人："……"

这不已经尽人皆知了？

沈青锋的脸阴沉得如同寒冰，仿佛恨不能将其生吞活剥。然沈齐毫无察觉，转身又朝沈欺霜苦苦哀求道："沈大侠，你别说做我姐姐了，做我姑奶奶都行！姑奶奶大人有大量，放过我吧。"

边说边磕头，磕得一个比一个响。

沈欺霜大抵愣住了，尚未发话，已经被沈青锋疾言厉色地打断。

"没出息的东西！"沈青锋青筋暴跳，忍无可忍，抬脚便是一脚，将之踹出十尺之远。

苏媚"扑哧"一声大笑了出来，在远处看得分外有趣，不亦乐乎。

此次比武大会因沈欺霜的出场，长败不兴的北武林总算扳回一局，但北武林盟主的脸，却是丢得一干二净了。

沈齐恢复意识时，是在自己的房间里。

"你说什么？我当众给沈欺霜那个贱人磕头？！"沈齐坐在床头，从小厮口中得知落败后自己匪夷所思的行为后，脸色如遭雷劈。

床边伺候的小厮见少主反应如此过激，不免心生困惑："少主……

不记得了？"

"记得个屁！"沈齐暴怒一声，愤然作色，"老子上不跪天，下不跪地，怎么可能跪那个野种！"他一早就知道沈欺霜是他爹在外的私生女，奈何沈欺霜武功高他数倍，他多次找人暗中宰她，却又屡次失手。此次比武大会，他特意寻来苗疆的软骨散，据说此药一旦侵入体肤，必将武功尽失，世上无药可解，可他分明看见沈欺霜已中此毒，可为何她还能若无其事，甚至对他猛下杀手？

小厮被他这一声吓得一抖，片刻后，又怯生生地提醒道："那少主不是还求堡主给沈欺霜的母亲一个名分？"

闻得此言，沈齐两眼瞪得奇大无比，满目的不敢置信，几近夺眶而出："我……我何时说过如此混账的话？"

"就是落败之时。"

落败之时，群雄俱在，如此一来，他岂不是让他爹沦为武林笑柄？沈齐惨白着一张脸，眼珠子飞速转动，仿佛无处安放："那、那爹……爹不得杀了我？"

小厮咳了一声，颔首道："少主胸膛的脚印，便是堡主所赐。"

沈齐低头一瞧，用力过猛牵动经脉，惊到内伤，当即倒吸一口凉气，随即看着自己胸膛上那又深又重的一脚，木讷地问道："那……爹有没有答应？"

"自然没有。"小厮不假思索，"沈欺霜当众索要名分，被堡主厉声喝退。那沈欺霜，虽给我们北武林打了一场胜局，自己却也不见讨了便宜去。"

闻得此言，沈齐才略感放心。小厮将沈齐伺候妥帖后，便端着换洗的旧衣毕恭毕敬地退了出去。沈齐半靠在棉墩上，一边闭目养伤一边苦思冥想，比武大会上之事在脑子中逐一掠过，他一时怒不可遏，一时又觉此事蹊跷，似恍然想到什么，他忽两目一睁，猛地一拍木枕，低声叱咤："那个贱人！一定是沈欺霜那贱人用了什么邪术！"

"你可省省吧。"

他话未完,一声清凉的嗤笑突兀地打断了他。

"谁?"

沈齐惊坐而起,目光睃巡四周。从床帷后面绕过来的女子,红衣罩体,玉颈修长,熠熠裙幅似烟纱碧霞,青丝半掩下一双水眸星眼,娇柔无骨,入艳三分。沈齐自认风流成性,街坊小巷寻花问柳,堪称阅人无数,此番,竟也为之错愕。可此女虽美艳绝伦,但那狭长的眼眸中,散发出犀利逼人的危险气息,却令人无法忽视。沈齐警觉道:"你是何人?"

"人?"苏媚柳眉轻蹙,提眼看他,略带困惑的语态掺着三分轻佻,"你看我,哪里像人了?"

沈齐后知后觉,登时面如土色,大呼:"妖、妖!来人?来人!!!"

他一边惊恐万状地大喝,一边忙不迭地直奔门窗。苏媚不慌不忙,挑了个绣墩坐下后,又将怀中厚重的天吒搁置在桌上,继而跟看猴耍戏似的,瞅着沈齐整个身子贴在门窗上声嘶力竭却徒劳无功的样子,兴叹一声,摇了摇头。

门窗未锁,却关得紧实,喊无人应,叫无人听,沈齐终于反应过来这房子四周恐怕已经布下结界。

"喊累了?"苏媚端着适才斟的一杯茶,不紧不慢问道。

沈齐重新躲回了床角,七尺身段觳觫得像个稚童。

"你想做什么?"沈齐哆嗦开口,便是个极其无趣的问题。

苏媚拿余光看他,冷言冷语:"我吃饱了撑的,找你聊个天?"

沈齐闭嘴噤声不语。

过了一会儿,苏媚忽道:"今日比武大会能如此精彩,全是我一人的功劳,跟那仙霞派的沈欺霜没半点关系,别让她白白抢了我的风头。"此事不挑明,沈齐日后必然算到沈欺霜头上,王寅虎如此惦记沈欺霜,他若还在,也断然不会让任何人欺负她吧?

"是你?"沈齐恍然大悟,"我与你并不相识,你为何害我?"

苏媚仿佛听了个天大的笑话,忍俊不禁道:"瞧你这话说的,好像那街上被你害过的姑娘都跟你相识似的。"

沈齐脸色一僵，似忆了一番，方才踌躇道："你是……狐仙？"

"狐仙？猜对一半。"苏媚总算偏过头来，双瞳微异，字正腔圆地纠正道，"我是狐，非仙。"

沈齐这下脸色更加惨白了。

"我且问你，上次你扬言要诛除狐仙，结果何如？"见他这副孬包状，苏媚觉得无趣，便懒得再与他兜圈子了。王寅虎如今下落不明，生死不知，而那苗疆姑娘言之凿凿地称那玉佩是她哥哥的，这个"哥哥"会不会真的就是王寅虎……

狐妖能魅惑心智，操控意识，在《百妖典谱》上，妖力名列前茅。沈齐深知面前这位是个不好惹的主，更何况自己此时还身陷囹圄，无人帮衬，自然问什么答什么，不敢有丝毫怠慢与反抗："我……派去的捉妖道士说她去了月凉山，至今都没有回来。"

"月凉山？"苏媚半信半疑。她这段时间一直在月凉山周旋，哪曾见过什么小姑娘的人影，况且那月凉山杂草丛生，深山穷林，她一个人生地不熟的苗疆小姑娘，去那荒杂之地作甚？但沈齐此刻唯唯诺诺之态，跟适才伺候他的小厮如出一辙，不像是撒谎的样子。苏媚若有所思："所以，你并没有诛除她？"

"并……没有。"

第十二章
林深见惊潮

　　比武大会榜首之位虽已尘埃落定，但外面的喧哗却未散去，仍有许多江湖游士意犹未尽。

　　苏媚从沈齐房中一出来，便远远看见沈欺霜黯然神伤地坐在凉亭中，擂台之上持续的繁华热闹与凉亭中她的形单影只泾渭分明。她脸色苍白如纸，双目呆滞无神，唯一抹鲜血将唇齿染得姹紫嫣红。

　　她本以为帮北武林拔得头筹，且这番还揭露他抛妻弃女的恶行，就能逼他就范，可他不仅没有悔过自新，反而抵死不认，甚至出掌伤她。

　　苏媚百思不得其解。在她看来，承认有沈青锋这种卑劣无耻、狗彘不食的亲爹，还不如说自己是从石头蹦出来的来得潇洒干净。没有这个名分，无非做世人口中"没爹没娘"的"野种"；要来这个名分，那才简直是叫祖上蒙羞。

　　不过她的私事，苏媚无权干涉，只是看着怀中这柄黑铁锻造的天吒，有些五味杂陈罢了。天吒专斩妖邪，她既为妖狐，一直随身携带，既不方便，也不合适，不若将它交给沈欺霜，想来他的遗物交由他"未婚妻"处理，应该再合适不过了。

　　思及此，她正要提步而去，忽然，一个男子先她一步朝沈欺霜走去。

　　高挑秀雅的身段，墨色的缎子长袍，男子疾步生风，步履稳健，足及沈欺霜身前一步处停下，他微微俯身，似开口问候了一句，沈欺霜抬眸，诧然起身，猝不及防的惊喜驱散了周身寥落，而斜阳穿过那男子额前青丝，将那张趋于完美的侧颜镌刻得俊美绝伦，那脸上半隐的喜悦在轻扬的唇边浮动，同样漾着令人炫目的温柔笑意。

苏媚仿佛被泼了一盆凉水，全身麻木，宛如一尊泥塑。

男子挺拔的背脊没有厚重的魔刀，虽少了一分气概，却反而风流无拘，美如昆山片玉。

那人，竟是……王寅虎?!

该怎么形容她此刻的心情。

惊喜若狂的激动？

失而复得的欣然？

可为何，更多的，竟然是心孤意怯。

天师陵寝被余杭官府推翻补修，其间一直没有虎煞的踪迹和风声，苏媚便设想过他或许是在虎煞身上寻得破绽，故意落入虎口，以死求生。可一别三月之余，他的消息自那以后烟消云散，再无音信。苏媚终于接受并相信，他已葬身虎口的事实，可就在这样平平无奇的一天，他又如神明般从天而降，砸入她的视野，始料未及……

愁绪交错，疑窦丛生，苏媚心中太多疑问，多到恨不能飞奔过去，拽着他衣襟盘根问底，可双脚却如上了枷锁，恍然间有千钧之重，迈出一步，都艰难无比。

她想……他应该不会想见到她。

一个背信弃义、丢盔弃甲的妖，在他不顾人妖之别，舍生相救时，逃得那么狼狈，将他扔得那么干脆。

大抵是她视线过于炽热，王寅虎似乎有所察觉，正与沈欺霜娓娓而谈时，忽然抬起头，一双多情而深邃的眼眸望过来，犹如春雨惊落满园梨花。苏媚登时心头一紧，慌不择路之下，竟心虚地化形遁走。

王寅虎只当自己看花了眼。比武大会之上皆是伏妖降魔的正派侠士云集之所，她是妖狐，怎可能来这种于她而言如履薄冰之地。收回目光之后，继续与沈欺霜寒暄。

沈欺霜初登擂台，王寅虎便觉得她眉眼分外像七七，直到看到她腰间玉佩，这才确认过来与之相认，只是两人阔别四年之久，曾经纤弱瘦小的女孩转眼已是亭亭玉立，那个虎头虎脑的男孩子也已经玉树临风，两人都不是童言无忌的孩提，言谈之间，多少生疏礼让了些，不过见她不仅出落得如此娉婷秀雅，还习得一身炉火纯青的好剑法，王寅虎便颇感欣慰："我倒是一直没有你的消息，原来是改名为沈欺霜了。"

沈欺霜见他，似乎有太多想说的话，可又无从说起，满腔激动与欣喜，在那双饱含情感的眼睛里，盈盈流转："七七本是我的乳名，是后来入了仙霞派后，师父才给我取名沈欺霜，从此七七，便再无人唤过。"

"原来如此……"

他们之前的关系，说起来倒也极为微妙，说了解不深，可在四年前便有过生死之交，说相识已久，可从相识到相知，也不过短短三天而已。所谓情深缘浅，大抵就是这个意思了。

"那你和沈青锋……"

"此事说来话长。"言及沈青锋，沈欺霜目光便又黯然几分，似乎丝毫不愿提及与他有关之事。王寅虎侦办案子多年，察言观色自是精通些许，了然闭嘴，不再过多追问。周遭人多眼杂，两人皆有故事要说，索性找了个清净之地，将这四年之事慢慢叙说起来。

不过说的也多是些许趣事。比如她刚修行剑术时，常常跟自己的剑针锋相对，不是她紧拽着剑不敢放，就是被剑拖着满天乱窜；比如他上衙役任职的第一天，就被一个小偷盗了钱，捉住贼人后，又中了小偷的苦肉计，反又被骗走一笔钱财……四年的光景，一个从连剑都不会提的女孩，练到如今锋不可当的境地；一个从多管闲事的大哥哥，成了远近闻名的王捕快，他们这中间所经所历，皆非常人所能及。

"小虎！"正当这时，林天南忽然脸色焦灼地赶来，打断了他二人的对话。

王寅虎连忙起身相迎："林伯？"

林天南也不多话，直接神色慌张道："忆如出去两天了，至今都没回来，你最近可有她的消息？"

"……还没有。"

得此回答，林天南焦灼不已。这李忆如古灵精怪得很，不知寻得什么法子，竟然一个人从仙灵岛跑回了林家堡。说是回来看月如娘亲，结果成天不着家，急得林天南一个头两个大，心事重重道："这孩子，以前再是顽皮，也断然不会失踪这么久，我怕她是出事了……"

"不会的。"王寅虎立刻宽慰道，"忆如纵使玩闹了些，但胜在聪明伶俐，断然不会让自己有事的。您莫要担心，我会尽快找到她。"

王寅虎说完，起身便走，沈欺霜提剑追上去，喊住他："我跟你一起去！"

输了比赛，林天南心中不甚痛快，只因见不得沈青锋那副高昂的姿态，但对于沈欺霜却没有任何敌意，郑重道："有劳二位了。"

雾障层叠的月凉山泛着森冷的凉气，缠裹周身冻得人窒息。苏媚不知光顾此地多少回了，却从未觉得它如此杂乱、如此寒凉过。她本是想通过小姑娘找王寅虎的踪迹，可如今小姑娘下落不明，王寅虎却完好无损地赫然出现……可惜，她再也不敢站在他面前。

她在小湖边找了水喝，阳春三月，光影斑驳，波光粼粼的水面上，梨花碎满湖两岸，乍似末冬雪未消。苏媚看着水中的倒影，那水极是清澈平静，如同一面明镜。苏媚蹲了一会儿，忽然两耳一竖，目光一转，似乎察觉到了不对劲。

平湖净如明镜，何来潺潺水声？

苏媚四周查看，这山中虽然莺歌燕舞、春蝉鸣啼，却不见一只虫鸟踪迹。

她恍然大悟，这林子，应该是被人施了叠重妖阵！所谓叠重，便是用妖术吞并原先的林子，再打造出一座别无二致的林子包裹其外，迷惑世人。此妖术亦正亦邪，正则相安无事，邪则杀人无形，前代一位妖王便是用此术吞了一座城。外界误以为城中依旧八街九陌，市面繁华，可当妖王撤阵离开，城中骸骨遍地，早变荒城……

那个苗疆小鬼，怕不是入了另一个林子，误打误撞闯入妖的腹地。

可苏媚要破阵而入，以她的修为，还远远不够……

"要法力？"半个时辰后，坐在宝殿之上的孔璘，看着底下跪得老实的苏媚，漆黑的双眸闪过一丝诡异的光。

两道凝重的视线压下来，苏媚简直如"跪"针毡，一五一十地禀道："七宝琉璃花最后一次现世便是在月凉山，但我今日才知，这月凉山竟设有'叠重妖阵'，要想查到七宝琉璃花，必须打破此阵，直入妖腹，或许，尚有迹可循。"

七宝琉璃花的线索断在月凉山，多年来追寻此物的，无一不在此山打道回府，孔璘同样追查多年未果，也是今时方知，这月凉山竟是虚设。当年为追七宝琉璃花，正邪两道弟子全部暴毙，七宝琉璃花凭空消失，如今一看，想来都是着了这妖的道，那七宝琉璃花，必在月凉山腹中无疑！孔璘大笑三声："好好好！非常好！这么快就查出线索了，本座果然没有看错你！"

"那法力……"

孔璘虽欣喜若狂，却在这时犹豫了一下，转而道："让啸狼去助你一臂之力！"

啸狼最喜那明艳动人的姑娘，他若是去，是添友还是增敌都未曾可知。苏媚连连拒绝，委婉示意："能结出叠重阵法，蛰伏人界多年，此妖修为匪浅。如今不知敌情，暂且不要大张旗鼓，以免打草惊蛇。我借法力，一是破镜，二是自卫，我想先进去暗摸情况，再做打算，您看如何？"

孔璘笑容渐收，手中慢悠悠地转着乾坤圈："苏媚，你觉得，我如今，还信得过你？"

"信与不信，您都得用我，我若毫无价值，您也不会留我性命，这种以身犯险之事，您还舍得别人去做吗？"

孔璘现在正是用人之际，身边虽不乏功力高深者，但忠与不忠还得一试。啸狼虽总是办事不力，却是他唯一的心腹，这件事情上，他如今的确无人可用。

见他有所动容，苏媚又有模有样地捧出十二分的真心道："五劫辟魔锥之后，我便知道，我与掌旗使大人乃是云泥之别。之前是小妖不自量力，才误入歧途，如今小妖已经迷途知返，深知对付李逍遥报仇，还要指望掌旗使大人。"

一番软话加奉承，倒是听得孔璘心情尤为舒畅，他冷哼一声，随之五指一开，一股浑厚之力瞬间贯彻苏媚周身经脉。巨大力量的涌进，让苏媚身体有些无法承受，顷刻间便冷汗涔涔，眉间隐忍着痛色，可忍过这片刻，那空门之中，仿佛蕴含着取之不尽用之不竭的力量。

"只可维系三个时辰。"孔璘收回力量，嗓音极沉。

"多谢大人。"

孔璘喊住正要离开的苏媚，忽问道："画妖醒了，你要跟她叙叙旧吗？"

"不必，我与她并无交情。"苏媚面无表情答完，顿了顿，又笑道，"当然，他日若是能与之共事一主，再另当别论。"

得知孔璘又给苏媚那个叛徒输送法力，气得啸狼将到嘴的鸭肉都丢了。他追随孔璘多年，忠心耿耿、绝无二心，却从未得过如此恩赐，苏媚一只叛逃的臭狐狸，为何能一而再，再而三地得此隆恩？越想越不服气的啸狼，掉头就火急火燎地赶回异魔教，身躯凛然的他站在孔璘座下，仿佛邻家告状的孩子："掌旗使大人，什么时候也吃妖狐那一套了？"

孔璘抬眼："嗯？"

"您对待叛徒，向来杀伐果断，铁石心肠，但这一遇到妖狐，耳根子便受不得半点软话？"

孔璘听得脸色阴沉起来："你懂什么！"

"我是不懂，我只知道这苏媚，之前受了那么多刑罚，都不愿跟您服个软，追随您多年从未向您要过什么，今日又是求法力又是说好话，我看不简单！"啸狼一副义愤填膺之状，继续道，"这苏媚是妖，跟我们异魔教始终不是一条心。您之前给她那么多法力，助她维持人形，提升修为，可她吃里爬外，还用五劫辟魔锥指向您。您一向慎思明辨，怎么对她就再三留情？"

"我为何对她留情？"孔璘目光如炬，看着他，冷笑一声，"我才放她出山多久，她便替我拿回了五劫辟魔锥、查到了七宝琉璃花的线索，你又在外多少年？做成过一件正事吗？"

啸狼登时哑口无言。

而孔璘手中的乾坤圈，却转得风生水起："她即便是聚齐了三魔器，也逃不出我的掌控。"

这老谋深算的主仆二人正在运筹帷幄，千里之外的苏媚已经将无路可走的月凉山劈出一个路口。

当年魔尊统率异魔教祸乱人世之时，孔璘便已经是其左膀右臂，这些年孔璘韬光养晦、功力大增，苏媚得其十分之一的馈赠，便如虎添翼。她看着面前凭空裂出的洞，漆黑幽深，不见其底，正要谨慎而入，这时一阵阴风席卷而上，她手足尚未着力，便如枯叶般被其横卷而进，一阵翻天覆地后，直接一个狠狠砸地！

一叶遮目，她拿起一看，是片紫色的竹叶，而竹叶之上，全是金灿灿的沙子。

苏媚有些困惑，抬头，青天无日月，云层似海深。这里跟外面繁茂修竹的月凉山几近一样，却又不一样。一样的是这里和外面地形别无二致，不一样的是两处光景截然相反。外面草长莺飞，晴空万里，而这里，久经不散的浓雾像水中化不开的墨，丝丝缠绕，朝她聚拢。四周阴森寒凉、冷风习习，断断续续的怨灵声不知从哪个方向传来，灌入耳中，搅得听者五脏震颤，心烦意乱，仿佛哀鸿遍野，又如地狱悲鸣，而更让人瞠目结舌的是，这里满地金沙。

传闻七宝琉璃花点石成金，如今看来，这并非传闻，苏媚窃喜，看来她所料不错，七宝琉璃花，果然在这附近。

正暗自得意之时，忽然，一个物什绊住了她的脚。苏媚措手不及，眼见就要摔个狗啃泥，电光石火之间，一个手疾眼快，抓住一簇飘来的悬空根须，足尖顺势蹬力，一跃而起，稳落于一劲竹之上。站定后又才定睛一看，那捉住她脚踝的，竟然是一只从漆黑的土壤之中伸出来的黄金手！

黄金对于苏媚而言，与粪土无异，只是叫她难以忍受的是，她抓住的根须并非根须，而是一个鬼影的头发！那黄金手绊住她手足，另一只鬼魅悄无声息地靠近，哪知她在情势紧急之下拽发借力。以至于此时，下面那瞧不出五官的鬼魅，正露出光秃秃的头顶，对她怒目相向，而她手中这坠着血水黏稠的头发，看着分外恶心，苏媚赶紧施法除净，满脸的嫌弃厌恶，溢于言表。

"秃头鬼"彻底怒了，瞋目而视时，骷髅眼中溢出一丝鲜血，这时，金沙混杂的泥土之中，爬出越来越多的黄金人。每一人都非全尸，不是瘸腿断臂便是离首，稍微完整的，骨骸之上皆是利器钝伤。苏媚不知它们是人是鬼，唯一能确定的，接下来是场恶战。

苏媚被虎煞吞噬了部分妖力，根基受挫，后受孔璘严刑拷打，又大伤本元，承蒙傲澜神医妙手，苏媚感受到捡回她的小命，但功力却大不如前。难得今日得孔璘法力，修为大增，经脉之中蠢蠢欲动的功力，正好拿它们试试手，活动活动筋骨，放手一搏。

思及此，苏媚红袍翩飞，纵身跃下，一场混战拉开序幕。

当那个"秃头鬼"和"黄金手"对她前后夹击之时，苏媚就猜到，这些死尸并非只会横冲直撞、对人龇牙咧嘴，它们懂战术，有默契，有的甚至还会仙门武功，虽只是残招断式，但它们之间却达到高度契合。以至于这集聚各大门派功夫、正邪杂糅的阵法，比苏媚预想的要难缠得多。

只见苏媚前脚一招闪避，好不容易站稳，紧接着，一个瘦骨嶙峋的半骷髅竟使出一套完整的蜀山剑法，严丝合缝的打击之下，苏媚竟多番失手，连连后退，待终寻得破绽，将其重伤，又来一衡阳派弟子，使出一招"独步登云"，叫她应接不暇。

混战期间,她徒手斩碎两只枯手,拧下企图割她动脉的"刀鬼"头颅,再伸手,擒来一"独目鬼"。"独目鬼"张牙舞爪,露出锋利锯齿,直接咬上她脖颈,苏媚自然没让它得逞,头一偏,手一紧,黄沙飞扬。

　　黄金人终于对她心生忌惮,开始畏首畏尾了。

　　苏媚法力维系时间有限,再这么没完没了地缠斗下去,不过是自掘坟墓。

　　几个黄金人将苏媚团团围困,苏媚索性化形为狐,从脚下缝隙逃窜而出,它们当即加大火力,穷追不舍。它们动作迅捷,对山中地形熟悉,苏媚试图甩开它们绝非易事。正愁肠百结时,乍然见树干粗壮,茂密有力,苏媚登时灵光乍现,当即幻化人形,运转法力,拉树为弓,当黄金人纵跃转身过来之时,壮硕有力的参天大树,以悬河泻火之势全力弹回,直接将群尸扇出十丈之远。

　　拉开距离后,苏媚正扬扬得意,暗自叫好,这时,身后忽然传来若有若无的一声:"救命……救命啊……"

　　是那小鬼的声音,从适才缠斗之地传来的。

　　苏媚脚步终于戛然而止,心中咒骂一声后,立刻原路折返。

　　远处,狰狞暴怒的黄金人正与她迎面撞来!而与此同时,一个庞然大物正从这群黄金人的身后一掠而过!转瞬消失在浓稠的迷雾之中。苏媚怛然色变,因那小鬼的呼喊,也随之远去,消失殆尽。

　　"叠重阵法"并非这群黄金人所能为,叼走小鬼的庞然大物,应该才是这里的王。

　　擒贼先擒王。

　　但眼下携海沸山崩之势朝她撞来的黄金人,却成了最棘手的问题。脑子里一个百转千回后,苏媚收心凝神,拿出天吒,学着王寅虎的招式,对它们左右比画一下后,当即蓄力一斩!

　　在盛渔村受王寅虎照顾那段时日,她每日陪他晨练,观摩刀法,到底也学了一招半式,与巫柔那一战,王寅虎便是如此横扫千军,以一敌百。但叫她大为失望的是,她这一刀落下,莫说横扫了,面前一片摇摇欲坠的竹叶,都纹丝不动。黄金人倒是被她有模有样的招式唬住,愣了一瞬后,见是虚张声势的假把式,再次重聚扑来。

苏媚也是别无办法了,心一横,只身孤影继续战斗,秉持砍死一个是一个的宗旨,挥起天吼便是一通胡砍。奈何这大名鼎鼎的魔刀天吼在她手里,简直与废铁无异。

孔璘给苏媚的法力,也已经消耗得将近于无了。"秃头鬼"送出钩子,朝高居树干的她扑面而来。苏媚再提天吼,欲挡之,应对不及的是,天吼竟死灰复燃般,猛然震怒起来,挣脱了她的控制,而这厢,锋利的钩了已至!

几乎是千钧一发。

苏媚正要仰身以避,腰间却忽被一双温热的手稳托而起,放到高处。与此同时,面前一簇火花稍纵即逝,祭来的钩子与震怒的天吼相撞,瞬间粉碎一地,迸裂的金石之音在耳边萦绕不绝,而握住天吼的那只手,修长如玉、骨节分明,如同巧匠精心雕琢。

"天吼是这样用的,看好了。"玉石般的磁朗之音,如清风过耳。

话毕,来人持刀而来,顾长毓秀的身姿在接踵而来的招式之中游刃有余,变幻莫测的刀法在刀枪不入的黄金人群中穿针走线,招式的动制,皆能在方寸之间打出雷霆之力!不过须臾,零散分布的黄金人全部被其锋芒逼至一角,卑微地收起满脸嚣张,只敢守不敢攻。而这时,天吼已经举过头顶,携三分明月于刀刃,聚力一斩!

风不动,云不惊,而黄金人却在瞬间化作一盘散沙,随风而逝!

那人收刀转身,一双温柔、仿佛落满万千星辰的眼眸朝她望来,声如十里春风拂面,朝她伸手时笑容款款:"下来。"

长久的呆滞后,"王……寅虎?"这个久违的名字,从苏媚口中缓缓而出。

他不仅又一次救她于危难,而且这一次,功力远胜从前。

苏媚幻想过与他的重逢,或许是倒戈相向、正邪两立,或许是视若无睹、故作不识。她却从未想过,他会携清风与星辰飘然而至,护她安然无虞。一时之间，复杂情绪浇心，她竟也像那凡俗女子般欲说还休起来，想来这副样子，跟从前的她，还真是大相径庭。

王寅虎眉间深沉，见她无动于衷，忽又开口道："我倒是忘了，尽管天吒不排斥你的妖气，但你始终是妖，即便将招式口诀倒背如流，它也不可能为你所用。"

干净利索的口吻，竟叫苏媚有些生疏，她眼眸微暗，尚未开口，他似乎已经知道她在犹豫什么："很惊讶？"

"嗯。"

太多惊讶，惊讶他为何安然无虞，更惊讶他又为何出现在这满目荆榛之所。

可他却只是笑了一下，抬头望她，嘴角噙着惯有的笑意："此地不宜久留，你先下来。"

地面枯枝败叶，残剑断戟，全是战后的狼藉。

第十二章
故人归竟仇

纵然苏媚震神于王寅虎惊现，但足尖方一落地，也不忘陷入高度紧绷戒备状态。鬼魅虽已悉数灭尽，但"叠重阵法"并未破解，可见这林子的诡异蹊跷。王寅虎一如往昔，走在前头，苏媚紧随他的步伐，跟在其后。

四周浓雾氤氲，不见白日，曲径幽深的紫竹林中，仿佛有一双眼睛正目不转睛地窥视着他们的一举一动。苏媚深知此时不是寒暄叙旧索要真相之时，便小心翼翼地前行，仿佛生怕吵出一丁点声音。王寅虎手掠过右肩，也时刻握住天吒刀柄，走走停停，仿佛一丁点风吹草动，便能抽刀斩决。不多时，苏媚察觉王寅虎似乎并未打算破镜而出，而是往林子更深处探索，以至于苏媚心中疑虑更甚，走了不知多远，终忍不住开口："你来这里做什么？"

他没回头，一双炯炯有神的虎目仔细着周遭境况，诚道："跟你一样，来救人的。"

"救人？"苏媚正疑惑间，王寅虎脚步一顿，此刻风卷残云，罡风穿林，簌簌竹叶，如薄刃割肤，苏媚画出结印避挡，而头上的苍穹，乌云囤聚，电闪雷鸣，仿佛酝酿着滔天愤怒，瞧着就要活过来了般。

天吒纹理胜血，隐隐震怒。

"小心！"

说时迟那时快，王寅虎话音刚落，左手发力一掌，右手拔刀横阔，苏媚被其掌力震开的同时，一道势汹力罡的光芒与天吒正面相撞！

　　白光灼目，苏媚下意识举手遮目，呼啸之音乘风入耳，她又猛然睁眼，只见不计其数的断竹从四面八方突袭而来，犹如万箭齐发之势！王寅虎被光钳制手脚，眼见就要被当成靶心，苏媚几乎是毫不犹豫地箭步上前，与王寅虎背立而站，施法以抵，奈何孔璘给苏媚的术法早已消耗殆尽，以苏媚现有的原生之力根本无法勃发一击，将之悉数逼退，只能与这漫天竹矢，对峙僵持。

　　"别总一厢情愿舍命救人，我还不起你这个人情！"苏媚生为妖狐，反应却回回不及一个昂藏七尺的人界男子，实在叫她有些汗颜无地。

　　王寅虎额上青筋若隐若现："你现在不是还了吗？"

　　苏媚气息略微紊乱，不屑冷哼："还好我反应够快，不然你就成刺猬了！"

　　"你法术可以一敌百，我却只能应付一个，此番分工协作，倒是刚刚好。"

　　此话不假。王寅虎不会术法，纵使身手敏捷，但面对万千竹矢，也分身乏术；而苏媚力不及他，能勉强与竹矢制衡，却又未必能抵挡那道穿云裂石的光，此番阴差阳错，却是将各自力量之所长完美契合。

　　王寅虎笑了一声，目光横扫战况，一番估量后，定计于心道："对方既然先礼后兵，咱们不妨借花献佛？"

　　大抵是相处过一段时间，苏媚竟然心领神会，瞬间明白他这句话中暗藏的意图。在王寅虎转动天吒刀刃之时，苏媚掌上术法加强，旋身一带，刹那间，光自王寅虎刀刃折返而回，将迎面对峙的竹矢灼成灰烬不说，同时受苏媚法力调动的竹矢，直接射进对面浓稠的、深不可测的黑雾之中！

　　纵横交错的竹林，瞬间传来一声震耳欲聋的咆哮！

　　那非厉鬼也非妖邪之音，直叫这满山树叶颤颤作响，紧接着，竹林开始大幅起伏，从这地动山摇的脚步声和河水湍急般的呼吸判断，正朝他们奔走而来的东西，其非凡的身量绝对不啻虎煞！

苏媚有种汗毛倒竖的战栗感，眼珠一动不动地等着竹林深处的变化。

忽然，脚步声停了。

上一刻还携万河奔腾之势，下一刻消失得一干二净。

林中只闻呼吸，四周静得诡异。

苏媚年幼之时，她父亲为防止她出去，便时常恐吓她说隐龙窟外的丛林，是弱肉强食的世界，里面有群凶猛的野兽，专吃狐狸。其中便有一种兽，捕猎之时，不露声色，藏在树丛之后，锁定目标，待寻得契机，再迅猛出击，将猎物一口咬食。

狐狸天生的灵性和敏捷，让苏媚处于越发高度紧绷状态。

她收声屏息，时时提防着四周能藏身的灌木丛。以至于那东西忽然从竹林上空飞蹿而来时，苏媚险些应对不及，竟在错愕之间，忘了回避。王寅虎霎时飞扑过去，抱着苏媚连翻带滚，落至一边，堪堪与巨猫四蹄擦肩而过！

待二人回神之时，皆是灰头土脸的一身，但惊险的际遇，让他们早已忘了男女之别，王寅虎保持着将她圈在怀中之态，警觉地观察四周，却没有看见凶兽半分踪迹，苏媚亦同样困惑道："那东西呢？"

她一抬头，光洁而冰凉的额头，划过他弧度完好的下颌。极近的距离和真切的触感，让王寅虎从剑拔弩张中猛然回神，当即浑身一颤，手忙脚乱之下，立刻松开了苏媚，起身拍了拍身上的灰尘。这时，飘忽不定的目光却忽然看见一物，让他蹙起了眉，他往那边摇手一指，端着一张潮红未褪的脸，示意苏媚："在那里。"

那样明显的手足无措，苏媚自然察觉了。心想面对各种突发状况，都从容不迫及时应对的王捕快，却回回破功于与她的距离之间，体肤稍有触碰便乱了心神。换作平常苏媚定然是要调侃他什么正人君子应当坐怀不乱云云，但现在她却没那个心思，因为她视线顺着他所指的方向望过去时，便已彻底咋舌，半晌后，才颇有些惊疑不定道："这是什么鬼东西，也太……可爱了吧？"

将苏媚吓得神经紧绷四肢僵滞的、叫他二人警惕提防得如此之久的猛兽，实则竟是个毛茸茸的、身高四尺的、有着黑白相间毛发的——巨猫?！

二人面面相觑半刻，仍觉不可思议。

看着这个毛发旺盛、身形圆润的……王寅虎端详半晌，找了一较为精准的词："熊？"

苏媚同样极为好奇地打量着它，只见那巨猫坐在地上，嘴里吃着竹子，"吧嗒吧嗒"咀嚼不停，极为憨态可掬。再说它的外貌，体胖、身白、一对黑耳像半圆，尤其叫苏媚顶顶喜爱的，是它一双圆溜溜的眼睛周边，留有一块拳头大小的黑毛，与整个白毛铺满的脸，形成鲜明对比。

苏媚端详半天，迟疑道："我看倒是像个没睡醒的猫。"

见他二人不仅无半分肃敬，还肆无忌惮对自己评头论足起来，那不知是熊是猫的猛兽似乎极为愤怒，扔掉手中竹子后，张口便又咬断身边一根成竹，如咀嚼嫩叶般，轻巧下肚，不知是在彰显自己的咬力还是在发泄愤懑的情绪。

苏媚见之简直"惊为天兽"，正要试探靠近，岂料这时，那巨猫忽然露出两排短而锋利的锯齿，作势便要朝苏媚猛击过来，王寅虎脸色登时剧变，大喊一声"小心"，苏媚亦是为之一惊，然两人都还未来得及回避，只见那适才发力的巨猫，便已经被它刚扔掉的竹竿绊倒，本张嘴做咆哮之态，结果一个原地过肩滚，摔了满嘴的泥。

苏媚忍俊不禁，笑了起来，但王寅虎却凝神不语，神色沉重。他觉得此"兽"必有乾坤，正要提醒苏媚莫要掉以轻心，只见原地打滚的"巨猫"身体忽然膨胀壮大，它怒起之时，宛如一座泰山原地拔起，顷刻间，其壮硕的身体便凌驾于整片紫竹林之上，竖立的毛发遮蔽满山的青光。

苏媚仰头望之，瞠目结舌。

早已察觉端倪的王寅虎正要上前揽走苏媚，但苏媚远比王寅虎迅捷百倍，在王寅虎适才要过去的一个提步工夫，苏媚反手拽住不会术法的王寅虎便是一个腾空后翻，而避让的原地，地皮剥开，露出盘根错节的竹根。苏媚庆幸避开及时，站于笔直的高竹之上，说道："它就是这山中妖王，那小姑娘在它手里。"

"但你这么吊着我，它便是个精怪，我也拿它无可奈何。"

王寅虎的声音从下方传来，苏媚低头一瞧，才发现王寅虎被她反手拎着，悬于空中。

"难怪这竹弯曲得这般厉害，我道是我胖了呢。"苏媚打趣一句，松手放他下去，结果松开后她才猛然想起，王寅虎不会术法，觑眼一瞧，王寅虎四仰八叉地趴在地上。苏媚见之，略感心虚，抱歉地抽了抽嘴角："你武功如此高强，委实叫人容易忽略你完全不会术法这一事实。"

"无碍。"王寅虎起身，颇为云淡风轻地睨她一眼，"你说的那个小姑娘，可是苗疆人士？"

"你们果然认识？"

"嗯，事后解释。"

此妖兽非同小可，二人对其出击，不敢再有丝毫懈怠之处。苏媚独占优势，五指变化术法凌空打上，王寅虎手持魔刀击下，戳戳点点间变幻莫测。跟虎煞相比，此兽更加身肥体壮，略显笨拙，上挡下挥，四足横扫乱踢。

王寅虎不会轻功，但其巧捷万端的刀法，在此兽胡乱踩踏的擎天四足中，东避西闪、来回穿梭，毫不逊色。苏媚时而回避高飞之时，俯瞰而下，只见原先静谧幽深的紫竹林风起云涌，此起彼伏的"竹浪"，如同狂风海涛拍打在岸。满山竹叶在疾风中乱走，而王寅虎所在之处却是其中最悠闲惬意的那一片。

铁刀在王寅虎掌中起承转合，毫不费力，他足尖点地，后起蓄力，避开踏破山河的一脚后，顺着那长有茂盛毛发的腿，旋即滑至另一端，提刀捅其不备之处。

"巨猫"痛叫一声，熊掌一拧，折断大片竹林！

噼里啪啦的爆竹声，吵得极为喧哗热闹。

苏媚得空问："你说它和虎煞，孰弱孰强？"

王寅虎被其两足夹在中间，侧身刀背一顶，从罅隙间脱身而出，回道："各有千秋。"

"各有千秋？我看是平分秋色。"苏媚说完，幻出一根坚韧的长绳来，在竹林中绕了一圈，当即提手一拧，"巨猫"重心不稳，"轰隆"一声，砸了个地动山摇。

王寅虎瞧出苏媚是打算故技重施，如在天师陵寝对付虎煞那般以绳绊之，立刻配合应对。苏媚将绳子一端递给王寅虎，王寅虎接过后甩绳画圈，一个纵横交错，便将"巨猫"四足缠紧，使其动弹不得。但此绳并不牢实，"巨猫"稍稍一挣，便有断裂之音，且这"巨猫"可大可小，发现挣脱不能后，便欲幻形脱困，王寅虎当即将魔刀抛上，递给苏媚，让她趁此机会，刺其要害。苏媚驾轻就熟，举刀边朝其胸口刺去，边续上那段话道："都是神力通天却呆头笨脑的蠢货……小心！"

话音未落的峰回路转间，苏媚脸上的势在必得也顷刻崩塌。

被五花大绑的"巨猫"虽被制服在地无力抵抗，但身壮如山体厚膘多，便是横倒在地，也高不可及。王寅虎要徒步攀登上去，怕已然不及，又见苏媚无法伤其皮毛，这才索性将天吒抛掷一试。怎料苏媚手持天吒即将得手之际，一道光矢自"巨猫"眉间发出，直击与之将近齐平的王寅虎！

没有魔刀，王寅虎血肉之躯，根本无力抵挡。

而苏媚，鞭长莫及！

那光束何其之快，合目之间，便已能抵达彼岸。苏媚下意识撇开了眼，不敢直视。就这样不知过了多久，苏媚几乎忘记了呼吸，但再次睁眼一瞧，却惊得险些没接住下巴。

锋芒破出，长驱直入，王寅虎左臂前置，竟拿独臂与之对抗！

不！与其说是对抗，不妨说是在吞噬！

灼目的光矢后继勃发，源源不断地爆出强大力量，而王寅虎倜傥而立，面不改色，绦带层层缠绕的左臂化身巨大法器，将光一丝不漏地尽数吞噬。

双方持恒,连风也噤若寒蝉,"波涛汹涌"的树林瞬间陷入诡异的平静。

须臾,"巨猫"渐处下风,力量逐渐削弱,与此同时,其身子亦在不断缩小,因祸得福地挣开了绳子的束缚。可它并没有立刻做出反击,反而惨叫一声,可怜一个壮如山的巨兽,惊吓不已后,当机立断,掌忙蹄乱,掉头即逃!

但适才跃出一步,一股强大的力量将之吸附而退。

正是王寅虎的左臂!

他临风而立,玄袍猎猎,隔着数丈之远,苏媚都能感受到他左臂之中蕴藏的磅礴气势,仿佛一个指尖的颤动,都能引得天色骤变、满山草木凋零。难怪那"巨猫"避之不及。"巨猫"呼声哀怨,仍在殊死奔走。便在这时,王寅虎窄袖的布帛陡然撕裂,露出光裸的左臂,苏媚看见他手臂经络暴起,像那即将喷发的火山一般,顷刻便能一泻千里,覆灭万物!

就在苏媚揣摩王寅虎这三个月究竟练就了何等神功之时,他暴走的经脉之中竟然蹦出一个活物!

那是气凝而成的灵体!

此番莫说"巨猫",便是苏媚也胆战心惊,栗栗危惧起来。

因那通体雪白的灵体,正是镇守天师陵寝的虎煞!

虎煞声势浩大,一兽便造万马奔腾之势。怒吼之间便使得竹叶颤落,片片如刀,"巨猫"如砧板鱼肉,削得其毛发寸断离,使这无日月星辰的苍穹之下,弥天大雪纷纷扬扬,美不胜收。

所谓一物降一物,虎煞一出世,之前还气吞山河的巨兽便被其逼得毫无还击之力,老老实实地变回了四尺"巨猫",依偎在一破裂的紫竹之下,两眼转动,身体蜷缩,瞧着十分楚楚可怜。但于苏媚而言,情势并未因此好转,反而急剧下降,因虎煞见其不堪一击当场认输后,便将攻击转向苏媚,虎口翕动,发出声如洪钟、沉如龙吟的人声:"臭妖狐,蠢货骂谁？"

苏媚口呿舌挢。

这玩意儿，竟会说话？

苏媚顺势便开口道："蠢货自然骂……呸！"险些着了自己骂自己的道，苏媚话头顿住，心道眼下这节骨眼，委实不是逗这口舌之能的时候。而这时，王寅虎左臂回钩，猝然收力，钳制住了虎煞的行动，使得正朝苏媚疾冲而来、露出三尺馋涎的虎煞，在与苏媚仅一步之距时，猝然刹住。身后王寅虎厉声道："住手！"

虎煞显然心有不甘，掉回头与王寅虎怒目相向，斩钉截铁："这可是狐妖！理应食之而后快！"

苏媚心有余悸，远杵于紫竹之上，起伏的心跳，暴露着她的惴惴不安。

王寅虎看了她一眼，那目光，极是意味深长，而口吻，却淡如流水："我知道。"

"知道还与她为伍？"虎煞如看扶不上墙的烂泥，恨铁不成钢地嫉恨道，"若是我上任主人在世，早将之血肉碎尸万段，妖力赐我果腹。而你优柔寡断，难成气候，所以他是神，你却只能为人！"

王寅虎清浅一笑，倒是极为随和："可我也不是你上任主人。"

"哼，你也不配！"虎煞高傲地扭过头，还不忘冷嘲，"等你着了这妖狐的道，别说被骗光修为精气，便是被骗了身子，都别妄想本虎将救你！"

虎煞怒发冲冠地道完，又是一番颐指气使，王寅虎全程无视，即使它急得跳墙，奈何身受限制，只得极为不情愿地回到王寅虎左臂之中。王寅虎的袖子已经撕裂，苏媚看见他铜色皮肤之上，有一块浅青印记，乃是虎形，便心生怯意，王寅虎见之，这才道出了前因后果。

天师陵寝之时，王寅虎并不能敌，被虎煞吞入腹中。虎煞是上古神兽白虎所化的灵体，因陵墓阴灵较重，又有源源不断的妖怪投喂，得天独厚之势使其存活数十载，但虎煞面世，需得依附于他人体中方能存活，而王寅虎的生辰命格特异，又与它功法力量相融相合，如此一个阴差阳错，虎煞反被王寅虎吸附体内。王寅虎醒来察觉自己功力发生变化，忧心自己会像虎煞一样吞妖食人，于是找了个孤岛，一来隔离，二来静观其变。

苏媚听得惊奇不已，心道这种奇遇怎能是阴差阳错，这简直就是天时地利人与兽和，堪称千年难遇！虎煞要依附于他体内，自然要护他周全，王寅虎功力本就不俗，如此一来，更是如虎添翼。苏媚心中虽是一番惊叹，但表面上，却只是笑了笑："合着我愧疚这么久，你倒真是去练神功了？"

王寅虎正色肃穆，看着她却未说话。

虎煞上任主人乃是威震四方的天宫战神，战神身归混沌后，虎煞灵体遗落人间。王寅虎在岛上与之磨合两月有余，如今虽不算化干戈为玉帛，但勉强算是互相钳制约束。虎煞疾恶如仇，与王寅虎也算志同道合，得知其不会滥杀无辜后，王寅虎这才敢离开岛屿。而彼时，江湖正因五劫辟魔锥的丢失闹得天翻地覆，各帮派之间互相猜忌防范，动荡不安，但五劫辟魔锥的去向，王寅虎心知肚明。

"我找过你，但……"王寅虎顿了顿，眼眸之中不似以前那般纯真无邪，"你仿佛人间蒸发，消失得一干二净……"

"我……我也去疗伤了……"苏媚有些惊慌。那段时间，她落入孔璘之手，被囚禁于异魔教……但此事自然不能叫王寅虎知晓，吞吞吐吐地搪塞过去后，她过去瞅地上那被虎煞逼出原形的"巨猫"，不慌不忙地问道，"那个小姑娘呢？"

王寅虎若是如此好忽悠，也枉为当世名捕。苏媚自认的天衣无缝，在他面前，不过是欲盖弥彰。但此番他跟苏媚是一根绳子上的蚂蚱，五劫辟魔锥一事，等救人脱险之后再说不迟，正如是想着，面前半蹲腰身的苏媚，倏然站起，两手握汗，魂惊魄惕，大喝一声："你将她吃了？！"

此言一出，王寅虎猛然一震，拔刀迎上，一把拎起"巨猫"，正待逼问一二，这时，一串急促的脚步声从树后传来，极为清亮的一声："住手!"直直喝止了王寅虎手上动作。两人目光齐刷刷地循声望去,只见婆娑树影之下,亟亟跌出一个人影。那人上气不接下气,大口大口地呼吸,不难看出当是奔走而来。迷雾浓重,瞧不清五官,却觉她那双眼珠正直勾勾地望着他们,喘着粗气央求道:"不要杀它!"

王寅虎放下了手中正呜咽的"巨猫",同时来人也从迷雾中走了出来。青光打在她身上,逐渐显出了全貌——琳琅满目的发饰已乱作一团,精致小巧的脸上全是污垢。苏媚瞧了半天才瞧出她正是那苗疆小姑娘,可王寅虎却又快她一拍,三步并作两步地过去,不是为她拭去脸上的污渍,便是嘘寒问暖关心伤势,最后才想起什么,又紧张兮兮道:"不是说被那小东西吃了吗?"

问的是那小鬼,苏媚却有种虚惊一场后,被责问的错觉。她指了指乖巧在地的"巨猫",解释道:"我问它时,它摸了摸肚子。"

"巨猫"又嗷的一声,在三双眼睛的探究下,事不关己地举起熊掌,摸了摸毛茸茸的厚实肚子,开口道:"我饿了。"

"……"

两兽安分,风平浪静,唯众人,一头雾水。

凶兽能开口,对于这个邪祟妖魔混乱的世道而言,实属不算稀奇之事,尤其是拥有如此神力的猛兽,五识全开、能听会道实乃常见至极。但气就气在,明明可以开口交流、兵不血刃、友好解决的事,非要装聋作哑、大动干戈,拼个你死我活才肯善罢甘休。果然兽再有灵性也始终是兽,遇敌便是一阵狂咬,殊死一搏,至于语言,估摸着是惨败后,才会被想起的求生技能,例如虎煞和面前这"巨猫"。

苏媚和王寅虎尚在迟疑中,小鬼已忙将"巨猫"抱在怀中呵护起来,天真的瞳中满是疼惜:"它不是坏人,它一直在保护我,你别伤它……"

王寅虎手中的刀仍泛着寒气:"保护?"

"我被鬼魅缠住,是因为它在,才没有性命之忧,不然早被那些恶鬼分之而食……"小鬼焦急万分地解释,且此番遭遇似将她吓得不轻,她身体微颤,断断续续地道出了始末。

正如苏媚所料，此"巨猫"的确是这里的妖王，但是它造"叠重妖阵"并非为己，而是为了镇压鬼尸，以防它们祸害人间。它大半妖力用于结阵，剩下一半妖力与群鬼势均力敌，双方多年以来井水不犯河水。直到小鬼误闯阵法，落入群鬼之手，它多番相救无果，这才呵斥群鬼，令之不敢轻举妄动。

"所以当我引开群鬼之时，你便趁机而入，带走了小鬼？"苏媚听后反而愤愤不平道，"害得我为了救她，又被群鬼缠住？"

"对不起，狐姐姐。"小鬼垂下眸子，嗫嚅道，"我当时不该喊你的，不然你也不会回头……"

"巨猫"也乖巧地跟适才那一掌震山河的庞然大物判若两兽，蹭着小鬼的下巴，享受她的抚摸，得空，才分神看了一眼苏媚，可撞上她的视线，又倏然忆起适才苏媚拔刀欲刺它命门的一瞬，登时生怯，便又往小鬼怀里钻了钻，眨巴眨巴眼："……被迫之举。"

苏媚不仅大惑未解，反而疑惑横生："对她你便赴死相救，对我们见死不救不说，还攻击我们，又是何故？"苏媚眼珠在那小鬼身上打了几个转，"就因为她可爱？"

"当然不是！""巨猫"一副坚守立场的态度，"我是女娲后人的神兽，当然只保护女娲后人！"

"女娲后人"这四个字，仿佛千钧之鼎，霍然砸在苏媚头顶。

正在苏媚还在细品这句话时，王寅虎却已经收起魔刀，上前一步，深沉的目光落在小鬼身上，脸色一贯镇静："你们认识？"

"对啊！"小鬼毫不隐瞒，脱口而出，"上次在杭州时，幸得狐姐姐帮我，我才没有被你和韩大哥抓去！"

她说得欢快轻松，一副骄傲满满沾沾自喜之态，殊不知，王寅虎和苏媚心中皆是一震。

原来那夜并非醉酒迷了眼，屋檐下与他有着一般无二的挺拔英姿之人，竟真是王寅虎。苏媚感叹命运弄人之余，王寅虎却是恍然大悟。当时他和韩仲晰一同去寻这小鬼，但她用了隐蛊，人类肉眼根本瞧不见，好在韩仲晰善巫蛊之术，便让蛊虫用气味追踪，果然感受到了准确方位，结果转眼便消失干净，他们还在疑惑，这小鬼不该会飞檐走壁、移行幻术，怎可能瞬间消失，合着竟是被苏媚的妖气盖住了。

"你没被我抓回去，反倒是叫恶鬼捉了去。"得知来龙去脉，王寅虎有些哭笑不得，揪了揪她的鼻子，故作严厉，"我比那恶鬼还可怕？"

"嘿嘿，当然没有，这只是一个意外。"小鬼讪讪一笑，一五一十地交代道，"我听闻这林中有一种动物，似猫非猫，似熊非熊，毛发茂盛，又圆润可人，便心生好奇，想来这林子寻一只抱回苗疆养着，哪知这忽然平地卷起一阵疾风，将我吹到了这里……"

"所以这次，倒真是幸好遇到这小家伙了。"王寅虎总算对"巨猫"露出和缓之色，小鬼点了点头，又上前拉着苏媚，"对了，狐姐姐，给你介绍一下，这是余杭最厉害的捕快，小虎哥……"

"叫叔。"王寅虎郑重其事地打断她，纠正。

小鬼一愣："呃，我是觉得你这么年轻叫叔不是叫老了……"

"辈分不能乱，而且……"王寅虎顿了顿，又故作严厉地盯着她，郑重道，"你若是有个三长两短，我怎么和逍遥哥哥交代？"

话一落地，苏媚浑身僵住。

他俩尚未察觉，还在你来我往地争论，而苏媚却目不转睛地审视着小鬼。这一刻，她才终于知道那莫名其妙的眼熟之感从何而来。苏媚似乎不愿接受这个事实，却还是声迟语缓地、一字一句地问了出来："你是……李逍遥之女，李忆如？"

小鬼摸摸鼻子，不知自己这个身份在苏媚心头究竟掀起了多大的风浪，只是冲她狡黠一笑，口齿清晰："果然还是我爹的名头厉害！"

第十四章
月凉山之谜

"巨猫"效忠女娲后人，受命在此镇压厉鬼。它默默无闻地为世人守护这太平盛世的同时，也将自己永久地束缚于此。此番，得助于王寅虎和苏媚的介入，阴差阳错地将穷凶极恶的厉鬼悉数诛灭。而"巨猫"荣获自由之身后，在李忆如面前一个撒娇打滚，惹得李忆如怜惜疼爱，两人顺理成章地缔结主仆之谊。

"那可是妖，妖兽！"虎煞本就对苏媚十分抗拒，又加上一个"巨猫"，更加不欢迎，俨然一副与之为伍便是虎生耻辱之状，痛心疾首道，"我堂堂白虎，焉能与他们同行？"

李忆如吐舌头，打趣："哼，你还不是兽，还说别人呢！"

虎煞傲慢得不可方物："我可是神兽，怎能与妖兽相提并论？"

"妖又怎么了？好妖总比恶人强。"李忆如说着，俏皮地朝苏媚眨了眨眼，"是不是啊，狐姐姐？"

那晚苏媚在李忆如面前露了真身，李忆如对她不但没有避之不及，反倒叫得亲切。不过她也只笑了笑，并没搭话。

而她们一人一兽，蹦蹦跳跳地在前面，格外欢乐，王寅虎似心情极佳，时不时插一两句，唯独苏媚，一直郁郁寡欢。

对于她而言，这是莫大笑话。她生平不管闲事，首次不顾安危地去救一个毫不相干之人，可最后所救竟是仇人之女，实在造化弄人，可笑可叹。

这"巨猫"既是镇压因七宝琉璃花而死的群尸，当年之事，它必然知晓一二，只是苏媚本就占了窃取五劫辟魔锥的嫌疑，在王寅虎跟前，她委实不敢贸然打听七宝琉璃花。

好在占了李忆如"恩人"这么一个名头，李忆如见她有伤，一直央求苏媚同行，方便有个照顾。为了不显得太刻意，苏媚也学着人的口是心非那一套，表面佯装分外为难，实则内心毫不勉强，身体也极为诚实地跟着他们同路。

只是还得找个机会支开王寅虎，才能向"巨猫"旁敲侧击地打探些许。

李忆如从仙灵岛偷跑出来后，家里人一直忧心忡忡，王寅虎也纠结是要先将她带回林家堡还是仙灵岛，李忆如自是两边都不想去，一路上磨磨蹭蹭，不是渴了累了，就是让"巨猫"藏起来，佯装走丢，拖着大家一起去寻，生生拖慢路程。以至于几人才走出杭州，天便黑得彻底。

苏媚一路苦于无从下手。到晚上找客栈歇脚时，苏媚灵机一动，当即以节省银两为由，提议自己跟李忆如一间房，同时还能替王寅虎盯着李忆如。

王寅虎尚未表态，哪知这时，虎煞暗戳戳地忽冒出来一句："这臭狐妖不知安的什么心，把李忆如交给她，估计明早起来就剩骨头渣子了……"

苏媚和颜悦色的脸登时铁青，一个字一个字地往外蹦："我可听着呢。"

"哎呀，"虎煞惊呼一声，难得抱歉道，"忘了屏蔽外人了。"

苏媚："……"

王寅虎："……"

虎煞既可现身面世，也可隐蔽其身，唯王寅虎一人可听可见，想来这一路，虎煞没少说她坏话，只是王寅虎一直若无其事，置若罔闻。而此番尽管虎煞直言不讳，但王寅虎还是毅然道："她不会的。"

没人知道，这一瞬，苏媚明眸柔动，心中已有动容。

信任有时候也跟仇恨一样，让她没齿难忘。

夜深时候，李忆如折腾够了，躺在床上，睡得正香，苏媚辗转反侧，难以安眠，"巨猫"靠着李忆如蜷缩一团，正在打盹，苏媚这才寻得机会问："小熊，你知道当年……"

对于这个称呼，"巨猫"似气得睡意全无，起身打断纠正道："我不是熊！"

"呃……"苏媚被它过激反应镇到，迟疑片刻，才看着它头上那对半圆的毛绒耳朵，试探道，"猫？"

"巨猫"语气又是一沉："我也不是猫！"

苏媚颇感难以为继，随口又道："那是……熊猫？"

"……"巨猫一副放弃自我的姿态，"你开心就好。"苏媚勉力一笑，正待询问当年之事，"巨猫"忽一个激灵，将脑袋从腋窝里支起来，一本正经地思考道："嗳，熊猫这个名字好像还挺贴切的，不过得主人批准才行。"

"什么？"被打断的苏媚正错愕间，却见"巨猫"前掌倏地一抬，便将苏媚大费周章才哄睡着的李忆如给生生吵醒了！

"……"苏媚一个头两个大。

李忆如惊醒过来，看了一眼是"巨猫"，又迷迷瞪瞪地打算睡过去，"巨猫"却不依不饶，用自己柔韧软萌的身子在她身上滚来滚去，喜不自胜地跟她分享"熊猫"这个名字。李忆如不知是因这个名字的缘故，还是纯粹被它挤压所致，瞌睡当即醒了一半，索性不睡了，起身抱着"巨猫"靠在棉墩上，开始针对"熊猫"这个名字像煞有介事地探讨起来。

凉风透窗，沾染寒意。尽管如此，她们却仍聊得热火朝天，苏媚等得心烦意乱，索性偏头装睡。下半夜，无名"巨猫"终于正式更名"小熊猫"后，才心满意足倒头酣睡过去。

眼瞧着今晚打探七宝琉璃花消息的计划落空，苏媚轻叹了一口气。她怔怔地望着两个抱在一起呼呼大睡的小家伙，那副天真无邪的模样，对另有所图的自己是如此放心，毫无戒备。一时间，苏媚心中莫名的不是滋味。似乎此刻，苏媚才意识到，她对李忆如更多的不是仇恨，而是害怕，害怕迟早有一天，她们会倒戈相向。

雨停了，冰凉的风，刺骨的寒。忽然一股寒风破窗而至，浓郁的妖气扑面而来。苏媚转头一看，浓烟蔽月，城池边缘燃着熊熊烈火，以燎原之势席卷而来，不像人为，只怕是妖邪作祟。

苏媚几乎不曾犹豫，当下画出结印之术，将李忆如所在的厢房保护起来，待再次踏门而出时，王寅虎已经抱着震怒的天吒，长身立于长廊之上，迎着大火焚烧的残败浮云，久候多时。

吃了不会御剑遁身之术的亏，以前王寅虎擒妖十分吃脚力，如今虎煞可幻形为坐骑，领他腾云驾雾翱翔四海，王寅虎如虎添翼，反倒叫他无端养成一种临危不乱、运筹帷幄之风范。

"隔江燎原，必为邪火。"王寅虎眼眸像是一潭寒泉，映着熠熠星火，如有粼粼波光。"这火势，应该是冲杭州城来的。"

杭州城是商会重地，街上屋舍庭院相接，一旦沾染邪火，火势必席卷全城，后果不堪设想。王寅虎话毕，立刻唤出虎煞，跃上其背后正伸手欲拉苏媚时，虎煞却冷哼一声，掉头便一腾而走，留下一句："妖狐善诱，最喜惺惺作态，别以为给李忆如结个印你就是好妖了，王寅虎上得你的当，本虎将可不上当！"便一个仰身，朝那熊熊业火俯冲而去。

看着它避之不及之态，苏媚一时竟有些啼笑皆非。

要是王寅虎身边早出现虎煞，大概还真没她什么事了。

与此同时，周边居民也被噼里啪啦的大火吵醒，声嘶力竭的喊声接踵而来。浓烟弥漫，大雾四起，苏媚往下一望，百姓衣衫不整，披头散发，拿着扫帚或拎着水桶，惊慌失措地从她足下一一掠过，殊途同归地奔向三丈高的火舌。然不多时，赶在最前头那批人中忽然传来一声惊心动魄的惨叫："是妖，有妖！"

百姓不约而同地却步，直到前面又传来几声惨叫，他们才反应过来，立刻扔下水桶，丢盔弃甲而逃。苏媚观那火势，一直徘徊在城池边缘，蹿起的火舌不敢染指杭州城半步。而彼时，苏媚驾着一朵灰不溜丢的云也已经追上了王寅虎。

苏媚为妖，自通腾云驾雾之本事，但适才虎煞行为有失分寸却是另一回事。王寅虎替它致了歉后，转而审视下方，疾如流星地俯冲，将凉风奏成滔滔海水声灌耳，将细雨磨如韧利刀锋割体。他看着明火滔天处，脸色一贯沉静："看来有人先我们一步了。"

杭州比武盛会适才结束，大多英雄豪杰仍周旋于三月的烟雨江南中，有人先出手也不足为奇。

二人落地后，只见那火啃食着河岸的树木，像是有意识般，不管风从何来，都毫不影响它进军杭州城的势头。无须深想，便知是专习御火术的妖所为。这种妖以火为器，火在它手中，便如刀在人手中一般，可随意出击控制，应对挥洒自如。

苏媚想到什么，转身落于高处，果见火云之下，有一尖耳猴腮、长相怪异、似还不能完全幻化人形的妖。那妖长着又细又长的尾巴，干瘦如柴、身有九尺，似乎是只鼠妖。鼠妖道行不深，奈何初生牛犊不怕虎，面对高手如云的杭州城，气焰仍嚣张不已，阴阳怪调道："我若不是心疼这满城的粮食，早就放火过去了，还以为我当真是怕了你这小娘子？"

顺着鼠妖细长眉眼下那道幽深灰暗的视线望过去，远处，白雾氤氲，经久不散，一女子持剑端立，身影袅袅婷婷，纤细婀娜，背对众人而立，与业火桀骜对峙。看不见五官面貌，夜色掩盖衣裳颜色，凄烈火光幢幢，在其翩翩裙摆跳跃转腾，面对鼠妖戏谑挑衅，也缄默不语，可这无声之间，反而颇具林下风韵。

"沈欺霜……"苏媚一惊。

这时，沈欺霜两手结印，御剑而上！鼠妖见状，不再正面应对，而是将本体避于火中，但沈欺霜三尺长剑一啸破下之时，那清亮的剑刃，竟挥气凝冰，幻出漫天玄冰，如雨下坠，将大火扑灭一半。

看着渐熄的火势，鼠妖大喝一声，重聚火势，自上而下，笼罩沈欺霜周身，滔天之火如泰山压顶，而沈欺霜毫无惧色，立刻盘膝而坐，持剑就地画圆，结出寒冰之盾，对抗倾盆而泻的灼灼业火。

幽蓝火以吞噬之势包裹寒冰盾，在其密不透风的攻击下，薄雾弥漫，寒冰形似消融。

沈欺霜功力不俗，奈何画地为牢，苏媚原本对她颇为看好，不承想她战斗经验如此不堪，正要出手相助，但见王寅虎都置身事外，苏媚困惑道："怎么？不去帮她？"

王寅虎抄手，山沉水静的视线落在冰火相融之地，笃定道："这鼠妖显然不是她的对手。"

"为何？"如今这局势一目了然，沈欺霜显然已处下风，苏媚不知他何故有此判断。

王寅虎笑了一下，目光极是温柔："一个刚成人形的妖，和一个苦练四年剑术之人，你觉得，谁的胜算更大一些？"

"嗯？"

苏媚尚未反应过来，只听"嘭"的一声，冰裂之音将寂静的长夜划开一道口子。战斗之处，业火强攻直下，寒冰不堪重负，炸裂开来，意料之外的是，破碎的冰刃，将四处乱窜的火舌卸得粉碎，而那绚丽的蓝光真气随即推送出击，穿透邪火，震伤鼠妖肺腑，鼠妖重伤欲逃，但已然不及，沈欺霜持剑连翻直刺，转瞬之间，长剑已没入鼠妖头颅！

血自它又尖又长的鼻梁顺流而下，那满目的不敢置信，夺眶欲出。

"出奇制胜？"苏媚问道。

王寅虎气定神闲："此剑术乃蜀山的仙霞派剑法第二式白虹彤霞，用来对付这鼠妖，绰绰有余。"

听得此话，苏媚容色一敛，心里忽有些不畅快。此时，沈欺霜抽剑回身，邪火尽灭，灯火熠熠，她靛蓝褶裙、柳眉青黛，没有翩若惊鸿之美，也无媚态横生之艳，但纯情如风，品貌典雅，尤其那双清丽的眼眸，叫人过目难忘。

"是你？"正当这时，沈欺霜眉目一寒，手中那把在火中灼烧过的雪亮长剑朝苏媚指来，饶是苏媚身手敏捷，撤退三步，才避了开去，奈何那剑又要乘胜追击，王寅虎见状，提刀一挡，一声刀剑的铮鸣之音，如雷贯双耳。

见王寅虎出手相护，沈欺霜目光少见地凌厉："她可是妖。"

"我知道，但……"王寅虎回眸，意味不明的视线，看向微微受惊的苏媚，"她是我朋友。"

"朋友？"想到初次交锋时苏媚那番言语，再见王寅虎眼下的反应，沈欺霜似乎明白了什么。目光在苏媚和王寅虎之间来回穿梭后，美目流盼中，包含了太多难以言说的感情。随即收回长剑，苦笑一声，轻道："你知道她是妖就行，我只是担心你受骗罢了。"

王寅虎款款一笑，转而道："从月凉山出来，我便一直没看见你，你后来去哪儿了？"

受林天南所托，沈欺霜和王寅虎结伴而行，去寻失踪多日的李忆如，却在月凉山走散，沈欺霜还以为他跟自己一样，深陷困境，不想是去会了故人……看了一眼他护之不及的苏媚，沈欺霜心有戚戚然，转而将这一路惊险道得云淡风轻："遇见几只鼠妖，被耽误了而已。"

"几只？"王寅虎直扼重点。

沈欺霜起身朝倒于血泊之中的鼠妖尸首而去，并未直接回答王寅虎，只是简短道："这些鼠妖，像是从北方而来。"

"群雄南下，北方失守？"王寅虎失笑，"这些妖，还真是猖獗无度。"

考虑沈欺霜一直诛妖佑民，已然劳顿，王寅虎便让苏媚带着沈欺霜回客栈休整，自己则留下清理现场安抚百姓做好善后。

三更已过，整个街道还是灯火通明，沈欺霜御剑而行，并未主动理会苏媚，苏媚对她倒也无甚兴趣，寒暄几句后，便各自掌灯回房就寝。

推门而入，外面的喧哗聒噪、沸沸扬扬便一同涌进这静默安宁、唯有鼾声的房间。苏媚解开结印，只见李忆如翻了一个身，抱紧小熊猫继续酣睡，苏媚想，以前以为长大是件遥不可及的事，而现在，年少，却已经是很久以前的事了。她轻手轻脚地推开窗榈，残余的烟雾笼罩长街，正如半城朦胧烟纱，可映入她眼中的不过是飘忽不定、渺茫无尽的尘埃。

酝酿良久，她转身去了王寅虎房间。

客栈房间大同小异，各式家具陈列有致，她寻了个木墩坐下，心想，是时候道出天师陵寝的实情了。

第十四章

鼠妖从北方迁徙南下，路上杀人放火，所造之罪罄竹难书，如今鼠妖虽死，但恐慌未散，周边居民各自陈痛，好在后来林天南出面，王寅虎帮忙处理鼠妖尸首，安抚居民，才让杭州城逐渐恢复了平静。尽管如此，还是忙到了大天亮，王寅虎携着满身疲倦回到客栈，正一边松筋正骨一边推门而进时，那双沉泥染尽的长靴，停住了。

一夜尘埃落定，晨曦破窗而入，苏媚一袭红装半撑桌沿，如朵清水盛开的红莲，美得惊心动魄，艳得不可方物。

她双眸轻闭，窗棂切割光线，纵横交错地缠绕在她翩翩而飞的衣摆上，那震慑心魂的美艳之中，却也不失难能可贵的高洁与生人勿近的孤冷。

"哇哦！"虎煞故作痴迷地应景惊叹，灼灼虎目仿佛洞悉一切，果然道，"投怀送抱，专诱男人，狐狸本性。"

"你别胡说。"低俗腌臜之诋毁，让王寅虎略感不悦。

虎煞却置若罔闻，盘绕在他身上："幸好你昨晚没回来，不然，贞洁就……"

贞洁就怎么样还未道出个所以然，就已被王寅虎强行塞回左臂之中。但虎煞哪里憋得住，不甘心地探出一个头来，不依不饶地继续调侃："你一个大男人怕什么？这青天白日，她又不会对你做什么，况且你若是能坐怀不乱，对她有所戒备，这媚惑之术再厉害，对你也是无计可施，男人自古无欲则刚……"

"闭嘴！"王寅虎轻斥一声，目光却复杂地看向苏媚，转而又温声道，"她昨夜应该没睡好，别打扰她。"结果刚说完这句话，苏媚像是听到响动，眼睫轻蹙几番后，几乎本能警觉，喝道："谁？"

"是我。"王寅虎立刻开口，提步进去，顺势倒了一杯温热的清水递给她,关切道,"不小心把你吵醒了。"

见是依旧对自己无微不至的王寅虎,苏媚明显松了一口气,道:"忙完了?"

"嗯,城外不远的一个村子都被烧得精光,要安顿逃难的村民,所以耽误久了一点。"王寅虎答完后,又沉思道,"不过我看过那只鼠妖的尸首,它的内丹精元尚才成形,妖力极低,如果不是初来乍到不懂规矩,那就是背后还有更厉害的角色在给它们壮胆撑腰,所以我想过几天北上,查看具体情况。"

按照他这个多管闲事的性子,遇到这种事,必然会寻根究底,这也在苏媚意料之中。王寅虎见她不语,便又问:"不过哪里不好睡,怎么坐椅子上歇着了?"

"有件事想跟你说,就一直等你。"苏媚看着他,面不改色道。

极少见她露出这样郑重其事的神态,王寅虎抬眼:"什么事?"

苏媚很清楚,这件事一旦坦白,她和王寅虎不是兵刃相见,便是分道扬镳。现在她已经拿到她想要的东西,他们之间没必要再多纠缠,虽然她也知道不告而别或许是最好结局,可王寅虎这寻根究底的性子,她又能躲到哪里去?不如直接挑明,一刀两断,也好过愧疚地受着他的信任。苏媚终于不再犹豫,抬眸凝视着他,认真道:"关于天师……"

"呀!"

忽然,苏媚好不容易酝酿出的勇气被门口的李忆如生生打断。二人一回头,刚醒的李忆如脸上一团我见犹怜的潮红,嫩嘟嘟的小手抱着小熊猫站在门口,一瞬不瞬地瞅着里屋两人道:"我说一大早起来不见狐姐姐,原来在小虎哥房间歇下了?"

话一出口,苏媚和王寅虎俱是一愣,片刻,王寅虎的脸"唰"的一下红了,一贯从容的他开始手足无措地解释:"小孩子胡说什么?我刚回来……"

"哎哎哎!"李忆如打断他,"我韩大哥说了,解释就是掩饰,掩饰就是确有其事!别以为我小就不知道了!"她笑得不怀好意,贼兮兮地道,

"我跟你讲哦，我听圣姑婆婆说了，我爹爹和娘亲就是在仙灵岛的水月宫中独处一室才……"

话未完，王寅虎已转身推着她出去，口吻颇为生硬直板："说了多少次，你我辈分有差，得管我叫叔。"

"呃……"看着王寅虎这张风华正茂的俊朗面庞，李忆如实不能跟"叔"挂钩。在被王寅虎强推着离开的同时，又回头可怜巴巴地瞅了一眼苏媚，有理有据地争辩道："那我叫她狐姐姐，又叫你叔，这辈分不也是乱的吗？"

李忆如猝不及防的出现，让苏媚连夜整理的措辞乱成一盘散沙，愣神半天后，才在李忆如的再三呼喊中醒过神来，错过了此次机会，唯有下次另找时机挑明此事，随即起身跟他们下楼用餐。

兴许是太饿了，李忆如一上桌便点了杭州最有名的几道菜，诸如春卷五辛盘、素汤阳春面、东坡肉等。苏媚看着她大快朵颐的模样，调侃道："你来杭州这么久了，之前是只顾着装神弄鬼，忘了吃东西了？"

"狐姐姐，你就别取笑我了，我是偷跑出来的，这不是没带钱吗？"李忆如一脸难为情地笑了笑后，又从兜里拿出一钱袋，里面全是金沙，得意扬扬道，"这下好了，有了这些金沙，我就不愁吃喝了！"

"……"

李忆如被困在紫竹林数日，滴水未进，憋到这会儿，估计是馋坏了，狼吞虎咽的声音清晰可闻。就在她准备问小二要第二份时，正好看见持剑下楼的沈欺霜，李忆如登时拍案而起，怀中小熊猫也大张嘴巴，一人一兽同时惊叹道："是你！"

突兀的一声，叫这大厅，落针可闻。

沈欺霜微愣，清澄眼眸对上李忆的主仆略带谴责的惊诧目光，俨然有些茫然无措，王寅虎和苏媚亦是面面相觑，不知她们之间有何过节。只见李忆如怨愤地指着沈欺霜，一身正气地跟王寅虎控诉："就是她偷了你的玉佩！狐姐姐可以做证！"

苏媚："……"

得知是玉佩牵扯出来的误会，沈欺霜如释重负，心道自己也不曾跟个小孩子结过怨，而王寅虎看着李忆如那副要为自己出头的样子，也不禁摇头失笑，用一个春卷堵住了李忆如那张如同连珠炮弹还欲告状的嘴，待沈欺霜踏着李忆如嫉恨的目光落座后，方才镇定道："你误会了，那枚玉佩是我送给她的。"

"啊？"李忆如噎住。

王寅虎从腰间拿出玉佩，跟沈欺霜那枚结合，正好拼凑成一个完整的双鲤图案。李忆如见状，彻底无话可说了。且李忆如生怕沈欺霜知道那日小溪边上是她盗走玉佩栽赃了苏媚，才引起她二人交锋受伤的，便立刻低下头去，老老实实地埋头吃饭，见怀中小熊猫那双圆溜溜的黑眼睛还目不转睛地盯着沈欺霜，便当即拍了拍它的头："你又吃什么惊？"

"主人……"小熊猫面带惶恐，视线紧盯沈欺霜，一字一顿道，"当年七宝琉璃花便是她盗走的！"

话一落地，几人异口同声："什么？"唯独李忆如嗍着筷子，眨了眨无辜的大眼睛，问："七宝琉璃花是什么，能吃吗？"

"……"

沉寂片刻后，王寅虎看向神色不知是惶恐还是茫然的沈欺霜，忽沉吟道："传闻七宝琉璃花早在二十多年前便销声匿迹，那时七七尚未出生，又何来盗宝一说？"

小熊猫凝着神，时不时地瞟一眼沈欺霜，郑重其事地接话道："倘若……她是异魔族人，而并非人类呢？"

众人神色又是一凛。

异魔族是蚩尤后裔与人类混血，善隐藏魔气，混入人界，而不被察觉。小熊猫继续娓娓道来："二十六年前，江湖中因一人拿到七宝琉璃花，使得整个江湖动乱不安……"

沉没了二十多年而不被人知晓的往事，时至今日，才终于揭开了那道神秘面纱。

原来当年的月凉山，并非全军覆没，无人生还，还有一人，坐收了渔翁之利……

当年，正邪两道欲诛杀手持七宝琉璃花的人类方士朱天甲，但因忌惮他手中的七宝琉璃花，一直只围不攻，直至将之逼攻上了月凉山。

守护在此的小熊猫循声而至，只见朱天甲已被各派重重包围，孤立无援，虽已穷途末路，但其人却嚣张跋扈、气焰高涨，甚至感叹能死于各派围攻，当为一桩"流传万世之壮举"。正派弟子见不惯他这副作恶多端，还能嬉皮笑脸的嘴脸，个个手持刀戟怒目瞋视，小熊猫分清局势，便藏于树梢，欲伺机而动，夺其法宝。

可就在小熊猫要攻其不备的千钧一发之际，朱天甲竟然启动了七宝琉璃花。

花开瞬间，金光璀璨，伴随着一阵阵撕心裂肺的惨叫，待七宝琉璃花瓣收拢成蕾，所有人都变成一座座黄金雕像，被风一拂即散，眼看血肉之躯化为满地金沙。唯有朱天甲，毫发无损，冷眼看着面前惨状，笑出大仇得报的畅意。

饶是小熊猫利用地形优势和守护之盾逃过一劫，但五脏六腑也有多处震伤。它知道朱天甲日后必然给江湖带来大患，便挣扎起来，再次朝朱天甲出手，但这时，却有一女子，先它一步。它看得很清楚，那女子是从金沙堆中爬出来的，神态狰狞，双目通红，状似疯魔。她功力浑厚，魔力极盛，出招狠辣无情，当场就是一个百步穿杨，直接就将还沉溺于喜悦中的朱天甲一掌毙命，同时掌风上扬，将小熊猫打至重伤，此后，便拿着七宝琉璃花扬长而去。

讲完这些，小熊猫已不知何时躲在了李忆如怀中，神色略有怯弱，而李忆如也总算放下了手中美食，面带惊恐地看着桌上这满满当当的一袋金沙，哆哆嗦嗦道："那、那这么说，这、这些金沙岂不是那些人的……"她没再敢说下去，但大家却已经心领神会，李忆如立刻双手合十，默默向逝者忏悔，并表示一定将之带回月凉山，让他们全部入土为安云云。

而这厢，沈欺霜不等大家表态，就已经自动陷入百口莫辩的局势般，神情郁郁地道："不是我，真的不是我……"

王寅虎点头，眼神抚之，心中却不知冥想何事，转而一副侃然正色之貌，又问小熊猫："你如何证明那个人就是沈欺霜？"

"我记得！我记得一清二楚！"小熊猫斩钉截铁，有理有据地道，"那女子也是身着蓝色长裙，手持白玉仙剑，身材纤细，乌发垂腰，同她一般无二！"

"……"王寅虎呛了呛，有些头疼，"所以，你只是记得，她的身形与衣着？"

提供的证据不足，让小熊猫忽然有些没底气了："那……那她当时浑身沾满血，面容本就不干净，我也没记得仔细，加之这么多年过去，能勉强记得衣着，已经很不错了……"

闻得此言，王寅虎气闷地扶额，苏媚也在一旁无奈道："我和王寅虎联手，还跟你周旋了不长时间，沈欺霜与我交过手，她不可能有将你一掌重伤的功力，照你这么判断，不知得草菅多少人命？"

"……"

第十五章 宿归思长策

本以为破开"叠重妖阵",七宝琉璃花便有了全新进展,结果只是给仇人之女添了一只神兽守护,苏媚实在有些无言以对。孔璘觊觎七宝琉璃花已久,他必然暗中监视着自己的一举一动,如今线索再断,苏媚只能选择一个夜阑人静的晚上,悄无声息地潜回异魔教,一字不漏地汇报了紫竹林的所见所闻。

孔璘这种变故听得多了,倒无甚过激反应,只是暴躁失望地长叹了口气,直到提到王寅虎的境遇,他才怒发冲冠,露出难得惊恐:"你不是说他死了吗?!"

拍案而起的一声怒吼,叫苏媚稍稍一惊。苏媚不知孔璘为何如此畏惧王寅虎,如实答道:"我的确亲眼看见他被虎煞吞入腹中,却不知虎煞与他命格相融,竟反被其驭。"

"此人功力深不可测,已是难以招架,如今又得虎煞……"孔璘又何尝不知其中缘故,一双又宽又黑的眉蹙成两把利刀,暗暗苦思半晌,忽吩咐道,"你先不要暴露身份,就一直跟着王寅虎。此人不简单。"

闻言,苏媚略有抗拒,声沉语脆:"跟到何时?"

见她似有二心,孔璘重坐回宝座,敛眉顺目间俱是威逼:"不愿?想在我异魔教寻求庇佑的狐妖不止你一个。苏媚,你若不愿,我随便就能找个妖狐,能将你替了。"

"的确，我在你这里，可有可无。"苏媚不以为意，姿态散漫，"可那些妖狐，未必能近他身。"

一针见血。

孔璘指尖顿了顿，抬头睨她半晌，那精锐锋利的视线，仿佛能将她碾为粉碎。可半晌后，孔璘竟牵嘴一笑，冷道："怎么，又想谈条件？"

苏媚也笑得轻蔑："我并非异魔教教徒，你我之间，不是一直在谈条件吗？"

苏媚抬起头来，不卑不亢："我不想杀他。"

世上再狠不过三种人：生不如死唯一腔孤勇者、一无所有只剩固执者、了无牵挂只为己者，三者兼具，便是孔璘眼中的苏媚。他欣赏她宁死不屈的狠劲，也深知她鲸吞蚕食般的手段，对于他而言，苏媚绝对是个不可多得的好手，可惜，他所欣赏的那股子狠劲，好像正在被什么东西一点点啃食消磨……

不知过了多久，孔璘深沉的目光低垂下去，像是在酝酿一场绝世好戏，笑而不语，点头应了。

回到客栈，苏媚一路心神不宁。拿走七宝琉璃花者虽不是沈欺霜，但却极有可能是仙霞派中的人。裳染孔雀蓝，腰配白玉剑，能被"蓝衣玉剑、纤细婀娜"这八个字形容的女侠士，这江湖中任何一人，谁不是第一联想到仙霞派弟子。

大抵想得入神，竟未察觉面前有人。

"你去哪儿了？"静谧月下，他的深沉之音令她感到周身发冷。

下意识间，苏媚目光有些无处安放，迟疑道："我……睡不着，出去看看星星。"说着，便抬头示意，然天公作美过了头，清亮夜下，一轮巨大的孤月高悬空中，星子却看得不大清楚。她一个峰回路转，正要改口是赏月，可转念一想，又觉得不对。她是妖狐，又非寻常女子，夜不归宿又怎的？况且什么时候她需要向他汇报行踪了？又什么时候学起沈欺霜那套害羞忸怩之态了？一个三问三省，苏媚便索性厚颜无耻地反问："怎么，想我了？"

"咳咳……"果然，适才还一丝不苟、侃然正色的王寅虎，登时撞翻一桌红墨般，话噎回去了不说，还染红了脸。以至于再开口时，心神慌乱之下的口吻便没有适才那么正义凛然了，"你不要开玩笑。我在周围没看见你，近来鼠妖猖獗，所以……"

"所以你不是想我了，你是担心我？"苏媚接过他的话，脸上的笑像是三月之花，绚丽而纯真。王寅虎见过她勾唇浅笑不及眼梢，或狷狂妖媚摄人魂魄，却从未见过，这般粲然烂漫的笑。他眉头不自觉地随之舒展开来，虽未明言承认，却也并未否认，只是转而又温和道："对了，你今天早上，要跟我说什么？"

从紫竹林出来，苏媚以为自己与他再无瓜葛，所谓道不同不相为谋，他们本就各立一岸，早些坦白一切、分道扬镳，便再无伤害与亏欠，可如今，却不能了。她沉默片刻，脸上笑意却丝毫不减，忽灵光一闪，看着他，郑重其事道："我想跟你一起北上！"

"为、为什么？"王寅虎反而难为情一样，问得有些结巴。

苏媚却蒙了："什么为什么？"

他忽抬头，认真问道："你为什么要跟着我？"

"我……"这个问题可不好答，毕竟在人界，什么男女之别的繁文缛节多如牛毛。苏媚眼珠转了转，不知想到什么，嘴角漾出了几分甜蜜，可一双明眸之中，其实尽是填不满的悲伤："因为从来没有人，像你一样，对我这么好。"

王寅虎微怔。

锁妖塔崩塌，群妖尽出，祸乱世间，天下群雄诛妖，那种世道对一个漂泊无依的小狐妖并不友好。颠沛流离，草木皆兵，王寅虎能估摸个大概。他还记得，第一次见到她，是在十里长街的余杭城，生人勿近的清冷气场与周遭喧哗背道而驰，那时他就已有几分猜疑她是妖。后来，她卷入余杭命案，千叶禅师乃得道高僧，岂会认错，可他选择相信她。再后来，便是天师陵寝之中，他明明给了她逃出生天的路，她却不顾一切奔向自己，再到如今紫竹林，她为救一个萍水相逢的女孩，以身涉险……他知道,他没有看错。

"你虽然是妖,但我相信,你是一只善妖。"

许是夜色撩人,苏媚竟觉这一刻,王寅虎的温柔如此难以招架。她想,他若是再盘根问底,再炽热凝视下去,她会情难自已,便将过往所有,和盘托出。是以,苏媚赶忙伸个懒腰,一副极困的模样作势回房休息,可她才走至转角,王寅虎又突兀开口,直接换了个更要命的问题:"我一直想问你,你既然是妖,而非天师派弟子,当初为何要去天师陵寝?"

纵使他一如往昔,对她无条件信任,但他们之间,始终横亘着五劫辟魔锥。

该怎么解释,又或是……隐瞒?

面前王寅虎神态笃定,仿佛是揣着答案问的,以至于那洞悉一切的视线下,所有谎言都无处遁形。苏媚明眸清透,瞧他半响,忽轻笑一声,不答反问:"你明知我当初谎称天师门下,只是为了能有个正大光明的身份,到底还在怀疑我什么?"

忽然生疏冷漠的诘问,略显得有些咄咄逼人。王寅虎有些难以为继,踌躇道:"我……"

"你是想问五劫辟魔锥的下落,对吗?"苏媚挑眉接话,不假思索。

王寅虎没否认。

五劫辟魔锥的出世,必定祸乱江湖,此事非同小可,绝非儿戏。王寅虎明知谁有嫌疑,但这段时间,依然能在诸侠士为之争论不休时守口如瓶,已是对苏媚尽了极大的情分,但若要他再坐视不理,见各路英雄豪杰为之焦头烂额时置若罔闻,到底有些强人所难了。

苏媚见他这副欲言又止的模样,虽知他的怀疑来得有理有据,但却有股无名怒火,在心底隐隐蹿动:"你既不信我,问我做什么,我说的,你能信吗?"

"我信。"王寅虎不假思索,几乎是脱口而出,"自然信。"

苏媚抬起眸子瞅着他,半信半疑:"真的?"

王寅虎正色道:"我破案无数,从未有过失误。苏媚,你不会骗我吧?"

恍然那么一瞬,苏媚想,她今生都再不骗他,可肩上的仇恨,又仿佛一记无声的巴掌,扇得她哑口无言。她慌乱撤下视线,佯装理所当然地点了点头,却不愿开口正视这个问题,只是努了努嘴,彰显着自己的不悦,谴责道:"要问便问,还婆婆妈妈的,哪里像个披肝沥胆的捕快了?"说着,转身望向浓重得要塌下来的夜色,终还是道出了实话,"五劫辟魔锥,在孔璘手中。"

"孔璘?"

"没错。"说出来后,苏媚愁肠百结的心反而释然不少。她侧回身迎视他费解的打量,镇定从容,面不改色,"那日我见你与虎煞力量悬殊,本想借五劫辟魔锥的力量与之对抗,可我出来时,却见你已经落入虎口,我只好仓皇逃出,怎料不偏不倚,撞上孔璘。莫说我当时已负重伤,便是全力以赴,也不是他的对手……"她叹了一口气,"很抱歉,是我考虑不周,才让五劫辟魔锥落入异魔教。"

真假参半的谎言,最能瞒天过海,王寅虎果然没有生疑,反而出言宽慰,道:"孔璘觊觎五劫辟魔锥已久,必然在天师陵寝外布有眼线,那日陵中闹得天翻地覆,孔璘应该早有察觉,所以一直在外守株待兔。"他莞尔一笑,温声道,"这件事,错不在你,不过现在看来,江湖传言不假,哪有什么安分守己,孔璘一直韬光养晦,在暗中聚集三魔器试图复活魔尊,重振异魔教。"

苏媚道:"三魔器绝不能落入孔璘手中。"

她很清楚,三魔器落入孔璘之手,这世间将永无宁日。她与虎谋食,只为报仇雪恨,绝非助纣为虐。

王寅虎又何尝不知其中利害,也若有所思:"魔尊被镇压之后造出的这三件魔器,闹出了多少腥风血雨,若我们先孔璘一步找到剩下的两件魔器,交由仙门销毁,他自然束手无策。有道是想要捉住狐狸就要比狐狸更狡猾,你觉得呢?"王寅虎自认这是良策,于是说完后便颇为自豪地看向苏媚，却发现苏媚脸色奇差，他这才后知后觉，讪讪一笑道，"呃，忘了，你就是狐狸……"

六界本就包罗万象，种族之多，不胜枚举。王寅虎在杭州虽略有名气，但放眼六界，不过沧海一粟，微乎其微。妖魔两界为争夺三魔器，死者就如过江之鲫，于王寅虎而言，尚且遥不可及。他要聚齐，如何聚？这一切都还要仔细斟酌，从长计议，但是这句话，却在苏媚心里埋下了一颗种子，这一夜，注定辗转难眠。

东曦至上，黎明破晓，苏媚两眼半宿未合，不免干涩，便出门从深井中打了盆水，把整个脸在水中浸泡一番。待寒冷和窒息之感双管齐下时，再将头抬起来狠狠一甩，神清气爽，混沌不堪的大脑，也瞬间亮如明镜，看得一打水的青年男子两眼发直，手中的辘轳一失手，满当当的一提水快速落井，吓得他当即跳将起来。苏媚见状，嗤笑了一声，那男子顿时难为情似的，拔腿就跑了，苏媚瞧得有趣极了，但不多时，一丝比泉水还要冰凉刺骨的锋芒，却悄无声息地触上了她的脖颈。

苏媚一顿笑容一僵，保持着姿态，拿余光瞥了瞥盆中倒影，无奈道："我说这位沈大女侠，你能不能不要一有机会就拿剑刺我？"

"昨晚我看见你了。"沈欺霜语气生硬。

"你要是看不见我才奇了怪。"苏媚干呵呵地笑了两声，颇有些强词夺理的架势，"我是妖，又不是鬼……"

"你去了异魔教。"她突兀打断她，口吻笃定，不容置喙。

苏媚猛然一惊。她能在王寅虎眼皮底下自由穿梭人魔两界，全是钻了王寅虎不会术法的空子，长久以往便有些无所顾忌，却忽略了隔壁的沈欺霜。

沈欺霜是仙霞派年轻一辈中的佼佼者，和其余四位出类拔萃的同门并称"仙霞五奇"，沈欺霜若不动声色地尾随，完全可以做到神不知鬼不觉。但苏媚庆幸的是，异魔教设立在龙门邪域，此处占得天独厚的地理优势，不仅戾气熏灼，还栖息着成千上万的血鸦、水晶蜘蛛、尸蛆、傀僵虫等至邪至恶之物，最喜食人，故这异魔教的朱星门，向来是生人进，白骨出，传闻擅闯者，无一幸免。以沈欺霜的修为，即便能全身而退，也不可能毫发无伤，想来是到了朱星门后，便望而止步了。

既然未能亲眼看见，那她尚且还有辩解之机，如此想着，苏媚便坦然无惧道："那又如何？"

大抵未料到她的反应如此平平无奇，沈欺霜反而愣了一下，又道："后来你和王寅虎的对话，我也听见了。"

铁了心抵死不招的苏媚，此时依旧不动声色："那真是难为你了，跟踪我这么久。"

沈欺霜仿佛拳拳打在棉花上，颇有些难以为继，只问："你是为了拿回五劫辟魔锥吧？"

"是又如何，不是又如何？"苏媚觉得自己没有必要在她身上周旋，趁她一不留神，推开横在脖子上的剑，若无其事地走了，边走边道，"别人幽会你也看？这么大一姑娘了，害不害臊？"

"你……"沈欺霜的脸登时涨得通红。

今日天公作美，到客栈过早的食客不少，熙来攘往，十分热闹。苏媚一去便惹来不少眼光，或一些女子明目张胆地羡慕，或个别男子交头接耳地打量……苏媚耳尖，早习以为常，踏着密集交织的视线过去，随意找了个位置坐下，这时一面生的店小二上来亲切招呼道："姑娘仙姿昳貌，必然是修仙中人，可要以清汤素食为主？"

一说到清汤素食，苏媚就一个头两个大，寻思着以后行走江湖，再也不能随便谎称仙门中人了。她苦笑两声："别冤枉我，我不是。"说着，头也不回地往后遥遥一指，"她才是。"

"沈姑娘？"店小二一见沈欺霜，仿佛早已熟识，当即喜笑颜开，态度殷勤，"饭菜备齐了，可要上桌？"

沈欺霜径直坐在苏媚对面，将适才锋芒毕露的佩剑搁置一旁，点头："有劳了。"

不多时，几碟色香味俱全的山珍海味被一一端上，爆炒春笋、粉蒸鲍鱼暂且不说，单说中间那一碗乌鸡汤，清澈见底的汤汁，和焦黄白嫩质地上乘的鸡肉，瞧得苏媚别不开眼，垂涎三尺。但苏媚有自知之明，知道这些不是为她准备的，咽了咽口水后，识趣地不动筷子。

哪知，恰在她想得忘乎所以之时，沈欺霜忽盛了一碗鸡汤给她递了过来，温婉居家的态度与适才不说判若两人，那也是云泥之别。苏媚谨慎地看着面前的汤碗，隐隐觉得这其中有诈，明知故问道："给我的？"

"嗯。"沈欺霜毫不掩饰，清秀的脸上将"坦荡"二字端得四平八稳，"我虽疑你不假，但你为我解过围，我们仙霞派子弟，向来有恩必报。"

从相遇到现在，苏媚就给她解过两次围，一次是沈欺霜为沈青锋出头反将自己置于难堪境地时，她施法替她教训那几个满口龌龊的江湖术士；一次是比武大会沈欺霜被沈齐暗算，她私赠药丸为她解毒。但中招之人至今都不知此事究竟何人所为，更遑论沈欺霜。而比武大会之上，她刻意隐藏妖力，藏于人群，应该无人察觉，沈欺霜是如何得知？

见沈欺霜如此郑重其事，苏媚反而更加困惑，便不明所以地试探性问道："你说的是什么解围？"

沈欺霜一脸真诚："昨天小熊猫怀疑我的时候，多谢你出言帮我澄清。"

"啊？只是这样？我还以为……"苏媚有些大失所望，一惊一乍间，欲言又止。

"以为什么？"沈欺霜察觉她话中有话，便开口追问。

"没什么。"苏媚摇了摇头，转而又道，"昨日之事不过是实话实说，不算特意帮你。"嘴上虽是这么说，但苏媚却迟迟未动筷。毕竟上一刻还将剑架她脖子上的人请的饭，苏媚实在没有命去尝。可李忆如一早就和小熊猫去了月凉山，安葬那些二十年前死于非命的侠士，现在就剩她二人，总不能就这么一直僵持下去？是以过了片刻后，苏媚终又忍不住道："我区区一句话，不算什么恩情，比起来，王寅虎功劳大多了，看你点的全是他爱吃的菜，咱们还是等他一起？"

沈欺霜听后却腼腆道："他说他即将北上，想回盛府道个别，一大早上就回去了。"

"什么，回盛府？"闻言，苏媚登时拍案而起，周身火气不打一处来，义愤填膺道，"盛尊武如此苛责他，他还回去做什么，自取其辱吗？"说着，便不顾他人异样眼光，起身夺门而去。沈欺霜见她神色匆忙，不免担忧，便提剑追了上去，可方一出门，街上熙来攘往，摩肩接踵，哪还有苏媚半点踪影。

沈欺霜踌躇片刻后，也赶往盛府方向去了。

出乎意料的是，去了大半个时辰的王寅虎竟然还被拦在盛府外面，与一个看门的小厮周旋对峙。这小厮仍是之前撵沈欺霜时的那副盛气凌人之状，昂着脑袋，不可一世道："盛老爷说了，你已不再是盛府子弟，不必回来看望他老人家。"

王寅虎背着魔刀天吒，偓促身段笔直地站在门口，尽管眉头紧锁，脸上愁云密布，但态度仍端得恭敬："师父不可能不见我，有劳小哥行个方便，师父责难下来，我一人担着。"

"你担？你担得起吗？这要是丢了职务，那这一年的银钱……"小厮这信手拈来的轻蔑鄙夷之言还未道完，一袋沉甸甸的银两已经稳妥地搁在他面前，他不知是见钱眼开，还是见色起意，口头的话也戛然而止。而面前提着钱袋口之人，薄如蝉翼的赤色裙纱之下皓腕如雪，纤纤玉指娇柔颤动更显风情万种，小厮只觉浑身一激灵，视线便情不自禁地顺着这凝脂肌肤游走而上。

领如蝤蛴，齿如瓠犀，他情不自禁地吞了吞口水，正要去瞧那幽深如潭的眼眸时，王寅虎忽然一步上前，将体态如风的苏媚挡在身后。苏媚猝不及防，本欲施展的魅惑之术登时失效，面前的王寅虎却身躯凛然，侃侃而立，启齿时，口吻生硬而冰冷："麻烦小哥再通传一下。"

那小厮分明两眼都看直了，但被王寅虎这么强行打断，钱没了，美人也没了，不免扫兴，自然不给好脸色，甚至变本加厉，不屑一顾道："你也不打听打听，盛府是什么地方，贿赂这种事情，你们也敢做？"说着，又着腰道，"盛老爷说了不见就是不见，死皮赖脸地求我，也没用！"

王寅虎也耐心磨尽："小哥若是不通传，休怪我无礼。"

"哟呵，你这是要来砸你师父的院子吗？"小厮一边故作惊恐，一边大喝卖惨道，"亏得盛老爷含辛茹苦地将你养育这么大，你就是这么报答他老人家的！居然要扬言砸了这门匾，你也是捕快，不知道私闯民宅是什么罪吗……"

他这一嚷嚷，周遭百姓立刻围了上来，王寅虎一时成为众矢之的，有些手足无措："我、我何时说要砸了这门匾……"

小厮理直气壮："大家可都亲耳听见了，你还不承认？"

"我分明……"

"啰里啰唆，净说废话！"苏媚实在看不下去了，直接扒开他，径直走向小厮。小厮见苏媚来势汹汹，不免心虚生怯，准备关上大门溜之大吉，可这念头甫一出现，便见苏媚食指一勾，小厮两眼便失去控制般，紧随萦绕她指尖的那缕红色真气转动。苏媚冷眼一笑，随之五指并拢，一缕红色妖泽自她指尖逼出，顷刻灌入小厮百会穴！

这套噬魂术施展得行云流水，无人察觉。彼时，小厮已经完全陷入痴迷之状，双眼放光，一瞬不瞬地盯着苏媚，甚至言听计从地打开了大门后，又礼数周全地将他们二人迎了进去，看得周遭群众一脸茫然。王寅虎见其态度大变，同样面露惊诧，只见苏媚生龙活虎地蹦跶在前面，似乎也猜到了什么："你……"

"你什么你，还不进来！"苏媚知道他要说什么，催促一番后，又努了努嘴，一副事不关己之态，"反正你刚刚说了，出了任何事你担着。"

闻言，王寅虎不禁失笑，点头："好，我担着。"

盛尊武早些年颇负盛名，朝廷的赏赐及俸禄都异常丰厚，如今避世多年，门厅虽奚落，但家中宅院却层台累榭错落有致，雕梁绣柱宽敞大方，还有一个极大的校场，只是校场多年不曾有人打理，已经野草纵横、杂花乱绽，只剩几个靶子和木人桩，坚守在东升的晨曦下，破败又荒凉。

王寅虎带着苏媚往里走，年少的回忆便扑面而来，从前的盛尊武，在外擒贼时，手起刀落，凌厉严苛，但一回到盛府，便温柔和蔼，笑容可掬。他有百名余弟子，男女分院习武，每天吵吵闹闹形如集市。可这十几年如白驹过隙，弹指一挥间，这盛府如今已宛如荒宅。

正扼腕长叹，两人已经到了后院，这时，连着几声扯动五脏六腑的凄烈咳嗽从里屋传来，王寅虎闻之，突然之间心乱如麻，一个箭步便冲上了十几层的青石台阶，揣着满脸的焦灼正要破门而入，里面却传来王大娘略显沧桑的叹息："老爷，小虎已经在外等候多时，我看你要不就让他进来吧？"

王寅虎身形猝不及防一顿，当即收起适才的莽撞急迫，正斟酌着抬手敲门，盛尊武声沉气壮的怒斥却乍然响起："这个不争气的东西，要他回来做什么？"大抵用了力，有些中气不足，又是几声撕心裂肺的剧咳后，才补充道，"不好好在外历练！"

王大娘道："小虎在外，赫赫有名，屡立奇功，名声可不比你当年小。"

盛尊武不屑："不就抓了几个毛头小贼，诛了几只山精妖怪，还真当自己是个大侠。要不是天吒，不知道都死几回了，净会沽名钓誉的虚假功夫，不好好练习魔刀刀法，成天还带着位女子招摇过市，简直不成体统！"

"你看，你嘴上说不关心他，却对他的境况一清二楚。"王大娘虽是盛府的仆人，但打理盛府几十年，说话倒也不似那么拘谨，快言快语道，"不让他回府，是怕他知道你这病情罢了。"

"我这身子骨硬朗得很，不须他……"他这话未落地，忽然嗓音急转，厉声道，"谁在外面？"

疏影拨动的门窗被缓缓推开，立在门前的玄衣少年褪去一身稚气，轮廓被岁月打磨得锋利而又深邃。他牵动山沉水静的眉宇，目光流动，迟缓道："师父，是我，小虎。"

第十六章
离杭北上

片刻的沉寂后,王寅虎扑通一声跪在了盛尊武面前,盛尊武坐在木墩之上,鸠形鹄面,印堂黧黑,病魔将那双曾诛妖伏魔的手也侵蚀得瘦骨嶙峋。他颤巍巍地抬起手来,准备抚摸王寅虎的头,可最后一个顾忌,还是落在他宽厚的肩上,语重心长地叹了一口气,其中伤悲与辛酸,尽在不言中。

王大娘上了年纪,便见不得这种情景,感怀地抹了把泪后,端着药碗退了出去,让他师徒好生叙旧,又妥帖地备了当地有名的点心和上好的清明茶,热情招呼苏媚。苏媚见到适才情形,猜到一些眉目,便好奇问了一嘴,王大娘也不隐瞒,便将她的所知大致说出。

盛尊武年少时,机缘巧合之下得到了魔刀天吒及其刀招秘诀,从此修炼事半功倍,武功亦是一日千里,但因年轻气盛,好胜心过强,盛尊武察觉到自己偶尔所行之事,并非全是侠义之道,这才得知天吒极具魔性,会反噬持刀之人的心性。

后来,盛尊武遇到须弥山玄一真人,经他的开导和教化,终才回归正途。盛尊武为弥补之前犯下的错误,立志将一身绝学用于缉盗查案上,武林中人因其赋予了他一满是荣誉的名号"神眼魔刀"。

可魔刀难御,盛尊武为了避免自己因血气衰老、心神不定之际,再度被魔刀反噬,便发誓封刀退隐江湖,并把所收的徒弟尽数解散,只留下王寅虎一人。

"我见盛尊武这不是普通病症。"苏媚把玩着茶杯，沉思道，"精力枯竭，像法器所伤？"

"苏姑娘果然是非同一般，一眼便瞧出来了。"王大娘点了点头，长叹道，"他这病，无药可用，乃是魔刀反噬后遗留的症状。"

"魔刀？"苏媚费解，"玄一真人不是已经助他回归正途了吗？"

王大娘无奈摇头："冰冻三尺还非一日之寒呢，他那日积月累所遭受的反噬，也非一朝一夕就能痊愈。"

听得这层缘故，苏媚却脸色骤变："那他还将魔刀传给王寅虎，这不是害他吗？"

"苏姑娘，莫要着急。"王大娘不慌不忙地给她添茶，"盛老爷最是心疼小虎，岂会舍得害他？"

"他心疼？得了吧，小虎在盛府过的什么日子，我可是一清二楚。"添茶打柴、洗衣做饭，一样不落，说好听点是盛府唯一的弟子，实则却跟不需给予酬劳的仆人无异。

"你以为小虎是盛老爷随意留下的吗？"王大娘笑她无知，"盛老爷若真如传闻，是留小虎做仆人，那何不留个懂事能干的，偏偏要留下一个连柴都还劈不断的小虎。"

苏媚将茶一饮而尽，不假思索道："因为王寅虎人傻憨厚，好哄好骗啊。"

"……苏姑娘真是风趣。"王大娘顿了顿，神色有些难以言喻，转而又继续道，"他是被精挑细选，才留下来的。"

"精挑细选？"苏媚不以为意，"劈柴烧饭，是个人都学得会，还需精挑细选？"

王大娘细细解释道："玄一真人说过，魔刀天吒是上古魔神所佩宝刀，威力非同小可，若持刀之人根基未厚或心术不正，其心灵便会渐渐被魔性反噬，最后堕入魔道难以自拔，故非修行极高者难以控制。盛老爷让他打杂、清扫，是为了考验和观察他的心性，而事实证明，盛老爷是对的，小虎的率真诚恳、刚正不阿，是刻在骨子里的天性，魔刀为他所驭，不仅不会反噬，还能与之相辅相成，互相成就，此为天合。"

苏媚终于收起她的漫不经心，脸色凝重起来，不再说话。

世人都是局外人，却满口慈悲，数落盛尊武暴怒成性，劝王寅虎脱其掌控。可王寅虎仍尊师重道，不轻信谗言坚守自我。他师徒二人，一个敢悖逆世俗反其道而教之，一个敢全身信服虔诚学之，才得以成就了王寅虎威名赫赫的阳刚之力，或许他和虎煞的结合，也非阴差阳错，这冥冥之中，自有天意。

苏媚正感慨世事无常时，隔壁突兀传来一声："这盛府不需要你，我也不需要你！"

连咳带喘的怒吼，不难辨认是盛尊武浑厚却中气不足的嗓音。

苏媚和王大娘急忙疾步赶去，苏媚虽对王寅虎担忧，但一想到自己贸然进去反而会加剧师徒俩的矛盾，便止步门外，倚着窗边等待。

屋内盛尊武怒瞪着仍毕恭毕敬地跪在身前的王寅虎："你是通岐黄之术，还是能妙手回春？"

王寅虎垂下头去，无能为力的失意叫他愧疚难当："都不能……"

"那我留你有何用处？"盛尊武得理不饶人似的，训斥时丝毫不留情面，"还得供你吃供你穿，我们盛府不养闲人。"

王寅虎道："我想照顾……"

"盛府哪个不比你会照顾人？！"盛尊武恨铁不成钢地打断他后，又泼一瓢冷水道，"毛手毛脚，从小就做不好事！"

"师父……"

王大娘见王寅虎被骂得实在无辜，叹了一口气，插话道："小虎啊，你师父不让你回来就是不想误了你的前程，你现在风华正茂，好好历练，提升功力，日后光宗耀祖，才是对得起你师父这么多年的悉心栽培，而不是将最好的这几年浪费在这盛府。照顾盛老爷的事，由我们这些不能为这世道做什么的下人来就行了，你该做什么就去做什么，才是对的。"

盛尊武的良苦用心，王寅虎岂会不知，可人非圣贤，谁都有私念。

他执着道:"可我不要出人头地,只想照顾师父。"

"放屁!"这话令盛尊武气得不轻,头上青筋登时凸起,痛斥道,"你这才出去多久,盛家祖训全抛之脑后了?"

"小虎不敢。"王寅虎眼眶微红,一字一顿朗声道,"替天行道,奉公克己,鞠躬尽瘁,利国利民,是为盛家子弟之所承。"

见之,盛尊武这才满意地舒缓了一口气,道:"我这身子骨我清楚,还有几年的光阴,阎王爷尚且不敢收我,我就在盛府等你,等你真正立身扬名,而不是靠打败几个小喽啰崭露头角时,再回来让这盛府好好热闹一回。"

话已经说到这个地步,王寅虎自知坚持无益。盛尊武一代名捕,真正让他欣慰的,是让这世道开明的光,是让魑魅魍魉滚回地狱的人,绝不是于他而言毫无意义的陪伴。纵然王寅虎于心不忍,愁苦万千,也只能顺了他的意,但声音却仿佛跌进谷底般的低沉,开口应道:"小虎知道了,师父。"

"知道就好。"盛尊武终于面露欣慰,捋捋胡须沉思一番后,目光忽往外扫了扫,意有所指道,"你如今大了,结交江湖朋友我也管不着,但作为盛家子弟,绝不可与妖为伍!"

王寅虎猛一抬头,意识到什么,焦急道:"师父,可苏媚她……"

"你无须向我解释。"盛尊武缓缓闭上眼,气定神闲道,"天吽传你是为斩妖佑民,不是叫你怜香惜玉。"

王寅虎默然,低下头:"可苏媚她不是恶妖……"

见他固执模样,盛尊武叹了口气,作罢道:"算了,有些善恶得你自己去悟,我说再多也是无益。"言归正传道,"这次祸乱杭州的鼠妖多半是从北方江宁府来的,你北上之后直接去江宁府侦查此事,鼠患之事可大可小,莫要再耽误了。"

盛尊武早些年广结天下豪杰,在北方多多少少有些人脉,正好前几日得知江宁一带正闹鼠患,多半与此事有关。对于盛尊武的交代,王寅虎不敢有些许懈怠,遂应下之后,便礼数周全地磕了头,道过别,这才转身带着久立多时的苏媚离开。

杭州街道车水马龙，人头攒动，中间有一道拱形大桥，桥上之人缓步慢行，来来往往。桥头两街店肆林立，西边桥下，是大刀长剑耍杂技的贩卖摊，东头街边，有糖人、面具以及女子饰品，五花八门，应接不暇……只是不知何时，苏媚已不再畏惧生人，一路闲逛，时不时看看珠钗，又摸摸胭脂，或跟商贩闲扯几句，不亦乐乎，待她这么磨磨蹭蹭地回到客栈，李忆如都已从月凉山回来了。

"一整天没吃东西，饿坏了。"不出意料，李忆如又在大快朵颐。她见王寅虎和苏媚一回来，便不约而同地用奇怪的眼神打量自己，便开口解释了这么一嘴，继续狼吞虎咽地往嘴里扒饭。

这时，苏媚伸出白皙的手指，用细长的手指挑起她额前一缕裹满泥土的青丝，嫌弃之情溢于言表："你这是……"

"哦，这个呀？砌坟刨土弄脏的。"李忆如咧嘴一笑，不拘小节地摸了摸旁边埋头啃笋的小熊猫，欣慰道，"多亏它帮忙，不然我都搞不定呢。"

而彼时的小熊猫，外形之上的境况并不比她好，身上不仅不见半块白色，还面目全非，整个一头大灰熊。苏媚摇头叹了一口气，这才惊奇地发现李忆如所用饭菜正是之前沈欺霜给她备的。李忆如盘盘吃得见底，但整个人仍生龙活虎，并无半分不适。苏媚忆起自己的推辞怀疑，不免心怀歉意，想来是她以小人之心度君子之腹了。

不过话又说回来，她和沈欺霜同时出发去的盛府，怎么到现在还没见到其人？

"沈欺霜呢？"

"七七呢？"

这时，王寅虎也开了口，两人几乎异口同声。相视一下后，王寅虎点头致意，大抵欣慰两人默契十足，想到一块去了，但苏媚却不知他欣慰个什么劲儿，恶狠狠地白了他一眼，小声嘀咕道："七七、七七，叫得真好听。"

察觉到她情绪不对，王寅虎却不知问题出在哪里。李忆如则沉迷于面前的山珍海味，不知这二人心思，老老实实地交代道："有几个仙霞派的弟子前来找沈姐姐，看她们一脸着急，像是有急事的样子，但沈姐姐只是让我告诉你们一声她先回峨眉山了，不用等她。"

　　"这就走了？"苏媚有些讶然，转而看向王寅虎，似乎生怕错过他脸上一个细微表情变化。

　　可王寅虎表现平淡，只是掇了杯茶解渴，不轻不重地接话道："回去了也好。"

　　孔璘让苏媚跟着王寅虎，其意图简单明了，无非是想利用苏媚的美貌，去掌控王寅虎，骗取信任，在关键时刻，给予致命一击，毕竟自古英雄难过美人关。

　　原本苏媚也是这么想的。

　　可意想不到的是，纵然王寅虎耿直真诚，看似好骗，实则却比他们想象中的更难应付。

　　这个应付不仅是功力上，还有情感。

　　甚至事到如今，苏媚越发觉得，有时候，她好像越来越不能左右自己的情绪了，反而是他，轻易地掌控着她的情绪。

　　十日后，江宁府的景观已近在咫尺。

　　云雾缭绕，遥遥俯视下去，街上繁华阜盛，骑马的、挑担的，或赶驴运货的，杂乱无章，跟杭州并无差异，但细细一看，没有纵横交错的江河湖海，少了一份烟雨朦胧的诗韵之美，而街道遮天蔽日的茂密乔木，却又给这座城池增添一份壮阔，只是奇怪的是，街上人烟稀少，来往匆匆，不及杭州，多情而又曼妙。

　　"小虎哥哥，我饿了！"几人方一落地，李忆如便摸着饥肠辘辘的肚子喊道。

　　王寅虎大方道："想吃什么？"

　　"当然是八宝饭！"李忆如不假思索，脱口而出后，又补充一句，"要吃悦来客栈的！"

"……"王寅虎无奈道，"你这整天关在仙灵岛，江湖纷争虽瞒得密不透风，但这各地美食是一样没落？"

李忆如嘿嘿一笑："中原不是常说，民以食为天嘛！"

"伶牙俐齿！"

照理来说，江宁府也是数一数二的繁荣盛地，北武林盟主沈青锋之子沈齐独立门户后，所建的一大别院便坐落于此，但奇怪的是，街上冷清萧瑟，人烟稀少，偶有一两人疾步匆匆，用奇怪的目光审视着他们一行人。

"这些人怎么这么胆小，我们是外地人，又不是外地妖……"说着，李忆如忽然想起什么，回头看了一眼苏媚。彼时苏媚正好整以暇地抄着手，抬头观摩天气，见李忆如投来疑惑目光，当即耸了耸肩，一脸的无辜："看我做什么，我可是良家姑娘。"

"……"

日上三竿，干粮吃完，大家都已经饿得前胸贴后背，也没有找到心心念念的悦来客栈，只好随便找家脚店用饭，可一抬头，悦来客栈的招牌正好在面馆对面赫然而立。

李忆如登时欣喜若狂，拉着正要一头扎进面馆的王寅虎和苏媚转身冲进悦来客栈。

悦来客栈驰名南北，远近闻名，大厅布置宽阔，极尽奢华，厢房独立，断隔之间是数层悬空幔帐，幔帐上以各色丝线绣着狩猎图，一针一线，精致细腻。苏媚和王寅虎找了个视野宽阔的位置就坐下来，结果凳子还没有坐热乎，那边自告奋勇去点餐的李忆如忽然大嚷一声："你们就这么招待外地人的吗？"

客栈食客本来就零散几个，她这一声显得尤为尖锐突兀。

王寅虎第一个冲过去，将气势汹汹的李忆如往后一拽，顺势交给紧随而来的苏媚，转而谦和有礼、从容有度地对小二道："她还小，不懂事，有什么冲撞的地方，还请见谅。"

"没什么，没什么。"这位店小二倒是和和气气、不慌不忙地解释道，"就是这小姑娘非要吃八宝饭，但是小店真的没有八宝饭了，几位客官要不要吃点别的？"

李忆如却不领情，冷哼一声后，不依不饶地追问道："到底是你们不欢迎外地人，还是真的没有了？"

这八宝饭乃本地特色，按理来说，该是大街小巷极为普遍之物，而非稀缺珍品。

莫非真是这江宁府不待见他们？

如是想着，王寅虎也困惑道："我见这里食客并不多，可为何这街上的八宝饭都售尽了？"

店小二道："一看几位就是远道而来的他乡人，可能有所不知，这八宝饭啊，顾名思义，需得八种食材熬制而成，这食材寻常时候都难以凑齐，莫说现在了。"

"现在怎么了？"苏媚接话问道。

言及此事，店小二脸上便愁云密布，摇头叹息道："且不说现在正值播种季节，粮仓的囤货本来就已经见底了，可偏偏这个节骨眼上，城中不知是出了大窃贼还是闹妖邪，半月之间，竟将城中大大小小的粮仓尽数清空。现在城内粮食紧缺，莫说这八宝饭了，就是一口白米粥都很少有的卖。"

"原来如此。"李忆如的火气这才消下去，转而若有所思道，"难怪这街上的人都不理我们，莫非是怕我们？"

"可不是吗？"店小二道，"现在正是风口浪尖，大家各自求安罢了。"

得知这前因后果，李忆如为自己适才误会店家而深感愧疚，向店小二道完歉之后，终于不再执着八宝饭了，乖巧地表示有什么就吃什么，结果店小二只备了白粥和腌菜。李忆如不仅说到做到，还非常给面子地把碗舔干净了。反观王寅虎却一直愁眉不展，待苏媚和李忆如二人放碗后，才一本正经地问店小二："不知可否带我们去粮仓看看？"

对于他忽然提出的要求，苏媚和李忆如面面相觑，皆是不解，店小二也略有迟疑："这——"

几乎是一个电光石火间，苏媚就猜到了他的意图，补充道："他是捕快，又正好会除妖驱邪，我们想看一看，究竟是人为还是妖邪作祟。不知小二可否通融？"

苏媚这娇声细语，本就叫这店小二难以招架，又见王寅虎背后的大刀厚重有力，其人貌相更是正气凛然，便立马道："若能尽快处理此事当然最好，几位这边请。"

粮仓设置隐蔽，又壁垒森严，各处设施没有任何破损痕迹，且据店小二所说，每个失窃的粮仓状况都跟这里一样，除了粮食，其余都完好无损。如若人为，此人必然对粮仓极为熟识，城内这一个月内也必然有大型马车来往运货，但城中管制甚严，官府也查过，并无可疑车辆来往，这些粮食就像一夜蒸发，凭空消失。

"别想了，就是鼠妖干的。"她一进来，就感觉到了这里浓烈的妖气，且这妖气跟杭州那只鼠妖如出一辙。

王寅虎似乎也早就预料到了："师父说得果然没错，杭州的鼠妖是从江宁府跑下去的。"

这个结论得出的第二天，沈齐的宅院竟然被江宁府百姓包围了。

苏媚和王寅虎闻讯赶来时，昨日初见还渺无人烟的长街，已经摆出万人空巷的壮景。只见恢宏的沈家宅院在全城人的拥堵之下，显得尤为孤立无援。苏媚还没有弄清楚什么状况，身后络绎不绝挤来的人挨三顶四，将她和王寅虎一冲而散，待她回头，装满视野的，只有一张张朝沈家骂骂咧咧、冲冠眦裂的脸。

"叫沈齐出来！"

"对，叫沈齐出来！这件事沈齐脱不了干系！"

"今日沈家必须给我们一个说法！"

这些人一边疾恶如仇地吵吵嚷嚷，一边发了疯地往里面挤，负责拦截的侍卫眼见就要挡不住了，扯着嗓子一遍一遍道："少主和堡主南下比武，尚未回府……"这话音未落，一辆富丽堂皇的豪华马车忽然出现在人群外围，见状，原本势要破门而入的群众瞬间改变方向，朝那马车蜂拥而上。马车主人估计也没搞清状况，就被这来势汹汹的阵仗吓得连连撤退，但已然不及，四周已经被围得水泄不通，马车只能被迫停下。

"好大胆子！一群刁民竟敢惊扰沈堡主大驾！"轿子外的弟子拔剑呵斥。

沈堡主名声一出，躁动的人群仅仅寂静一瞬，便继续气焰高涨地摇旗呐喊："我们要见沈齐，叫沈齐出来！"

"城内粮仓被盗与沈齐脱不了干系，请沈堡主交出沈齐，给我们老百姓一个说法！"

场面一片混乱，狼藉不堪，还有甚者，早就看不惯沈家人的行事做派，趁此机会公报私仇，暗中恶狠狠地踢沈家轿子。拳脚如雨点落下，不多时，轿子终于不堪重负，侧翻散架，堂堂北武林盟主沈青锋就这样在众目睽睽之下摔滚在地，发冠当场松散，鬓发全乱！

远在后面之人不知前面情况，一个劲儿地往前挤，前面的人逐渐刹不住脚，无法控制局面，而轿子随行的几个侍卫焉能招架千人之众？

眼见这成百上千的群众就要失去控制，沈青锋从地上爬起来后，满腔杀意横生，眉宇阴沉而双目通红，两掌横阔于胸，五指聚合收力，同时运转周天，真气沸腾，袍裾猎猎，掌中之力蓄势待发，周遭之人见状，登时噤若寒蝉。

沈青锋作为江湖一大势力头目，功力本就不可小觑，一旁侍卫见他这招式，也知这一掌下去，方圆几尺内不知天高地厚的百姓全部都要遭殃。

百姓为立名之本，侍卫为大局考虑，准备出言相劝。然而这时，一支白玉长剑铿锵插地，没入半尺，震开的浩然剑势直接向上收拢聚合，以剑为轴，造出一个弧形结界。未伤一人，却又巧妙地将沈青锋护于其中。

众人抬目，四下而望，只见一女子凌空飞下，手持空的雪白剑鞘，身缚轻纱般蓝色绸缎，青色裙绦飘扬交织，如在烟中雾里，秀美绝俗，遥看娉婷秀雅，莫可逼视，眉宇之间却淡然冷漠，锁着一缕忧愁。

此人不是别人，正是沈欺霜。

沈欺霜足尖轻点，落入结界之中，向沈青锋点头致意。可沈青锋见她，脸色仍阴沉不已，端着一张不可一世的高昂面庞，收起掌中术法，理所当然地享受沈欺霜的庇佑。沈欺霜并不在意这些，又或者习以为常，利用结界隔开众人后，顺利将沈青锋送到沈齐府第的大门。

沈欺霜所结屏障天衣无缝，众人不得破，有人小声商榷道在沈青锋进府之时想办法趁隙而入。而彼时，紧闭的朱漆大门已经为沈青锋开了一条缝隙，众人登时虎视眈眈，正要蜂拥而上，可令所有人都始料未及的是，沈青锋忽然一掌击于沈欺霜后背，沈欺霜毫无防备，一头往前栽倒！

众人本就忌惮来历不明的沈欺霜，这突如其来的前倾动作让大家误以为她要出手反击，吓得连连后退避让，待反应过来其中缘故时，沈青锋已趁此机会，一个微侧闪入宅中，迅速锁上大门，一套动作连贯得仿佛早有预谋。

没有人可怜被摒弃在外的沈欺霜，只会将所有矛头转向她。一时之间，类似罪魁祸首、狼狈为奸等名头砸得沈欺霜不知所措，见多识广者认出她的服饰与佩剑，讥讽道："姑娘气质不凡，看招式像是仙霞派弟子？"

"仙门中人理应匡扶正义，为百姓主持公道，可你反不为百姓伸张正义，还维护这宵小之辈，是何理由？"

"鼠妖为祸江宁府，乃是拜沈家堡少主沈齐所赐，仙霞派作为名门正派，竟与沈齐同流合污，实在有辱师门！"

苏媚不知这沈齐和鼠妖有什么关联，便想先弄清事情原委，可沈欺霜还是一如之前，哪怕成为众矢之的，也不做任何辩解与回应，看得苏媚焦急难耐。苏媚戳了戳前面正骂得义愤填膺的男人。男人回头见她，适才的激昂顷刻殆尽，扯着一张笑脸询问："姑娘，何事？"

苏媚心中疑惑重重,正要开口询问,这时,只见一个男人忽然跳入被堵得密不透风的沈宅大门前,将形单影只的沈欺霜捞了出去!

现场一片哗然。

此人动作之快,在座诸位,哪怕再全神贯注者,也未能看清他是怎么出现又是怎么消失的。但苏媚却再熟悉不过,带走沈欺霜的人,正是王寅虎。

第十六章

第十七章 忆旧流年

苏媚和王寅虎失散多时，趁着现场混乱，立刻潜身隐退追将上去。王寅虎适才这招看似"移行幻术"，实则是利用魔刀刀劲缠绕自身气劲，当两"劲"相撞，必然成势，乘势而行，就能达成所谓的"转瞬即逝"，但"劲"和"势"维持时间极短，向来用于一招制敌时的蓄力一击，不适于遁身逃路。苏媚料想王寅虎带着沈欺霜应该离开不远，便顺着方向去追，果然在沈宅不远的一道深巷里，找到了二人。

逼仄的巷道，落影沉沉，风穿堂而过，衣裙猎猎。沈欺霜和王寅虎对立而站，一位相貌堂堂毓秀顾长，一位绰约风姿娉婷玉立，仿佛天造地设的一对璧人。沈欺霜背对着苏媚，看不到面上神情，王寅虎低头将就，浅薄的发也遮盖了那张俊朗的脸，只是唇齿翕动，不知私语何物，但瞧上去，实在亲密至极。

疾步而来的苏媚动作渐渐慢了下来，她别开眼，不愿再上前，便索性倚墙而靠。不知过了多久，王寅虎话毕抬头时，才见到被浓郁壁影笼罩的苏媚。那一瞬，他灰暗的眼中似有什么东西忽然亮了起来，一步掠过沈欺霜，惊喜道："苏媚？我刚还在说，寻不见你了。"

闻言，苏媚冷哼一声，拿余光瞥他："那怎不见你回来找我？"

"因为七七……"

他这话方一开口，苏媚便阴着脸打断他："王捕快不管百姓怨言，只顾英雄救美，倒是少见。"

略带情绪的讥讽之语，可惜王寅虎并未察觉，继续端着君子之姿，有条不紊地解释："那些人现在处于极度恐慌之中，哪还有精力顾及是非曲直。多说已是无益，当务之急，是弄清事情缘由，找回失去的粮食，才能让这江宁府的百姓安稳下来。"

着实没有想到他竟然回得如此有理有据，苏媚一时竟无法反驳，占不到半点理的她踌躇良晌后，乍然忆起沈欺霜适才引发民愤之举，便颇为不解道："你也是，好歹是'仙霞五奇'之一，怎么还黑白不分？那沈青锋这么对你，还去自讨苦吃，一次两次不够，这回还不顾师门名声，明目张胆地帮衬，好在江宁府百姓缺粮，不然一人一捧蔬菜浆果都能把你砸死，真不知道该说你无事找事还是咎由自取！"

沈欺霜默立在原地，未曾言语，看得苏媚越发着急："你别不说话，就你这闷性子，到哪儿都吃亏。"边说，她边上前去瞧，这不瞧不打紧，一瞧更没底了——沈欺霜脸上不知何时已悄无声息地挂上两行清泪。苏媚不知为何，见她这一落泪，又莫名心虚，甚至有些手足无措，但表面还是端着事不关己的态度道："你哭什么？你别哭啊，不就说你一两句吗？至于如此梨花带雨，还以为我把你怎么着了一样。"

回应她的仍是无尽的沉默。

泪寂寂无声地挂在眼梢，心不动声色地沉进海底，这样的沈欺霜，我见犹怜。苏媚见她定定杵立，任由时光浮沉，却始终沉浸在一种悲伤而又阴郁的世界中，实在叫人愁肠百结，便要再说点什么，而这时，沈欺霜却意外开了口，凄声道："苏姑娘所言极是，但纵使沈青锋对我百般不好，他终归是我爹。"

话一落地，王寅虎微怔，却无惊愕。但苏媚却觉得这个理由实在荒诞滑稽，不由笑道："爹又怎样？他年少风流犯了错不想负责，你还觍着一张热脸去给他养老送终？"

"……"见沈欺霜脸色不好，王寅虎低声道，"你少说一两句。"

苏媚不仅没收敛，还面不改色反讽道："怎么，你心疼？"

"我……"王寅虎甫一开口,这时,一直沉默寡言的沈欺霜却将其打断。沈欺霜仍垂着头,瞧不仔细面色,只听得她轻言细语地啜嚅道:"我幼时也是这么同母亲说的,可是母亲说父亲于她有救命之恩,于我是生育之恩。忘恩者,不仁不义,薄父者,不成人子,上有恩情,下有孝道,两者皆不可负……"

"恩情?孝道?"苏媚听得新奇,挑挑眉,眼珠飞速转动间,将她这些年打听来的民间故事在心头过上一遍后,方才随口总结道,"莫不是救命之恩,无以为报,以身相许?"

沈欺霜神思不知飘向何处,魂不守舍地点了点头后,良晌,却又慢条斯理地摇起头来:"倒也不完全是,当年……"

当年的沈家堡,是威震江湖的北方大豪,而那个时候,沈青锋也已突破重重考验,荣登堡主乃至北武林盟主之位。那时的沈青锋不似如今这般,颧骨突出,两颊深陷,反之,他面容和煦,举止尚算风流蕴藉,皮囊亦是相貌堂堂,得不少女子青睐,沈欺霜的母亲刘念便是其中之一。

可惜,沈青锋可不是什么万花丛中过,片叶不沾身的主,注意到人群中的容色清秀的刘念后,便制造机缘与之相识,甚至与之诞下一女。可是孩子出生后沈青锋态度大变,刘念几乎终日见不着其身影,直到沈青锋的正妻找上门来,这才得知真相。

沈青锋本就多情又风流,刘念于他也不过是一场露水情缘。风花雪月后,沈青锋本想不辞而别,可世事多磨,南林北沈的比武大会上沈家不仅惨败,还因为一个位高权重的老者诊断出其长子沈齐骨骼粗大,不适合长期习武而被武林嘲笑。

沈青锋被调侃堂堂北武林盟主,门下弟子技不如人,说是天生资质不行,如今自己亲生的都不是习武的料,又当如何如何……沈青锋恼羞成怒,回来后得知刘念怀有身孕,只觉喜从天降,便将所有希望寄予刘念身上,可令其大失所望的是,刘念腹中竟是一女。

在他看来,女子不可继承家族大业,根本不堪重用。以至于他前后判若两人,又或者说他只是卸下了深情的伪装,露出原本凉薄的嘴脸罢了。

从那以后，刘念心灰意懒，再没有对沈青锋有过任何期待。他不给女儿赐名，她便依着出生年月，给她取名七七；他说女子不能习武，她便从小给七七讲述侠肝义胆的江湖故事，教她浅薄的功夫招式。看着七七一招一式逐渐有模有样，刘念欣慰不已，而不知不觉间，她自己也从那个伶牙俐齿的小姑娘，变成了沉默寡言的妇人，最后在一平平无奇的下午，靠着摇椅渐渐没了生息。

刘念逝后，沈青锋时隔多年踏入这个院子，看到床上两鬓早早斑白、面色苍白如纸的刘念，脸上还是一贯的平静，向家仆交代后事置办事宜时，潦草随意的姿态也像是在处理一件无关紧要之事。

得知这段过往，王寅虎一直愁眉不展，嗓音低沉："我记得初次见你，便是你安葬你母亲之时？"

她点头："我被逐出沈家堡，无路可去，只能带着母亲的牌位投靠杭州的表姨娘，后来得清柔师太收留，这才取名沈欺霜。"

听到这里，苏媚却撑额沉思起来。抛弃子女在妖族并不罕见，故对沈青锋抛弃妻女的行为，苏媚司空见惯，只有一点不解："沈青锋就是个名副其实的负心汉，毁了你母亲的一生，你不报仇倒也罢了，却为何还次次维护他？"

沈欺霜苦笑一声："纵使母亲最后郁郁而终，但我知道，母亲心中一直敬爱父亲，定然不愿看见我们父女相残。后来我也想明白了，与其去怨恨父亲，不如好好习武，证明当年错的不是我的出生，而是他的世俗观念。"

苏媚不屑："沈青锋薄情是天性使然，什么观念不观念，杀了他，一了百了。"

王寅虎笑她意气用事："滥杀无辜并不能解决任何问题，只有真正得到沈青锋的认可，才算没有辜负她母亲的夙愿。"

苏媚不懂："有仇报仇，有怨报怨，天经地义之事，怎么就是滥杀无辜了？别人让我万劫不复痛不欲生，我还耐着性子教他做人，吃饱了撑的，没事找事？"

"……"

空气沉寂一瞬后，王寅虎听到自己略显僵硬的声音："第一次觉得苏媚你这么……"他纠结半天后，才找到一个与之表情全然不符的词，"这么可爱。"

沈欺霜此番来江宁，并非完全为了沈家堡。早些时候，江宁鼠患的消息传到仙霞派，清柔师太灵机一动，驳回大弟子齐弄霞的主动请缨，火速召回沈欺霜，命她独自前来处理此事。清柔师太意图明显，不过是想成全沈欺霜让她在沈家人面前证明自己。沈欺霜一直不敢掉以轻心，只是一切却毫无进展。得知王寅虎此番也为除鼠而来，沈欺霜莫名长舒一口气，顺理成章结伴而行。

折腾一遭下来，不觉已经午时，沈府门前愤愤不平的谩骂此消彼长，局势愈演愈烈，沈欺霜索性先跟王寅虎和苏媚回客栈歇脚，顺便商榷如何追查鼠妖之事。

李忆如在大厅等候多时，此时正百无聊赖地敲着一排空碗，抬头瞅见他们回来，眼中欣喜一掠而过，转而便摆出一副兴师问罪的神情，顶着满脸的不悦，傲娇地瞪着归来的几人。

王寅虎知道她是在为自己出门办事没有叫她而生闷气，便将唯一一个肉馅包子递给她，笑得温和："特地给你寻来的，还生什么气？"

李忆如见状，当即小嘴一努："骗子，小虎哥变坏了，会撒谎骗忆如了！"

王寅虎实属无奈，笑容勉强："这哪里是骗你，分明是哄你。"

温柔体贴的声线和爽朗分明的态度，竟叫一旁的苏媚微微失了心神。李忆如亦是一愣，随之脸一红，义正词严地控诉："小虎哥变坏了……"

王寅虎登时一个头两个大。李忆如是被捧在手心里长大的，说不上锦衣玉食，也算是生得养尊处优，这般清贫日子她的确从未经历。回途中，王寅虎花了平时数倍的价格，给她寻来这天价肉包子，但她今日火气不小，看来暂时是没打算原谅他了……王寅虎叹了口气，直接将包子塞到她面前，转而向沈欺霜问起鼠患的事情来。

沈欺霜来江宁府已有多日，鼠妖自是擒到过一两只，只是擒来的鼠妖阶层极低，大多五识都未全开，根本不懂言语。这些鼠妖贪心十足，攻击性极强，没什么头脑，只会横冲直撞，除此之外，还没有其他任何突破口。而王寅虎初来，目前也没有任何线索。几人一筹莫展之际，李忆如却优哉游哉地啃起包子来，颇为散漫道："没有我，我看你们怎么灭鼠患？"

见她神情自傲且笃定，似乎是知道些什么，但王寅虎还未发问，沈欺霜便来了兴致，率先开口："忆如，你是知道什么？"

见是沈欺霜发问，李忆如脸色越发地难看。她没有参加"南林北沈"比武大会，是后来才知道代表林家出战的唐志达就是败在仙霞派沈欺霜手上。比武大会直接影响林家堡的江湖地位，她外公心中定然不痛快，想到这些，李忆如便也不怎么待见她，冷哼一声后，故意将头转向一边不作理。

沈欺霜一时之间颇感难以为继，王寅虎见状，也浓眉轻蹙，轻声责问："怎么还不理人了？"

久立一旁的苏媚也道："鼠患之事再耽误下去，你小虎哥便是有钱，也买不到这肉包子了。"

看着手中包子，李忆如联想到因为鼠妖之事，这全城百姓连包子都吃不上一口，于心不忍，这才妥协道："那好吧，但是我告诉你们后，你们不可以再像今日一样，丢下我擅自行动！"

苏媚嘀咕一声，又小鸡啄米似的点头附和哄道："行行行，都听你的，以后你就是我们的小军师，成不成？"

"那还差不多。"李忆如心满意足，这才将自己所知道的和盘托出："江宁府的鼠妖并非独立行动，它们上头有个首领，唤作锦八爷。锦八爷可以为五识未开的地鼠传送功力，使之成为祸乱百姓的劣妖，且功力源源不断，鼠妖便层出不穷，斩之不绝。要想彻底根除，必须先杀锦八爷。这个锦八爷原本与世无争，一生都在维系人鼠之间的和谐，但就在前段时间，锦八爷忽然性情大变，变得贪婪、暴戾，身上还有件叫火浣鼠皮的法宝，极难对付。"

见她说得像煞有介事，一副了然全貌的神态，苏媚反而心存怀疑。莫说沈欺霜身为仙门弟子中的佼佼者，这王寅虎还是远近闻名的少年名捕，他二人都毫无头绪，更遑论一个八岁的小孩？

"你怎么知道得这么清楚？"

沈欺霜和王寅虎同样面面相觑。李忆如却慢条斯理地从袖兜中捧来一只小白鼠，指着它，一脸纯真道："我问的它啊。"

"它？"几人异口同声，不约而同地凑近她手中这只普通得不能再普通的老鼠，苏媚有些不可思议："它能说话？"

"跟你们是不能。"李忆如摸摸鼻子，嘻嘻一笑，"但和我能。"

李忆如是大地之母女娲的后人，生来便拥有与万物沟通交流的能力，这并不足为奇。想通这一层，几人才恍然大悟过来。苏媚想到什么，眼珠一转，提点道："那你问问它，它们的首领现在何处？"

"好的，狐姐姐。"乖巧答完，只见李忆如低头对小白鼠碎碎念叨了些什么，像是一串古老的咒语，又像是奇奇怪怪的外族语言，苏媚听得不知所云。而李忆如话毕，小白鼠便几个跳跃攀上李忆如的肩膀，后足站立，前足抓着她的鬓发，凑在李忆如耳边，仿佛在窃窃私语，回答着什么。不消片刻，李忆如悻悻回道："它说它只是鼠界无名小卒，首领行踪不得而知。"

没想到鼠妖也有三六九等。几人失落片刻，王寅虎忽若有所思道："你问它知不知道城里哪里还有粮食？"

李忆如又偏头与小白鼠低语起来。片刻后，李忆如惊喜道："沈府！它说沈府有镇邪法宝，锦八爷根本无法靠近，如今城中只有沈府的粮仓完好无损！"

如今江宁府粮食紧缺，鼠妖必然对沈家粮仓虎视眈眈，若将其粮仓的镇邪法宝撤下，缺粮多时的鼠妖必然以席卷之势猛扑而来。王寅虎便想将计就计，索性打开粮仓引诱锦八爷，直接来个瓮中捉鳖。

但眼下比鼠妖还要棘手的是沈府。打开沈家粮仓，要征得沈家人的同意，如今沈府被百姓围堵得密不透风，见不到沈家人不说，这江宁府百姓清贫这般，也不见沈府有所作为，可见沈齐并不想开放粮仓。

"都什么时候了还在计较得失……"李忆如头一甩，挽着苏媚的手，天不怕地不怕地道，"狐姐姐，我们走！"

沈家的粮仓设置隐秘，里外都有重兵把守，侥幸他们既有引路的小白鼠，又有媚惑之术登峰造极的苏媚，三人一妖一路过关斩将，以最快的速度找到沈府粮仓，粮仓就建在宅院右侧十丈远，地势凹凸，杂草丛生，转角有个三人高的草堆，推开草堆便是一个隐藏的石井盖。李忆如见之棘手，正要唤小熊猫前来帮忙，这边的王寅虎已以单臂之力将石盖掀开。

石盖之下，是枯井一般的地方，但不同的是，它的通道深不见底，井壁由方形青石砌成，严丝合缝，滴水不透，只有麻袋和绳索摩擦出的痕迹，深浅不均。小白鼠可能太久没进食，此时饿得两眼昏花，在掀开的石盖上大快朵颐，津津有味地舔食爪子上的沉泥。李忆如见之赶紧阻止，王寅虎却想到其他，也用指尖挑出一些沉泥，凑鼻前一闻，笑道："是被沉泥染脏的米粉，看来此处的确是粮仓无疑。"

"那还等什么？"李忆如自告奋勇地正要第一个下去，但低头一见漆黑无底的洞，又生了怯意，咽了咽口水后，赶忙退到王寅虎身后，摸摸鼻子催促，"小虎哥，要不你先下去点个灯？"

"我们一起下去。"言简意赅道完，王寅虎召唤出虎煞，一步踏上其背。虎煞乃是灵体之身，体形灵活多变，可大可小，且其通体灵光还能照亮深井，一举两得。王寅虎落在它背上后，又伸手将沈欺霜和李忆如接了过去。待她二人站稳当后，又才转身，朝苏媚缓缓递出了手。

苏媚本身就会妖术，无须借助虎煞，但见王寅虎伸手，那一瞬，她竟迫不及待地想将手递给他。二人十指方一交合，虎煞忽然朝她龇牙咧嘴，发出凶残的怒吼，身体反抗之下的剧烈颤动，使得王寅虎足下一个趔趄，霍然甩开了苏媚的手，被弄疼的苏媚怒瞪了一眼虎煞，可虎煞却比她还要凶狠百倍。而这时，王寅虎乍然想起什么，急道："要不我们下去，你在这里等我们。"

仿佛是被刻意遗落，以至于那久违的失落感忽至心头。苏媚侧棱而望，一身桀骜："不必，我可自行下去。"

"我知道。"王寅虎目光仍是温和无比，耐心道，"下面既有镇邪法宝，你去了，反而不安全。"

苏媚一愣，眼中一番明灭："……原来是因为这个？"

王寅虎没听清，扬眉道："嗯？"

远处青云出岫，天色苍茫，苏媚忽粲然一笑，点头："好，我等你。"

深井之下别有洞天。粮仓凿地九十尺，宽长百丈有余，又用木板间隔，做成双层，宛如一座地宫堡垒。地窖建造之时用火烤过，土壁厚实且干燥。底层是用蜡封存的木箱，整整齐齐摆了数十列，剩下的是装坛腌制的蔬菜以及肉类；二层是谷薯粗粮，以"一层糠一层席"的手段做成隔湿层，上面的大米谷粒分明、色泽透亮，薯类光滑饱满，个个新鲜，堆如小丘。

"好一个沈府，偷囤这么多粮食，够他吃多少年？"李忆如一边瞠目结舌，一边义愤填膺。

身后的沈欺霜却解释道："沈齐家大业大，囤粮是正常之举，并非偷囤。"

她这话其实道得中肯，但李忆如对她心存芥蒂，听在耳中便觉不是滋味："你是沈家堡的人，自然替他们说话。这北方漕运不济，粮食匮乏，一个沈齐怎么可能囤这么多粮食，肯定搜刮了民脂民膏！"

见她这么伶牙俐齿，沈欺霜一时张口结舌，这时王寅虎似乎瞧出她的窘境，抬手摸了摸李忆如的头，顺顺她的戾气后，以颇为赞许的口吻转移话题："原来除了美味佳肴，你还知道漕运不济呢？"

得到夸奖，李忆如立刻喜上眉梢，挺起胸脯傲娇满满道："那是！李大娘说了，吃到哪儿学到哪儿！"

"……"王寅虎抽了抽嘴角，苦笑着纠正道，"李大娘说的，可能是活到老学到老。"

偌大的粮仓内寻找法宝无疑是大海捞针。三人分开行动，发现粮仓里面还有不少暗格，寻摸起来竟类似小型迷宫。约莫半个时辰后，王寅虎和沈欺霜皆是空手而归，一无所获，李忆如则抱了满满一怀废铜烂铁钻了出来，将之"哐当"一声扔在地上，一手叉腰一手擦汗，喘着粗气问："这到底哪个是法宝？"

王寅虎扫了一眼，正待摇头，这时，累瘫在谷草上的李忆如忽然失声大喊："啊！小虎哥，好大的黑蜘蛛！"

惊恐之声在地窖之中经久不绝，王寅虎和沈欺霜闻声仰头一瞧，只见粮仓顶部倒悬着一块通体漆黑的石块，拳头大小，嶙峋崎岖，石身周边微微凸起的几个部分向外伸张，乍看像蜘蛛的腿，实则却锐利如刃，在烛光下泛着寒星的清冽光芒。王寅虎轻叹一声："那不是黑蜘蛛，是墨云石。"

"墨云石？"

传闻墨云石是从九天之上陨落到地面的。陨落那日，天空出现惊人异象，万人目睹，称为举世奇观，但随之而来的却是前朝天子溘然崩殂的消息，从此人们便将此物视为不祥之兆。不久，皇家派人前往，欲将之摧毁，但此物刀枪不入，坚不可摧，一筹莫展之际，一个名不见经传的道士扬言有法子可将之淬炼成法宝。权当死马当活马医，皇家允了，历经四十九日的淬炼，道士不负众望，将之炼成了可驱魔镇邪的墨云石。但前朝乱臣当道，不久之后皇宫内政剧变，墨云石在混乱中流落民间，不知所终。

"没想到前朝的宝物，竟在沈齐手中。"沈欺霜面露诧异，困惑不已。

王寅虎却觉得是情理之中："沈齐无法在武功上有所精进，只能在法器上下手，他收集天下奇宝以做辅助，有这墨云石，也不是什么奇事。"

"……这倒也是。"说话间，王寅虎借力一跃，顺利取下墨云石。

没有法宝加持的粮仓瞬间恢复原本该有的浊气，小白鼠吃饱喝足后打个地道遁走，将法宝撤下的消息传至鼠界，若不出王寅虎所料，锦八爷很快就会找过来。于是几人率先找个地方隐藏起来，准备守株待兔。可不知过了多久，井口却迟迟没有动静，众人不解，想来即便小白鼠传达不到位，这锦八爷也能感受到这里气息的变动。

"这个粮仓坚不可摧，井口是唯一的必经之地……"王寅虎正思索锦八爷有没有可能早已察觉端倪时，脸色却骤然煞白起来，嗓音随之低沉下去，"不对，我把她置在了最危险的地方。"

王寅虎样样考虑周全，唯独没有考虑到苏媚的安危。心头正愧疚难当，恰在这时，上方突传来一阵此起彼伏的打斗之声，时重时轻，时缓时急，偶然一记术法穿透百尺土层，就连地窖也发出低沉的嗡鸣。与此同时，魔刀勃然大怒，仿佛要脱离掌控，王寅虎露出前所未有的慌张之态，抓上沈欺霜和李忆如便骑虎而上！

虎煞四足力蹬，周遭光景飞驰而过，不过一个合目，便已抵达上岸。万里晴空一览无余，但四周却风平浪静，不见一人，王寅虎环顾四野，这番空旷让他莫名心慌，他连喊三声苏媚，苍茫荒野，无人应声。

李忆如也急了，跟着毫无章法地找寻，而沈欺霜则俯身察看地上的打斗痕迹。不多时，沈欺霜便在一处枯草发现大摊血迹。血迹尚未凝结，仍鲜红欲滴，周边还有撕扯下来的红色绒毛，一簇一簇的，甚至沾有血肉，可见是生拔下来的。李忆如吓得花容失色，一把紧拽住王寅虎的袖子，颤抖着嗓音道："狐姐姐、狐姐姐……不会出事了吧……"

第十八章 携手相将

"她不会有事的。"

口头虽这么说着,但无法掩饰的担忧和紧张已经占据王寅虎的大脑。他没有耐心俯身勘察,扫了一眼痕迹的方向,便大步流星追去。沈欺霜则用指尖沾了一丝带血的绒毛,凑到鼻尖闻了闻,正要说什么,抬头,王寅虎已将她们远远甩在身后,留下一道疾如闪电的背影。

沈欺霜召出佩剑御剑飞行,捏诀同时伸手让李忆如搭乘而上,可李忆如却并不领情,睨了一眼她纤纤玉足下那柄白玉锻造的长剑,傲着脸,不屑道:"我有小熊猫,不需要你多事。"

沈欺霜的手仍僵持在空中:"不知道我哪里做得不对,让你不开心了?"

"你没有做得不对,你我立场不同而已。"

"立场?"见她说话一副大人模样,沈欺霜有些不明所以,"罢了,眼下事情紧急,我不放心你一个人,你还是……"

"谁说我一个人了,我有小熊猫!"李忆如斩钉截铁地打断她,理直气壮道,"小熊猫比你厉害多了,明年比武大会,定叫你吃不了兜着走!"

话到此处,沈欺霜大抵知道为何不过时隔多日,她就态度大变、言语刻薄了。

比武盛会林家堡年年略胜一筹。但今年因沈欺霜的出现,林天南输了比赛，自然心头不快，而林天南算是李忆如的外公，故她对自己心存芥蒂也是情理之中。

沈欺霜并不打算与她周旋，催促："既然你我立场不同，但救你的狐姐姐，总算是同路吧？"

提到此事，李忆如更加来劲："哼，你也喜欢小虎哥哥，才不是真心实意要救狐姐姐！"

"……"沈欺霜无言相对。没想到她小小年纪，不仅懂家族恩怨是非，还知道这些儿女情长，真不知该夸她见多识广，还是人小鬼大。僵持之间，那厢王寅虎却忽然停了下来。

只见不远处松林隐动，缓缓走出一碧鬓红袖的年轻女子。女子头发松散有些许凌乱，全部垂至一侧，裙边也已零碎，沾上一两片枯叶，摇摇曳曳，可她这副样貌叫人瞧去却不觉得狼狈，反而云鬓雾鬓，媚态生风，尤其轻纱曼拢的步履间，如朵远山芙蓉，在田野间绽放芳华。

此人正是苏媚。

苏媚抬眸，见到神色慌张的王寅虎，眼中残余的腾腾杀气瞬间敛收无遗，恢复之前的桀骜冷清，可这并不影响她举止间由骨子中散发出来的魅力。她抄手往旁边树枝浅浅一靠，曼妙身段不及树直，却袅袅婷婷、婀娜多姿，偏头眄向王寅虎，诘问时颇有谴责之意："你们撒个法宝撒这么久？"

话音刚落，苏媚忽然浑身一震，僵若泥塑！

因为身前厚实而温暖的，正是王寅虎坚实的胸膛。

王寅虎竟然三步并作两步上前，不顾礼节地将苏媚一把拥入怀中！

苏媚感受着他的体温，不是孔璘传输功力时的灼心之感，而是如同阳春三月的暖流，以一种极其温和的方式，缓缓渗入四肢百骸。

起伏不定的心跳、浸入青丝的吐息……

苏媚愣住了，所有人都愣住了。

唯有山间的风，徐徐拂过耳畔。

这厢李忆如想看又不敢看，激动地用两手蒙脸，透过指尖的缝隙悄悄窥探紧拥的二人。沈欺霜的目光看似平静，却也在不知不觉间跟着失神下去，那从心底涌上来的情绪，不知道究竟是什么，让她七窍之心，忽然堵塞不畅，乱作一团。

不知道过了多久，虎煞终于按捺不住了，从王寅虎的经脉之中顶撞而起，硬是生生将王寅虎的左臂从苏媚的肩上挪了开去。虽然虎煞只是单纯嫌弃苏媚的妖气，但也幸得它这一提醒，王寅虎这才幡然醒悟，下意识地放开苏媚。

他深长的视线，有些无处安放："你……你没事儿吧？"

"我能有什么事？"苏媚瞪着眼睛，反问。

王寅虎恍然想到什么，一边用视线检查她身上是否有伤，一边诚然道："我见那边有血，还以为……"

"那血是鼠妖的。"接过话的是沈欺霜。沈欺霜不知何时已经走了过来，脸色出奇地平淡，"我适才就准备跟你说。"

得知如此，又见苏媚完好无损，并无伤势，王寅虎这才长舒一口气，心道自己真是疏忽大意，连现场血迹都不勘察便一腔孤勇地准备杀进鼠穴。这时苏媚也不忘调侃他，嗤笑道："亏得你还是名捕，这都没发现？"

王寅虎也不知自己是怎么了，忽不假思索地脱口道："大抵是……关心则乱。"

话一落地，苏媚讶然望向他。这一刻，积蓄多年的酸楚涌入鼻端，苏媚也忽然使起小性子来："现在知道关心我了？"

"抱歉，我……"

"好了。"见他愧疚难当，苏媚打住他，咧嘴一笑，"区区几只鼠妖，不能奈我何。"

话罢，苏媚这才道出与鼠妖缠斗的始末。

王寅虎所料不错，小白鼠回去散布消息完全是多此一举，沈家的粮仓一直有鼠妖在暗中盯梢，他们入井将法宝一撤，鼠妖立刻倾巢而出，苏媚等在必经之处，回头便见鼠妖从四面攻来，一场大战避无可避。鼠妖用的皆是不要命的打法，前仆后继，十分棘手难缠。但好在鼠妖们功力尚浅，苏媚一直占上风，可就在她准备使出魅惑之术时，蓄势待发的鼠妖忽然撤招遁走。苏媚见之便立刻乘胜追击，可方一入灌木林，鼠妖便幻形为地鼠，四处逃窜散去，转眼不见踪迹。

"这些鼠妖贪得无厌，闻见粮食的味便两眼发红。"得此结论后，王寅虎入鬓的长眉轻蹙，摩挲着下巴，陷入沉思，"可是，妖会为一时之饱，而不顾性命吗？"

苏媚和他想到一块去了，摇头道："一旦修炼成妖，便能通过自身功力维持饱腹感，即便没有吃食，也不会在短时间内感到饥饿。但这些鼠妖行动整齐，倒像受了什么控制。"

面面相觑沉思间，一阵窸窸窣窣杂乱无章的脚步声传来。几人立刻警惕，转身四下一望，只见沈齐骑着一匹红驹，正带着一队人马浩浩荡荡、以逼迫之势倾轧而来。高大的骏马，飒然的劲装，锋利的长枪……个个训练有素，目光犀利如刀。

很快，王寅虎几人被层层困住。

"原来你们就是偷粮食的贼人！"

沈齐骑马越众而出，马蹄来回踱步，摇摆不定，他盛气凌人的视线直接锁定沈欺霜："又是你！有娘生没娘养的杂种！偷粮都偷到你祖宗头上了？"

"青天白日的，你睁眼说什么瞎话？"沈欺霜还未发话，李忆如却已经拍案而起，"偷粮食的是鼠妖，地上那么多血迹，你枉坐那么高，是瞅不见？"

事实上，李忆如还不知道面前这长得人模狗样的人物，便是江宁府百姓喊打喊杀的沈大公子，更不知沈欺霜与沈家堡之间的渊源，只是见他端着一张方正之脸，道出的话却字字刻薄，不免心头硌硬，便直言不讳了。

沈齐压根没把她这身段三四尺的女娃娃放在眼里，只是指着被破坏的草堆和石盖，以及苏媚来时一路上打昏的守卫士兵，摆出一副"人赃并获"的笃定神态："鼠妖？哪里来的鼠妖？我看从一开始，就是你们在散布谣言，蛊惑人心。"他看着沈欺霜，唇角上扬，眉眼却不动，"我现在就将你报了官，就地正法，我看你这次又当如何！"

他们未得沈家允许擅入粮仓，很难没有嫌疑，且届时沈齐派人抹去地上的血迹，纵使他们身正不怕影子斜，也敌不过他的刻意构陷……对于沈齐的这些阴险手段，沈欺霜简直心知肚明，并不打算与之做徒劳解释和纠缠，持刀以做迎战姿态，王寅虎也深知沈齐的算计，没打算老老实实去官府辩论，同时拔刀备战。

"我道是谁呢，这么嚣张跋扈，原来是生在武学世家，却无法习武的窝囊废。"

一个犹如空谷幽兰的声音突兀响彻，掷地有声，清晰地落进每个人的耳里。

这句话直接戳到沈齐痛处，空气瞬间如同弓上紧绷之弦。

沈齐两道如刀的视线立刻扫向王寅虎身后的红衣女子。女子曼妙妖娆的身段有几分熟悉，尤其是那无可比拟的妖冶红色衣衫，总是散发着迷人又危险的气息，让人想靠近又不敢靠近。猛然之间，沈齐突忆起什么，瞬间双目大瞪，死盯着红衣女子，他似乎已经猜到了她的身份："哪个不怕死的在那儿说话？"

苏媚哂笑一声，一步三摇地从王寅虎后面走了出来，那漫不经心的黛眉，隐藏着若隐若现的杀气。沈齐一见果然是她，想起上回被她戏弄之事，登时七魂吓破六魄，脸上神色更是精彩，就连脚步也一再怯退，哆嗦着命令手下："你们上，杀了他们，重重有赏……"说罢，猛提缰绳，一个掉头，自己却鞭马而逃。

沈齐拍拍屁股跑了，但他重金养出来的这些手下却相当卖力。

李忆如对于这种混打完全没有实战经验，惊慌失措地尖叫几声后，便要冲到王寅虎身后去寻求庇佑。就在她抱头乱窜时，一个闪躲不及，和被苏媚一脚踹飞的黑衣男子撞了个满怀。黑衣人也不客气，当即便操刀打算叫她"身首异处"。王寅虎失声大喊："闪开！"苏媚也腾不出手，远水解不了近渴，绝望之际，一把玉剑猛然刺穿过去，堪堪横挡住黑衣人手中的大刀。

尖锐的铮鸣之音和撞出的火花灌入李忆如耳目。几乎是与此同时，小熊猫也急速现身，在沈欺霜召回玉剑后，一个风驰电掣的蓝色身影闪入，捞起李忆如便一跃而上，落至小熊猫的肩上。小熊猫气势汹汹的模样颇有一脚踩死一个的架势，实乃不动则已，一动便震山河。

见得这么一庞然大物出世，精兵们再不能淡定了，不少吓得屁滚尿流，丢盔弃甲而逃。

这厢，王寅虎不让苏媚轻易施以妖术攻击，而苏媚的蜻蜓断玉刺落在天师陵寝后，手上一直没件像样的武器，对于这种肉搏混战，赤手空拳多少有些费劲，完全不如王寅虎和沈欺霜那般身轻如燕。

"用这个。"

这时，王寅虎忽然扔来一个长锥，苏媚迅速接过。

锥长八尺，径两寸，前锋锋利绝伦，尖如细针，却有刺穿铠甲之利，后座青铜锻造，沉重有力，能击出千钧之力。而中间更为精妙，弧形握柄，贴合握姿设计，与掌心完美契合，仿佛为苏媚量身定制。

这长锥收缩灵活，巧捷万端，既可刺杀也可抵御，苏媚拿在手中，便能见其青光冷冽，血光隐隐，当即挥起出击。锥的后座因沉重不断送出力来，再得苏媚掌控，前锋刺得十分流畅，一招紧接一招，切金断玉，削铁如泥。这些人吃了亏后，不敢再碰其锋芒，纷纷畏缩不前。

苏媚被这小玩意内含的乾坤惊呆了，惊喜地拿在手中来回掂量，很快就得心应手起来。但玩转利索后，苏媚一击出去，后座无锋而利，重重捅向一个人的腰腹，那个人受其攻击，脚下失力，直直向后仰倒，栽向别人朝苏媚疾刺来的长剑。眼见就要祭出一条人命，王寅虎忽然侧身一个大鹏展翅，将那人接住的同时，打歪正要袭向苏媚的长剑，免去了一场血光之灾。

"不要伤人。"王寅虎双足稳站在她身前，凛然身躯，巍峨如山。

"哦。"苏媚悻悻吐吐舌头，转身便开始腹诽，"那得打到何时？"

事实上才半炷香的时间，这些所谓的沈府精英就已经输得一败涂地。

尽管他们听从沈齐所言，全力以赴取其性命，但王寅虎等人还是一再手下留情，只是伤其筋骨，击落他们手中的兵器。看着满地残戟断剑，还在坚守阵地的十余人知道自己已无胜算，立刻丢盔弃甲地跑了。

苏媚望着他们渐行渐远的背影，颇有些意犹未尽，这似乎是她头一回恋战。但想来能解决得这么酣畅淋漓，让她打得这么身心舒畅，王寅虎及时递来的这把长锥功不可没。苏媚将长锥细细摩挲一番后，才踌躇地还给王寅虎。此时，王寅虎神色内敛而复杂，正低头擦拭魔刀，见她要将还不还的姿态，似乎极为不舍，便清浅笑之："不必还我，这本来就是送给你的。"

"嗯？"

苏媚困惑不解，但王寅虎尚未来得及作答，远处忽然传来一声男人的惨叫，方才离开的几位侍卫脸色巨变，大喊："不好，是少堡主！"说着，几人朝声音传来的方向疾奔，同时王寅虎目光一凛，召唤虎煞之力，一个腾跃竟抢在那几位侍卫前面，苏媚见王寅虎匆匆而去，便也来不及作想，便同沈欺霜和李忆如一道马不停蹄地紧随而去。

沈宅顶上乌霾聚集，黑云倾动，四周参天古树乱颤。其后门，一只鼠面人身，周身长满毛发的妖怪正堵在拱门前，其余五只妖怪身体也都尚未完全退化，顶着狰狞的鼠面头颅、张牙舞爪的身子，以及阴险毒辣的嘴脸围作一个怪异的圈。圈的中央，沈齐抱头蜷缩、觳觫发抖，声嘶力竭地不断呼救。

"前有百姓声讨，后又鼠妖大闹，这深宅，真是水深火热。"苏媚见得这场面，原本火急火燎的她，立刻停下抄手一旁，幸灾乐祸地说道。

许是他们来的时候响动太大，鼠妖察觉到他们，仿佛有所忌惮，并未直接攻击，而是龇牙发出警告。沈齐已经吓得面无血色，完全忘记之前下令杀他们的事，狼狈地伏在地上，哀求的姿态放得极低："求求你们救救我……"

王寅虎视线横扫，立刻道："我先上去，打出一个缺口后，你们趁机而入，救出沈齐。"

"好。"沈欺霜简洁答完，拔刀欲前。苏媚却白了他二人一眼，不仅没有要出手帮忙的意思，还若无其事地泼冷水："救他做什么，他又不是什么好人！"此言一出，李忆如也感同身受，觉得苏媚与自己简直志同道合，便连连点头，以表赞同。

见他们铁面冷血、无动于衷，沈齐绝望之下，只得将攻势转向他们之中唯一有所动容的人，焦急道："欺霜，我们可是亲兄妹，血浓于水，你不能见死不救……"

他哆嗦在地的样子，叫人瞧着十分凄惨可怜。沈欺霜犹豫迟疑，迟迟未表态，苏媚却不禁失笑起来，嘲讽道："好一个血浓于水，之前你算计沈欺霜的时候，可曾想过，她也是你们沈府的血脉？"

"我——"沈齐张口结舌一瞬后，眼珠一转，立刻将苏媚的话置于脑后，继续厚颜无耻地赖着沈欺霜不放，又哭又求又卖乖，毫无底线尊严可言，"好妹妹，只要你救了我，我马上让父亲接你回府，沈家的一切我都给你，好不好？"

听闻，沈欺霜脸上的怜悯瞬间荡然无存，取而代之的是嘲讽的诘问："你以为，我这么多年所作所为，仅仅是贪图沈家的钱势？"

沈欺霜气得拳头紧握，语气格外冰冷："沈家的东西，我不稀罕！"

几个字，铿锵落地，吓得沈齐浑身一颤。李忆如觉得沈欺霜总算叫她刮目相看了一回，便也跟着"煽风点火"，继续控诉沈齐："江宁府的百姓都饿成什么样了，你有那么大一个粮仓，也不见拿出来赈济救灾，活该沦落至此。"

闻言，沈齐却不服气地小声呜咽："江宁府的粮食又不是我沈家所盗，沈家凭什么负这个责？"

李忆如理直气壮地教他做人："穷则独善其身，达则兼济天下。你沈家这么富，你不负责谁负责？"

听罢，王寅虎却摇头失笑："你呀，还是太小了。"说着转身叮嘱沈欺霜，"我引开他们，你去救沈齐，多加小心。"

"好。"

王寅虎纵身跃前，挥出最简单快捷的一刀，本欲吸引鼠妖攻势，哪知这随意一刀，竟就将这看似毫无破绽的怪圈打出一个缺口。王寅虎惊诧之余，心道诚如苏媚之前所言，这些鼠妖看似毒獠暴虐、道行高深，实则根基不稳，本元薄弱，后劲尤其不足，就像花貌蓬心，徒有其表，完全不经打。

　　王寅虎占了绝对优势，刀势也从疾转缓，变得随心所欲，但纵使他刻意收敛，却还是在十招之内将鼠妖打得落花流水，毫无还手之力。鼠妖吃痛连连，发出吱吱叫声，最后竟不堪天吒锋芒，全部原形毕露。九尺高的鼠妖，在肉眼可见的速度下缩回寸长的小鼠，在枯草中一个慌乱逃窜便连同周身妖气，消失得一干二净。

　　这一幕，苏媚似曾相识。她适才与鼠妖斗法时，鼠妖也是以这样的方式瞒天过海、逃之夭夭。但妖遁身逃生容易，隐藏妖气却是难事。因妖气只有在两种情况下可以瞬间消失殆尽，一是丹毁妖亡，二是妖自身强大到可以自如收敛妖气。这反倒让苏媚想到孔璘给她传输功力时的状态。妖气与功力如影随形、相辅相成。孔璘给她功力，其妖气也会随之进入她体内，同理，问孔璘借来的功力耗尽，其妖气也会随之消散。

　　苏媚蓦然想到什么，抬头，就见王寅虎身后阴霾聚来，又凭空蹿来一只金色毛发的鼠妖。这只鼠妖体形矮胖圆润，身缚数种珠宝，眼射红光、四脚锐利，启开锯齿就往王寅虎的后颈猛咬过去。但王寅虎早已察觉，当即转腕提刀，上顶格挡，与爪子碰硬之下，刺耳的尖锐之音倒灌入耳，星星点点的火光四溅迸发。王寅虎魔刀震颤，鼠妖前爪麻痹，吃了小亏的鼠妖决计不再施硬，而是以守为攻，化猛劲为巧劲，便在王寅虎后翻劈刀直来时，鼠妖移花接木间瞬移至前，占据上位，同时迅猛出击，竟叫王寅虎招架不及，后撤丈远。

　　王寅虎稳稳着地之后，鼠妖又借缓冲之势下蹲，同时撩爪如影，攻击他的小腿。抓、挠、挑、刺，招式变化之快，疾如电闪雷鸣，偶然平息下来，风平浪静的交刃，看似平平无奇，却暗藏阴毒，凌厉无比。其四爪如同四把锋利的长剑，前后左右配合得天衣无缝，时而左击右挡，时而前刺后补。密如雨点的连贯攻击中，王寅虎察觉到它与前面鼠妖截然不同，它不仅头脑精明反应迅捷，还有着不下百年的浑厚功力，而非徒有凶悍外表。

原本苏媚并不打算掺和救沈齐之事，一直和李忆如好整以暇地隔岸观火，毕竟区区鼠妖，王寅虎一个人对付绰绰有余，可见现在情势陡转，苏媚再无法袖手旁观，霍然站将起来，从腰间掏出血光隐隐的短锥，纵飞上前。

王寅虎和鼠妖刃爪交锋，招式密集，战况十分激烈，根本没有她插手之地，苏媚正欲静观其变，须臾，王寅虎忽然撤力，反转天吭，动用刃面，随即加重力道。苏媚掐准时机，趁机混入，以短锥横阔于胸，替王寅虎挡下鼠妖侧面偷来的一击！

苏媚唇角轻勾，正暗自叫好，腹部却忽然传来一阵剧痛！

她头皮一麻，低头去瞧，才知适才挡下一招为虚，而实招是鼠妖的后爪。鼠妖用前爪让敌方眼花缭乱，借后爪补刀攻击直穿小腹。苏媚中招，闷哼一声，点住血脉，抑制伤口恶化的同时，也阻止血涌流而出，以免暴露伤势。王寅虎听她声音有异，心头猝然一紧，当即聚风为掌，一掌又化千掌，凝聚成恢宏气势，顷刻便抵挡鼠妖的全部攻击。

这便是皇甫英传授于他的"大无量手"。王寅虎使出之余，激进移步至苏媚身旁，托起她细软无力的腰，眉头紧锁："没事儿吧？"

"我能有什么事？"苏媚眯着眼睛打量鼠妖，"莫非这就是鼠妖首领锦八爷？"

"应该是。"

见苏媚面不改色，并无大恙，王寅虎长舒一口气，却并未注意到她腹部已经裂开一道口子。

之前的鼠妖，狰狞满目，个个魁梧凶悍，却都是外强中干、色厉内荏者，不堪重击，谁能料到最后上阵的这只矮胖圆润的金鼠才是真正深藏不露、藏形匿影的狠角色，王寅虎轻敌落了下风，也是情理之中。

思忖间，锦八爷视线猛然一转，獠牙锯齿发出森然利光，随之横纵三丈，径直越过他二人，朝其后侧方疾步追逐。原来是沈欺霜趁其不备，正在对重伤的沈齐施救。沈欺霜见锦八爷肃杀气盛，心知加快脚程和动作已然不及，便松开沈齐，十指变换缠绕，使出一套流畅指法，结出方圆六尺的弧形结界，将沈齐完全罩于其中，而自己却拔剑欲战。

与此同时，王寅虎收掌启刀，横空飞斩。锦八爷旋身侧翻，足蹬松枝，从空再扑之余，周身迸裂数道血色火焰。几人以为是术法攻击性，下意识撤步回挡，但片刻之后，他们才惊诧地发觉，这些火焰并不具备任何攻击，相反，火焰四散开去，仿佛在源源不断地输送力量，灼烧之处似乎也有什么东西正在吞噬火焰。正待仔细一看，倏然间，那些九尺身段的鼠妖宛如一座座泰山拔地而起，再次席卷而来，生生截住了两人去路。

第十九章
相鼠有皮人无仪

　　看着接踵而来的鼠妖，苏媚似是早已洞悉一切，果然道："我所料不错，之前那些鼠妖都是因为被注入了功力，才得以成妖，就跟这些鼠妖一样，因为完全没有经过修炼，毫无根基可言，强行灌输强大功力，就会造成外强中干的局面。"

　　王寅虎听罢，了然点头，转首却见锦八爷已与沈欺霜正面交锋。

　　沈欺霜或许能与锦八爷持恒片刻，但最后孰强孰弱，他心中却没有个定准。唯一有把握的是，以苏媚的功力，对付这些"外强中干"的鼠妖，应是手到擒来，不在话下。如此一番权衡利弊之后，王寅虎当机立断，做出最有利的战斗方案："我去协助七七对付锦八爷，这里交给你了。"

　　"可……"苏媚适才开口，王寅虎却已借刀劲横冲过去，将前赴后继的鼠妖撞得七零八落。苏媚见之，神色游离片刻，将未出口的话咽了回去，转而低头察看腹上伤势。受穴道控制，伤口还未恶化，心想强撑对付几只鼠妖，应该是绰绰有余。

　　战斗再次展开，苏媚又与这些没头没脑、只会横冲直撞的鼠妖缠斗起来。仰仗王寅虎送她的短锥，苏媚避重就轻，招招占得先机，叫这接踵而来的鼠妖毫无还手之力。而沈欺霜那边情势同样渐入佳境。魔刀天吒结合仙霞剑法，竟意外打出惊天威力。那利爪刀剑相撞，三股劲力相撞，更是响彻寰宇！

只听那边时不时传来锦八爷"嗞吱！""吱吱！"的惨叫声，刀光剑影，激烈不已。苏媚恍然间，瞥去一眼，只见沈欺霜神色落穆，手中长剑倏出，王寅虎蓄力其后，以刀为盾，借力给沈欺霜。沈欺霜踩刀蓄力，斜刺锦八爷，一次不中，又抽身回来，随即与王寅虎四目相对、四掌交合，刀剑受念力控制，并拢重合，再次出击，锋芒直逼锦八爷！

见他们刀剑配合、契合无间，一双情影，转腾之间，更是天造地设。苏媚心头猛然一酸，失神之下，不觉一只鼠妖从后方锁喉扑来，苏媚挣扎之余，未能顾忌伤口，拧打抽身牵动穴位，伤口瞬间撕裂，痛得苏媚浑身一颤，骤然瘫软在地。鼠妖趁势扑来，苏媚大汗淋漓，手足无力，顷刻间，难以运转法力。

目光投向王寅虎，只期盼他能分些精力留意自己，可王寅虎正全力辅佐沈欺霜对付锦八爷，似乎完全无暇顾及苏媚这方战况，苏媚只觉心头又是一痛，如被针刺刀割，索性闭上眼睛，斗志也减去一半，恍惚间，好在李忆如和小熊猫及时出手，才让她幸免于难。

"狐姐姐，你刚刚怎么不还手？"想起适才一幕，李忆如还有些心有余悸。倘若她再晚一瞬，可就来不及了。

苏媚回过神来，没想到最后真正心系自己安危的，竟然是李忆如。可李忆如越是担忧紧张，她心头便越是复杂难解，最后只是淡淡道了两个字："忘了。"

"啊……"李忆如清澄的双眸瞪得奇大无比，俨然不信，"这也能忘？"

苏媚却没再搭话。她简单处理一下伤势后，恍然想起适才她竟然为了一些不清不楚的情愫，险些自我放弃，觉得荒唐可笑。而临死前还心之所系的那人，英姿飒飒，持刀交战，从头到尾，未曾留意过她分毫，只顾着刀剑的起承转合，挂念着旁人的安危。苏媚心头不知是怒还是不甘，凝气于掌，抄起短锥，反手就给一个鼠妖的脑袋开了个瓢。鲜血四溅，李忆如讶然捂住嘴巴，被她忽然的手起刀落惊得说不出话。

苏媚将周身火气悉数发泄在鼠妖身上，很快，鼠妖惨败收场，锦八爷也节节败退，被沈欺霜剑指裙下。但锦八爷双目赤红，毫无理智，仍在愤怒咆哮，似欲殊死一搏。王寅虎见它凶残不减，正要压制其妖气，这时，不敢踏出结界半步的沈齐忽然开口提醒："脱掉它身上的火浣鼠皮！"

欲制敌得先夺其刃。王寅虎觉得此言有理，当真削去锦八爷身上的火浣鼠皮。哪知这时怪异的事情发生了。火浣鼠皮一离身，锦八爷猝然失力，赤目瞬间变回黑色，与此同时，正与苏媚拆招的鼠妖瞬间缩回地面，统统变回原形，只是这次没有慌张逃窜，而是全部围在虚弱的锦八爷身边，撑直身子，齐心协力共进退的姿态，对着他们吱吱地吵个不停。

"它们好像在说什么？"沈欺霜道。

李忆如想来是自己的用武之地了，便不计前嫌地赶忙掺和过来，弯身仔细听了一听，脸色一下阴沉下去，冷不丁回怼沈欺霜："它骂你恃强凌弱、帮助坏人，是在助纣为虐啊。"

见李忆如言辞犀利，王寅虎以为她是故意给沈欺霜难堪，纠正道："比武大会有输有赢，七七替父出战无可厚非，那一战我在场，她赢得光明磊落，忆如没有必要如此说道。"

听得王寅虎这一训斥，李忆如登时委屈巴巴，眼泪将落未落，哭诉道："小虎哥果然是变了，就会替她说话，连我的话也不信了，我刚刚说的明明就是鼠妖说的话！小虎哥不信我！小虎哥讨厌死了！"

王寅虎哪里经得住李忆如的哭闹，口吻当时就软了下来，蹲下身安抚她："好，是我不好，那它们还说什么了？"

见王寅虎态度好转许多，李忆如这才撇着嘴，转身继续询问。

根据李忆如的转述，众人才知道，原来真正的锦八爷性格温和、和蔼可亲，维护着人鼠的和谐共处。但是前不久，锦八爷因年事已高不幸病逝，鼠界一时之间群龙无首，随后沈齐因为被猫咬伤，便下令逐出沈府名下所有粮仓的猫。如此，便给鼠界中一些早已心怀不轨者绝佳的叛乱机会。它们释放天性，在沈府各大粮仓横行无忌，不仅盗粮偷油，还故意撞翻灯笼，放火烧宅，甚至祸及其他地方……所行之事，罄竹难书，而带来的后果便是同类惨遭人类屠杀。

锦八爷在冥界得知此事，灵魂不得安息，便回魂找上沈齐，想劝他撤去"禁猫令"，借外力清理门户，让人鼠和谐共处。但是沈齐哪里听得进去，一见到锦八爷这人不人、鼠不鼠的样子，吓得魂飞魄散，随即请来修士除妖，险些叫锦八爷魂飞魄散。锦八爷大难不死，逃到沈齐的武库，无意捡到火浣鼠皮，瞬间功力大增，绝地反击，但此后性情大变，变得贪婪无度，凶残无道。

"难怪一听说是鼠妖作乱，百姓都找上沈齐，合着问题出在'禁猫令'上？"沈欺霜沉静道。

李忆如却冷哼一声，不悦地瞟她两眼，嘟囔道："都说了不要救他，你们非是不听，要不是他沈齐自视清高，被猫咬了一口就要逐猫，也不会有今日这局面，这就叫百因必有果。"说着，身后的锦八爷猝然倒地，本就只是一缕残魂的它失去火浣鼠皮的加持，再加上适才沈欺霜的重创，早已灵力不济，伏在地上奄奄一息。数十只地鼠在它身上乱蹦乱跳，焦急躁动，看得出它们的担忧紧张以及满腔的惴惴不安。

锦八爷看着众人，目光渐渐涣散，咳嗽了几声，道："凭什么……我的子民也要生存，也要吃粮食，又有什么错？"

纵使李忆如怜惜它，可听得此言也忍不住纠正："当然有错了。"她尽可能放平声调，耐心规劝，"你们要吃粮食可以自己去种，不该坐享其成，偷百姓含辛茹苦种来的。"

锦八爷却不理解："可猫也不种粮食，为何人类却要许它三餐？"

"那可不一样。"李忆如解释，"猫保护人们粮仓的安全，人类赠予粮食作为犒劳，它们不是不劳而获，而是劳动所得。"

"这……"锦八爷思忖片刻，似才悟得其中缘由，一时自认理亏，语结半响，随后只得央求道，"江宁府一事，是我一手造成的，还请几位不要伤害我的子民。"

李忆如宽宏大量道："当然了，只要它们不再强抢百姓粮食，没有人会为难它们。"

"如此……"锦八爷收回目光，漆黑精锐的眼瞘酝酿许久，似做了一个重大决定，交代道，"你们……去野外吧。"它凄然道，"纵然是危险了一点，但这位姑娘所言不错，不劳而获终是要付出代价的，今日就是教训。"

底下鼠妖面面相觑一番后，也应声赞同。李忆如也觉得这是最好的安排，转身朝沈齐道："那'禁猫令'也解除了吧。"

还惊魂未定杵在原地的沈齐青白的脸打着战，趾高气扬的气势却是分毫不减，颇有几分咄咄逼人的样子，道："既然它们都落败要逃出野外去，这'禁猫令'还解除做什么？"

见他这副不知悔改的态度，李忆如的火瞬间蹿上头顶："真是好了伤疤忘了疼，这位锦八爷可管不了全城的鼠妖，真不怕重蹈覆辙？"

沈齐显然有些后怕，犹豫道："这……"

一旁苏媚实在看不下去了，忍无可忍道："他也是自作自受，既然冥顽不灵，我们也用不着插手，不如交给鼠妖处置，也好叫他长长记性。"

"什么……"见她抽刀上扬，沈齐登时惊恐万状，一改嚣张跋扈的嘴脸，躲在沈欺霜后面，张皇哀求，"救我，欺霜，我们可是有血脉相连，你不能见死不救……"

"血脉相连？"沈欺霜如闻怪诞，自嘲一笑，"这个时候，你倒是知道血脉相连了？"

"我知道，我一直都知道！"沈齐连连求饶，一向高傲的姿态仿佛跌进了尘泥，警惕着步步逼近的苏媚，哆嗦道："我错了，我真的知道错了，我回去就解除'禁猫令'……"

看着他卑微乞求的模样，沈欺霜终还是于心不忍，端方风韵掩下几分惆怅，道："算了，你走吧。"

"啊？"大抵是没想到她竟然这么快就答应了，沈齐愣了好半响，随即脚底抹油般，一溜烟跑没影了。

看着那个高高在上的大少爷狼狈逃窜的模样，苏媚不禁掂了掂手中清亮无比的短锥，揶揄道："对付这种人，讲道理是行不通的。"说着，回神过来，却见王寅虎温柔着姿态立在沈欺霜面前，轻道："他对你那般无礼，没想到你还能这样宽容大度。"

沈欺霜回答了什么，苏媚没注意听，只是在那一瞬，苏媚在他眼底看见一丝敬佩之色。苏媚低下头去，看着指尖转得游刃有余的利刃，第一次觉得，它竟如此难以安放。

翌日，得助天公作美，阴沉数日的江宁府总算云开雾散，破云而出的暖阳给青砖绿瓦镀上一层薄金，远远望去熠熠生辉。街头不再门户紧闭，孩子三五成群追逐打闹，街上人来人往谈笑风生，久违的欢声笑语，让这座城池仿佛在一夜之间苏醒。

沈府门前依旧人头攒动。但与之前鲜明对比的是，他们不再肆言如狂，声声索讨，而是规行矩步，秋毫不犯，井然有序的长队，延续到三街之外。

原来，鼠患之乱大白于天下，官府得知事情缘由，命沈齐大开粮仓，捐赠百姓，以此赎罪并平息事态。故这几日江宁府的百姓，在官府的安排下，都在沈府依次领取当月粮食。

沈齐经此一遭，原本就臭名昭著，如今更是雪上加霜，受万人唾弃与非议，沈青锋身为武林盟主，见儿子声名狼藉，自是一张老脸没地搁，为挽回声誉，不受其牵连，先是当着百姓的面狠狠谴责沈齐，后又从沈家堡调出一个粮仓赈灾，美其名曰"扶危济贫，聊表歉意"，以此树立正义形象换取民心。

百姓大多都不涉及江湖纷争，对于沈青锋的江湖劣迹自是一概不知，见他慷慨解囊，又严苛教子，便有不少百姓信以为真，对他感恩戴德，甚至称他大公无私，但被称赞最多的，还是他生的一个好女儿。

"没想到沈堡主还有一个女儿拜师仙霞派，若非她能谋善断，仗义相助，我们这江宁府不知要被沈齐祸害成什么样子！"

"照说他们都是一个爹生的，怎么行事作风一个天上一个地下，无论是武功见识还是涵养能力，都是云泥之别！"

"谁说不是？沈姑娘侠义心肠，真是可塑之才，这沈堡主儿子不争气，得亏女儿撑住了门面。"

当这些话一字不落地传到沈家父子耳中时，二人不约而同地脸色一沉，漆黑如墨。沈齐更是怒拍茶几，弹跳而起，咬牙切齿地阴狠道："难怪那贱人要救我，死活拦着那狐妖，合着是想埋汰我呢？"

"还敢说，你这逆子！"沈青锋一个杯子砸过去，正中沈齐脑门。沈齐吃痛，惨叫一声后，见沈青锋怒发冲冠，面如黑铁，立刻怂了，当即熟练地跪倒在地，一边讨饶一边卖惨："您这打也打了，骂也骂了，但这件事委实也不全是我的错，我怎么知道驱赶几只猫就闹出了鼠患，又怎么会猜到那火浣鼠皮会到鼠妖身上去……"

沈青锋头疼不已，早知沈欺霜能取得如此成就，他当年就不该错疼沈齐！

火浣鼠皮非凡俗武器，是邪恶意念淬炼的妖邪之物，沈齐受人谴责沦落至此，便是因他私藏这至邪之物。而这被火浣鼠皮吞噬心智的锦八爷，又重伤了苏媚。此刻，苏媚独自一人在最里侧的厢房中，紧闭门窗，褪去外裳，静坐床沿，露出腹部一直未得空处理的伤口。

偏在这时，本该在楼下和王寅虎等人大快朵颐的李忆如兴高采烈破门而入，周身银饰的叮当脆响，惊得正凝气顺脉的苏媚心头大震。她猛然睁开眼睛，李忆如已经顶着一张天真烂漫的脸撞入视野："有八宝饭了，狐姐姐，你快来尝尝……"

未完的话，戛然而止。

她历来瞧见的苏媚，都是芳菲妩媚、风韵冠绝，从未有过半分窘态，可此刻，苏媚却苍白如纸，冷眸黯然，尤其身上一道伤口，正溢出浓稠的黑血，染透烟纱朱裙，触目惊心。李忆如的嗓音不觉颤抖起来："狐姐姐，你……你受伤了？"

"不碍事。"苏媚口吻沉着，眉心下沉，嘱咐道，"把门关上。"

"好……"李忆如应完，便一边作势要开门，一边故作冷静，"我去叫小虎哥……"

"不许去！"苏媚忽然一声呵斥，直接将她叫停。李忆如慢吞吞地回过头来，已是泪盈眼眶，满脸焦灼："为什么？"

为什么？她也不知道……她随行王寅虎的目的是谋取其信任，而为他身负重伤简直就是天赐良机。可如今一闭上眼，全是那日王寅虎看着沈欺霜的模样……她不知从何时起，已将初心、仇恨、任务统统抛之脑后，眼中，只有那个俊逸不凡的背刀少年。

踌躇颇久，见李忆如还在眼巴巴地等答案，苏媚只浅浅一笑，信口胡诌道："……男女授受不亲。"

"……什么男女授受不亲，大不了救了人之后，叫小虎哥娶了你，你若不愿，就叫小虎哥自戳双眼好了！"李忆如一鼓作气地道完，李忆如便横揩眼泪，起身夺门而出，那不顾一切的架势颇有些胡搅蛮缠。

苏媚身负重伤，根本拦不住她，只得随她而去。不消片刻，门被"吱呀"一声推开了，李忆如蹑手蹑脚地进来，悻悻道："店、店小二说……小虎哥陪沈欺霜逛街去了，没在店中……"

这本是预期的结果，苏媚正要长舒一口气，却又不知为何，又感觉心头空落落的。她侧眸望向逾窗半尺的阳光，良久地失神后，嘴角才牵出一抹淡然的笑来："……这样也好。"

这时，楼下忽然传来沸沸扬扬的喧哗声，二人心觉蹊跷，俯身一瞧，只见王寅虎和沈欺霜正被众人拥在人群中央。人们手中提着蔬菜水果，还有衣裳布料等五花八门的物什，争先恐后地上前聊表谢意。王寅虎知道沈欺霜不擅应付这种人多的场面，便挺身在前，一直护着沈欺霜往客栈里面退。

一老婆婆提着一篮子鸡蛋，颤巍巍地递上来："多亏各位远道而来，解除鼠妖之患，家里也没什么东西，就这些鸡蛋给你们路上做盘缠。"

"不过分内之事，婆婆客气了。"

对于这种百姓感恩戴德而造成秩序混乱之事，王寅虎却是应对自如，仿佛习以为常："除魔卫道是我们行侠之人应尽之事，各位实在无须客气，如今鼠患平定，百业待兴，各位先去忙手上的事情吧！"

一语方毕，便有一个粗犷的声音压过众人头顶："听闻这位姑娘是沈堡主的女儿，真是才貌与智勇并存的大家闺秀！"

诸如此类的称赞，此起彼伏。

纵然是夸奖，但沈欺霜却腼腆地低着头，紧张得视线更是无处安放。不多时，人群后面，一辆珠光宝气、木雕镂空的奢华马车缓缓路过，车头金玉镶嵌的"沈"字样夺人眼球，前前后后的十来个婢女侍卫以及这浩浩荡荡的阵仗，一瞧便知车内之人乃沈堡主沈青锋无疑。

见其马车驶来，诸人视线齐刷刷地跟随过去，王寅虎却是灵机一动，意味深长地看向沈欺霜，片刻，起身跳上高阶，一改适才谦虚之态，而是唇噙三分春色，眉飞色舞，亮起嗓子高声道："各位实在客气了，这次大功告成，沈姑娘功不可没，若非沈姑娘，仅凭我等，哪里是鼠妖的对手，我们不过一旁协助，举手之劳不足挂齿，沈姑娘才是劳苦功高。"

沈欺霜不知他闹什么名堂，立在石阶下手足无措。王寅虎这番话，引得大家赞声连连，原本平息下去的人声再次沸腾起来："是啊是啊，前几日我们对沈姑娘和沈堡主多有误会，还请沈姑娘不要介怀。"

"这次多亏沈家父女，我们百姓才能脱离苦海。"

"沈堡主得女如此，真是沈家之福啊。"

"唉！这位大哥说得好！"王寅虎立刻攫住重点，笑逐颜开地重复道，"沈家堡得女如此，可不就是沈家之福嘛！"

如此大张旗鼓的称赞，让沈欺霜愧不敢当。她无所适从，便眼巴巴地望着王寅虎，低声催促："你快下来！"

沈欺霜幼时常年被沈家人所瞧不起甚至轻视嘲讽，以至于后来几年，连个丫鬟侍卫都能在她母亲面前蹬鼻子上脸。因在家备受欺压，她习惯了谨小慎微，习惯了冷言冷语，使得她的心里始终有一片不与外人道哉的阴霾。在山中苦修多年，她也从不与其他弟子结伴而行，独来独往让她更加舒服自在。所以这样的万众瞩目，对于她而言，不啻煎熬。她无处安放的眼睛始终不离王寅虎，期盼他赶紧收场下来，可比王寅虎先到她身边的，却是她亲爹沈青锋。

沈青锋不知何时从华轿中走了下来，此时锦衣华服、容光焕发，正站在她身前："咳咳，我今日回沈家堡，你可要一同随行？"

沈欺霜一愣，讶然抬起头，明眸氤氲，满是不可思议。

这么多年，沈青锋似乎从未如此心平气和地与她说过话，更是从未如此和蔼可亲地离她如此之近。尽管他神色淡然侧棱而立，仿佛依旧高不可攀，但沈欺霜却心头大喜。她想，只要回到沈府，就是沈青锋对她的最大认可。沈欺霜几乎是迫不及待地准备点头，便在这时，沈青锋又不急不慢，故作高风亮节地开口道："这些年为了你能有所成就，一直让你在仙霞派学艺，真是辛苦你了。如今你长大了，也该回来，打理沈家堡了。"

沈青锋这话看似褒奖关怀，实则却暗藏心机。沈欺霜去仙霞派是走投无路下的绝望之举，跟他沈青锋没有半点关系。沈欺霜太清楚她父亲的行事作风，无非是见她受人称赞，便要前来分一杯羹，继续装腔作势，在百姓面前，给自己建立严父教女的形象，而不是真正的接纳与肯定。简单地说，沈青锋只是在独揽功劳，暗中示意沈欺霜能有今天，也是他有先见之明，有教养之恩云云。

果不其然，紧接着便有人佩服得五体投地："沈堡主能教出这么好的女儿，也是我民之福。"

"沈姑娘出身名门，却不恃宠而骄，而是上山苦修，真是难能可贵。"

"沈堡主严厉教导，更是功不可没。"

……

见沈青锋心安理得享受着这样的称赞，沈欺霜从未觉得她父亲如此厚颜无耻过。她将心里那一丝久违的澎湃之情压下去后，神情也随之冷淡下来，面不改色诚然道："我此次灭鼠是奉师命出山，如今事情告一段落，得回师门复命。沈堡主，自行保重。"

这话可是没给沈青锋一点好脸色。沈青锋僵了僵，脸上神情精彩，那凶厉外露的目光俨然在说："别敬酒不吃吃罚酒。"但沈欺霜目不转睛，与他四目相接，没有半分慌乱与怯弱，脸上坚定平静得没有任何情绪，仿佛在以一句"此事与您无关"作为回应，使得沈青锋端着一张臭气熏天的脸，拂袖而去。

百姓窃窃私语起来，交头接耳地开始揣测这对父女言行举止间的深意。李忆如见之，却是格外不悦，撇着嘴瞧了一眼重伤待愈的苏媚，冷哼道："去粮仓之时若不是狐姐姐的媚惑之术，怎么可能神不知鬼不觉地取下墨云石引来鼠妖？缉拿鼠妖弄清真相的也是小虎哥。再说，还有我呢，要不是我能找到线索吗？她沈欺霜又做了什么，不过就是给罪魁祸首求个情，怎么还把功劳全给占去了？"

苏媚却没搭话，她的注意力全在沈欺霜腰间那对不停碰撞出叮当脆响的玉佩，以及她手中一直紧拽着的一对陶质小人儿。小人圆润的脸上画着红扑扑的腮红，精致别致，栩栩如生，跟玉佩一般质地透亮，在阳光下折射着琉璃光华，灼灼刺眼。

一旁李忆如也瞧见了，登时怒发冲冠，谴责道："狐姐姐都身负重伤了，她竟然还拉着小虎哥逛街买东西？"

话毕，迟迟不听苏媚回答，李忆如转过头，这才发现，房中早已空空如也，不见一人。

第二十章
薄衾孤枕愁难渡

这厢，王寅虎和沈欺霜一上楼，就见到李忆如背了一个包袱，气势汹汹地要离开。王寅虎心下称奇，拉住她问："你去哪儿？"

李忆如头一扭，斩钉截铁道："我要独自去找爹爹，再不跟你们一块了！"

见她又使小性子，王寅虎蹙着眉："逍遥哥哥行踪未定，你去哪儿找？"

李忆如桀骜着姿态，傲娇道："凭什么要告诉你！"

义愤填膺地道完，李忆如便雄赳赳气昂昂地走了，然方走至阶梯，后襟便被王寅虎毫不客气地一把拎住："你知道一个人出门在外有多危险吗……"

"我才不是一个人！"李忆如再次冷不丁地打断他，同时打了个响指，便见憨厚萌态的小熊猫以及一身珠宝的锦八爷同时从她肩后蹿了出来。一熊一鼠，皆缩为七寸高矮，各自占领一个肩膀，掷地有声地承诺道："我们会保护好小主人的！"

"……"

那日王寅虎将火浣鼠皮从锦八爷身上撕扯下来后，早已寿终正寝的锦八爷，如今只是存留人世的残魂。李忆如和苏媚商量之下，决计留下它，便利用丹药将其魂魄凝聚。锦八爷将其子民安排在野外后，如今也算功德圆满，再无牵挂，遂指认了一位继承人托付伟业后，便不顾万千只鼠的苦苦哀求，毅然决然跟随李忆如，说是报赐丹之恩，实则是想游历山川罢了。

"苏媚给锦八爷的丹药，你这里还有吗？"沈欺霜很早就想问这个问题了，只是一直没找着机会。

听完，李忆如眼珠转了转，又从腰间拿出一粒多余的丹药置于手中掂量，颇为傲娇："这是狐姐姐给的，狐姐姐说她总共就三粒，之前浪费了一粒，又给锦八爷一粒，还剩一粒便给我了。这丹药可神奇了，不仅能凝魂续命，还可解千毒、治百病，我带回去也叫韩大哥开开眼界……"

李忆如滔滔不绝，沈欺霜却彻底怔住了。

杭州的比武大会上，沈齐抹毒于飞镖之上，对她暗下狠手后，幸得一粒丹药凭空而来，将她救下。纵使她当时头脑混沌，却清楚地记得那丹药仅拇指大小，呈水青色，上有"龙游在天"的图样，还散发着极淡的海腥之味，便同李忆如手中的这粒一般无二。

沈欺霜这才意识到什么，急道："苏姑娘可还在房中？"

李忆如冷哼："你都把狐姐姐气走了，还假惺惺地问什么呀？"

"她走了？"

沈欺霜与王寅虎异口同声。

李忆如白了他二人一眼，又乍然回想起自己的正经事，当即将发辫往后狠狠一掷，摆出几分女大侠的风姿，道："本女侠也告辞了，不与你们同流合污！"

然而还没走出几步，又被王寅虎一把擒回："苏媚去哪儿了？"

李忆如双手一摊，也很焦急："我怎么知道？狐姐姐受了很重的伤，刚刚还在房中疗伤，转头就不见了……"

听得此言，王寅虎的心登时跌进谷底："她……受伤了？"

日子一天天过去，苏媚腹部的伤势也渐愈合完全。只是异魔教戾气过重，伤口余毒难解，每日还需傲澜的一碗药将养着。这日苏媚正躺在松草铺砌的石床上，盯着坑坑洼洼的洞顶暗暗出神。傲澜一身青衣直裾，两根龙须悬在鬓前，神态颇为慵懒地端着碗药拨帘进来，目光一扫，见桌上饭菜未动，滴水未少，而苏媚还躺在床上，郁郁寡欢，便又是一嗟三叹："你倒真是要破罐子破摔了，身体不要倒罢了，连孔璘的命令都敢违抗。他都召你两次了，你再不去复命，连我都要一并被挫骨扬灰了。"

苏媚翻个身，同样的话听得有些厌烦了："就说我在养伤，不方便。"

"你这伤养得差不多了！"傲澜语气全是无奈。他将碗中的药呈给她，长吁短叹："你哪次回来能不带伤吗？"

苏媚却笑道："若无伤，我回这种地方做什么？"

这随口一句，叫傲澜大感受伤："你这话说的，亏得我将你视为知己，你一出任务，我便日日盼着你回来，这次还在孔璘面前为你一拖再拖，可我在你心里，却是呼之即来挥之即去、可有可无的存在，你也只有无药可救了，才想着回来一趟吧？"

见他又开始演起了苦情戏码，苏媚懒懒地瞅他一眼："呼之即来挥之即去是掌旗使孔璘的特权，我可不敢高攀。"

苏媚此言不假。傲澜精通医术而不善武，在这靠功力拳头决定生死的异魔教，他完全不占半点优势，且又生得细皮嫩肉、面如冠玉，简直是众魔垂涎三尺的果腹之食。可他能在这样险象环生的残暴地界中过着恣意潇洒的日子，全仰仗于他是天地间仅存的一尾孽龙。他受孔璘钦点庇佑，得以安身立命，无人敢招惹，然而看似地位尊优，实则也不过是孔璘养的一味药。只要孔璘身负重伤，就会让他舍身，将他的角骨炼成一剂良药。

"那我宁愿这个特权是你的。"傲澜忽低声道。

苏媚倏然一怔，下意识间以为自己听错了。傲澜惜命如金，遂苏媚常常听他挂嘴边的，就是："孔璘责怪下来，不要牵连于我。"他会甘心舍弃自我，成为她的特权？她奇怪地审视着傲澜，却见他遮掩在深邃的眼睫之下的神情，有些难喻的慌张。苏媚觉得有些奇怪，便在这时，孔璘的手下又带着诏令前来。苏媚这次没再推脱，起身而去，却不知傲澜看着她离开的身影，眼中却堆砌出情愫来。

"苏媚。"他忽然喊住她。

"嗯？"苏媚停促脚步，回头看着有些反常的傲澜，"到底怎么了？"

傲澜素来恬淡的神态，有些明暗交杂："他不会一直在人间等你，你要知道，自己的路究竟该怎么选择。"

苏媚被他这破天荒的一声嘱咐弄得云里雾里，轻蹙着长眉，反问："什么？"

良久，傲澜摇了摇头："没什么。"笑了一下，转而又补了一句，"我说孔璘责问下来，不要把我供出来。"

"……"

苏媚有些莫名其妙，但来不及多想，便在等候在外的魔兵连声催促下转身走了，却不知她走后，傲澜的目光却渐渐暗了下来。傲澜心中怅然无比，王寅虎不会在人间等她，可他却一直在异魔教守着她归来，自始至终，哪有什么贪恋池水，回回在她洞府偶遇，只是他一直在这里等她罢了。

龙门邪域九弯九绕，诡谲阴森，戾气熏灼，妖邪相互残杀吞噬，久战不息。

魔尊统治龙门邪域成立异魔教，唯掌旗使孔璘亦马首是瞻。苏媚在此办事多年，自然畅行无阻。不过一盏茶的工夫，便已抵达主殿，却见尊位之上空无一人，她心下奇怪，便四周环顾，只见血池熔浆灼灼翻滚，火光幢幢之中，显出一道摇曳生风、影影绰绰的女子身形。她默然矗立，纹丝不动，不知已在那多久，翩翩白裙，被扑面而来的火光拨起千层衣纱浪；青丝及踝，如一道水墨挥毫于宣纸之上。

"你醒了？"苏媚随口寒暄。

听到声音，她举步回身，般般入画的眉眼无波无澜，如同山河沉寂的淡然："好久不见，苏媚。"

自天师陵寝一别，距今已半载有余。当初萧玦为救她舍身而死，巫柔心如死灰，随之沉睡。从此，美轮美奂的幻魅画轴和普通字画无甚差异。孔璘一筹莫展，便将她囚禁于炼狱，或是软磨硬泡，或以酷刑"伺候"，但却无济于事。苏媚猜测巫柔会在画中给自己编织一个美梦，永生沉睡，永不苏醒，却不想见面来得这么猝不及防。短短半载，巫柔那双伤痕累累的眼眸中，沉淀出一种厌世的决然来。看来这一次，是孔璘赢了。

"孔璘答应了你什么？"孔璘向来是严刑拷打不见其效便交换条件，各取所需。对于他的鬼蜮伎俩，苏媚十分熟悉。

"你猜。"巫柔倒是心情颇佳，跟她卖起关子来了。然而苏媚可没有这个闲情雅致跟她兜圈子，当即两手抄起，侧于一边："爱说不说，反正我也不感兴趣。"

巫柔不依不饶起来："那你对什么感兴趣？"

苏媚瞟她一眼，言简意赅："李逍遥。"

"是吗？"她唇角上扬，半信半疑，"我看你对王寅虎更感兴趣吧！"

"我……"苏媚欲言又止。

"怎么？"巫柔慢条斯理的神情似乎早已洞悉一切，决然目光加笃定口吻，让她增添几分高高在上的姿态，"那个恨世人入骨的红狐狸，竟然爱上了人类？"

这话甫一入耳，苏媚便觉心口被人狠狠一攥，下意识呵斥："你胡说！"

"我胡说？"巫柔胸有成竹，笑出了声，"那我问你，你最近是不是忙着谈情说爱，灭门之仇都抛之脑后了？"

"呵！"苏媚冷笑，"若是这样，我还回来做甚？"

"孔璘让你跟着他，可没说要你回来。"巫柔毫不客气地将她最后一点骄傲揭露出来，放在唇齿之间狠狠蹂躏，"你之所以主动回来，那是因为他心上人回来了，所以你狠狠地……躲了起来，是吗？"

"你！！！"像被戳中了心思，苏媚竟然有些恼羞成怒。可盗取他人深埋心底之事，对于由山川社稷图孕育出的画妖巫柔，不过是探囊取物。

见她不说话，巫柔又继续道："这人间的男子，大多是趋炎附势之流，王寅虎得知沈欺霜是沈堡主之女，自然态度大变，对她更加上心。毕竟一个是人妖殊途，一个是名门望族，是个男人，都知道该怎么选。"

巫柔的一字一句，就像又尖又细的针一样，挑着她的心头肉。苏媚几乎脱口而出："他不是这种人！"

看着她着急否认的样子，巫柔知道她已经陷进去了，便问："那他为何非要当着沈青锋的面如此抬举她，自始至终，提都没提过你？"

"他只是想帮助沈欺霜得到沈青锋的认可。"

"是吗？"巫柔听到她的回答，有些忍俊不禁，便又凑近她一步，清澈的目光仿佛能看穿一切微妙心思，"可你心里真的这么想吗？"

是啊……她若真的只是这样想，就不会落荒而逃……

看她颓然失神的样子，巫柔不禁摇头叹息："你也别灰心，孔璘这一次找你，就是为了逼他在你和沈欺霜之间做一个抉择。"

听得这话，苏媚反而如临大敌。孔璘什么时候有这种闲心？肯定别有算计！可她询问之时，巫柔却是笑而不语，一副故意卖关子的样子，以至于苏媚忽然好奇，究竟是什么样的条件竟然可以让一只妖心性完全大变，让她从痴情执着变成这副心计重重的样子。

"孔璘到底答应了你什么？"苏媚又问了一遍。

巫柔猝然一顿，敛去了笑容缄默良久，终才迟疑地开了口："他能帮我找回萧玦。"

"什么？"苏媚蹙眉，随后便觉得她冥顽不灵，"你应该知道，萧玦肉身早毁，生魂又被虎煞吞噬，不可能再重生。"

巫柔看着她，意味不明的目光竟然蓄了一丝对她的歉疚——她知道，只要孔璘杀了虎煞，逼出它吞噬的灵体，就能救回萧玦，而杀虎煞的前提是除去她的心上人王寅虎……可这些，她无法告诉苏媚。

苏媚却在认真劝阻她："况且，就算找回来又能怎样？他不爱你。"死对于萧玦而言，是归途也是解脱。故而在天师陵寝之时，萧玦救下巫柔或许并非源于悔悟，而是向死而生。

巫柔听罢，却只是淡漠一笑："那不重要，我只要他留在我身边，这就够了。"话毕，她不再理会苏媚的劝阻，独自行至一边，似在等待孔璘的到来。

纵然苏媚看不懂她的心思，但却深知孔璘想借幻魅画轴困住李逍遥，她这个"间谍"必不可少。

缄默片刻，三声狂笑乘着阴飒罡风扑至大殿，未见其人先闻其声。孔璘黑皮银甲之下紧裹着一副强健体魄，浓黑的胡须将那张脸刻画得凶神恶煞一般。平日里紧跟其后阿谀奉承的啸狼不见踪影，但却丝毫不影响孔璘的满面春光。

苏媚原以为孔璘会因自己屡次对他的诏令置之不理而大发雷霆，如今看来完全想错了，只是孔璘这般模样更让她忽地心生不安，不知他葫芦里究竟卖什么药。

孔璘登上主位，扫了一眼殿下的苏媚和巫柔，又是三声猖獗的狂笑，那般胜券在握，像是一场阴谋即将席卷而来。

"苏媚，我召你几次，你就不想知道为何唤你吗？"笑声戛然而止后，孔璘面带着笑盯着苏媚，只是在那烛火的映衬下，那般笑容颇显几分瘆人。

苏媚只冷眼望着孔璘，语气平平："有事直说。"

听罢，孔璘又是几声大笑，他最是欣赏苏媚这般桀骜不驯的模样。他愣愣地看着眼下仅用短短数月，就给他带回六界生灵争夺不休的三魔器之一的苏媚："你给我异魔教立下这么多功劳，你说，我该奖你什么呢？"

苏媚抬起头，态度生冷："你知道我要什么。"

孔璘哂笑一声，目光晦暗难明，摇头道："以前知道，现在，兴许连你自己都不知道。"

听来散漫随和，实则字字警告。苏媚背脊乍然一凉，汗毛倒竖，确非因为惧他，而是徘徊在仇恨和愧疚之间。苏媚没直面回答，当然，她也答不出来。孔璘似早已料到苏媚的反应般，不急不慢："我早已替你想好了,不妨,三日后,给你个惊喜怎么样?"

孔璘刚愎自用,疑心颇重,苏媚蛾眉微蹙,隐隐对这所谓的惊喜感到不安:"惊喜?我不需要。"

他拿冷眼瞧她,似根本不给她拒绝的余地:"我已经派啸狼替你准备了,放心,三日后,必定合你心意,你做事不是喜欢谈条件吗?有些事情你不好出面,我便助你一助。"他指向久立一旁的巫柔,道:"事成之后,你替我将画妖带去仙灵岛,如何?"

除了李逍遥,苏媚自认再未树敌。难不成,孔璘口中的惊喜是和向李逍遥复仇有关?弄不清孔璘究竟有何目的,苏媚想来再问也是浪费口舌,多此一举。不过谈条件重在开诚布公,李逍遥根本不在仙灵岛是苏媚才知道的事实,既然孔璘故弄玄虚,那么苏媚也不打算告诉他实情,静观孔璘究竟打的什么算盘。

这三日,可谓如坐针毡。

三日后,约定时辰一到,苏媚匆匆赶至主殿,却见孔璘和巫柔早已到场,唯独不见啸狼。又等了约莫两个时辰,孔璘也渐浮躁起来。啸狼成事不足败事有余的事迹不计其数,想到这一层,苏媚反而如释重负,还以此调侃,说起了风凉话。却在这时,一声一声的喘息打断了苏媚。

几个异魔教教徒,利用树枝抬着一具"尸体"回来了。尸体被树叶遮盖,看不清全貌,见其庞大身形,至少有两个普通人的个头大。苏媚神色凝肃起来,正要上去一探究竟,这时,一根树枝因不堪重负,"咔嚓"一声折断了。

苏媚步子猛然停住,浑身僵若泥塑。

她早该想到的,除了沈欺霜王寅虎几人,她还和什么人有交际?

"如此大快人心的时候,你不过来看看?"

孔璘立在尸体前面,目空一切的眼神,得意且嚣张。这个尸体就像给苏媚敲的一记警钟,震得苏媚四肢冰凉麻木,不听使唤。她想挪动,可足如上千钧锁链,沉重不能移。见她此副模样,孔璘更是欣喜若狂,一掌劈下,飙风狂扫而去,枯叶漫天,纷纷扬扬,如场壮丽的暴雨。

但树叶被悉数拂开后，只见横摆在地的"尸体"，竟然是之前竖着出去的啸狼?!

众人瞠目结舌之下，大殿陷入诡异的静默，落针可闻。

树架上的啸狼双眸紧闭，面色苍白，唇齿溢血，这遍体鳞伤触目惊心的模样，叫苏媚几乎快忘记他先前那般阴险狂妄的神态。

以啸狼的功力很难在王寅虎他们身上讨到便宜。啸狼身上有多种武器造成的伤痕，诸如整齐匀称的细长切口是利剑所为；三道并列整齐的长痕是爪子所挠；撕扯得血肉模糊的小腿像是咬合力极强的猛兽所咬……很明显，以上三种，正是沈欺霜的剑和李忆如的两只灵兽所致。不过啸狼胸口还在起伏，仍有生命迹象，看来此遭出去真是九死一生。

"怎么回事？"孔璘适才还踌躇满志的神态在肉眼可见的速度下阴沉下来。

这一声暴怒，吓得几个异魔教教徒瑟瑟发抖："回掌旗使大人，我们在朱星门外看见啸将军，遂将之带回。"

孔璘阴寒如块黑铁："成事不足，败事有余！"

听得这一句，苏媚如释重负，甚至扑哧一声笑得开怀无比："这就是你给我的惊喜？"她拿手指戳了戳一动不动的啸狼，乐道，"虽然我确实与他有些过节，但也不用以自戕的方式给我报仇吧？"

孔璘怒不可遏，仿佛懒得再看一眼啸狼，大失所望地转身就要拂袖而去，但转念又意识到什么，便回身给啸狼输送功力。不足须臾，啸狼便在一声猛咳中呛醒过来，见是孔璘施法相救，登时感动得老泪纵横，跪在地上连连道谢。孔璘不吃这套，一脚踹开他，回到主位上，没好脸色道："你怎么会死在朱星门？"

啸狼仰着脸，如实道："我在朱星门前遇到了一个小姑娘，见她生得水灵，手上拿着两个瓷娃娃，便想……"

后续细节不必过多赘述，孔璘也知道个大概。啸狼历来败事之中，十桩有九桩是因小女孩而耽误了正事。啸狼一见到活泼可爱的小女孩，就跟恶狼见了肉似的扑过去，死性不改。所以一听又是这种缘由，孔璘登时就拍案而起，呵斥道："你竟然叫一个小女孩伤成这般？"

"不是啊！"啸狼大喊冤枉，"那小女孩没什么本事，但是能随时召唤两只巨型猛兽，一只似鼠，一只似熊，前者有百年妖力，后者蕴含无尽神力。两面夹击之下，我根本无力招架……"

"忆如？"苏媚脱口而出。与此同时，孔璘也脸色沉静下来："女娲后人的御灵之术？"

啸狼恍然大悟，瞬间觉得自己输得也算有头有脸："原来她就是女娲后人？可女娲后人为什么会出现在我异魔教的朱星门？"

这也是苏媚关心的问题。

朱星门是龙门邪域与外界的屏障，其凶险连沈欺霜都要望而却步，而李忆如只身一人怎么会出现在这里，王寅虎又怎会让她来这里涉险？难道是她离开的时候留下了蛛丝马迹，他们来寻她了？

"我不是让你去抓沈欺霜吗？"孔璘却不答反问。

"对对对！"啸狼连连点头，颇为得意的邀功道，"沈欺霜我抓了！"

苏媚猛然抬头。孔璘似乎瞧出她眼中惊诧，理所当然地问道："我将沈欺霜抓起来，你不高兴？"

高兴他个祖宗！苏媚觉得他们简直不可理喻。

纵然见沈欺霜和王寅虎亲近，她有些意难平，但是从未想过伤害沈欺霜。而这厢，啸狼还在对抓捕沈欺霜的过程津津乐道："那沈欺霜不知学得什么剑法，我和她那是大战十几个回合，正好寻得机会，我们打到一个悬崖边上，她刺我不成，被我一个猛扑，吓得失足落崖，但是临时甩来一齿状飞镖差点要了我的命……"他指了指脖子上的齿形伤口，又道，"我从崖下将她拎起来后，且按照您的吩咐，特意将武器留在了崖边，一看便知是我啸狼所为！"

杀人越货之后，便是毁尸灭迹，但他们刻意留下证据，做得如此昭然若揭，其中必有蹊跷。

苏媚停步，察觉此事远不止眼前这么简单，正当这一丝悬疑浮上心头，身后忽袭来一阵罡劲十足的阴风。众人回头一瞧，只见掌控异魔教空中领域的血鸦之首狼狈周章地疾奔而来。他窄额三角眼、尖脸鹰钩鼻,半鸟半人貌,漆黑如墨的翅膀断了半截,连扑带扇,来势慌张:"不好了,不好了!掌旗使大人!"

孔璘却气定神闲,道:"说事。"

血鸦首领心有余悸,连咽口水,惊慌道:"有……有个人类闯进来了,我血鸦倾巢而出,几乎全军覆灭,傀儡虫、蜘蛛怪甚至连擎天妖石都节节败退,我来时他正劈毁风陵石的续魂灯,恐怕很快就会攻至主殿,还请主上小心为上,此人力大无穷、妖法不侵、幻术不破,仿佛专克妖魔。"

此言一毕,主殿沸腾,诸魔惶恐,一众惊慌失措中,孔璘却勾起一抹运筹帷幄的阴笑,从容道:"苏媚,这才是我给你的惊喜。"

难道,孔璘抓沈欺霜,是为引诱王寅虎,来个瓮中捉鳖?

果不其然,孔璘话音刚落,只听得殿外几声嘈杂的凄厉惨叫,随之,一群嶙峋怪石连同一众异魔教教徒全部被砸进殿内,场景好生壮烈。熔浆迸出三丈高的火舌,舔到一小妖,吃得更是吱吱作响。诸魔恐惧陡然而生,当即露出凶猛的狰狞之状,运功戒备。这时,一把黑铁锻造的利刀携风雨之势,如疾光般飞驰而来,直直穿透三只劣妖前胸,再借岩石反弹之力凌空而上,穿云裂石的刀劲直逼孔璘!

但孔璘却坐如磐石,纹丝不动,只在这风驰电掣的刀刃距眉心毫厘之间时,将头略略一侧,仿佛躲开一片落叶般地行若无事。

刀断金切玉,削铁如泥,顷刻没入岩石之中,也未曾撞出金石声响。厚重的刀背随刀而直,星宿般的清澈寒芒与熊熊火光对峙。

此刀正是天吒。

血鸦首领口中披荆斩棘而来的,果然是王寅虎。

曾经孔璘为寻三魔器,派去人界的不少魔将皆死于他刀下,孔璘怒不可遏,还曾特派啸狼前去斩草除根,却屡屡以失败而告终。王寅虎三番五次破坏自己的计划,孔璘早已将他视为眼中钉,非除不可。是以,他派苏媚去寻找三魔器,没想到她意外与王寅虎纠缠。于是他改主意了,与其直接除去王寅虎，还不如借助他的身份，让苏媚给教里收集更多仙门正道的信息，关键之时还能像如今这样，成为他们计划中重要的一枚棋子。

只见王寅虎缓步进殿，他英姿挺拔的身形从灰暗交杂的光影中显现出来，一贯的玄衣直裾，脸上沾染着尘埃以及血迹，给他俊朗无俦的脸镀上一层临危不乱的从容；鬓前松散垂落的一缕发丝，让他方正不苟的脸平添一抹放荡不羁的洒脱。

在他刀下吃了亏的妖魔心有余悸，惧得怯怯后退，一同却步的，还有苏媚。

倘若王寅虎知道她与虎谋皮、跟孔璘同流合污，必然反目成仇，倒戈相向。无计可施下临阵脱逃的念头油然而生。但孔璘功高难测，王寅虎单枪匹马与他交手，胜负难料，她有些放心不下……一番天人交战后，苏媚索性先找个隐蔽的地方藏了起来，静观其变。却不知这一幕，正被居高临下的孔璘尽收眼底。

他眼神中透着一种难以言说的狡诈之色，转而瞧了一眼天吒暗红的刀柄，冷道："这刀是上古魔神天吒所持之刀，本是我魔教之物，却被她带入冰火洞中，后被你师父寻了去。如今辗转落入你手，你却拿它来对付我？"他轻蔑嗤笑一声，"也好，正好今日，完璧归赵。"

暗红的刀柄透着隐隐的血光，如镜的刃面映着孔璘阴恻险恶的脸。他伸手去抓天吒，但指尖方一靠近，天吒刹那震怒，自石壁拔出，猛烈的震颤叫孔璘不得不松手。

天吒直线折回，落入王寅虎手中，仿佛受了惊的孩子，仍震颤不止。

孔璘的掌心如被烈焰灼烧，爆出鲜红欲裂的口子。他盯着那伤口沉默半晌，也不顾及天吒去向，失神讽刺："凭什么，你和这人类都可以操控它！"

"你说的，是月柔霞前辈吧？"王寅虎目光如炬，紧盯着孔璘，"月柔霞前辈虽是异魔教中人，但她心地纯良，明辨是非。而持天吒者，必须有大义凛然之态度，执法如山之决心，似你这种心术不正、目无法纪者，只会被其反噬而亡。"

"一派胡言！"孔璘不为所动，振振有词道，"天吒本就是我异魔教之物，岂可能……"

"不错，天吒本就是异魔教之物。"王寅虎乍然想到什么，打断他道，"可见异魔教成立之初，便是以公正为道。"

异魔族原本是上古蚩尤族流落人界后和人类混血同化的后裔，拥有一半神族血统的他们，于六界而言无疑稀有而高贵。异魔教创立之初本就是维持正义，与如今三大仙山初衷一致，只是后来混入一些心怀叵测的魔族人，便异政殊俗、离弦走板，逐渐臭名昭著，以致被从正道除名，列为邪教。

孔璘无言以对，这时王寅虎又不紧不慢地点醒道："哦，忘了，你非异魔教正统血脉，不知也是情理之中。"

"你……"

如果上一句只是让孔璘哑口无言，这句话便彻底激怒了孔璘。

第二十一章
芳时到头两难择

孔璘虽为异魔教掌旗使，拥有驱策万魔之权，可事实上，他并非异魔教的正统血脉，而是地位极低的魔族。

当年异魔教之首混天魔尊尚且在世时，孔璘因不甘平庸，总在混天魔尊练习魔功之时凿壁借光，偷习一二，后被混天魔尊发现，见他学得一点皮毛便能融会贯通，觉得是可造之才，不仅没有责罚，甚至摒除种族之别，亲自传授魔功。

孔璘得权之后，将曾经凌辱、唾弃他、乃至见过他落魄者逐一杀死，手段残忍，匪夷所思。但尽管孔璘歪心邪意，却始终对混天魔尊忠心耿耿，只是血统之事，此后便成为诸魔不敢妄议提及的禁忌。

王寅虎此言无疑太岁头上动土，公然挑衅孔璘。

果然，孔璘听罢，气得瞬间变色，七窍生烟，当即飞身跃下，所携洪荒魔气，爆掠而至！

王寅虎刀如流光，盘旋辗转，化出一道长虹，直接贯穿魔气！

两股澎湃之势对抵，铺天盖地的绚丽光芒倏然炸开，如洪流决堤，席卷而去！王寅虎借以天吒之势化解这泰山压顶的一击，在苏媚提心在喉时，保全一命，但情势依然不容乐观。孔璘早知王寅虎体质特异，术法不侵，随即伸手召来一把其利无比的三叉戟与王寅虎正面交锋。

部分修魔之人同修仙之人一般，重在修炼法术，至于剑法、格斗、拳掌向来是其薄弱之项。有些妖邪之辈甚至全仰仗于术法，一门心思地打坐入定，对于肉搏战术一无所知。

　　法术不侵的王寅虎在异魔教便占了得天独厚的优势，挡路者便是扔来一个毁天灭地的术法砸他身上还不及挠个痒痒。故从朱星门到主殿，这裏尸累累的九弯九绕，于他而言，不过就是路途崎岖了一点。但始料未及的是，异魔教的掌旗使孔璘不仅功高道深，竟还能结合虚幻之术，将一把三叉戟使得风云变幻，波谲云诡。

　　王寅虎身手不逊，皆一一躲过。孔璘见其功夫了得，忽然将魔气灌注三叉戟之中，如此一来，不仅加重伤害，甚至迅疾如电。王寅虎避开一刺，第二刺立刻接踵而来……三刺四刺，如影重叠，甚至每一次都携石破天惊之力，招招结合紧密，毫无破绽。

　　不过一炷香，王寅虎便冷汗涔涔，不住后退。

　　王寅虎一路退至一古木之后，倚树抵御，这才得一些喘息之机，怒目而视，质问道："沈欺霜在哪儿？你将她怎么样了？"

　　听得这满是怒意的一声，孔璘立刻停住攻势，收回三叉戟，转而意味深长地看了一眼啸狼："你该问他。"

　　孔璘占尽上风，看得啸狼是拍手叫好，以至于那满布横肉的脸看上去，春风得意，尽显猥琐。王寅虎猛然想到多年前，沈欺霜尚幼时险些被啸狼糟蹋一事，登时怛然色变，一股怒火直蹿天灵盖！

　　啸狼还无所顾忌地猖獗狂笑，却不知隐忍的王寅虎正将周身之力凝聚于左臂！

　　乍然间，一声虎啸，如平地惊雷，叫周遭妖邪毛骨悚然。王寅虎放出虎煞，虎煞缠住孔璘，所有妖魔见之，无不惊恐。却未察觉，王寅虎已借虎煞穿梭之力，将空间化为虚无，便在所有人的注意力都在孔璘和虎煞身上时，他瞬移而至啸狼身前，只听得"啪"的一声，啸狼应声倒地，被王寅虎结结实实的一拳打得脸歪掉牙、鼻血横流。

　　根本没有人看清楚毫无术法的王寅虎，究竟是如何做到瞬移的，但异魔教中位高权重的大将竟然被一个人类打掉大牙，这简直就是奇耻大辱!

啸狼揩了揩唇边的血迹,难以置信的目光中,尽是怒意,他欲挣扎起身,王寅虎却顺势一个腾跃,直接骑在了他身上,将之完全压在地上动弹不得。

一拳一拳,雨点般打下的拳头,是从心口奔泻而出的怒火。

苏媚从未见过这样怒不可遏的王寅虎。

"她在哪儿?"王寅虎咬牙切齿地问。

啸狼本就重伤,再经王寅虎这一打,虎背熊腰的庞大身躯如死泥瘫在地上,口齿不清地道:"别打了,别打了……我说我说。"他抬起那鼻青脸肿的头,伸手指了指旁边一径长两丈的顶穴石柱道,"沈欺霜就在那里面,按钮就在……"

话未道完,王寅虎已起身拔出魔刀,蓄力一斩,明晃晃的弧形刀光侧削而去,龙纹盘踞的擎天巨柱被一削为二,"轰隆"一声,石砖坍塌,粉碎一地,还杵在原地那部分纹丝不动,只有侧面被切出一个整齐的切口,像是给石柱开了一道门。待尘土落尽,显出里面光景,霎时间,满殿寂静。

苏媚更是双目大睁,紧捂住了嘴。

王寅虎亦是四肢冰冷麻木。

只见石柱中空,衔接洞顶与熔浆,土尘纷扬,焰火灼目,腕粗的铁链悬吊着一女子。女子纤巧的身躯弱不胜衣,大汗淋漓呼吸羸弱,靛蓝的衣衫紧贴着肌肤,身上伤口在明火的炙烤下恶化,血痂外翻,狰狞可怖。莫说苏媚和王寅虎,便是异魔教教徒见之,也不禁倒吸一口凉气。

"七七?"王寅虎素来低沉浑厚的嗓音,竟然微微颤抖起来。

可里面那人却迟迟没有回应,脸色苍白,双眸紧闭,瞧之了无生气。愧疚噬心,王寅虎目光黯然,天吭也失力般猝然垂地。

不知过了多久,一声微如蚊蝇的"小虎?"入耳,仿若春风过境,让王寅虎心头星火以燎原之势复燃。他猛地抬头,正好对上一道涣散无力的目光。沈欺霜无力挣扎,悬于柱中,疲倦重压的眸子半睁半闭,唇齿微颤，像是许久不曾呼吸，大口呼吸几声后，便呛得剧烈咳嗽起来。

声声咳嗽，像是刀子割在王寅虎心口。他正要飞身过去，沈欺霜却神色剧变，急喝道："你别过来！"

王寅虎一怔。

长久的口干舌燥，以至于沈欺霜的声音嘶吼起来，极度喑哑："孔璘设计，他要害的是你，你快……快走！"

王寅虎何尝没有察觉。啸狼这么轻易就道出沈欺霜所在，也不见孔璘怒得清理门户，其中必有算计，可是……"我不能扔下你。"王寅虎目光坚定，再不迟疑，隔空一刀，只听"丁零"一声脆响，火光飞溅，铁链断裂，沈欺霜身体腾空，猝然下坠！

足下熔浆扑面而来，却在这时，她的耳畔一声温柔到极致的声音响起："情势所迫，得罪了。"随之，一双冰凉有劲的手稳稳托住了沈欺霜的腰。沈欺霜一惊，睁眼，率先入目的是银边暗纹的玄衣领口，视线再往上移，王寅虎双唇紧抿，下颔分明，如雕如琢的眉眼、凌然如风的身段，被这幢幢焰火，映衬得轩然霞举。

"抓紧我。"明明武魂生而刚烈，其性却温文尔雅。他看了一眼沈欺霜："我带你上去。"

沈欺霜眸光氤氲，心头一动，可手悬在空中，却迟迟并不敢搂上他。

她赫然发现，眼前这个俊朗无双的男人，还跟年少时一样，是漆黑夜下的璞玉浑金，也是她午夜梦回触不可及的存在，这么多年，从未变过。

王寅虎见她无动于衷，以为是碍于男女之别，便不再强求。他借插于柱壁的天吒落足弹跳，单手稳托沈欺霜，紧接着蹬壁而上，顷刻便跃出石柱，稳稳着地。周围诸魔在虎煞的钳制下，眼睁睁看着消灭敌人的大好时机错过，不免愤然，但孔璘却好整以暇，不恼不惧。

"你生辰特异，能在这九弯九绕的龙门邪域来去自如，她就未必了。"

孔璘话罢，两手大开，五指紧合，一阵无形的力量如矢飞出！王寅虎立刻提剑挡下，但沈欺霜早已筋疲力尽，此刻浑身乏力，连站立都极为困难。异魔教中，孔璘一人独强，只有压制孔璘，才能杀出一线生机。思及此，王寅虎立刻召回虎煞，命之保护沈欺霜，自己则与孔璘单独对峙，续上那场未分胜负的战斗。

孔璘早已改变战术，一挑一刺不仅精准迅猛，甚至能将对手所有退路断绝，若非王寅虎底子深厚，早就被刺成马蜂窝了。可王寅虎也只能守，无从攻，他也深知，只攻不守必然是输。

"小虎，你先走。"

以王寅虎现在的体力，从异魔教全身而退绝非难事，若再纠缠，情势必然堪忧。沈欺霜艰难地撑起羸弱的身子，苍白如纸的唇一翕一动，忧心如焚："你能来，我已经很高兴了，别为了我，枉送性命。"

"我既然来了，岂能空手而归？"玄衣之下的铮铮傲骨，让王寅虎每一字都铿锵落地，"今日无论如何，我也会救你出去！"

沈欺霜目光渐深，几番欲言又止，而一直暗中观察的苏媚，却莫名堵得慌。

王寅虎话罢，已继续上阵。孔璘的打压延绵不绝，王寅虎灵机一动，忽以一招"抽刀断水"，硬生生地钳制住了三叉戟，趁这间歇工夫，借虎煞穿梭之力，欲避开与三叉戟的正面交锋逆转局势。但老奸巨猾的孔璘魔功深不可测，已然预料到他的想法，便在王寅虎闪至孔璘身后时，三叉戟一个"回马枪"竟以更快的速度穿刺过来，反叫王寅虎措手不及，胸前当即划出一道极深的口子！

面对这样可怕的对手，王寅虎第一次深感无计可施。

沈欺霜闭上眼，不忍见他此状，王寅虎却凑近沈欺霜耳畔，小声道："我们还有退路，等……"

"等它，是吗？"孔璘冰冷地接过他的话。

二人抬头一瞧，竟见孔璘手中拎着一胖滚滚的小金鼠，小金鼠似已放弃挣扎，任由孔璘揪着后襟，一副看淡生死之状。而能在孔璘手中如此淡定从容的，正是年事已高并早已死过一次的锦八爷。

锦八爷和王寅虎一起闯进朱星门之后便分头行事。王寅虎负责直捣腹地救人，锦八爷负责设法接应。是以，锦八爷使出鼠界绝技，不到半个时辰便在地形复杂的异魔教凿出一条仅供地鼠通行的洞，哪知它歪打正着，竟直接从孔璘的尊位下打出个洞来，叫孔璘逮了个正着。对此，锦八爷也深表无辜，两爪一摊，无奈宣告："如你所见，计划失败。这地下全是熔浆，好不容易打穿出来，哪承想是这里……"

看来他们的一切行动，早已在孔璘掌控之中。

孔璘并未打算放过这看似无足轻重的小金鼠，如同玩弄一只蚂蚁般，两手越勒越紧。锦八爷吱吱挣扎起来，身体受压，瞳孔不断鼓大。而这厢，王寅虎的伤口还在不断渗出鲜血，将玄色衣绸染成了墨，但他无暇顾及，右手的魔刀高举，冰冷的黑铁之上蹿起几道火焰，熊熊燃烧，朝孔璘正面劈斩而去。

诸魔在这刹那，仿佛忘记抵抗，心提到了嗓子眼。

唯独孔璘有恃无恐。

在魔刀势如破竹凌空斩下一瞬，一道熟悉的红影挡在孔璘身前。

那映入眼帘的脸，曲眉丰颊、眉眼如画，清冽目光，如洒入姹紫嫣红中的一抹月华。

"苏媚？"

苏媚也不知何故。适才她正作壁上观，一股强大力量却朝她精准吸附而来。她当即施法对抗，却惊人地发现，自己的法力竟与这神秘力量完全融合，仿佛不容她有丝毫反抗之心。她便轻如鸿毛般被吸附过来，被迫挡在孔璘身前。

彼时，刀劲既出，覆水难收，王寅虎抽刀断力，便如经脉逆行，反噬之力瞬间倒灌丹田，登时血脉偾张，青筋暴跳，甚至有骨裂肉绽之感。但他还在全力收势，欲以自身之力逆转刀锋。

可落刀只在一瞬，根本来不及使出全力。

千钧一发，虎煞腾身一跃，以强健的背脊，生生扛下刀锋，而王寅虎借这一缓冲，方才得以收起其刀。

苏媚幸免于难，王寅虎也如释重负，两人不约而同地看向挺身而出的虎煞，然虎煞却被这两道灼热视线看得浑身不适，昂首阔步地走了两步，不冷不热，颇为傲娇道："别这么看着我，我是怕你遭受反噬，伤了身体，你不要这副身子，我还要呢。"

"苏姑娘，你怎在此……"见不告而别的苏媚现身异魔教，甚至为孔璘舍身挡刀，莫说沈欺霜大惑不解，便是王寅虎也愣了半晌，这才迟疑地重复问道，"是啊，你……怎么在这里？"

——你怎么在这里？

这句看似平平无奇的一句话，却仿佛无形之刃，刺痛了苏媚。

苏媚本就冷下去的心彻底凉透，转而一想，又忽然觉得好笑："同样是失踪，她落入啸狼之手，你便如此紧张，甚至不顾生死，可我也是不告而别，你却不仅不担心，甚至疑我？"

"不、不是的，是因为……"看着苏媚失望透顶的样子，王寅虎不知怎的，竟心乱如麻。

踌躇半响，才道了句："我一直很担心你。"

苏媚流转眼眸几不可察一顿，转而冷笑一声，不屑亦不信："你担心我？算了吧。适才你为那欺霜小美人拼命的时候，估计早就将我抛之脑后了。"

见她言语凉薄，与之前判若两人，王寅虎蹙眉，仿佛不确定眼前这个冰冷无情的女子是苏媚。而这时，孔璘脸上杀气腾腾。他将已被掐得头昏脑涨的锦八爷扔过来，若无其事地拍拍手上灰尘，气定神闲道："这小东西，捏死没意思，不如，我们玩个游戏。"

孔璘阴恻恻笑着，手中正抛着数粒药丸，锦八爷见状，立刻清醒大半，将周身上下摸了个遍，登时惶恐不安："不好了，那是我的缩小丸！"

缩小丸是锦八爷的秘制药丸，一旦服之，身体便能缩小百倍。锦八爷原本便是计划让王寅虎和沈欺霜服用此丸，从鼠洞逃出生天。但没想到，这一计策恐怕早已被孔璘识破。

孔璘坐在尊位之上，将锦八爷以修为与精元熬制而成的缩小丸，一颗一颗扔进熔浆之中，其悠闲散漫之姿，如同后花园给鱼投饵，气得锦八爷七窍生烟，若非王寅虎阻止及时，这会儿估计又会落入孔璘手中。

缩小丸扔得还剩最后一颗时，孔璘终才停下来，他将最后一颗隔空传于王寅虎面前，下赌注的口吻："二选一，救一个。"

话一出口，诸魔吃惊。孔璘素来杀伐果断，最善斩草除根，今日竟然大发慈悲，玩取舍游戏？

王寅虎也不知他卖弄什么玄虚，只是这个二选一，却让他陷入两难境地。

苏媚和沈欺霜孰轻孰重？这好像一道无解的难题。

他和沈欺霜早在四年前便结识，中途虽失信多年，可久别重逢却一见如故，仿佛青梅竹马，知根知底、知己知彼，情深意重。而苏媚，忽冷忽热、捉摸不透，他好像对她了如指掌，又好像从不相识。可却不知何时起，他已经习惯她的存在。习惯她一边骂他好管闲事，一边冷着脸心系他的安危；习惯她说讨厌人类，但斩妖除魔时却回回冲锋在前。

沈欺霜撑着遍体鳞伤的身体，恹恹怏怏，摇摇欲坠，却一直劝说王寅虎将机会让给苏媚，跟她比起来，苏媚却沉默不语，一语不发，从未觉得自己如此自私过。她甚至希望王寅虎选择自己，不是权衡利弊，也不是左右思忖，而是脱口而出，被坚定地选择。

可惜，王寅虎就像一个摆钟，犹豫不决，摇摆不定。

孔璘也等得不耐烦了，一声一声地催促威胁，见王寅虎愁肠百结，难有抉择，孔璘破天荒地露出一丝善解人意的笑来，只是这笑容中，蕴藏的是讥讽嘲笑与轻蔑贬低，看好戏道："本座倒是忘了，你究竟是个人类，人，都是胆小又自私的，你若贪生怕死，也可选择自己逃命，本座一言既出，依然会放你走。"

"你说到做到？"王寅虎忽问。

孔璘大笑一声，不屑道："本座统率三军，你当本座儿戏呢？"

听此言，向来干净利索一锤定音的王捕快竟然也举棋不定，踌躇不决起来。

见他还在犹豫斟酌，孔璘耐心耗尽，索性施法挪动最后一颗药丸，使之逐渐趋向岩浆，玩味心起的眉眼阴恻地发寒，威胁道："你若再不选择，那这颗……"

"沈欺霜！"终于，王寅虎斩钉截铁地开了口，重复道，"我选沈欺霜。"

没有人注意到，苏媚眼中的光，在这刹那间，彻底熄灭。

内心抑制不住地失望，终究还是如滔天巨浪，淹灭了她心头最后一丝希冀……她忽然觉得自己很可笑，那个吃醋离去的小狐狸，如今成了一个跳梁小丑。

心口微微发酸，侵蚀着五脏六腑，隐隐作痛。

她想，若无那猛烈的期盼，也不会有这悲痛的来袭。

一切都是作茧自缚罢了。

沈欺霜听到这个答案，好像惊喜，却又惊喜不起来："为何……"

"就像你说的，孔璘抓你是为设计我，你既已因我受累，我王寅虎岂敢再让你为我而死？"

听得王寅虎如此一丝不苟的回答，沈欺霜目光却微微黯然下去："还是给苏姑娘吧。上次比武大会，承蒙苏姑娘赐药，救我一命，这一次，我便还了这人情。"

可惜苏媚并不领情。只见她红绸翻飞如有烟霞轻拢，净瓷般的脸粲然生光，高立在火光辉映中，可那张粉雕玉琢的脸上，冷得没有一丝温度："他既然选择了你，就该是你的。"说罢，苏媚反手一扔，直接将药丸打入沈欺霜口中，迫其咽下后，才面无表情道，"留在这里也是累赘，不如走了好！"

最后这一句，锦八爷大肆赞同，便再不拖泥带水，当即驮起已跟自己个头差不多大小的沈欺霜一溜烟就跑没影了。

看着苏媚娉娉袅袅的背影，王寅虎心中却浮出一丝异样的情绪来。他站在苏媚身侧，总觉得苏媚与以往完全不一样，但又说不上哪里不一样。是桀骜之间少了一分人情冷暖，还是对他关怀之中多了一分漠然无视？他甚至分不清苏媚究竟是忌惮孔璘才虎视眈眈不敢松懈，还是自始至终根本不愿正眼瞧他。

唯独孔璘得意肆笑："看见了吗，苏媚？这就是答案。"

苏媚终于明白，也终于心灰意懒。

王寅虎自是不知他们所指，仍全神贯注地与孔璘对峙，因为他还要带苏媚出去。他想到李逍遥年少带他打架时教过他一招极为耍痞——当然李逍遥说是"智取"的一招，便是言语刺激。简言之，当对方招式毫无破绽时，便以言语让对方情绪波动。一个人一旦心神大乱，再结构严谨的招式也会露出破绽。

思及此，王寅虎便有样学样地道："月柔霞创立的天吒刀法，你还记得吗？"

月柔霞当年将天吒留在冰火洞中时，一并留下了魔刀招式，后来盛尊武阴差阳错寻去后，便在招式之上有所调整。是以，王寅虎一语说罢，立刻一改适才矫若惊龙的走势，反走柔韧之道，挥出月柔霞最初创立的刀法。

果然，不到三招，孔璘心神大震！

孔璘行云流水的出击立刻出现纰漏，虽然仅一处，但伺机而动的王寅虎攫住这一瞬失误，当即趁暇抵隙，见缝插针，使出魔刀第四式"炙天煞"，刀势瞬间走疾，厚重的魔刀与细长的三叉戟激起匝地星火。被往事搅乱心神的孔璘见他残灯复明，有些猝然失策的慌乱，不足须臾，刀据上风，如飞鸿戏海、渴鹿奔泉，刀刀重砍三叉戟。孔璘持戟的右手被震得麻痛不已，竟险些丢兵。

恰在这时，苏媚忽然瞥见一物，就在孔璘的腰上，七寸之长，在飘忽不定的衣摆下，若隐若现。于是在王寅虎抽身回避之余，苏媚再次飞身上前。但她并没有与孔璘正面较量，也未夺或击其长戟，而是旋身入场，如风般轻掠而过，时在孔璘身前，时在孔璘身侧，孔璘眼花缭乱，正要硬对一掌，但苏媚已撤身五丈之远，而孔璘受其干扰，锋刃已然使偏。

"妖狐，你好大的胆子，竟然以下犯上！"啸狼早就看她不惯，见她吃里爬外，公然背叛，登时露出强壮的胸肌，挥臂上前，给苏媚腹部一击，苏媚一口鲜血喷涌而出。

"苏媚！"王寅虎脸色剧变，虎目大睁，当下悬空而起，抄起天吒连砍带劈，将苏媚护在左右，那眼花缭乱的密集攻击和威势，逼得周遭邪魔不敢靠近半分。但持续的输出始终力不能支，寡不敌众，强撑片刻后，天吒刀刃忽地一声铮鸣，王寅虎亦是头目昏涨，甚至有些隐隐发抖。

"强弩之末，又能撑到几时？"孔璘看出魔刀端倪，轻叹一声，"只会靠蛮力打出伤害，看来这把魔刀的功力，你还没领悟完全。"

王寅虎不甘示弱，可看了一眼悲鸣不止的天吒，却知孔璘所言不虚。天吒刀罡受污秽邪气所染，王寅虎能压下其魔力已是万幸，再加上适才这一番毫无章法的挥砍，天吒发出悲鸣便是表示已不能再战斗。可他身后，还有苏媚，那是他拼了性命也要守护之人，怎么可以不再战斗……他将天吒持得更紧，这一刻，他脚下是对邪恶势力的寸步不让，心底是与天吒生死共存的决心，喝道："就算没领悟，杀你也足够了！"

与此同时，孔璘挥动群魔如山河奔流般袭来，王寅虎举起因连续挥动数百次而变得格外沉重的天吒迎面相接！

简直就是以卵击石不自量力——就连王寅虎自己也这么觉着。可当他以赴死的决心砍过去时，却不知怎的，手臂上图腾的纹路忽涌出巨大而炙热的力量，仿佛滚滚岩浆般涌上周身经脉，天吒的悲颤停止，取而代之的是三声仿佛古老神兽一般的心跳，似乎是在让他重新挥动。

王寅虎只迟疑了片刻，便选择了相信天吒。天吒滚烫的刀柄在他手心汲取力量，却又在源源不断地给他输送力量，刀锋蓄力而指，瞄准了孔璘，王寅虎几乎是涌进全身力气将那一刀挥了出去，刹那间，从其刀锋涌出的力量形成势不可当的刀罡真气，如虹光暴流，照彻这暗无天日的龙门邪域，四周妖邪逃窜躲藏，惊恐万状，就连孔璘亦是震诧不已，心想他竟然能使出魔刀的至强刀法炙天煞，这样摧枯拉朽的刀罡，竟然叫他不敢接招。

孔璘退无可退，眼瞅自己即将被刀罡撕裂，下意识间，他将四散的邪祟召回聚拢，挡于身前。只见刀光四射，飞沙走石，万魔的悲鸣阵阵惨烈。他们身体在瞬间被其瓦解碎裂，铺天盖地的魔障四溢而出，待其散去，孔璘早已不知所终，只留下地岩断裂，邪火蔓延的异魔教，阴风穿谷，阵阵幽鸣。

王寅虎正欲乘胜追击，身负重伤的苏媚忽一阵猛咳，大口大口的血从唇齿溢出，苍白无色的脸被血染得触目惊心，她抬手一拭，才发现眼泪，早已一颗接着一颗，毫无征兆地涌流出来。

"苏媚……"嘈杂的混乱之中，王寅虎颤抖的音色悲怆无措，"别怕，我带你出去……"

这一战，异魔教主殿坍塌，熔浆奔流，形似滔滔巨浪，所过之处，黑烟滚滚，皆成灰烬，给长暗不明的天，染出几朵奇艳的云来，给它沉重的背影，增添一分悲寂。

第二十二章
千劫于心复恨生

朱星门外,阴风瑟瑟,如墨的云沉甸甸地压在山头,放眼望去,只有枯荣残枝在风中摇曳。忆如依偎在小熊猫毛茸茸的腹上,显得略有些百无聊赖,她扯着小熊猫肚子上的绒毛挽花,嘴上还在碎碎念叨:"刚刚幸亏有你们,不然莫说瓷娃娃了,我都小命不保,不过那个狼人魔头长得五大三粗的,竟然跟小孩子抢东西,真是我见过的最厚颜无耻的魔头了!"

"真是为老不尊,臭不要脸!"

"厚颜无耻之徒!"

见小熊猫如此配合自己,跟着一起骂骂咧咧,李忆如不由被逗笑出了声,然笑意还未及眼梢,又忆起一桩神伤之事,黑白分明的眼眸瞬间如萤烛熄灭,窃窃嘟囔自责:"小虎哥肯定还在怪我,如果沈欺霜有个三长两短,他会不会这辈子都不会原谅我了?"

苏媚不告而别后,李忆如大哭大闹,对沈欺霜态度极度恶劣。王寅虎觉得她无理取闹,又担心她真的一个人独闯江湖,遭遇不测,毅然决然要将她送回仙灵岛。李忆如哪肯依,不是翻墙越院就是半夜跑路,折腾出不少幺蛾子,王寅虎简直头疼不已,但决心已定,便是徒步也要将之送回仙灵岛。

途中,几人口渴,四周又无茶肆脚店,王寅虎便让她与沈欺霜原地休息片刻，他去山脚取水。李忆如不愿与沈欺霜独处，非要与王寅虎一道。二人去山涧溪流取了一葫芦泉水，但因她贪玩调皮的缘故，前前后后耽误了不少时间，回来时，沈欺霜便已不见踪迹，现场只有极深的打斗痕迹和崖边啸狼的狼牙棒。他们去山崖之下寻找，既无尸首也无人迹。王寅虎心急如焚，当即快马加鞭，这才只身直捣龙门邪域。

"小虎哥都进去这么久了，怎么还不出来？"晚云渐收，看着渐落的夕阳，李忆如终有些急了，站起身来道，"要不我们进去接应小虎哥，那里面那么多妖魔，万一小虎哥应付不过来，还能……"

"万万不可！"小熊猫拦在她面前，神态凝肃，"龙门邪域奇恶无比，非同小可。"

"那我更应该进去了！"李忆如听后，登时如坐针毡，恨不能马上飞奔进去，"此事因我而起，我纵然讨厌沈欺霜，但也不想因此害死了她和小虎哥。"

见她气势汹汹地朝朱星门闯去，小熊猫一口将她体娇柔弱的身体横掀起来，驮着她往回走："小虎叮嘱了，绝不能让你进去的。"

李忆如简直愁肠百结，真真叫天天不应，叫地地不灵，急不可耐地恼怒道："你到底是我的灵兽还是他的！"

"你的。"这个问题，小熊猫完全不假思索。

李忆如颇有恨铁不成钢的架势："……既然是我的灵兽，就该听我的！"

小熊猫寸步不让："任何事情都可以听你的，但是这件事，决不让步！"

"……"

正僵持争论间，忽听得身后"轰隆"一声巨响，震得大地颤动，群鸟惊起。主仆俱是心头一惊，以戒备之状立刻回头，却见朱星门被人从里侧一刀劈开，尘埃灰烬，扑面而来。而那百丈高的门前，烟雾缭绕，光影浮沉，风拂过，逐渐显出一个浓黑的人影。

那人身躯凛然，背驮一人，手持大刀昂昂端立，正一步一步，踏足而出。

本欲翻身下来的李忆如见之,吓得怛然色变,以为是什么长相可怖的魑魅魍魉。可迟迟不闻再有何动静,李忆如心下好奇,只见周遭尘埃落尽,门前浓烟稠雾散去,那步履沉重之人,竟是身负重伤的王寅虎。

他背着一女子。

女子柔弱无骨,纤纤玉手垂落在他胸前,了无生气。李忆如火急火燎便要过去,但还没下令,小熊猫已大步流星疾冲过去,将王寅虎和那女子一并驮至背上。李忆如见二人伤痕累累,皮开肉绽,豆大的眼泪,一颗一颗地往下砸。

"对不起。"李忆如撇嘴,赶紧抹了眼泪。见那女子也是体无完肤,血和汗、尘埃与灰烬以及披散的头发,全粘在脸上,简直面目全非。李忆如拿出水,去给她擦拭。女子周身裂开的如同灼伤的裂纹,叫李忆如触目惊心,笨手笨脚地颤着手,学着处理伤口。可当她拨开女子凌乱的头发时,瞬间瞳孔放大,小嘴更是能塞下一个拳头。

"狐姐姐?怎么会是狐姐姐?!"

听她如此一问,王寅虎这才左右环视,忽问:"沈欺霜和锦八爷呢?"

李忆如茫然摇头:"不是跟你们一起吗?"

王寅虎预感不妙,而这时,昏昏沉沉的苏媚被她惊得咳出几口血来,只觉身体五脏六腑、四肢百骸都已衰竭无力。她将被鲜血浸泡得瞧不出纹理和色泽的五劫辟魔锥递给王寅虎,悲凉之音,微如蚊蝇:"这个,我拿回来了。"

看到她手里的五劫辟魔锥,王寅虎心如刀割。

"对不起……"王寅虎声音前所未有地低沉,他将苏媚紧紧抱在怀里,满腔心痛无以复加。

"我说了,不用对不起,这是你的选择……"暮色四起,一如苏媚眼中涣散无光,"看来这一次,可能真的要离开了。"

"不会的!"王寅虎七尺凛然身躯,竟在这一刻,哽咽地颤抖起来,"你不会有事的!我一定会找到办法救你的。"

夕阳从破碎的云中泼下一片斑驳，苏媚看着他，柔柔地应了一声："我……相信你。"

四周如同死一样的寂静，唯有短促的呼吸，清晰可闻。沉寂悲痛中的李忆如忽然灵光乍现，一拍脑门："去找韩大哥，韩大哥那么厉害，韩大哥一定有办法！"

王寅虎经这一点，登时醍醐灌顶，眼中亮起一丝光芒："对，找韩仲晰！"他双目灼灼，深深望入苏媚眼中，"我们马上去仙灵岛，别怕，你一定会好起来的。"

"可是沈欺霜……"

王寅虎正要起身的动作一顿，回头看了看浓烟翻滚的朱星门，良久，终于狠一狠心，道："他们不会有事的，我先送你去仙灵岛，再回来找他们。"

嗜血般的夕阳落在苏媚凉薄的唇角，她隐隐一笑，那张出水芙蓉的脸，竟显出几分绝世惊艳之美来。良久，她终才轻道："……好。"

当啸狼提着满身灼伤的身体破石而出时，便见异魔教半边天已葬身火海，目之所及，刀折矢尽，肝髓流野，孔璘悬空矗立，褴褛微微，黯然至深的视线一直落于远处。

一旁啸狼更是怒火中烧，郁闷至极："臭狐狸，刚刚竟敢出手伤您！"

孔璘神色一沉："她把五劫辟魔锥盗走了。"

"什么！"啸狼五雷轰顶般，当即召来兵器，气势汹汹地就要追击而去，并龇起两颗獠牙，露出暴戾恣睢的恶相道，"我这就去将那养不熟的臭狐狸拎回来挫骨扬灰！"

"站住！"孔璘叫住他，阴恻笑道，"我今日目标，既不是沈欺霜，也不是王寅虎，而是苏媚。"

啸狼抬头，浓眉皱如山壑，表示完全没明白。

孔璘习惯他的愚昧无知，本不愿多说，但转念一想，又恐他莽撞误事，这才沉着性子将自己的谋划逐一道出："杀沈欺霜引王寅虎前来，并非为取他性命。"

"不是杀他?!"啸狼惊诧不已。想必莫说是他,便是王寅虎和诸魔怕皆是如此以为,只是不承想最后"瓮中捉鳖"变成"引火上身"。

孔璘笑他们目光短浅,转而负手而立,凄烈的山火将之神情映衬得扑朔迷离,"放心吧,她会带着五劫辟魔锥回来的。"孔璘五指渐握成拳,仿佛运转乾坤,"我说过,苏媚逃不出我的掌控。"

苏媚三番五次悖逆孔璘,啸狼不知为何一向多疑的孔璘竟对苏媚深信不疑:"您怎么知道?"

"因为,她将画妖带去了。"

经这一句提醒,啸狼恍然大悟。

"事成之后,你帮我将画妖带去仙灵岛。"——这是苏媚和孔璘之前的约定。

难怪孔璘一直不让底下的人动外面的李忆如,如今想来,若李忆如有个好歹,谁能带他们几个重伤之人去仙灵岛求医问药,给苏媚算计李逍遥的契机?合着孔璘和苏媚这是一明一暗,玩得是一环扣一环?

幡然醒悟的啸狼这才欣喜地吹捧道:"所以您适才输给王寅虎,也是故意为之?"他摸摸脑袋,嘿嘿笑道,"我说您怎么可能失手,让五劫辟魔锥叫他们抢了去?"

话毕,孔璘脚步猛然一顿,脸色霎时黑透,一眼怒瞪过来,凌厉之状,能将啸狼五马分尸!他这才意识到自己说错话了。

王寅虎能胜几招,是因为乱了孔璘的分寸。

月柔霞,如今异魔教没人敢在孔璘面前提及此名。

当年魔尊之女月柔霞爱上一个蜀山的凡夫俗子姜清,这二人深知这段恋情不被世俗接纳,私订终身后,月柔霞带着魔刀天吒和姜清隐居在峨眉山后的冰火洞中,但好景不长,魔族势力渐长,混天魔尊大功将成,威胁到六界安定,蜀山掌门决定集合三十六位最强弟子,布下天罡三十六剑阵,消灭魔尊,彻底击败魔族势力。

蜀山三十六位最强弟子,首先的自是姜清。

月柔霞得知此事，与他不欢而散。同时，孔璘为救魔尊，在大战前夕派人放消息给姜清，告知月柔霞被蜀山长老抓住，并关入锁妖塔中，受尽折磨。姜清霎时间方寸大乱，扔下天罡三十六剑阵的部署，只身闯入锁妖塔中。

锁妖塔何等地方，塔内是符咒加持，塔外是层层封印，穷凶极恶的妖魔，在里面争奇斗异，生人进去，焉有活路？

月柔霞得知孔璘的计谋后，一人独闯蜀山仙剑派，却遭到蜀山掌门拦路。月柔霞告知实情，掌门却不信自己得意弟子与魔尊之女有染，做出这等离经叛道之事，固执地觉得月柔霞妖言惑众，一派胡言，当即出手将她击至重伤。月柔霞无奈，缠斗之时，趁机遁入锁妖塔中。

今日这遭，孔璘除了阴谋得逞的胜券在握，更多地浮出心海的怅然若失。

他回到寝宫，侍女侍卫鱼贯而入，却被他一声斥退。

寝殿空无一人，四周静得像是无人生还的战场。

统率万千妖魔、为正道忌惮的掌旗使，彼时那雄壮挺拔的身躯，散了架般颓然而坐。周遭幢幢烛火摇摇曳曳，将他的影子撕裂了又蹂躏，他却只撑额静坐，眉目销魂流质，整个人黯然无光，显出几分失魂落魄之感来。

今日一切皆在孔璘预料，唯独王寅虎使出炙天煞是意料之外。

但他心知肚明，他输给的不是王寅虎，而是自己心中的执念。

他还记得，月柔霞创立魔刀刀法时，回回都要找他试练。为了让她开心，孔璘次次都故意输给她，却不知长此以往，反倒增长了她的信心，让她误以为出了这异魔教，也有能力自保。孔璘时时后悔，或许，他不该处处让着她，她就不会胆大包天，私自出界，也不会遇到那个男人……

这么多年，他自以为心冷如铁，可一旦碰及那个人，心底高筑的城墙便不堪一击。

的确，他从未想过，拥有一半神血的异魔教少主，竟会为一个人类独闯蜀山，甚至不顾一切后果，自封于锁妖塔……当年，是他低估了她爱姜清的真心，也高估了自己对她的了解，若是早知结局，他一定会阻止她，不惜一切代价！

　　窗间过马，流光易逝，转眼已是炎天暑月。而东海西岸，烟柳画桥，怒涛拍岸，约莫万户人家的集市川流不息。集市上融汇南北特色，各具新颖的店铺、叹为观止的杂技，直叫人应接不暇。尤其馆楼脚下一侧，聚来的人前呼后拥，比肩叠迹，踮脚翘首不知围观什么。

　　"这是在做什么？"

　　一个头极高的男子正看得兴致勃勃，听得这悦耳的声音，低头一瞧，两眼更是直了。只见面前询问的女子，红衣裹身、银铃缠足、周身萦绕轻灵之气，虽未施粉黛，可那美目流盼间，竟有勾魂摄魄之美。男子不知呆滞多久才倏然回过神来，只知失礼地摸摸后脑勺，讷讷答道："这是丢圈套物，一个铜板一个圈，套到什么就拿走什么。"

　　女子轻笑一声，道："那这老板岂不是做亏本生意？"

　　"欸！"男子不敢苟同，当即唏嘘道，"姑娘可不要小看这圈，瞧着容易，其实难套得紧，别说寻常家子，就是上回县衙一行极善骑射的士兵前来试试手气，各自买了十个圈，最后也都只是套走了几个最近的新木发簪而已……"男子尚未感叹完，便见适才还在他跟前的红衣女子转眼已穿过密不透风的人围，到了最前面，手中挑选了五个编织精美的竹圈。掏袖付钱时，老板似有些不知足，端着谄媚的脸问道："姑娘就买这几个？"

　　女子瞧了一眼，见满满一地全是金钗瓷器，从近到远，从廉到贵，陈列有序，横平竖直。她平静道："我怕买多了，你亏太狠。"

　　商贩见她手如柔荑，肤如凝脂，根本无缚鸡之力，便讥笑她口气狂妄，当即比出五个手指，道："姑娘真会说笑，若姑娘今日能套走两个宝贝，我便再送你五个圈，如何？"

　　女子一听，立刻来了兴致。她从腰间掏出一贯钱扔给老板，脸上是志在必得的从容。她如数清点了竹圈后，应道："既然如此，我可不留情了。"

周围见此女出手阔绰，不由得啧啧称奇："之前也是一大户人家，死要面子不服输，非要套，最后输进去的银两不知能买多少金钗，倒也不知道这些人是怎么想的？"

另一人有条有理地分析："这有些人啊，不仅贪心还争强好胜，自以为胜过常人，其实与常人无异，那些圈子是被动了手脚的，哪么那么容易叫人套去，叫人捡这现成便宜！"

这人话音刚落，便瞠目结舌了。只因那红衣女子随手丢出一个圈，竟然直接命中最远的精美瓷器！周遭沉寂一瞬后，下一刻满堂喝彩。老板正数钱数得乐呵，听全场沸腾后，才抬头一瞧。这不瞧不打紧，一瞧就坐不住了，笑容也彻底僵在脸上。只见那女子并未对瞄，每一个动作都看似懒散随意，但又都仿佛在计算之中。竹圈弹跳，可弹跳之后，又精确套住另一个物件，可谓圈无虚发，一套一中，看得周遭之人从起哄喝彩变成倾慕敬佩，最后喧哗嘈杂中只余阵阵惊叹。

待女子手中竹圈扔完，全场每一件器物都被一个圈稳稳罩在中间。老板也顾不上数钱了，看着自己的家底被一一搬走，心头便如割肉般不舍。而女子掂量掂量手中最后一个圈，目光横扫过去，发现已无可套，转身清点了一下自己的战利品，这才收手与老板好心道："你再送我五个圈也没得玩了，剩下的这些新木簪子我也不感兴趣，留给你算了。"

看着空空如也的摊位和手中仅有的一贯铜钱，老板也无可奈何，只得是沉着一张黑脸点头认栽。

"狐姐姐，你也太厉害了！"这时，李忆如忽然从水泄不通的人围中挤了出来，一双发光发亮的眼跃跃欲试，不亦乐乎地蹦跳起来，"我也想玩！我也想玩！"

赢来的物品全部装入可收缩的乾坤盒中，放在腰上不过钱袋大小。拾掇规矩后，苏媚并未迁就诓哄李忆如，转身离去，淡淡道了一句："你来晚了。"

李忆如扫兴地撇撇嘴，但还是急忙跟上苏媚步伐，走到一半，又忽然想起什么，回头满脸热情地问商贩老板："唉？您下次在哪儿出摊呀？"

听得此言，老板是吓得脚下一个趔趄，险些没站稳，扶了扶墙后，才哭丧着一张脸道："我就做点小本生意，姑奶奶你们可放过我吧……"

"啊？"李忆如没弄清事情来龙去脉，有些云里雾里，但周遭人已经笑得合不拢嘴。

人潮散去，熙熙攘攘，微风自海面拂来，直叫人心旷神怡。李忆如见周遭百姓对苏媚赞许有加，不免好奇，便紧跟在苏媚身后，一直缠问适才之事，但苏媚却恍若未闻，目不斜视，径直往前。李忆如想伸手去牵苏媚，可指尖方要触及，苏媚却恰到好处地避了开去，李忆如猝然一愣，葱白的小手半悬握空，竟一时不知所措。

苏媚摇曳生风的姿态，多了一分孤高桀骜，目光流转，也尽是生疏冷淡。李忆如不知道异魔教中究竟发生了什么，可以让玩世不恭的她，变得这样沉默寡言。

怅然半晌，回神见苏媚早已没了踪迹，李忆如不免也闷闷不乐，但还是心下着急，又横冲直撞地四处寻找起来。街道人影如织，李忆如年幼体轻，身后之人弓身拾物，肥臀一顶，李忆如没留意，便往前一头栽去，眼瞅就要摔个狗啃泥，却在距地一寸时，一只手及时拽住她后襟，用力一掷，她便轻若鸿毛般，后翻而起，一个天旋地转后，直直站定。

李忆如本想谢这"拎襟之恩"，但一回头看清来人，眼睛登时亮了："韩大哥?!"

韩仲晰一袭棕色长袍，发冠高束，碎发之下半掩着一双清澈有神的眸子。他身量不高，但眉眼深邃，鼻若悬胆，尤其棱角分明的轮廓，让这个少年在意气风发的年纪中沉淀着别具一格的成熟稳重。撞见李忆如又私自出岛，他登时剑眉下沉，故作严厉地温声谴责道："不是让你别乱跑吗？"

韩仲晰虽是中原人，但自幼便生在苗疆。他将岐黄之术结合阿奴的巫蛊，成就一身独一无二的医术绝学，甚至可以减缓林月如元气的消耗，以此稳定病情。如今林月如病情加重,韩仲晰为方便索性住进仙灵岛,杭州出海往东便是仙灵岛,两地所隔不远。

见他又凶自己,本就情绪不高的李忆如颇感委屈,理直气壮地嘟囔道:"不是你说狐姐姐重伤刚愈,需要出来透透气嘛……"

那日苏媚受五劫辟魔锥反噬重伤,李忆如和王寅虎便马不停蹄地将苏媚带到仙灵岛找韩仲晰。韩仲晰在医术领域极具造诣。他们刚将苏媚送至岛上时,就连小熊猫都断言命不久矣,但韩仲晰瞅了一眼,却是连眉头都没皱一下,不出半月就让本元大伤的苏媚恢复如初……思及此,李忆如又继续道:"是药三分毒,你治疗过程中是不是出现什么问题了?"

听得此言,韩仲晰难得对她一本正经起来:"为何这么问?"

"我感觉最近狐姐姐好像不太对劲,总喜欢一个人独来独往,也不要我跟着。"李忆如有模有样地总结,"与之前判若两人。"

韩仲晰听后却笑了笑,笑靥迎着明亮的天光,爽朗又清澈:"傻瓜,她这不叫判若两人,这是心事重重。"

"啊?"李忆如不懂。

韩仲晰摸摸她的头,像煞有介事地细说道:"异魔教中,小虎哥弃她一次,她表面不说,心中却难免不快。"

李忆如却又暗暗自责起来:"都怪我,小虎哥将狐姐姐送到仙灵岛后便走了,到现在也没回来,不知道情况怎么样了……"

"不怪你。"韩仲晰暖如朝阳的声线,还有未完全褪去的稚气。他理了理她凌乱的衣襟,眼帘垂下时,掩住了满眶的担忧:"要是你当时跟那位仙霞派弟子在一起,兴许走失的就不止她了。"

这话就让李忆如不悦了:"你别小看我,我最后还不是击退啸狼了,啸狼现在就是本女侠的手下败将!"

"是是是!李女侠,你最厉害了。"韩仲晰被她据理力争之状惹笑出了声,点头附和后,又才挑眉道,"不过都是灵兽的功劳吧?"

"……"

回头见那两人还在絮絮叨叨,苏媚便懒得再等,一转身,绰约的裊娜身姿，便又在人海中消失。

其实对于李忆如，苏媚不说了如指掌，但相处这么久，其性情却是一清二楚。

五劫辟魔锥反噬委实非同小可，但她在仙灵岛昏睡疗养那段时日，意识却一直保持清醒，她知道李大娘初见她便对其身份起了疑心，当夜就将李忆如叫去房中询问。李大娘可是当年名响江南的"铁掌飞凤"，后经营客栈多年，见过的各路人马，不计其数，察言观色是一把好手。李忆如则是瞧上去有几分古灵精怪，其实心地极好，藏不住心思，喜怒哀乐都写脸上，三言两语就毫无隐瞒和盘托出，将所行所遇尽数交代。

李大娘得知缘由，虽未明言，但始终无法放下戒心，尤其是王寅虎离开后，更是一直让韩仲晰寸步不离地跟着李忆如，说是禁止李忆如又私自出岛云云，实则是谨防苏媚有不轨之心——当然，李忆如那丫头对大人们的这些心中算计全然不知。

第二十三章
游星戏斗蜀山客

烟雨初霁，山色青翠，碧海连天浮光耀金，日轮掀开云幕霞帐，可见山岛罗列，竦峙挺拔。

这便是东海之滨。出海一直往东，便是仙灵岛。

苏媚无所事事地闲逛半天，不觉手中又多了几件无甚用处但好看的玩意儿，但实在有些费手力，抬头正好见渡口船只往来，划舟收银忙得不亦乐乎。如今初夏时节，泛舟湖上，好山好水，惬意风光，的确不失为一桩美事。只是她实在无甚心思欣赏，想着也该回去仙灵岛了。

一个乌篷船的老伯抬了抬草帽，正好与她视线对接，便擦擦额前热汗，吆喝道："姑娘渡船吗？"

苏媚摇头，转而足尖轻点，纵身一跃，灵巧的身段便如一叶柳枝，翩翩飘落于一侧空船的甲板之上，这是他们出来时所渡的船。

与其他船只不同，这船没有桅杆帆桨，只有一个完整巨大的千年龟壳做成的篷。这是因为仙灵岛设有结界，只有法力渡船，才能抵达，普通人根本找不到，即便找到，也无法渡过"海旋阵"。不过江南卧虎藏龙，高手如云，船夫旅客对于这些殊形怪状的事物见怪不怪，只是瞻仰一番苏媚风韵后，又急忙错开视线，并不过问。

苏媚坐下不久，李忆如和韩仲晰便提着大包小包的药材，气喘吁吁地追着船去，见自己大街小巷找遍了的苏媚独自一人早已上船，李忆如自是百般不满，可嘟着嘴念叨了半天，又觉得苏媚魂不守舍是因她而起，登时满腔抱怨只剩自我谴责。

韩仲晰头一次见这个娇生惯养的小魔星一副有气不敢撒的憋屈样，便从旁调侃，结果开口便被李忆如怒瞪了一眼，不出片刻，两人在码头便又扭打成团。

两人上了船，还在打闹，苏媚依旧心不在焉，也没仔细听李忆如的话，倒是岸上赶船的人匆忙，有人被撞到便被骂骂咧咧一句"赶着投胎啊你"，将她从九霄云外拉回现实。

常说天道不公，其实天道何其之公。

人羸弱可欺，却有六道轮回，让力量生生不息；而妖汇天地灵气，百年修成，一朝失足，尘世过往烟消云散，永不可逆。

而她双亲之命是数百年的修为，李逍遥死一次岂够，她要杀他百次千次！

本在打盹的小熊猫像是察觉杀气般，惊觉醒来，揉了揉眼，就见篷中颔首而坐的苏媚搁于桌上的手紧握得泛白，目光发厉，横扫出来的视线，阴恻而锋利，吓得它赶紧一溜烟过去找李忆如。

李忆如和韩仲晰正闹得不可开交，见之以为上来劝架，索性一巴掌挥开它，继续骑在韩仲晰身上，拎着他的衣襟，以一副完全碾压对手的姿态"教训"韩仲晰。

韩仲晰配合性极强，当即哇哇大叫，以衬托李忆如之威。便在这时，岸边一阵喧哗打断他们。

紧接着，岸上的不堪入耳的辱骂和撕心裂肺的惨叫声瞬间吸引所有人的目光。

二十来个手持长棍的布衣男子，正对地上匍匐前进的"乞丐"拳打脚踢。烈日炎炎，尘土飞扬，每一棒刚劲落身，想那灰衣之下早已皮开肉绽、骨断肉碎。但殴打之人脸上阴狠的畅快之意，嚣张又跋扈，没有丝毫怜悯。被打的是中年男子，一身耐脏凌乱的灰衣，鬓白长须，体瘦身长，吃痛地狂叫着。

李忆如一见这阵仗，那行侠仗义的血一下就沸腾了，当即松开韩仲晰的衣襟，结束了这场小打小闹，转而叉着腰义愤填膺道："仗势欺人，竟然当街殴打乞丐，天理不容！"说着拍了拍肩，小熊猫跃出，站在肩头，气势汹汹地、一副要冲上去跟那群五大三粗的男人正面交锋的架势："走，锄强扶弱！"

豪言壮志说完，一人两兽亟亟跳下船沿，结果哪知这时一根麻绳凭空飞来，李忆如小小身板瞬间被隔空悬挂而起。

麻绳另一头的苏媚安坐于龟篷中，狭长的眼睫中透着漆黑的寒光。

她幽冷地道了句："别管闲事。"话毕，指尖轻拨，如弹和弦，一声铮鸣后，剑拔弩张的李忆如便如一条鲤鱼，被轻甩上甲板。

"狐姐姐！"李忆如坐在原地耍泼打赖，饶是苏媚魅惑之术极强，也被她这一声叫酥了骨头。李忆如噘着小嘴，楚楚可怜地道："你看那些人啊，恃强凌柔欺负乞丐，要是小虎哥在，一定上去打得他们鼻青脸肿，满地找牙！"

"可惜你小虎哥不在。"苏媚不吃这套，冷不丁地接过了她的话。想来如今王寅虎满心只有沈欺霜，莫说没有闲情雅致去管这些是是非非，便是她们，王寅虎也顾及不过来。

"那我也能叫他们满地找牙！"李忆如掷地有声地道完，又立刻装出一副比那挨打之人还要可怜的样子，呜咽道，"你看那个乞丐叔叔，多可怜啊，狐姐姐，不能袖手旁观啊……"

"乞丐叔叔？"苏媚清风无愁般淡笑一声，"真不知你是在抬举他还是贬低他。"说着，苏媚视线往岸上遥遥一指，转而问李忆如，"你哪里看出他是乞丐了，顶多是个酒疯子。"

"酒疯子？"李忆如这一看，发现"乞丐"手中的确提着一壶酒。

苏媚叹了一口气，收回视线，道："一个愿打一个愿挨，这种事，你管不了。"

"可是……"李忆如开了开口，终没再继续说下去。苏媚起身临海而立，风扬起她翩翩衣角，妍丽的红呈现出一种不可逼视的美，如同一轮朝阳，在无涯海岸冉冉升起。强大而无形的气势扑面而来，让人不敢忤逆任何。

李忆如觉得很吓人，吞了吞口水，将反驳之言吞入腹中，小碎步地移向韩仲晰，如履薄冰道："狐姐姐最近，真的太可怕了。"

韩仲晰表示赞同。

二人交头接耳，小声絮叨，以为声音已压得足够低，实则却一字不落地落入苏媚耳中。

一切都在她的计划掌控之中。

只有她知道，她不是与之前判若两人，她只是变回了她本来的样子。

船将粼粼红光推向两侧稳妥行驶起来，霞光如丝，将海天交织，岸上的喧哗渐行渐远，只有姑娘脆生生地叫卖"卖莲藕"的声音。苏媚闭上眼，脑海中不断闪出零零散散的片段，时而是火光冲天的异魔教中，王寅虎背着她杀出一条血路的模样；时而是父母与李逍遥缠斗，最后父母倒入血泊的场面……睁开眼，刀光血影化为如血夕阳。

忽然，船只似击上重物，剧烈震动，苏媚吓得心头一惊，猛然回头，只见甲板上跳上了一个人。

此人灰尘仆仆，霜白的发凌乱后披着，褴褛的袍子闲散地挂在身上，而裸露在外的肌肤，全是清晰可见的淤青和红痕，正是方才挨揍的"酒疯子"。

但他嘴角噙着一丝张扬不羁的笑，仰头饮了一口酒，潇洒之态，与适才挨打的痛楚状不可同日而语。

"没想到纵横江湖多年，竟还遇到你这么一个懂我的小姑娘。"听得"酒疯子"这为老不尊的一句，韩仲晰吓得立刻拉着李忆如躲进龟篷，眼中怜悯也被怯意取而代之。但是"酒疯子"脚步并未朝他二人去，而是转向苏媚："怎么就你知道我是愿挨打的呢？"

苏媚诧异地看着他，他随意张狂的笑与不修边幅的气度相结合，显得落拓不羁："我虽半截身子入土了，奈何听力仍是极好。"

船到岸上相距十丈之远，熙来攘往人影交织，周遭本就嘈杂，难辨声音，更何况"酒疯子"当时还在受乱棍摧残。苏媚想来这哪是听力极好，这明明是功力极深。但这也足以证明她此前猜想："很明显，那些人不是你的对手。"

"愿闻高见。""酒疯子"说完，索性坐了下来，摆出一副洗耳恭听之状。

苏媚也不弯弯绕绕，一边保持惯有的警惕，一边直截了当地答："你手上的茧重在虎口，显然不是犁田耕地的，应是练剑留下的；且乱棍之下，你虽遭毒打，却能游刃有余地护住身前的酒壶，可见身手不凡；还有你腰上的巾带，蓝底黑边，那是蜀山特有配色，所以你应该是蜀山弟子？"

"酒疯子"哈哈大笑起来，独饮半壶酒，似乎非常酣畅，他转头看了船行驶的方向，直接坦率地问道："你们这是去仙灵岛吧？"

几人一怔。显然，苏媚识破他的身份，而他们自己的身份也早败露无遗。

"正好，好久没跟我那好师兄叙叙旧了。"

"师兄？！""酒疯子"这话音一落，不啻平地惊雷，叫几人大惊失色。仙灵岛中拜师蜀山的，只有李逍遥。李逍遥如今已是蜀山掌门，能称他一声师兄者，必然是蜀山长老之列。可孰人不知蜀山仙剑派戒备森严，金规铁律陈列千条之余，门下弟子即便高谈雅步，也要举步方行，彬彬文质。故而，苏媚即便瞧出他功夫深沉，师承蜀山，但这样鹑衣鹄面者，猜来不是被逐出师门的潦倒弟子，便是真的"酒疯子"。

"酒疯子"睨了一眼，似乎就已看穿他们的小心思，望着苍茫的天色，兴叹一声："几个小东西，就会以貌取人。"责罢，翻身而起，轻如春燕，跃上龟篷，慵懒恣意地靠着船舷，一副要同舟而行的姿态，并自顾自地悠然吟唱起来，"行剑江湖松径老，卧听空谷水云生。三山烟雨一盅酒，落拓悠然笑树横……"

听得这熟悉的歌词，李忆如这才幡然醒悟，站在甲板上，喜上眉梢，雀跃大叫："您是谢师伯？"

此一问，无疑给苏媚当头一棒。

她倒是忘了，蜀山长老之中，的确有一位终日放浪形骸，不拘形迹的长老，便是谢沧行。

谢沧行跟李逍遥一样，不喜处理门中事务，也不喜传授剑术，半生都在四方游历管不平事。他痴迷剑术，功夫深不可测。如今五劫辟魔锥还在仙灵岛上，苏媚本想等事成之后，将五劫辟魔锥一并带回异魔教，但如果谢沧行插足，五劫辟魔锥势必会被送上蜀山，以正道之名销毁，而自己的计划，也将功亏一篑。

百转千回后，未免横生枝节，苏媚僵硬地踌躇了一句："仙灵岛，不让外人进。"

"年轻人，行走江湖，话不能说得太满。"谢沧行大笑一声，虚睁一眼，狡黠地冲李忆如眨了眨，转而抖着翘起的破履，颇为云淡风轻地点评道，"不过你这小姑娘，妖气不大，脾气不小，好好修道，兴许还能有几分造化。"

王寅虎和李大娘都不能一眼识破她的真身，他竟然……苏媚不寒而栗，再不言语。为今之计，只能兵来将挡，水来土掩。但李忆如自是不知这其中较量，见到谢沧行，便迫不及待上去询问父亲下落，结果她这来鸿去燕的谢师伯竟是个一问三不知，李忆如大感扫兴，又换了个方向问："不过谢师伯，您这么厉害，怎么还被那些人打至这般？"

谢沧行支支吾吾了半响，终才以一副教训后生的口吻，大义凛然道："吃饭不给钱，你说该不该打？"

众人："……"

夕阳湮灭，萤火聚灯。

仙灵岛上古榕盘根错节、怪石参差嵯峨，分明不是春三月，可桃花遍野，绚丽溶溶，曲径通幽，有无檐砖塔，有三两房舍，古朴无华，精巧如画。

几人一上岸，还没仔细欣赏景色，却见一丰腴的女人发盘于头巾，又腰劈腿，不修边幅地横坐在一巨石上，手中抄着一根软而有劲的短鞭，苍茫的暮色笼罩下来，给她增添一分阴沉的怒意。

率先打破这一刻沉寂的是李忆如的尖叫。

只见李忆如吓得东跑西藏，抱头鼠窜，时而跳上韩仲晰的背，时而又跑到苏媚怀里，最后一个快移，抬起谢沧行的手臂，藏在他宽松奇大的袖袍之中。苏媚尚未反应过来她这是要闹哪出，便见前面的女人短鞭一挥，草木齐断，她起身大步流星而来，毫不留情地将李忆如一把拽出去。李忆如又跳又叫，又挣又求："阿婆阿婆，我错了我错了，阿婆……"

"三番五次私自出岛，越来越没个样子，跟你爹年轻时一个样，不听管教！"李大娘扯着嗓子破口怒骂，手也没闲着，一鞭一鞭，挥得刚劲凶猛，尤其那鞭答空气的呼啸声，一道一道在耳边炸裂："与其让你叫歹人利用，危害苍生，不如打死你算了，一了百了！"

"阿婆！！救命啊！救命啊！狐姐姐……"

一个叫得撕心裂肺，一个骂得唾沫翻飞。但是苏媚三人就这么干巴巴地站在一旁，目瞪口呆地看着。因那短鞭纵然狠毒，但每一鞭都落在地上，压根没挨着李忆如半分，几人一看，又是司空见惯的光打雷不下雨，皆无出手相助的打算，甚至还想给他们腾地，以免伤及无辜。最后见小熊猫都去扑萤火虫了，苏媚等也索性各自散去，让李大娘放开了教育。

大抵因谢沧行这不速之客，苏媚尽管舟车劳顿一天，但还是担忧计划失败而一夜辗转难眠。眼睁睁看着天际泛白，她又却不知几时昏沉睡去。待睡眼惺忪地再次睁开，却见一双黢黑无神的大眼正一瞬不瞬地盯着她！

苏媚心头徒然一跳，当即弹坐而起，李忆如也被她这一大幅度动作吓到，眼睛瞪得更大了。

定睛看清面前之人，苏媚才长舒一口气，转而又郁结道："要不是青天白日，我还当真以为你叫那李大娘打死，来找我索命来了！"

"狐姐姐都不疼忆如了。"李忆如却还仿佛受了天大的委屈,控诉道,"狐姐姐昨晚见忆如挨打,都不帮忆如!"

"那是因为……"苏媚顿了顿,想来她不忍杀李忆如,还能借故是为谋大局,可还要她如同以前一样,不顾性命相救,终日笑脸相迎,甚至教导有方?

开什么玩笑?

斟酌半晌,苏媚最后只语重心长地道了一句:"李大娘也是为你好。"

"……"

"那后来呢?"苏媚起身梳妆,又随口问了一句。

"哼!"李忆如瘪着嘴,似乎不愿说,可装了半天的傲娇高冷,见狐姐姐也没想来安慰安慰她,最后还是忍不住,便冷着一张脸,老实交代道:"最后是谢师伯让我脱离魔爪!"

"'脱离魔爪'这个词……"苏媚抽了抽嘴,呵呵道,"用得好。"

李大娘多嘴多舌,凶起来跟泼妇骂街似的,实则精明强干,谨小慎微。自苏媚上岛后,对她的提防也从未递减,甚至与日俱增。苏媚在仙灵岛行事诸多不便,总觉得李大娘在她身后放了一双眼睛,时时刻刻监视自己一举一动,这段时间,李大娘于苏媚而言,真的不啻恶魔。

"那再后来呢?"苏媚换好衣服,见李忆如还无精打采趴在她床沿不肯离去,便有一搭没一搭地问道。李忆如大概是昨晚感觉自己惨遭同伴抛弃,失望至极后,心有戚戚然,也有一搭没一搭地道:"后来他们就去了石室啊。"

苏媚系衣结的手猛顿。

石室之中,正是五劫辟魔锥!

"谢沧行可问你什么了?"苏媚忽然蹲下身与她平视,眼中是满眶的惴惴不安和急切以待。

李忆如不知她为何如此紧张,努了努嘴,回得无波无澜:"就五劫辟魔锥的事情啊!"

无须多问,依照李忆如的性格,估计又把她在异魔教之事当作丰功伟绩，沾沾自喜地跟她好师伯事无巨细地赘述了一遍。谢沧行对她做何感想她不知，但五劫辟魔锥是正道所不容的至邪之器，谢沧行身为蜀山长老，断然容不得它。苏媚忧心如焚，别计划不成倒贴五劫辟魔锥。

与此同时，仙灵岛南麓的石室之中，谢沧行眉眼低垂，目色深沉，负手打量着面前这件令江湖惶恐的五劫辟魔锥。锥长七寸，尖端锋利似利剑，主体浑厚如短棍，中间暗藏螺旋，机栝相连，残留暗色血迹。整体青铜锻造，雕花纹理极其细腻，镌刻得栩栩如生，衔接之处天衣无缝，毫无破绽可循。先不论其魔力之强大，便是这外形构造已是巧夺天工、独具匠心之作。

"就是这么小的一个东西，竟承载混天魔尊三分功力。"

修仙之人炼制法器需以注其功力，赋予寿元，再燃烧精魂可成。可这仅仅承载功力就已成为六界之中屈指可数的至邪之器，若落不轨之人手中将其炼化成宝，其威力更是不堪设想。

谢沧行心头感慨一番后，忽有些不可思议，问道："这东西是那小狐狸和那位小兄弟抢回来的？"

李大娘对当日情形所知与谢沧行一般无二，毕竟都是借李忆如之口得知的来龙去脉，便道："不错。"

谢沧行颇感欣慰。昨日他见苏媚，便觉得资质过人，没想到此番将异魔教搅得天翻地覆、为正道解除心头大患的竟也是她。他心中感叹后生可畏，嘴上便也这么乐滋滋地赞出口来："正道仙派尚不敢直攻异魔教，那小狐狸和王小弟竟敢直捣魔教腹地，大张旗鼓抢其法宝，这代年轻人，真是有勇有谋有胆识。"

与此同时，王寅虎正乘着龟船自右侧上岸。

那一向凛然肃穆的脸，有些垂头丧气。

听到打斗声，才抬头，见不远处，谢沧行和苏媚临海而立，针锋相对，招式较量间的肃杀之气，叫他心头大震。遥想当年赵灵儿便是被蜀山掌门误认为妖而关入锁妖塔中。王寅虎生怕悲剧重演，正要上前阻止，虎煞却自左臂腾跃而出，用庞大的灵体将其扑倒于地，死死缠住，叫他动弹不得。

王寅虎双目瞪圆:"你做什么?"

虎煞行若无事,还鬼精鬼精地道:"谢沧行是蜀山长老,向来善恶分明,和苏媚交手必有缘由,你在异魔教不也怀疑过苏媚吗?不妨看看苏媚在你看不见的地方,究竟是何面目?"

这厢,全神贯注应战的苏媚根本没有注意到海岸的异常,见谢沧行阵法收起,再次提锥而上,眼瞅就要夺下五劫辟魔锥,谢沧行忽一个侧方避让,腕借巧力,再次将之打回原地。

"又差一点!"谢沧行一副比她还要惋惜的模样,负手道,"你知道你为何总是差了一点?"

苏媚不语,谢沧行默了默,忽赤手空拳朝她展开攻势。招式的制动间,全是借力打力,精巧绝伦。反观苏媚,毫无章法,混乱不堪,谢沧行严肃道:"后座不稳,根基不深,一看就是急于求成的修炼方式。"

苏媚这才反应过来,他这哪里是将她当对手,明明是将她当弟子!她心头郁闷,也不甘示弱,短锥横胸而过,谢沧行竟两指夹住其锋利,反将苏媚钳制。

"不对不对,出招方式还是不对!"谢沧行谆谆教导,"我刚使出那一招,你如果知道'后借余力',就能伤我右上臂一寸。"

"臭道士,你烦不烦!"完全被碾压的苏媚气急败坏。

谢沧行听骂,反而乖张得意道:"唉!我本是见你资质不错,有意收你为徒,你若拜我门下,一定能修成正果。"

苏媚觉得荒唐。蜀山修仙之道,专克世间妖魔,她以妖身修道,无疑玩火自焚。谢沧行似乎瞧出她的顾虑,慢条斯理道:"蜀山剑法斩的不是妖,是恶。毕竟这妖,也有善恶之分,我瞧着你虽是妖,可除了一腔怒火,却不显一丝妖气,可见只是脾气大了点,却心存善念,未染血腥,必能驾驭正道之术。仙剑之术结合妖术,虽史无前例,但若能成功,必然成就一番造化,位列仙班……"

"我对修仙问道无甚兴趣!"苏媚打断他后,媚术汇于中指,弹指一点，谢沧行只觉静脉一僵，垂目瞧去，苏媚竟趁他说话走神间隙，点其穴道。谢沧行纵横江湖半世，竟着了这小狐狸的道，叫他有些啼笑皆非。而此时，苏媚大摇大摆地过来，有恃无恐地在他腰间摸来摸去。

"哎哎哎！"谢沧行道，"光天化日，成何体统，你这狐狸，果然还得好生教教。"

远处礁石后面，虎煞"少儿不宜"似的捂住眼睛，一边自觉不忍直视，一边却扳正王寅虎的头，让他看得一清二楚，添油加醋道："看到没有看到没有！这就是狐狸本性，搔首弄姿，不择手段……"

未说完，只见苏媚快速从谢沧行的腰间取下一物后，便立刻退避三舍，与谢沧行保持距离。

虎煞一时颇感难以为继。

王寅虎奇怪，苏媚好端端的，抢谢长老的重剑做甚？

事实上，苏媚见谢沧行腰间这被布帛包裹之物并不大，却不想后面有衣袍遮挡，全部取出后，约莫两尺五寸之长，且极为厚重。担心谢沧行是为了掩人耳目，刻意做了手脚，苏媚又拨开其缠裹的层层布帛，结果赫然展现眼前的，却是一把青铜而铸中厚刃薄的重剑，而非五劫辟魔锥。

苏媚感觉自己被耍了，有些郁结："你！"

"哈哈，蜀山长老这个名头太响亮了，影响我行走江湖，所以我改头换面，自然兵器也得藏一藏。"谢沧行忍俊不禁，笑了几声后，便自行解开穴道，调侃道，"这是我的重剑，你若喜欢就拜我为师，待我百年之后，将衣钵传给你时，这重剑自然也是你的。"

苏媚内心只想吐吐口水，说声："我呸！"但转而考虑到谢沧行的身份，还是收敛了周身戾气，平静了几分，问道："五劫辟魔锥呢？"

"自然还在石室。"谢沧行道，"你所言不错，五劫辟魔锥非同小可，还是要等师兄回来再做定夺……"

苏媚这才彻底松懈下来，为防止目的暴露，甚至礼数周全地致歉："适才多有冒犯。"

"你考虑周全,是我有意试你功夫。"谢沧行不以为意,豪爽地摆摆手后,又正经指点道,"你功力深厚,但是筑基不够,以至于内力散乱,若能拜我门下多加引导和指点,假以时日,必能……"

"多谢好意,但我无心修道。"苏媚面不改色地打断他。

这倒奇了,谢沧行拧着眉:"为何?"

苏媚想了想,道:"因为王寅虎。"

"王小兄弟?"谢沧行一愣,"王小兄弟资质也不错,年纪轻轻,就已技艺超群,纵横江湖,这种胆识和历练,令其同辈之人望尘莫及。只是可惜,他体质阳刚,不适合蜀山剑法,不然……"话到此处,谢沧行不知此事与苏媚拜师修道有何干系,"不过,你修你的阳关道,他又碍着什么事了,你可少忽悠我。"

第二十四章
露立风中悔分明

事实上，苏媚还真是忽悠他的。

她想彻底断了谢沧行的念头，苏媚只有一个借口："人常言道，只羡鸳鸯不羡仙，我虽为妖，却有七情六欲，漫漫余生，只想与小虎哥天涯海角，朝朝暮暮，将生死荣辱全系于他。我知成就仙途，机难轻失，却也知惺惺相惜，才最难能可贵。"

一语话毕，苏媚竟觉得好笑。这番话本是蒙骗谢沧行，可她自己都不知道，究竟有几分真，又有几分假。

而彼时，正隔岸观火的虎煞已经完全张口结舌，心道："这薄情寡义的狐狸精皮下，怎么会是一颗情深似海的心？！"

然这一刻，被束缚在地的王寅虎却目光沉寂下去。

他不知是不是虎煞缠得太紧的缘故，胸口的窒息，如同钝刀割肉，沉重得叫他喘不过气，可呼吸之间，却又痛难自抑。

无人知晓，自天师陵寝一别后，他便在九州遍寻苏媚踪迹，他以为夜以继日地跋山涉水，只是为了失踪的五劫辟魔锥，现在后知后觉，才发现他早已情根深种而不自知。他不允许那个误打误撞闯进他生命的人，又不留只言片语凭空消失。就像后来，他再也没有为寻五劫辟魔锥而魂不守舍过。

后来月凉山久别重逢。那一瞬，他恨不能飞奔冲过去，将那万千鬼影碾为刀下齑粉，将那纤弱无骨的人紧护怀中。

可他不能。

理智一次一次压制着他心头的悸动，一次一次阻止着他身体的冲动。

异魔教亦是。理智在权衡利弊，冷静地做着取舍，可他心里，早已乱作一团，被凌迟千百次。

沈欺霜因他无辜受连，只有沈欺霜平安无事，他才能无愧于心，可看着苏媚身负重伤时，他只恨自己不能以身相替。

人只有回过头来，才发现伤得最深的，其实往往是最爱的。所以此刻，面对苏媚的坦率直言，王寅虎第一次觉得自己这样颓然无能，因满腔悔恨与愧疚，让他蛰伏于心的情意来得苍白又无力。

残花遍地，浪卷裙纱，苏媚渐渐远去后，王寅虎也始终不敢追上去回应她。只有对面的谢沧行盘坐于沙石之上，就着腥咸的海风，仰头喝了口闷酒，似已洞悉一切，头也没回地道了句："王小兄弟，窥听可不是你的作风。"

听得此言，王寅虎这才起身作礼："无心之举，还望谢长老莫怪。"

谢沧行这才看了一眼王寅虎，叹口气道："人家小姑娘虽然是妖，但有情有义，对你也是一片深情，你可不要辜负了她，不然我这名'新弟子'折损得太冤了。"

"我……"片刻后，王寅虎终才冷静下来，"沈欺霜和锦八爷因我而遇险，他们如今下落不明，我想待寻回他们，再给苏媚一个交代。"

"那你刚刚那火急火燎地跑过来是要做什么？"谢沧行毫不留情地拆他台，"莫不是见到我这老友，过于激动了？"

不得不承认，王寅虎适才只是情难自禁，但是理智一回归，脑中便云开雾散，澄明如水。

他很清楚，如今沈欺霜和锦八爷下落不明，五劫辟魔锥也尚未得到合理处置，眼下局势让他不能沉下心来，给苏媚一个安安稳稳的承诺。

可他适才开口，谢沧行便一眼就看出他的纠结："异魔教之事，我略知一二，这沈欺霜和苏媚，你自己心里要有分寸，感情上的事啊，要干脆果断，别磨磨叽叽的。"

这桩事，王寅虎心中已然敞亮，便点头道："我知道。"

狂风泼浪，似云落深海；海鸥做线，穿行海天间。而苏媚蹲在地上，一筹莫展。

她的面前是两扇紧闭的汉白玉石门。五劫辟魔锥便在这石室之中，以防万一，她想再次确认，毕竟这五劫辟魔锥是她从孔璘手中"借"来的。可石室构建是引用中原某种墓穴手法设计的，这两扇石门，便是常人不可开的断龙石。

苏媚去过里面一回，石门后面有个可以滚动的"自来石"，合上两扇石门时，一扇门先关，另一扇门半掩，并将滚石放在其后，待人出去后，慢慢关上石门，石头就会随之滚动，最后在两扇门完全闭合时停下，同时堵住两扇门。滚石有凹槽，即便使劲推门也不可能将之撼动，除非有李大娘的穿云掌，寻常之力，奈他不何。

苏媚强试几次，终都无功而返，正忧心如焚、准备悻悻而归时，头顶一片阴影笼罩下来，随之低沉温柔的三个字乘风入耳："我来吧。"

来人话音刚落，顷刻聚风于掌，穿云裂石之威力聚于五指之间，一掌祭出，风过无痕，草木不动，可须臾间，里面却传来清晰的滚动声，密不透风的石门更是直接裂开一道缝隙。这掌法看似轻柔，实则暗藏劲力，尤其精准度和穿透力，精妙绝伦，正是苏媚之前见李大娘使过的穿云掌！

但是来人，眉眼丰神俊朗，身段修长合度，逆着光，玄衣猎猎成风，后面碧波浩渺，千丈凌云。

"你……何时回来的？"苏媚数不清有多少个日子没见过他了，乍然重逢，难免惊诧愣神。

王寅虎却只莞尔一笑，一贯温和："适才。"顿了顿，又问，"伤好了吗？"

"差不多，但还需静养。"

事实上，韩仲晰妙手回春，苏媚早已痊愈。只是她若伤好，王寅虎势必带她离开仙灵岛，毕竟异魔教这一战，引起不小轰动，不仅震慑邪门外教，就连仙门世家也投袂而起。如今外面都欲查五劫辟魔锥下落，依着王寅虎的性子，不可能置身事外，但苏媚正事未完，只能拖一时是一时。

"抱歉，这段时间没能照顾你。"王寅虎垂下头，神色黯然下去，"我折返异魔教找沈欺霜和锦八爷，但是异魔教如今一片混乱，根本没有沈欺霜的踪迹，后来几天，我又去了仙霞派，仍是音信全无。"

一回来便言及沈欺霜，苏媚心里很不是滋味："你不用跟我道歉，去哪儿是你的事，与我无关。"

冷着脸道完，见王寅虎身形一顿，苏媚这才后知后觉，懊悔自己有任务在身，怎能再由着性子来？思及此，她便又端出一副关切神情来，改口道："他们吉人自有天相，不会有事的。"

"嗯，但愿如此。"王寅虎牵出一个勉强的笑容应了后，忽又换了个问题，"一直想问你，为什么要独自去异魔教取五劫辟魔锥？"

苏媚知道迟早要面对这个问题。沉默了半晌后，她平静道："五劫辟魔锥本就因我而丢，我知异魔教凶险万分，不敢让你涉险，而我本身为妖，偷潜进去，兴许还有一线生机，总比你一进去就被发现了强。"

"兴许？"王寅虎神色从未如此阴沉，"可最后结果呢？如果不是他们设计，我们……"他话到口边，蓦然一顿，仿佛意识到自己言行过激，险些口无遮拦，这才侧身一旁，将所有情绪沉淀酝酿。再次启齿时，口吻已是往昔的沉稳："忆如说是我将你气走的，如果你若有事，我不会原谅我自己。"

"我当时并非……"

"以后，"他从未这样急迫地打断过她，转过身来，嗓音极度低沉道，"不许再不声不响，离开我半步。"

深深浅浅的灰暗中，苏媚明眸氤氲，心头如卡了根刺："小虎……"

说着，两人已走进石室。

石室是以天然溶洞改造而成，四面完全封闭，漆黑一片，只有石门开启，天光自从洞口涌进，才依稀可见里面灰蒙蒙的物体轮廓。而五劫辟魔锥受术法控制，仍悬浮于空，上面残留的血迹被擦拭干净，尖刃锃亮，在灰暗中，闪出星芒。

见五劫辟魔锥完好无损，苏媚终才放下心来。

携五劫辟魔锥出来，本就是铤而走险，若将之丢失，或真送上蜀山，半生心血，付诸东流。

可就在这时，王寅虎沉吟半晌，石破天惊地道了一句："五劫辟魔锥一直放在仙灵岛也非长久之计，若逍遥哥不回来，不妨带去大慈悲明宗。"

"什么？"苏媚心头一颤。

王寅虎早已深思熟虑过，以至于阐述起来，有条不紊："逍遥哥久不问世，而千叶禅师不仅道法高深，又德高望重，深得人心，在江湖地位显赫。由他主持大局，在天下群雄面前销毁五劫辟魔锥，必是众望所归，这江湖就不会再因三魔器而闹得满城风雨、人心惶惶，关于孔璘复活魔尊之说，也不攻自破。"

"等一下！"

见王寅虎拿走五劫辟魔锥，已作势要走，苏媚顿时心急如焚，一个箭步冲过去试图阻拦，可偏在这时，晴空万里的天，骤然间，乌云滚滚聚来，弥天盖地，狂风巨浪，如海兽呼啸！

疾雷迅电在翻涌的阴云中时隐时现，一场狂风暴雨顷刻便至。

飓风从洞口涌来，卷起衣袍翻飞。狂沙眯眼，王寅虎逆着风正要出去，只听"噼啪"一声，一道惊雷劈下，石室内壁猛颤一下，随之，洞外一巨石崩裂，王寅虎抬眼一瞧，暗道不妙，拉起苏媚的手便穿刺而出。

但他们与洞口四丈之远，怎比得过千钧巨石一滚而下？

闪电的光一掠而过后，石门被完全堵死。

"外面出事了？"一片漆黑中，王寅虎沉吟道。

听着他深深浅浅的呼吸，苏媚反而放下心来："天吒没有震怒，应该不要紧。"

这岛上天气变化无常，但也不至于如此诡谲，尽管背后天吒没有异动，但王寅虎却仍忧心外面情况。于是他开始徒手顶石，试图挪开巨石。王寅虎本就天生阳刚之力，力大无比，还未拼尽全力，这石头便已有松动的迹象，如果再借魔刀挥斩，区区巨石，还不粉碎成沙？

苏媚见之，眼珠一转，却暗中施法，扯住石头，如此一来，王寅虎力举乾坤，也不能将之撼动。

现在被困在这里，也比出去了王寅虎将五劫辟魔锥送上大慈悲明宗的好。

王寅虎很快就发现不对劲，这石头推着推着怎么还比之前顽强了？

他有些气馁，回头却发现苏媚已经在洞中点起一团狐火，悠闲自得的姿态，俨然一副听天由命的架势。

"暂时可能出不去了。"王寅虎道。

苏媚好脾气地拍了拍自己旁边的位置："那就休息一会儿。"

石室之中，火光幢幢，给他们脸上镀上一层昏黄的暖意。而因常年受海水侵蚀的缘故，石壁潮湿，长满青苔草芥，水流潺潺，丁零丁零，声声脆响。

想来困在这里也不是长久之计，苏媚灵光一现，忽然凑过去，胳臂紧贴着王寅虎，歪着脑袋喊他："小虎哥？"

"怎、怎么了？"虽然两个人相识已久，但是王寅虎行君子之风，端雅正之名，从未逾越半分。此刻苏媚这一凑近，寂寂石室，呼吸可闻，王寅虎顿时头皮一紧，竟手足无措起来。

苏媚似毫无察觉，仍在毫无顾忌地继续往他身上靠拢，轻声细语地道："小虎哥，你不要将五劫辟魔锥带给千叶禅师好不好？"

"为何？"王寅虎僵直着身体，声音尽量稳重。

"因为我不想一个人留在这里。"苏媚像只柔弱黏人的小猫似的，靠在他肩上，委屈巴巴地小声呜咽，"这里是仙家正道之地，我作为妖……"

"李大娘和谢长老都不是不分善恶的人,而且你是我带来的,他们不会对你怎么样的。"

苏媚当即小嘴一努,控诉道:"可是刚刚谢沧行……"

"谢长老对你没有恶意,只是查看你的功法。"大抵出于紧张,王寅虎说话竟出奇地快。

"我不管!"苏媚一副要胡搅蛮缠、撒泼打滚的样子,"反正我不要一个人在这个岛上,你刚还说不要我离开你半步呢,现在就说话不作数了,你若要将五劫辟魔锥带出去,就等我伤好了我们一起出去。"

苏媚什么时候学起李忆如那一套了?

而且她天生媚骨,更叫人无力招架。

王寅虎连吞两口口水,忙道:"好,我答应,你先松……""松开"两个字还未落地,苏媚便已更加肆无忌惮,一头扎进他怀里。

这一刻,王寅虎僵若泥塑,甚至能听见彼此如鼓捣般的心跳。

前所未有的紧迫感,让他全身冰凉。

半响,他才踌躇地将五劫辟魔锥递给苏媚,却任由她抱着,再没推她:"给你。"

"嗯?"苏媚蹙眉。

尽管王寅虎脚指头都在蜷缩,但话却讲得信誓旦旦:"我答应你,不会再将你一个人留下,如果逍遥哥不回来,那等你伤好之后,我们再一起去找千叶禅师。千叶禅师之前对你多有误会,也希望趁此机会,冰释前嫌。"

摩挲着手中的五劫辟魔锥,苏媚忽然犹豫起来:"你真的……信我?"

听得此话,王寅虎心口骤然一疼。在异魔教对她百般猜忌后横生的愧疚,仍在心中久经不散,他暗暗发过誓,此后绝不再让她受分毫之伤,他会保护她,将她护若至宝。可她氤氲的眸子,脖颈间若隐若现的疤痕,就像对他这个罪魁祸首发出质问,让他无颜说出这些话。沉默良久,王寅虎终只郑重道:"我既带上你,便再不疑你。"

狐火吞没枯枝，毕剥作响。苏媚抬头，视线撞上他黑如曜石的眼，那眼眸中华光璀璨，赤诚清澈，万般琉璃光泽，如夜幕之下的启明星。苏媚心神逸动，竟不敢直视其锋芒，几番欲言又止后，终垂下了眸子。

想报仇雪恨，却为情所困；想故技重施，又恐重蹈覆辙。

生而为狐，自恃一身媚骨，可情之一字，却从未参破。

当年，邪魔外教杀伤抢掠、正道各派暗中争势，江湖风起云涌，动荡不安。她孑然一身，跌跌撞撞闯进这杀戮江湖，摸爬滚打，受尽欺凌：那些被人拎着尾巴高掷于空再狠摔于地的日子、被按在砧板上看着明晃晃的刀切耳的日子、被正道之士追杀逼上绝路的日子，是她不可磨灭的怨和根深蒂固的恨。而这种怨恨，足以让她跟异魔教"同流合污"。

异魔教纵然十恶不赦，却不似人两面三刀，伪善易变。

可她明明知道这些，身体却还是不由自主地埋进他的怀里。

她很明显感觉到他身体的僵滞和不适，可他却一动不动，像是生怕惊扰了什么，小心翼翼端着坚如磐石的身子，任由她抱着。

枕戈以待多年，可这一夜，苏媚合上眸子，便是天亮。

一夜异象，天摧地塌，此番变故，仙灵岛多个地方受损。众人约莫是担心五劫辟魔锥，又约莫是发现他二人失踪，翌日一早便找了过来。其实苏媚做狐狸的，常常在雪洞休憩，比这石洞恶劣数倍，但是王寅虎肉体凡胎便吃亏些，夜不能寐，疲倦不堪，现已有体着风寒迹象。苏媚于心不忍，且目的已然达到，便当即撤去洞口的妖术。

见洞门石头有松动迹象，王寅虎如逢大释，拉着苏媚起身，还未运力，洞门却被人从外面一剑破开！

谢沧行一边挥开扑面的沙尘，一边收起重剑，操着粗犷的嗓音笃定道："呵，这区区石头岂能困住王小兄弟，不用瞧了，定然也没在……"这话音未落，谢沧行瞧着洞中二人，足足愣了片刻后，才颇为惊诧道，"王小兄弟？"

堵住石室的岩石根本不堪一击，他破开石壁仅用了三成功力，王寅虎阳刚之力，岂能不解？

李大娘和韩仲晰倒是并未多想，确认他二人相安无事后，长松一口气，一番寒暄慰问后便陆续离开。谢沧行落于最后，困惑的视线四下打转，疑神疑鬼地勘查现场。时而瞅瞅满地碎石，时而瞅瞅烧成灰烬的火堆，琢磨半晌，忽然醍醐灌顶！

　　谢沧行三步并作两步地追了出去，摸着下巴青髯，端着意味不明的目光凑近王寅虎，低声道："这石头也不牢靠，你这小子，是故意骗人姑娘跟你困一宿的吧？"

　　旁人没听见，一直留意他动向的苏媚却是听得一清二楚。她回头一瞧，只见王寅虎蓦地一怔，似天际的火烧云裁下一块，狠狠甩在他的脸上，将其抹得绯红。

　　"忆如呢？"过了一会儿，王寅虎忽问，"怎不见忆如？"

　　走在前头的李大娘沉沉地叹了口气："在水月洞面壁思过呢。"

　　"面壁思过？"

　　"忆如昨夜练习五灵仙术，这结果，你们瞧……"李大娘遥遥一指，只见前面房舍坍塌、桃树折倒，袅袅青烟，飘飘欲散，仿佛惨遭土匪杀伤抢掠后的凄惨街道，比起来，石室崩塌不过小菜一碟。李大娘一副"教子无方"的无奈："真是一点没学得她爹的悟性聪慧，惹来这么多乱子，我只好罚她去水月宫思过了。"

　　五灵仙术分为风、雷、水、火、土五系，每个系列的仙术各不相同，修行之中，要格外注意五灵相克。寻常人只能习其中一种，如王寅虎修的是火系，苏媚则是雷系。只有领悟精髓，强大到至高境界，才能修行双属性仙术。李忆如身为女娲后人，生来便可五系兼学，且这五灵仙术一旦练成，便是真正意义上的翻手为云，覆手为雨。

　　不过说起这桩事，韩仲晰也是头大，提示道："大娘不怕她将这水月宫拆了？"

　　李大娘谅她也不敢，便有恃无恐道："她若是将水月宫拆了，自有她爹回来收拾她。"

　　听得此言，苏媚猝然一顿。

如今江湖流传一句民谣：今日种种，似水无痕；明夕何夕，君已陌路。唱得便是李逍遥与赵灵儿在水月洞一事。

水月洞是赵灵儿和李逍遥的定情之所，新婚之地，对于李逍遥而言，意义重大，如果李忆如真将这水月洞拆了……

"你在想什么？"王寅虎打断了她的冥想。

苏媚恍然回神，讪讪一笑后，搪塞道："想你和李掌门都是只身一人来仙灵岛问药，赵前辈怎么就被李掌门的孝心感动，而与之芳心暗许，却没瞧上你？"

"啊？"王寅虎一愣。谢沧行却笑得前俯后仰起来，哈哈大笑几声后，跟着调侃道："师兄哪是以什么孝心感动，还不是那三寸不烂之舌惹得灵儿心花怒放，至于王小兄弟嘛，心上人就搁自己面前，也未必能憋出一句话。"说着还不忘搭在王寅虎的肩上，挑了挑眉，似有所指，"是吧，王小兄弟？"

王寅虎："……"

得助于李忆如的"换天之术"，晚上的仙灵岛，月黑风高，很适合干杀人放火的勾当。

夜深人静后，苏媚蹑手蹑脚地潜入水月洞中。洞中一潭幽水，波光粼粼，月华自洞顶灌入，铺下一地霜白。

里面格局简单，仅一亭一床一书案，陈旧的栏杆沿着水潭蜿蜒围绕，清幽雅致，独具风韵。

苏媚轻手轻脚，时避时进，怕触及机关陷阱，一直提心吊胆，谨慎前行。

绕过幽潭左岸，一阵似歌声又似朗诗的声音缥缈入耳："有娘生，没娘养，爹不在，婆发飙，今日骂，明天罚，忆如一生多曲折……"

苏媚往前一看，只见李忆如形单影只，独自趴在石凿的案桌上，头顶一摞仙术书籍，努嘴夹笔，百无聊赖地哼哼唧唧、自编自唱。

地上泥石凹凸，又无光照拂，苏媚探头一瞧，竟一脚踩偏，这时，李忆如忽然惊觉一声，当即掀书起身！

苏媚吓了一跳，赶忙缩身躲在石壁之后，心虚和慌张，使得她的心扑通扑通地跳动，仿佛要挣开胸腔的桎梏。事实上，这些年她为收集李逍遥和五劫辟魔锥的情报，干了不少偷摸营生，可她一向游刃有余从容自若的，从未如今日这般紧张不安过。

似乎，比起事情的败露，她更害怕，李忆如满眼的失望……

须臾，李忆如只哀声怨载地道了句："啊，又背错了！"她深吸口气后，又继续有气无力地碎碎念叨："五灵仙术难啊，难于上青天，雷鸣及闪电，修炼何茫然……"

苏媚："……"

第二十五章 离岛归途遇故知

水月洞苏媚勘察过一二，丘陵之下，天然洞窟，山石所凿，不算顽固。被大肆破坏后又被重新修葺过，但很多破损的痕迹仍在，想来是为了保留洞室原貌，刻意没动。苏媚做了估量，一招狐御天雷祭出，断毁洞穴中央的擎天柱，水月洞便不堪重击，自中间塌陷，蔓延周遭。在这个过程中，李忆如若机灵点，还有时间撤离或藏身。

"收起你的怜悯之心。"这时，一个清冽穿骨之音侵入她的脑中。正是袖中幻魅画轴作祟。巫柔借灵力占据她的大脑，对她所知所想，了如指掌，提醒道："你可别忘了，李逍遥杀你父母的时候，手起刀落，可无半分怜悯之心。"

苏媚倒也不是怜悯，只是李忆如待她不薄，事事为她着想，恩将仇报的愧疚感，并不比仇恨来得轻松。她默了半晌后，迟疑道："可李逍遥一定会回来吗？"

"当然！"巫柔笃定道，"李逍遥不可能将他女儿放在这里不闻不问，李大娘和李逍遥之间一定有东西作为媒介，可以互通联系。"

传闻蜀山有种仪盘，可以传音万里。

李逍遥虽行踪不定，踪迹难循，被外界谣传醉生梦死，不问世事。但他肩上有蜀山重担和家庭责任，不可能真的无牵无挂。

默立良久，苏媚历来柔媚的嗓音，阴沉不少，像是终于下定决心：

"我将你放在哪儿？"

"就在那丛书中。"巫柔指向李忆如身侧那高垒书籍，"李逍遥回来整理满地书籍，无意间翻到一幅赵灵儿的画像，你说，他会怎么办？"

赵灵儿当年未留只言片语，更遑论画像丹青，李逍遥的思念再刻骨铭心，她的模样大抵也会在岁月的长河中浸染褪色。

若画如其人，呼之欲出，令之芳华再现，不啻故人重逢。届时，他必触动心事，勾勒往昔，相思忘我。

"不错。"巫柔已知她的答案，势在必得道，"他魂不守舍之时，我便有趁虚而入的契机，以赵灵儿形态，将之困于画中世界。"她顿了顿，慢道，"我想，这会是他求之不得的梦境。"

说着，苏媚手中幻魅画轴开始泛黄蜷缩，转眼已陈旧得像是遗存多年。与此同时，纸上水墨如流沙般自绘成画，山河社稷竟转眼变成一位妙龄少女。

少女宛若池中白莲般清新脱俗，叫人一眼惊鸿，过目不忘，叹为天人。

这样的清丽出尘，可以让所有妩媚黯然失色。

这就是名动天下的赵灵儿。

彼时，李忆如对这一切全然未有察觉，仍趴在石案上，抖着两腿，为卷中一排三行字而苦恼。

她姿态浑浑噩噩，口吻优哉游哉，边吟唱着，不自觉间，手边随旋律比画起来。她的五指葱白如玉，纤纤白皙，瞧着也就比那些玩泥巴的女娃娃的手娇嫩些许，但她的手却能引动天雷。

忽然，她指尖隐隐间已有雷电蹿动的迹象。苏媚环顾四周，发现寻常寸步不离的小熊猫竟迟迟不见踪影。

时机已到，苏媚运功转息，闭目凝气，掌心攥握着一团蠢蠢欲动的滚雷，吱吱作响。

下一刻，雷电祭出，准确无误地击中擎天柱！

"噼啪！"一声惊雷炸裂，李忆如吓得尖叫起来，擎天柱轰然倒下，溅起满潭寒水。

洞顶失去支撑,泥石沙尘从柱破损之处漏流而进。李忆如几乎是下意识看了一眼自己的手,只见五指之间仍有雷电蹿动,她登时怛然色变,露出凄苦神态:"完蛋了,爹爹这回非要打死我不可。"说着,水月洞已经开始塌陷,李忆如惊慌失措,赶忙逃命。苏媚则趁乱将幻魅画轴放入书丛之中,未再停留,而是毫不迟疑地与李忆如惊恐万状的呼救声背道而驰。

此番做了这忘恩负义之人,也是踏上复仇之路的必经之事。

水月洞的塌陷与她的预期分毫不差,由中往四方蔓延崩毁。李忆如若是机灵,有足够的时间找好藏身之地。

这是苏媚给李忆如留下的唯一生机,可若李忆如未得有幸……

苏媚想,她若有罪,便待报得这血海深仇后,一并赎去。

后山乱石滚动,树折山陷,响动太大,惊醒众人。苏媚捏诀回房后,四周房舍的烛火也次第而亮。苏媚倚在门上附耳倾听,直到外面闹出动静,她这才慌慌张张地推门而出,一副姗姗来迟的样子,混入这紧张氛围之中。

"我闻声而来,好像是水月洞那边,是出什么事了?"苏媚将担忧和慌张,演绎得淋漓尽致,没有一个人怀疑。

水月洞就在后山,平地立足一望,那丘陵颤巍巍,渐而塌缩、深陷。

王寅虎正要回答苏媚的话,却被李大娘打断。李大娘悔恨难当地拍腿,痛心疾首之余,嘴上仍在骂骂咧咧:"这丫头,跟她嘱咐多少遍了,还真敢在里面修行五灵仙术啊!真是不知死活!"

谢沧行衣结都未来得及系,袒露着健硕体铜的胸膛,见率先抵达山脚的李大娘等人都原地眼巴巴地望着,无人行动,催促道:"都愣着做什么,赶紧上去救人啊!"

"且慢……"李大娘语正要解释,但已然不及。谢沧行直接召来重剑,御剑上行,跟头铁牛似的撞上山去!

可就在谢沧行横冲而上，方抵达水月洞上空时，忽然，山丘周遭凭空显出一道青光屏障，谢沧行应对不及，正面相撞，"咚"的一声回响，从重剑之上直直跌落，疾速下坠。而屏障纹丝不动，光彩熠熠，如颗遗留在这海岛之上的翡翠。

幸得谢沧行身手敏捷，及时运转重剑掉头，不然则要在几位后生面前摔个四脚朝天，一世英名粉碎一地了。

"怎么回事？"谢沧行稳稳着地后，语态显然比之前粗犷了很多。

韩仲晰已经担忧得两行清泪："这里的禁制除了女娲后人和李叔，我们谁都去不了。"说着，李忆如提前交给他的小熊猫跳出来，望着山丘鸣咽。韩仲晰抹了一把泪，继续道："就连她的御灵兽都无法穿过这道屏障，如今，只能靠她自己了。"

"禁制？"苏媚的惊诧程度并不亚于谢沧行。

为何她适才可以穿行自如，丝毫没有受到禁制的桎梏？

谢沧行听罢却厉声道："李丫头才多大，靠她自己怎么能行？这李丫头要是有个三长两短，师兄回来怎么交代？"他回身望向那盈盈流光的屏障，不屑地哼了声后，胸有成竹道，"这世间术法，相生相克，还没听说有什么屏障，是我不可破的！"

话毕，谢沧行挥剑而上，重剑锋芒与屏障硬拼，王寅虎也提刀而上，众人见之，纷纷亮出利器，星星点点的火光，仿佛撕破天幕后，拽出的繁星，皆是一副要将山丘夷为平地的气势。可直到金乌破云，霞光弥天，也未能撼动这屏障半分。

按理来说，水月洞坍塌，李忆如率先找好藏身之地，待尘埃落定后，即可离开。可一整夜过去了，李忆如为何还是半分影子没有？

难不成，她没有找到藏身之地？

而这厢，一夜的较劲，谢沧行目光灼灼，眉眼沾满倦色，却忽大喝一声："你疯了！"众人望去，原来是韩仲晰的手已经血肉模糊，谢沧行察觉后，这才出声制止他。

谢沧行直接从自己身上撕块布下来，给他包扎伤口，道："别白费力气了，等等李大娘还有什么方法吧。"

韩仲晰却执着要继续破开屏障："一定要救她出来！"他魔怔般反复重复着。脑子里挥之不去的，是李忆如纯洁无瑕的笑。当年李掌门将他从邪魔手中救下后，他睁眼所见便是一个不染尘俗的笑，像月光那么皎洁、那么明亮，他发过誓，会永远守护那个笑，可是……

"是是是，一定救！"谢沧行一把将他拽了回来，看烂泥扶不上墙似的："你就不要学我这老头子的手段了，年轻人凡事多动动脑子，我是老了脑子转不动了，才靠蛮力。"

这话音刚落，忽地一阵疾风骤雨般袭来，满地残叶纷飞，众人抬手遮眼斜头一睨，却见一道人影穿云而下，瞬时之间，自众人视线一掠而过，如离弓之弦般直入屏障！

众人一头雾水，尚未看清，只见李大娘蜗行半步随后而来，声缓气急道："苦了这孩子，等了一晚上。"

谢沧行见之，忽咧嘴一笑，整个人都松弛下来，奇道："大娘，您这是从哪儿将师兄揪出来的？"

听得这话，苏媚双瞳蓦地紧缩："那是，李——逍——遥？"她心里复杂无比，这个被她意念反复凌迟的男人，真正出现在她面前时，那凛然如山巍峨的身影，竟叫她心生一丝几不可察的怯意。

未几，李忆如被一道蜀山结印护送出来，李大娘微微张手，将之稳妥抱于怀中，脸上忧心如焚。韩仲晰把脉的右手已被谢沧行裹成了一个大白粽，便索性从怀中取出一只蛊虫。蛊虫长有六足，却只有半粟大小。顺其指尖落在李忆如的腕间。众人收声屏息，双双灼热视线盯着小蛊虫的一举一动。小蛊虫深感拘谨，八个小腿蹬得更卖力。不多时，韩仲晰蹙眉"咦"了一声，大家立刻凑前，纷纷询问："到底怎么样，有没有危险？"

"她哪里受伤了，要不要紧？"

"这么久了，为何一直昏迷？"

韩仲晰咳了咳，面露难堪，呵呵道："可能是在里面等了一晚上，这会儿……"他顿了顿，把大家心提到嗓子眼后，方才沉吟道，"睡着了。"

刚说完，李忆如便打了呼噜，沾染尘灰的小手一把揪住李大娘的头发，似当成被子般狠狠一扯，然后借力翻身，接着头一歪，鼾声渐起。

众人："……"

得知其无恙，大家如释重负，几人动作也麻利，很快便将李忆如带回房间。而苏媚一直不见李逍遥出来，便远远跟在后面，想趁几人不注意溜进去查看情况，哪知王寅虎一直守在她左右，最后还强行要求她回房休息。为免引起没必要的怀疑，苏媚只得应下。

彩云易散，时间易逝，晃到已是晌午。一夜未眠的人精疲力竭，都在补眠安睡，而这难得的恬静，终被一声石破天惊泣鬼神的哭喊声打破。

"我爹他又一声不吭地走了！"庭院中，李忆如号啕大哭，正起来晾晒药材的韩仲晰手足无措，丢下簸箕，忙过来劝慰，"李叔不是在水月洞吗？"

"没有！根本、就没有……"李忆如泣不成声，边揩泪边哭诉，"我刚从水月洞回来，那里一个人都没有，爹爹、爹爹他……"她哽咽半天，登时哇的一声，撕心裂肺地哭喊起来，"爹爹他、又、抛、弃、我、了！"

王寅虎推开门，得这几个时辰的休憩，已是爽朗清举之态，嗓音低厚道："水月洞已经坍塌，于事无补，他可能是去别处了。"

"可是我将整个仙灵岛都翻遍了，就是没有！"李忆如憋屈道完，张着手一把抱住王寅虎的大腿，一把眼泪一把鼻涕往他玄锦袍裾上蹭，"小虎哥，你带我去找爹爹好不好？"

王寅虎安抚着她，低头思索片刻，提点道："或者等你的生辰，逍遥哥总会回来。"

李忆如登时醍醐灌顶，水汪汪的眼眸，像是揉碎的星辰："对哇！我的生辰爹爹都会给我送礼物的。"她横起袖子，将两行清泪一抹，重整旗鼓似的，叫来韩仲晰掐指一算，登时又如皮球般瘪了下去，"可我的生辰还有大半年哪！"

当这厢被忆如吵得头疼不已时，苏媚却已独自来到水月洞前。

水月洞彻底坍塌，古朴风韵不复存在，清幽雅致的陈设沦为废墟。洞口堵死，却有一条规规矩矩、大小匀称通向里侧的小洞，应该是李逍遥利用剑术凿出的道。苏媚谨慎前行，不到十步，就已漆黑一片，不见五指，然而苏媚为狐，夜行无虞之外，还能清楚地看见地上丢弃的火折子。

洞中面目全非，横七竖八的器皿家具、树木泥石，混杂一片。原先的书丛之处得助于一古树斜倒，横亘其上，为之挡住泥石，才勉强算是保存完好。

画像位置有所偏离，且被精心擦拭过，不染一丝纤尘。

似察觉她的到来，画纸上的浓墨又如沙般流动起来，聚了又散散了又聚，很快，所绘的灵动少女变回了那幅冷冰冰的幻魅画轴。确认无人后，苏媚径直过去，低声问："李逍遥呢？"

画轴中，巫柔颇有些大快人心，笑声也意味深长："正和他心心念念、寻了八年未果的爱妻你侬我侬，这、你也要看吗？"

武功高入化境的一代宗师，竟这么顺利地被她们收入囊中？

苏媚觉得有些匪夷所思。她冷厉着目光，一字一句道："把他功力耗尽，最后一刀，留给我，我要亲手杀他。"

"你倒是会捡现成便宜。"巫柔兴叹一声，道，"放心，我杀不了李逍遥。"

"为何？"苏媚困惑，"你不是已经将他困住了吗？"

"能困住他，是因为他对赵灵儿的执念太深，且李逍遥心中无半分怨气，我是噬人怨气为生，他若无怨，我便伤不了他性命。更何况，李逍遥功力深厚，以他的悟性，很快就会回过神来，届时，莫说你我性命不保，便是整个异魔教，都会被连根拔起。"

话虽这么说，但巫柔的口吻，并无半分畏惧。苏媚料定她已有对策，便也不慌不忙地问："你打算怎么办？"

"好办！"巫柔嫣然一笑，"尽快离开这里，找一个怨气极重之地，压制他的功力，增强我的灵力，至于五劫辟魔锥，你自己想办法从王寅虎眼皮子底下带走。"

巫柔是寄生于画轴中的妖，只藏匿于画中，不现身，便和苏媚一样，虽为妖，却不显妖气，再由苏媚携带，可在正派之地畅行无阻。有时候，苏媚也不得不敬佩，孔璘的用计之深、思虑之全。

如今目的达成，血仇将报，为免夜长梦多、横生枝节，当晚，苏媚拾掇好五劫辟魔锥和幻魅画轴，备好龟船打算独自撑船离开。夜幕清明，月华笼罩无际海域，海水荡漾流淌，粼粼波光，似给大海镶上片片龙鳞，一层一层，泛着光，夺目又耀眼。

然苏媚才及渡口，忽闻桃林一阵窸窸窣窣的脚步声，脚步声一前一后，愈逼愈近，一个迟缓谨慎，一个轻快如燕。苏媚环顾四周，见不好藏身，只好斜架短锥于肩，蓄戒备之色对峙，与此同时，两道身影从林中蹿出，一个颀长高大，一个身材矮小，只见那高大者动作流畅，跃身一击，前面那人招架不住，如同木板一样，以贴合的姿势，重摔于墙面。紧接着，高大者一个箭步瞬至，一手锁过那人双腕，另一只手则扣死其喉咙。

苏媚认识这种招式，之前王寅虎在街上捉一小毛贼，便是用的这招，说是一招锁敌，可以让敌人无力反扑。苏媚正揣摩其身份，这时，被压制者单手撑起一盏灯笼，可怜兮兮地求饶道："痛痛痛！小虎哥哥，是我，是忆如啊……"

苏媚一愣，而王寅虎双目久处黑暗，在灯亮起一瞬，他眼眸微眯，却也并不影响他迅速扫看被擒之人的面貌："忆如？"

见是他二人，苏媚紧了紧怀中之物，便欲趁其不注意，神不知鬼不觉地离开，哪知方才蹑手蹑脚地走了一步，便听见李忆如惊喜又清脆的一声："狐姐姐！"

苏媚："……"

王寅虎回头，皎洁的清华下，他五官深邃绝伦，眉入天仓，白日里的气宇轩昂、血气方刚藏于阴影之中，此刻显露出的，是青峰琼鼻、面如冠玉。

"苏媚?"低沉的嗓音,惊诧又疑惑,"你怎么也在这儿?"

"我出来……"苏媚言辞含糊,面容尴尬,最后灵机一动,指了指月光,讪讪笑道,"出来赏月。"

不知王寅虎有没有生疑,只见他沉默片刻后,又不客气地一把拎起李忆如背后的包袱,沉着脸诘问:"那你呢,三更半夜不睡觉,鬼鬼祟祟地要去哪儿?"

李忆如眨巴眨巴眼睛,酝酿一番情绪后,两股整装待发的清泪登时夺眶而出:"小虎哥哥!你带我私奔吧!"

李忆如仰起头,泪眼婆娑的模样,我见犹怜:"我去找我爹爹,爹爹一定是因为我将水月洞砸了,所以生气走了,不然他不可能不瞧我一眼的!"

"逍遥哥关心你还来不及,怎可能因这点事跟你置气?"王寅虎又是一贯的冷静沉着,宽慰道,"估计是有什么事情耽误了。"

"小虎哥哥!"李忆如再次抱紧王寅虎的大腿,不依不饶的,哭得更加尽心尽力,伤心欲绝,"你就带我走吧,天涯海角,我都跟着你,绝对不离开你视线半步,我发誓,我一定听话,你带我走吧……"

李忆如见之坐视不理,便来了气,索性将包袱往身上一提,寻回了几分骨气,冷哼道:"反正你今夜不带我私奔,我也会只身离去,你就让我被豺狼抓去好了,反正我也有小熊猫……"

王寅虎头大。以李忆如的性子,尽管今日逃不出去,来日也能一个人偷跑,且她若真有个闪失,莫说无法交代,王寅虎自己也会一生不安。想到这一层,王寅虎有些踌躇不定,寻思若带她出去,无法向李大娘交代,可不带出去,他反倒更不放心。

苏媚瞧其脸色,似乎便知其顾虑,原本她打算不辞而别,偷偷溜走,没想到却遇到了这一茬。如今她手中还藏有困住了李逍遥的幻魅画轴,此地不宜久留,否则难免会在李大娘和谢沧行面前露出破绽。焦心之时,计上心头,不若将李忆如带上,说服王寅虎一齐离开仙灵岛,待靠岸之后，她随时都能寻个由头离开。

"你就把她带上吧。"苏媚也道，"一来省得她日后再独自外行，遇着什么变故；二来，我伤势大愈，也不便久留。"

"这……"王寅虎知道，自苏媚来到仙灵岛，她便一直闷闷不乐的，想必是她到底不习惯这个地方。面对着李忆如的软磨硬泡、苏媚的恳请，王寅虎犹豫再三后选择了妥协，于是给李大娘留下书信后，苏媚的一人潜逃，就变成了三人潜逃。

从仙灵岛逃出后的第一站，便是峨眉山。

李忆如虽找父心切，但也担忧锦八爷的安危，便答应先找沈欺霜。

往西一个村子，名为碧湖。碧湖村中有一面湖，满湖涟漪滋养着世世代代的村民；水平如镜，夜来繁星漫天，镜窃九天之美。可此时，天际阴霾，干涸、饥饿、恐慌笼罩着整个村子，所有村民背包束囊，翻过北坡，满含眷恋地作别家乡。

苏媚在山头瞭望，村子灰瓦红墙的屋舍，鳞次栉比，环抱平湖，湖面烟水空漾，波光云影，像天神遗漏在莽原的梳妆镜。

李忆如口干舌燥，拎着小熊猫过去讨水，老大爷拄着拐杖，却气喘吁吁地哀婉叹道："没有水了，村子里一口水都没了，活不下去了。"

"大伯真会开玩笑。"李忆如觉得奇怪，往坡下遥遥一指，"那不就是湖吗？"

大伯望之，只觉心中胆寒："那湖水，喝不得，那是妖的巢穴啊。"他眼中似见哀鸿遍野般的凄凉与恐惧，"她是回来寻仇的啊！"

几年前，平水如镜却也得天地之精华，孕育出了一只大妖。妖在湖底兴风作浪，还要村民每逢秋收"进贡"粮食。村中人深受其害，终年衣不蔽体、食不果腹，村长倒腾出每家的余粮，可也不足以支撑一个壮年人徒步走出荒原。

那几年，他们热爱并依存的这片苍茫莽原，化为无形的枷锁和围城，将他们死死锁困于此。

后千叶禅师传经诵道，途经此地，发现端倪，才诛伏大妖，换来村民久违的安宁。

随后不久，一擅水男子潜入湖底，道水底之下有座天宫，金碧辉煌、琼楼玉宇，村民闻之，向往不已，便率村中男子陆续下水，果真发现大妖建立的江都离宫，两宫五院，堪比一座王府。

村民一改往日朴素，变得贪婪无厌，掠光殿中所有珠宝与粮食后，发现两只弱小女妖，孤苦相依。

女妖道行不深，村民用求来的符箓便将之镇伏，事后毁宫灭迹，生擒女妖，准备以火烧死。

晚上村民篝火烧酒，起舞庆祝，酩酊大醉的男人看见被五花大绑在木桩上的袅娜倩影，一时不禁诱惑，歹心和欲望油然而生，冲上去欲图染指女妖。双方挣扎间，男子误撕符箓，反助女妖逃脱。

时至今日，村落不过安宁四年，女妖便回来了。女妖用四年时间，修得一身术法，村民拿她束手无策，悲愤畏惧之下，将当年欲行不轨助其落网的男子捆于木桩，一人抽一鞭子，以此谢罪，却已是亡羊补牢。

听完这些，李忆如赶忙宽慰道："爷爷不用怕，我小虎哥哥除妖降魔可厉害了！"

"不用不用，村里已经有除妖的高人了。"大爷领了好意，又慢道，"那两位高人说以免伤及无辜，让我们先避避风头，不然女妖奋起反抗，水溢湖岸，会淹没整个村庄，只愿这次，那两位高人能彻底铲除余孽，否则，又是冤冤相报啊。"

话罢，老爷子回望着那湖泊，觉得它更像一只吞云吐雾的洪荒猛兽，万顷寒光，便是它锋利的巨齿。

当王寅虎找到老爷子口中的两位高人时，只见瞻彼淇奥，绿竹猗猗，其中一位玉骨修长的手正把玩着一把折扇，倚在一树玉兰花下，青丝如墨，鬓若刀裁，俊颐之貌如敷粉三分白，眉眼清风一表人才，俨然是一副文人雅士的儒雅做派。另一位手扶禅杖，一袭黄色僧袍，略佝偻精瘦的体态，却有一双矍铄的深眸，白髯飘然，更衬其祥和沉稳，仪容可敬，俨然一副得道高僧之貌。

此人正是喻南松及其师兄万悲大师。

旧友重逢，王寅虎自是百般欣喜，但喻南松却神色异常，不是眼神躲闪，就是说话遮掩，而这时，万悲大师慈祥的视线也落在苏媚身上，打量之间，隐含着一丝揣度，于苏媚而言，极不友善。

王寅虎一直想将五劫辟魔锥交于大慈悲明宗，如今不期而遇，让苏媚心中惶然，便趁他们聚精会神分析湖妖之事时，悄然撤离。

哪知，她堪堪走出这一方篱院，便被一声清脆的"狐姐姐"叫住。苏媚心中不畅，回头看着蹲在小熊猫身侧的李忆如，尽可能展出一个笑来："你在这里做什么？"

李忆如嗍着手指，怯生生地东张西望："我总觉得有人在盯着我们。"

"碧湖村有妖作乱，按照妖的习性，不确定目标身份之前，必是先蛰伏藏身，暗中观摩，就像屠夫解刀前，分析如何开膛破肚一般。遂自我们踏入村庄起，一举一动就已被妖邪尽收眼底。所以，你这种感觉，并非空穴来风。"

苏媚条理清晰地道完，李忆如已经听得头皮发麻，死死抱住小熊猫的脖颈，忽然，院里，喻南松大喝一声："出事了！"惊得李忆如跳将起来，手上一紧，小熊猫双瞳一鼓，险些当场被它小主人亲手勒死。

苏媚赶过去时，院中空无一人，王寅虎和喻南松在一间低矮破旧的土房之中，二人端着极为紧绷的神色，四处张望。

"怎么了？"

"万悲大师察觉这房中有妖气，便只身进来作法，我和喻大哥久久不闻动静，进来一瞧，只余禅杖还在这里，万悲大师却凭空消失。"

"万悲大师道法高深，若是妖孽所为，此妖修为必然不浅。"苏媚言罢，见王寅虎面色沉着下来，提步朝水缸走去，苏媚随之过去，施法掀开水缸上的木盖，登时奇道，"这里怎么会有水？"

喻南松闻声过来，拨了拨水面，涟漪平缓，水清却腥。

他似有所察觉，立刻闭目，指点眉心，默念佛语，只见平平无奇的水面，竟无端震颤起来。一时之间，水珠活了般，自行飞溅蹿跳，而喻南松扇面朝天，睁目一扬，缸中之水滚滚流出，如一尾银龙横出天际。

待水流尽，水缸底部，竟然是个洞。

"忆如呢？"王寅虎环视周遭，忽然问道。

"在这儿，在这儿！"李忆如举着手，跌跌撞撞地闯了进来。

此时喻南松已经率先入洞，王寅虎瞧了一眼，温声道："跟上。"

第二十六章
青灯古佛忘俗尘

四人借着火折子微弱的光亮，穿过狭隘阴暗的洞渠。

不多时，便听到激昂打斗之音。

几人加快脚步，可当他们抵达之时，却被面前景象所惊。

碧湖村的天镜湖水竟然悬空置顶！

从湖底之下往上看，镜湖犹如一扇天窗，云层在水中波澜起伏。而天光穿透湖水，映射一张交织的光影，笼罩着一座雕栏玉砌的桂殿兰宫。宫殿奢华程度，令人瞠目结舌。只见水晶珠帘透迤倾泻，鲛纱绸缎随风飘动，而那玉石砌起的门中金匾上，是矫若惊龙的四个字——江都离宫。

景虽震撼，众人却无暇顾及，因宫殿前的玉阶上，万悲大师正与一身形窈窕、缚浅绿罗裙的女妖缠斗。

女妖指尖起落间引水聚流，化柔为刚，时似幽涧滴泉清冽空灵，时似闪电落下穿云裂石。万悲大师没有禅杖，只得化佛印为挡，空手接白刃，功力大打折扣之下，也和那女妖，不分上下。

"你们是谁？"

王寅虎拔刀欲上，却被一个幼龄女妖拦住。幼妖身段跟李忆如差不多，身缚绸纱薄如蝉翼，肤如无瑕白玉，额间三片青色鱼鳞，碧瞳赤耳，如果不是正磨着两颗虎齿恶狠狠地盯着他们，兴许瞧之也算明眸皓齿，小家碧玉。

王寅虎问："那女妖是你什么人？"

"话多！"幼妖稚嫩的脸疾言厉色起来，倒也有几分凶狠，威胁道，"我的泡泡可是会让人族穿肠烂肚的！"

话毕，幼妖鼓起腮帮子，似在酝酿什么术法，可他们持器以待半晌，甚至幼妖脸都憋得通红了，连一点唾沫星子都没见着，更遑论什么让人穿肠烂肚的泡泡。而那厢，万悲大师与女妖如此纠缠下去，不知打到何时。喻南松灵机一动，大喊一声："师兄！接着！"同时手中折扇一开，便将禅杖送至万悲大师手中。

万悲大师得到禅杖，便如鱼得水，攻守自如，任由女妖指尖流水再是千变万化，也无力招架禅杖的记记重压。

很快，女妖节节败退，在佛光的逼压之下，灵力溃散近半，终于不堪跌下玉阶，与此同时，禅杖乘胜追击，方要将之击毙，幼妖见之怛然失色，石破天惊地大喊一声："爹爹住手！"

这声"爹爹"出口，莫说万悲大师，就是王寅虎、喻南松等人，也惊愕地止住动作。

众所周知，大慈悲明宗弟子遁迹空门，便要六根清净，束身自修，而万悲大师作为千叶禅师座下首席弟子，这几年四处斩妖除魔，传道授业救苦救难，不说功过千秋，却也是德高望重，受世人尊敬之辈，怎可能与妖有染？

思忖间，幼妖已冲过去挡在女妖前面，脸上堆砌的愁苦与焦灼，让这个幼龄小妖，瞬间成熟许多："爹爹，她是娘亲啊，爹爹！"

"你、叫我什么？"万悲大师嗓音凝肃。

幼妖泪盈于睫，正要开口，却被身后的女妖打断。女妖凄凉哀怨的视线，顺着那佛光逼人的禅杖移上，望进万悲大师那无波无澜的寒眸中，失神一笑："枉我寻你四年，却没想到再次相逢，你竟是这般绝情模样。"

万悲大师冷静下来后，权当她是妖言惑众，便恍若未闻，慢哉道："你既修成妖身，就该好生悟道，收起杀戮，慈悲为怀，方是正途。"

"慈悲为怀?"女妖仿佛听到一个天大的笑话,"当年叱咤一方的江都妖王,竟然满嘴慈悲?"她讥讽大笑,青黛柳眉间,却尽是自嘲自怜、怨恨不甘,"可笑,可悲啊!"

"施主……"

"我不是什么施主!"女妖忍无可忍地喝断他,以至于急火攻心下,呛了满嘴鲜血。她伏在地上,调息凝神一番后,不知忆起何事,竟崩溃痛哭起来,紧拽着万悲大师的僧袍,喑哑破碎的声音,几近恳求:"你看看我,你好好看我啊,我是阿离,是你妻子啊。"

"一派胡言!"万悲大师手拄禅杖,一本正色,端的是禅师风骨,"贫僧乃是出家人,从未成过家,岂会与你这妖有染。"

"出家人?"女妖失笑,仰头看他,一字一句,恨不能镌刻在他的骨肉上。"你连人都不是,你是翻云覆雨的江都妖王,你是妖啊!"

万悲大师冷喝一声:"荒唐!"

"荒唐?"女妖似被他的绝情冷漠所震,万千愁绪勾勒的眼中,满是匪夷所思,"我也觉得荒唐。当年这天镜湖,只有我得天地精华凝聚成妖。我生在水中,一心修行,本无拘无束,是你执意独闯,抢占了我的领域,甚至强占了我。你修为高深,远近三湖一海,你的功力一骑绝尘。你说做你的妻子,无须苦心修炼,你会永远保护我。可后来呢,你不告而别,未留只言片语,就像你来时一样,毫无预兆,留下我和蕴儿相依为命。后来人族大举进犯,我灵力低微,无力反抗,导致江都宫尽毁,我和蕴儿都险些丧命。这四年来,我苦心修炼,一为报仇,二为寻你,可如今,你完好无损地回来了,却用禅杖指着我,道我荒唐?"

讲完这些,女妖反倒如释重负般,坦然质问:"究竟是我荒唐,还是你本无心?"

声声掷地的诘问,像是一记重拳,猛锤在万悲大师的胸口,他身躯剧颤,一些似乎不属于他的零星碎片,在脑中逐一掠过,可却想不起来,越往深想,越是头痛欲裂。见他往后趔趄了好几步,喻南松心下紧张,正要上前,却被苏媚拦下:"再等等,这女妖,不似说谎。"

不消片刻，万悲大师镇定了几分，冷静道："贫僧从不认识你。"

"是吗？你真的、不记得了吗？"女妖见他神情有异，继续提点，"你忘了当年水莲之中，你吻着我说……"

"妖孽，休得再妄言！"听得女妖此话，万悲大师骤然变色，提起禅杖便要取她性命。

幼妖惊慌之余，一个手疾眼快，抱着她娘亲的身体，自玉阶翻滚而下，得以逃过一劫，但她并未原地待毙，而是使出周身之力，顶着娘亲重伤孱弱的身体，向前一跃，朝天镜湖水直奔而去，嘴上还念念有词："娘亲我们走，这种抛妻弃女的爹爹，蕴儿不要也罢！"

而偏在此时，他们来时的洞口忽然蹿出一物什，直奔李忆如而去。李忆如大叫一声，花容失色之下，自腰间掏出一把紫罗伞。疾奔而来之物猝不及防，一头撞在瞬间撑开的伞面之上。伞面飞旋起来，引以风成旋涡，随之狠狠一甩，一招"天旋地转"，便将那异物弹出数丈之外。

收伞之后，李忆如心道自己降了个妖物，正得意扬扬，却见小熊猫怯生生地将她望着，满眼心有余悸。她这才睁眼定睛一瞧，只见那四仰八叉贴在墙上、摔得歪嘴斜眼、两眼发昏的"异物"，正是本欣喜若狂奔走而来的锦八爷。

此时，王寅虎已将锦八爷救下，王寅虎神色着急，径直问道："沈欺霜呢？"

锦八爷晕头晃脑，口齿不清："我……我是嗅着味道从洞下来的，仙霞派的人，应该从湖上下来……"

"湖上？"苏媚恍然意识到什么，脱口大喊道，"蕴儿小心！"

但已然不及。

苏媚话音刚落，只见一道冷冽剑光入眼。

一把三尺银剑穿湖而来，自上而下，直接没入她娘亲胸口。

"娘亲！"蕴儿呆滞的脸上，似有什么东西，正在坍塌。

鲜血染红的白刃，与蕴儿擦身而过，泛着凛冽寒光，而温热的血，却顺流而下，一滴一滴，落在万悲大师身上。灰白的僧袍，鲜红的血滴，触目惊心。

万悲大师却没急着让开，而是蘸取一滴血迹在指尖，似在认真鉴别妖力，只是目光，却逐渐深沉起来……

与此同时，湖上六名蓝衣女子穿水而下，有护身咒法的加持，她们滴水不沾衣袂，如纵壑之鱼，灵动轻便，直穿入底。那如盈轻舞的曼妙之姿，瞧得小熊猫和锦八爷都两眼放光。

而率先从女妖胸口取出长剑者，正是苏媚之前在杭州见过的仙霞弟子青杏。

蕴儿抱着她的娘亲失声痛哭，那样的绝望和悲愤，大抵苏媚也曾有过。许是妖与妖之间的相惜之情，苏媚终是于心不忍，转身正要对王寅虎说什么，却发现王寅虎惯来深沉的脸色，忽地掠过一丝欣喜。

苏媚顺其一望，才发现，原来沈欺霜也在其列。她水裙风带，翩若游龙，与王寅虎四目对视，那望眼欲穿的欣喜与动容，是满满当当的情愫与爱意。

苏媚想，若是他也舍下一切，救自己于深渊险地，那她眼中的爱意，不会像沈欺霜这般收敛、克制，她会比沈欺霜来得更加浓烈、张扬。

只是可惜，她是被抛弃的那一个。

苏媚不由一哽，到口的话如刀片咽下，垂下眼帘，转过身去，不再说话。

此时，沈欺霜忽见得喻南松也在，方道："原来喻大哥也在？"

喻南松点头致意，但尚未开口回答，一声凄厉的惨叫却骤然打断了他们。

众人回头，只见青杏忽然倒地翻滚，面目狰狞，而抱着女妖尸首的蕴儿撅噘着嘴，不断地吐出水泡。将青杏里三层外三层地包围，所有仙霞弟子大惊失色，急忙过去查看，王寅虎乍然想起蕴儿之前的警告，立刻大喊："不要碰到水泡！"

话毕，她们脚步齐齐骤停，而面前，一堆密集的水泡源源不断地射出，将青杏围困缠裹，她们立刻改变战略，想方设法驱散水泡。可待水泡散去，青杏已浑身腐烂，白骨分明，倒在水泊之中，没了生息。

"青杏！"

"青杏师妹！"

仙霞弟子们声嘶力竭，满目不敢置信，平日朝夕相处、调皮可爱的青杏竟就这样倒在她们面前。

悲痛、悔恨、愤怒涌上心头，仙霞弟子们咬牙切齿，厉睁着双目，盯视罪魁祸首。

蕴儿悲愤欲绝，尖锐着嗓音控诉："是她杀了我的娘亲！"

除却悲痛之中的沈欺霜，其余四位仙霞弟子，奋起拔剑，指向蕴儿。

落落穆穆的凛然姿态，瞧上去冷血又无情，盛气凌人的正派气势，也似乎能让一切妖邪无处遁形。

孤苦无依的蕴儿，泪水还挂在眼睫，瞧着阵仗，立刻收声敛息，气不敢出，蹬着发颤的双腿，縠觫着幼小的身子，无助后退。

剑携三分锋芒，蓄力斩下那一刻，她下意识抱头缩颈、猛闭双眼，那死一样的寂静中，听得那人族女孩儿一声破喉而出的"狐姐姐！"后，本该手起刀落的疼痛之感，却迟迟没有降临。

蕴儿胆怯地睁开眼，却当场怔住。

占满整个瞳孔的，是一条巨大的赤色狐尾，它柔美顺滑得似朵摊开的朝霞，却又如燃着炽焰的铁盾一般坚固无比，为她扛下四剑之力。

"苏媚？"王寅虎唤了她一声。

苏媚闻声仰头，看见矗立一旁的王寅虎站在沈欺霜身边，轻蹙的眉眼，俱是不解与震惊。

他一定觉得，她是反道而行，可只有苏媚清楚，保护蕴儿，就像保护她自己。只是，蕴儿比她幸运，至少，她当场报得弑亲血仇，而自己却要与虎谋食，假手于人，做着不喜欢的事……

仙霞弟子并没有因苏媚的出手庇护而给蕴儿喘息之机，反而再次大打出手。剑影穿梭之间，招招不留情面，欲将之一网打尽。

"仙霞五奇"名响江湖，由仙霞派实力最强的五位弟子组成，分别为成熟稳重的齐弄霞、直爽刚烈的厉凌云、沉默冷傲的梅胜雪、温柔内敛的沈欺霜、稚气活泼的柳逐霓。经过数年的修习，她们招式制动间，配合得天衣无缝，尽管此时缺少一位，但苏媚也完全不是其对手。可就在她即将落败之余，一道佛光凭空而现，再一次挡住了仙霞派的四剑之力。

几位仙霞派弟子齐刷刷地看向万悲大师，脸上的礼貌与恭敬荡然无存："万悲大师这是何意，莫非要包庇这妖孽？"

"哈哈哈！"万悲大师忽然失声大笑起来，声音却竟是凄凉和悲愤，"区区一个妖，如何做得了这满嘴慈悲的大师？"他沉沉地闭上眸子，好久，再睁开时，竟是一片猩红，"我妻子从未伤害过人，人族却步步紧逼，毁我宫殿，伤她性命！如今还要对一只小妖赶尽杀绝！"

他手中一紧，禅杖应声断裂，周身鳞片瞬间破肤而出！曜黑的犄角从戒疤处穿破而出，弯刀利刃般的长刺自脊骨生出，嘶吼一声，连声音都充满了凶狠的杀伐之气。

"妖！是妖！"

"万悲大师……竟真的是妖？！"

所有人都看着面前这狰狞庞大的妖身，纷纷惶然后退，面露不可思议，唯有蕴儿挣扎爬起，冲进他的怀里，眼泪模糊一片，声声哽咽着喊爹爹。

万悲大师抱着自己的女儿，这一刻，沉淀四年的骨肉相思化成心头之血，他粗壮的双臂将她紧搂着，仿佛想将她重新揉进自己骨血之中。千言万语，也化为一遍一遍地抚摸，一遍一遍地吻着她的发顶，这曾是他的珠宝般的孩儿……血浓于水并非人族才懂，妖往往比人懂得更加深刻。

不多时，万悲大师又走到女妖尸体侧，将她冰冷瘫软的身体深深揽进怀中，与挚爱一别多载，再度相逢竟是这般光景。再次抬头之际，万悲大师一双瞋怒的腥目，滴下一颗泪来。

"阿离……"他轻唤了一声，伸出手，手已经颤抖得厉害，他慢慢抚上女妖苍白冰凉的脸，替她合上那双迟迟未能闭上的眼。

脸上再不是一贯的慈悲和睦，抑制不住的伤悲，隐隐浮现。

"我都想起来了。"万悲大师的眼泪一颗一颗，从他眼梢悄然淌下，他附身凑近女妖耳边，如从前一样耳鬓厮磨，"四年前，我自诩功高盖人，便四处兴风作浪，不仅逼那些村民献供，还断他们水源，记得有一回，他们怕得不行，还给我献祭了几个人族女子……你总是日日劝诫我，让我不要去招惹人族，你说妖和人，是可以和平共处、互不干涉的。"言到此处，他似忆起何事，失神间，竟宠溺一笑，"那时候还以为你是吃那些人族女孩的醋，就是不听，还变本加厉。"

笑罢，他又继续追思道："后来，那些村民果然开始反抗，竟然还请来了法师，可又能如何？人太弱了，所有的法师都被我吃入腹中，直到千叶禅师的到来……"

他顿了顿，眼中恨意，忽然翻滚而来，狠狠盯着仙霞派弟子道："千叶禅师度化了我的妖力，封印了我的记忆，将我带到大慈悲明宗做了弟子，让我为他除妖降魔！"悔恨和悲愤的交融，让他的嗓音也粗粝急躁，"当我名满天下时，却不知，背负的是抛妻弃女的罪名！"

可惜，适才还疾言厉色，与他苦苦纠缠的女妖，此刻那张绰有余妍的脸，却已消香玉殒了无生气，再不能言语。

周遭寂然，落针可闻。沈欺霜也似触动心事，听这万悲大师与妻子尸体絮絮细语，双目竟有些许湿润，却只得默立一旁。毕竟，一边是正道大义、师门之情，一边是伤天害理的妖族，虽道有情，终究天理不容。

她看似云淡风轻，其实早已乱作一团，反而对苏媚，萌生羡慕。

羡慕她随心而活，不用顾及任何。

可不消片刻，万悲大师又在蕴儿耳畔嘱咐了什么，便赫然推开蕴儿，他凝肃的脸上尽是决绝和庄严："好好修炼，好好悟道，不要回头，不要报仇！"

"爹爹！"蕴儿被一道彩色屏障封锁，万悲大师起手运力一掌，她便如绚烂的烟花，直冲云霄。

"想逃？"在厉凌云眼中，这招"逃出生天"不过是雕虫小技。她立刻乘胜追击,"杀了我仙霞派弟子,安有全身而退的道理!"话罢,玉剑分身,以百剑齐追!

李忆如有些胆战心惊,眼瞅着那道彩虹屏障就要被乱剑撕破,几乎未做思考,便将紫罗伞朝其掷去,精妙绝伦的紫罗伞仿佛一把势不可当的长剑,笔直刺来,蕴儿以为自己在劫难逃,却忽见紫罗伞在穿破屏障之时戛然而止,随即伞面撑圆,将她罩住,将袭来的剑气化为乌有,蕴儿这才惊奇察觉,伞并没有攻击她,而是保护了她……

她不明白,明明她之前还用泡泡威胁过她的性命,为何如今却对她出手相助……

而这时,李忆如骑着大熊猫纵身一跃,挡在蕴儿身前,怒气冲冲地望着众人,正义凛然地申辩:"她只是为了找回自己的爹爹才略施小计,却从未害我们的性命,明明是你们仙霞派的弟子不问缘由杀了她母亲,才逼得她出了手,她虽有过,但也是你们仙霞派有错在先!"

这一番话,竟然叫底下不少人哑口无言、汗颜无地,同时如一股清流般淌进蕴儿的心底。蕴儿眼眸深深,望向李忆如本娇怜的背影,不过萝卜大个头却仿佛在她心底伟岸起来。

"你……"

"你快些走。"蕴儿方才开口,便被李忆如打断。李忆如也不知道自己究竟能不能说服要为同门报仇的仙霞弟子,只能赶紧催促蕴儿立刻离开这是非之地,"你娘亲一定是希望你勇敢地活下去,如今你也已经为你娘亲报了仇,就不要再与仙霞派纠葛,赶紧离开吧,你爹爹一定不愿意看见你再受到伤害了。"

纵然蕴儿心中动容,却还是有所踌躇:"可是……"

"别可是了,快走……"李忆如指尖催动术法,紫罗伞如蛟龙托珠,带着她冲出水镜,而与此同时,苏媚也起身一尾巴扫了过去,瞬间打乱了厉凌云还欲追击的剑阵,李忆如也立刻施以灵力,厉凌云前后受敌,只能放弃目标,侧身躲避。

护蕴儿逃出湖底后,伞也重新被李忆如执回手中,看着那素不相识的二人竟然为保护自己与同伴倒戈相向，心中五味杂陈，她想，这份恩情，她会牢牢记在心间，若有来日，必当报答……

见蕴儿行迹已远，厉凌云气得直发抖："你俩为何拦我？助妖孽逃出生天？"

苏媚和李忆如对视一眼，便决意护蕴儿到底。苏媚道："你们杀了她娘，她杀你们门下弟子，一命偿一命，天经地义，你们还乘胜追击，对一个小女孩儿赶尽杀绝，你们正派人士，都这么不要脸的吗？"

柳逐霓气势汹汹，斩钉截铁："妖为非作歹，本就该杀！她杀的可是我们仙霞派弟子！"

"可她从未害过人。"李忆如也力争道，"是你们逼迫的！难道仙霞派弟子是命，她娘就不是命吗？！"

"妖便是妖！"梅胜雪抬起冰冷的眸子，"她小小年纪，手段便如此毒辣，日后必定是一大祸害，必须斩草除根。"

"狠毒？"苏媚觉得好笑，"枉为正派仙门，却当着手无寸铁的孩童面杀其母，我瞧着，也不见有多良善。"

"你……"

"够了！"齐弄霞打断这无谓争执，越众而出，拔剑相向，"如今青杏师妹丧生妖孽之手，我们仙霞派决不罢休，既然你执意袒护妖孽，那就亮出兵刃。"

一场战斗，蓄势待发。

万悲心知肚明，今日这战，面对的是"仙霞五奇"和时刻会出手的王寅虎等人，胜负难定，侥幸胜了还好，若是败了，今后蕴儿必受仙霞派追捕。现如今，唯一的万全之策，只有……

"我的命偿给你们，但请你们放我女儿一条生路。"

万悲这话一落地，众人面面相觑，竟似在认真斟酌。

此时，万悲已将所有罪名揽于一身，姿态也放得极低："冤有头，债有主，当年为祸一方的是我，若非我威逼恐吓，村民也不会大杀我江都离宫，究其根本，害得妻女落入人族之手的，也是我。既然一切因我而起，不如让我以死谢罪，蕴儿她还是个孩子，虽娇惯了些，却分得清善恶，从不轻易伤人，还请各位，高抬贵手。"

"不可能！"

"好！"

两种声音同时响起，原是柳逐霓的话，被齐弄霞生生打断。齐弄霞并非不懂是非曲直之人，深知今日蕴儿和青杏之事，她们并非完全没有过错，只是青杏本意是为民除害，却丧命于此，她为人师姐，总要讨一个公道，给九泉之下的青杏以及门中弟子一个交代。

齐弄霞收起长剑，平静道："你若依言照做，这件事，就此了结。"

得此承诺，万悲方才长舒一口气，他回身望向苏媚，那目光之中，复杂难懂，意味深长，只缓道了一句："小狐狸，多谢你救我女儿。"众人听得如是，却只有苏媚听到的是他用术法传达的妖语，"你们的行踪全在千叶禅师的掌控，如今，不仅是魔刀天吒、水月洞的禁制，就连千叶禅师也伤不了你分毫，这是我目前知晓的事，你千万珍重。"

苏媚惊疑不定，恍然当初在余杭之时，千叶禅师的佛光之下，她却能行动自如……正要问得缘由，万悲却已转身而去，回到他妻子身旁将其搂进怀里。

女妖身体已完全冰冷僵硬，感受不到一丝的温存。

万悲收起背上长刺和身上的鳞片，深深望着妻子那张苍白如纸的脸，仿若一个再寻常不过的凡人丈夫。好久，他复才想起什么似的，又施法除尽身上血泽，捯饬衣襟、整理冠袍……那从善如流的动作，没有一丝戾气和怨恨，只有即将赴宴的郑重与期待。

待周身不染纤尘，衣冠整洁后，才极低地呢喃了一句："阿离，我回来了。"他伸手，顺了顺她额前碎发，莞尔低语，"这几年，辛苦你了。"

话毕，他蓦地用力，双手交合，没有片刻的犹豫与迟疑，瞬间落顶一掌！

气门闭塞，口吐鲜血，那双灼灼有情的双目终也寂然涣散……

李忆如突感悲泣，哽咽着落下两行清泪，苏媚也怔在原地，久不能语。

她想起很多年前,也有一对夫妻,琴瑟和鸣、恩爱备至。他们从未害人,却被人所屠;从未心生邪念,却为正道不容,最终,也因保护女儿而……

碧湖村事情告一段落后,众人在客栈歇脚整顿。

苏媚一直心不在焉,至于一路上王寅虎问了什么,李忆如又嘀嘀咕咕了什么,她完全没听进去。齐弄霞等人因适才苏媚出手对其略生嫌隙,沈欺霜见她们彼此爱搭不理,水火不容,也难受得紧,便掺和其中,来回调和,一边向苏媚解释她同门姐妹只是按规矩办事并无恶意,一边向同门姐妹解释苏媚是性情中人,直爽惯了云云。

这些人情世故的范畴,苏媚不善处理,也不愿搭理。毕竟仙霞弟子于她而言无关紧要,她们如何看待她,她并不在意。只是看沈欺霜夹在中间努力调和的分上,才忍不住附和了一句:"你什么时候,这么能言善辩了?"

"我……"苏媚沉默寡言已久,忽然一回应,倒叫沈欺霜有些咋舌。

苏媚笑罢,复又摇头,淡然目光将她身后个个笔直端立之人扫了个遍,随后付之一笑,可眼中却殊无笑意:"我帮她,就因为她是妖,仅此而已。"

话罢,她转身回房,合上门许久,还能听见柳逐霓跺脚大骂的声音:"沈师姐帮你说话,不领情就算了,还这么说我沈师姐,真是一只顽妖!走!沈师姐,人妖殊途,咱别理她。"

第二十七章 各是清尘浊水路

夜色如水清冽，弯月斜挂枝头。连着吃了几次苏媚的闭门羹后，王寅虎此时躺在床上，看着高悬天镜的孤月，竟辗转反侧，难以安眠。因他一闭上眼，赫然浮现眼帘的，便是江都离宫出来时，苏媚那张冷若冰霜的脸。那样寒彻入骨的视线，让他顿如凉水没顶，清醒备至。

忽然，孤寂的月下，三声不轻不重的敲门声突兀而响。

"苏媚？"王寅虎心头一动，一个鲤鱼打挺翻身而起，拾起衣服，以迅捷之速穿得周正，再沉住心气缓缓开门。

月光自缝而入，投下一道笔直的光影。

而站在门前之人，月袍直裾，手持折扇，眉眼如风。

"喻大哥？"王寅虎脸上的惊疑和失望，毫无遮掩地袒露出来。

喻南松折扇一合，唇携三分笑容，温声调侃："怎么？不是苏姑娘，叫你失望了？"

"喻大哥说笑了。"王寅虎立刻敛眉顺目，"这么晚了，喻大哥还有什么事吗？"

这话一问出，喻南松脸上漾起的笑容瞬间敛收无遗。他提步进屋，逆着月光，神色难辨。王寅虎看着他，只觉他适才的轻盈姿态，似恍然之间沉重了许多，王寅虎给他斟了杯茶，屏息以待。怎料喻南松踌躇良久之后，竟忽揖手弯膝，做行礼之态，幸得王寅虎手疾眼快，半路截住了他，这一拜才没有拜下去。

王寅虎大惊道："喻大哥这是为何？"

喻南松将头埋在阴影中："其实那日，我知道你们被困在异魔教……"

自锁妖塔崩塌之后，八年来千叶禅师时刻警惕，一直留意异魔教的动向。那日见异魔教频繁波动，魔气强盛，便让喻南松过去暗中查访，碰巧沈欺霜和锦八爷从异魔教逃出，便被孔璘派来的魔兵截住去路。

喻南松本欲遵循千叶禅师之言，绝不打草惊蛇，可一见那伤痕遍体的女子，是儿时便已相识的沈欺霜，这才迫不得已，出手相救，并将她们带到自己的竹阁养伤，悉心照顾月余。

病好后，异魔教之事已经告一段落，沈欺霜只好先回仙霞派。直到今日清柔师太命她们下山修行，途经碧湖村，见这里妖气熏天，下来查看，才有了今日这场不期而遇。

这些王寅虎今与沈欺霜寒暄之时，便已然知晓，只是见得喻南松此番举止，才知昨日初见时，他为何神色怪异。王寅虎便宽慰道："异魔教凶险万分，寻常修道之人皆是绕道而行，即便喻大哥你进去，也无济于事，不过飞蛾扑火，枉送性命罢了。"

但喻南松仍自责不已，痛定沉思道："未能出手相救，枉你我结识一场，但并非我不顾情义，实在是……"

"我都明白，喻大哥大可不必如此。"王寅虎扶起他，如实道，"你若真是去了，谁来照顾七七？"

听得这话，喻南松才深深地叹了一口气，颇有几分身不由己的无奈："你……多谢谅解。"半晌，喻南松又辗转问起，"不过，还有一事，想要问你。"

"喻大哥直言便是。"

喻南松有些难以启齿般，斟酌问道："我见你对苏姑娘和欺霜，皆是情深意重，便想问问，她二人在你心里，究竟……"

可他这话还未说完，王寅虎却看见了窗外的苏媚。

她似乎正巧路过，可撞见王寅虎热烈的视线时，一泓清泉似的眸子却在瞬间荡起千层浪，拔腿便走。

此时的王寅虎哪里还顾及得上喻南松，唤了声"苏媚"后，便起身夺门而出，追将上去。

见他这般张皇失措，喻南松轻搁茶杯，似已将答案，笃定在心。

苏媚不知道自己何时竟也如此胆小慎微、小心翼翼起来，似乎一面对他，所有的心思与谋划，都不堪一击。

寥落的星辰在苍茫的夜下游弋，不知是不是也有那么一刻，像她这样彷徨过？

"苏媚？"

男人低沉的声音乍然响彻，苏媚回头，不远处的七层木阶上，王寅虎毓秀身段昂昂而立，摇曳在长风中，灯笼投下明灭的光线，将他的身影轮廓描摹得流畅分明。苏媚不愿见到他，又转身准备离开，却不知他速度为何如此之快，竟在瞬移间，一个箭步拦在她的身前，截住去路。

"你怎么了？"王寅虎声音，便如这夜风一般，拂面而来，深沉却温柔。

苏媚却侧过身去，脸如寒铁："饿了，起来找点吃的，惊扰到你了。"

他似乎完全没有听出这话是随口打发之言，反而提起精神说："你一天没吃东西了，当然会饿。"

说着，便拉过她的手径直下楼。温热的触感传来，苏媚一愣。可他却没有意识到不妥之处，苏媚也大抵贪恋这一刻的温存，没有刻意提醒，而是任由他紧握着自己，在后面默默跟着。

王寅虎将她带到了厨房。客栈的厨子这个点都已经休息，但王寅虎却不知从哪儿鬼使神差地端出一盘黄泥之物，敲碎上面被火烤得硬邦邦的黄泥后，里面竟然是荷叶包裹的一只焦香黄嫩的全鸡。

"给你留的，还是热的。"他边说着，边将鸡肉剔下，撕成碎条，规规矩矩地叠在盘中，递给苏媚，"趁热吃。"

可他却不知，他越是细致入微，苏媚心中之火便越烧得旺盛。

苏媚一直攥紧拳头，努力克制心头翻滚的烦闷与躁动。

王寅虎见她迟迟不动，便耐着性子抄起筷子，将酥软鸡块喂到她的嘴边，这一举动，终于点燃了苏媚的小火山，让她再难抑制心中不快。

她伸手一挠，利爪横削，筷子掉在地上，断成两截。王寅虎微惊，苏媚却已骤然色变，拍案而起，疾言厉色道："你既然已经选择了沈欺霜，就不要再对我这么好！"

许是她的反应过激，王寅虎愣了好半晌，才蹙眉道："你说什么胡话，我何时选择过……"话到此处，王寅虎蓦然顿住，片刻后，他心中却终得云开雾散，似明镜一样敞亮开来，仿佛苏媚这段时间里所谓的"判若两人"都有了合理解释。是以，万籁俱寂中，王寅虎竟忽然哂笑一声。

"你笑什么？"他竟然还笑得出来？苏媚恼羞成怒，恨不得过去咬他。

王寅虎却笑不见收，甚至还颇有些漫不经心道："原来你是因为这个生气？"

"才不是！"苏媚立刻矢口否认，像是闺阁姑娘的心事被抖搂出来后，晾晒在众人视野般的无措。

王寅虎沉吟半响，突然一本正经地低声询问道："异魔教之事，你还在怪我？"

"我没有。"苏媚转过身去，一个劲儿地想终止这个话题，"我说过那是你自己的选择，与我……"

"苏媚。"他忽沉声打断她。苏媚回头，才发觉王寅虎眼中，是海水一样翻涌的黑。

她预感他几乎就要脱口而出一处极为重要的话，可等了半天，他却什么也没说。这一刻，心头涌来的失落，竟如此浓烈，苏媚觉得好笑，明知的事实，不知自己究竟还在期望什么，便讽刺道："既然解释不出来，就不用解释了。"

"我只是……"明明话就挂在嘴边，可就是难以启齿。

直到见她纤纤身量，背负满身失望，一步一步蹒跚离开，王寅虎终才慌得举止失措。

仿佛她这一去，便是形同陌路。

"异魔教之事，七七既是因我落难，救她，只图一个问心无愧！"他忽然启齿，字字铿锵，眸中却层层涟漪，起伏不定，"可选择留下，能跟你同生共死，于我而言此生无悔，我这样说，你可明白？"

苏媚脑中一片空白。

她不是很能明白，但似乎也明白一二。以至于接下来的半刻钟，苏媚都在反复剖析他方才之言，眼中一时是不可思议，一时又是困惑不解。默立良久后，方才犹疑不定地踌躇问道："你的意思是，你其实……喜欢我？"看到王寅虎更为坚定温柔的目光后，苏媚转而又意识到不对，"骗人，你都给你那七七小美人送定情玉佩了，还说喜欢我，你这不是辜负她吗？"

"什么定情玉佩？"王寅虎扶额，颇有些汗颜无地，"只是幼时身无长物，见她孤苦无依，我便将玉佩分她一半，想着她拿去典当了，也能值点钱，填填肚子。"

"少唬人了！"苏媚俨然不信他这套说辞，"那可是你娘亲留给你的宝贝物件，岂能说掰成两半，说送就送，说当就当？"

闻着这股子酸醋味儿，王寅虎无奈摇头，叹笑三声："你也说了是宝贝，所谓宝贝，能救人的才是宝贝。"

苏媚竟无言以对，甚至觉得将传家之宝给人维持生计确实是王寅虎能干出来的事，毕竟他是有被贼一句生计所迫而向贼自掏腰包的前车之鉴。但苏媚总觉得不踏实，可能一切太出乎意料，又嘟囔道："那、那你今日也没有帮我救蕴儿，你还是向着她的！"

"那是因我原本以为蕴儿和她母亲为祸村民，所以……"王寅虎叹了口气，道，"我徘徊于正邪两立，不是你和七七。"

"呵！"苏媚反倒冷哼一声，"所以你觉得，我当时是恶人？"

王寅虎头大，她什么时候也爱钻牛角尖了？

"你与蕴儿本同为妖族，你又生性良善，见不得这种以多欺少的行径，完全是正义之举，况且事实证明，你并无过错，蕴儿确实罪不至死。"他顿了顿，"倒是我，当时只顾着分析孰对孰错，如何解决，所以犹豫不前。但如果不是万悲大师及时放弃抵抗，你真的和仙霞弟子交手，我一定会帮你，无论如何都不会让你受到伤害。"

话一落地，苏媚猝然抬头，光影交错，盆中倒影重叠，映射着她隐于烟柳长眉间浓郁的深情。

其实兜兜转转这么久，等的不过就是这句话。纵使它跟那些花里胡哨的甜言蜜语比起来，实在平平无奇，可于苏媚而言，却胜过千言万语。

她只是想要被他坚定地选择，仅此而已。

苏媚的脸久违地红了。她自诩已将魅惑之术练得炉火纯青，可原来真情流露之时，媚术如此不堪一击。

她手足无措起来，竟也笨得不知做何反应，便立刻冷着脸"喊"了一声，故意将头扭向一边，不让他看见自己脸上大片的红晕："都是鬼话，我才不信咧。"

王寅虎似猜到她的心思，但也有些难为情的腼腆，斟酌几番后，方才鼓足勇气地问道：

"那、你呢？"

王寅虎这话一问出，竟像一盆冷水灌顶，让苏媚的笑意，彻底僵在脸上。

"我……"苏媚回头，脸上的潮红，已褪了大半。

她有太多事情瞒着他，桩桩件件、点点滴滴，一路走来，全是谎话铺就。她心底清楚，即便应下这段情，不过稍纵即逝，终会失去，给彼此徒增伤悲。也许，从未拥有，好过终日提心吊胆，患得患失，和得到再失去的身不由己。

可是，看着他眼中滚滚深情，她竟那么难以抗拒……

几番欲言又止后，苏媚终什么也没道出，终是仓皇逃走，徒留王寅虎一人，不明所以地呆立原地。这时，虎煞按捺不住地冒出个头来，深感愧疚地叹了口气："终究还是没有看住自家主人，叫他被狐妖勾了魂啊！"

"……"

翌日，东曦方至，王寅虎便已起床对镜拾掇衣冠，虎煞睡眼惺忪，揉了好几次虎眼，才确定镜子前面，将发冠理得鬓如刀裁的人正是他主人王寅虎。但虎煞更为目瞪口呆了，它觉得太阳一定从西边升起来了，于是又探出窗外一瞧，硕大一轮朝阳，在东边荒野的尽头，熊熊燃烧。

"哟，多了几个仙霞派女子就是不一样，这大清早的，都知道捯饬自己了？"虎煞吹着不着调的口哨，坐在窗台调侃道。

王寅虎一丝不苟的神色中，掺杂了几分少见的慌张无措："我想，再问她一次。"

刨根究底，是他常年破案养成的习惯。

昨夜苏媚欲说还休的态度，让王寅虎一头雾水，他不确定她究竟是应了，还是婉拒。可既然已经开口，他便想得到一个确切的答案。

虎煞闻得此言，却是一拍脑门，颇感无语："……没救了。"

王寅虎整装束发后，便下楼点好早食，等待苏媚。似乎上一次这么早早起来等人用餐，还是在盛府的事了，可即便面对他敬畏的师父，都不曾这样惴惴不安过。

不多时，仙霞派的弟子和喻南松都陆续起床。柳逐霓正俏皮地攀在沈欺霜的肩上，见到正襟危坐的王寅虎，登时明眸转动，戏谑道："这位就是小虎哥哥啊？"说着，她围着王寅虎转了个圈，如似端详什么宝物般，肯定道，"昨日没瞧得仔细，今日一瞧，真是英俊潇洒，一表人才，我可常听师姐说起你呢！"

沈欺霜一听这话，便知道她又要调侃自己和王寅虎，心下紧张，便欲拦住她口无遮拦的嘴，但彼时，王寅虎却揖手一礼，语态温和："想必这位就是柳逐霓，柳女侠？"

"哟，沈师姐还跟你说起过我呢？"柳逐霓兴致勃勃地追问，"快讲讲，她怎么说的，有没有讲我坏话？"

王寅虎莞尔："柳女侠误会了，仙霞五奇名声在外，很难不知道几位大名。"

"喊！"得知是因这层缘故，柳逐霓大感扫兴，又见得一旁喻南松，眼中光芒再盛，"这位便是将你从异魔教救出来后，照顾你的喻大哥吧？"她继续明目张胆地打量着，嘀咕道，"啧啧，也是风度翩翩、气宇不凡，沈师姐，你福气怎么这么好……"

"逐霓，不得无礼。"这时，齐弄霞持剑上前，喝退了柳逐霓，方才赔礼，"两位少侠见谅，我这个小师妹，不懂规矩，多有冒犯。"

"不碍事。"二人都见她年幼，知道是无心之言，并不在意。这时，见店小二已将饭菜端上来，便各自落座。仙霞派弟子同为一桌，喻南松则准备与王寅虎同桌而食。王寅虎见状，登时面露为难之色，可还未言，旁边跟小熊猫和锦八爷共坐一桌的李忆如已率先呵斥："不许坐那里，小虎哥哥说了，那是备给狐姐姐的！"

喻南松动作一顿，视线看向王寅虎，似在征得同意。

王寅虎只得抱歉一笑："你们的早食我让店小二备好了，稍等片刻。"

喻南松倒是无所谓，打趣王寅虎一两句后便起身让座，反而是沈欺霜反应较大。只见她持筷的手猝然一顿，流水明眸泛着层层涟漪，落在王寅虎身上的目光从惊异到失落，最后剩下几分难以言喻的眷恋。旁人未曾察觉，柳逐霓却将她这一反应尽收眼底。

柳逐霓与沈欺霜情同手足，见她不悦，心中自然不爽，便顺势瞪了一眼王寅虎，操着阴阳怪调的口吻道："喻大哥还是坐那儿吧，那位苏姑娘怕是没这口福。"

闻得此言，王寅虎有种不好的预感："柳姑娘，此话何意？"

柳逐霓似忆起什么不愉快的经历，脸色极为难看："我一早就看见苏姑娘背着包袱离开了，我好心与她打招呼，她却还不搭理我，大抵是知道，她跟我们，始终人妖殊途……"话音未落，王寅虎已以电掣之速上楼！

敲门无应后，王寅虎已霍然推开了苏媚紧闭的房门。

晨风携万里清香横扫而进，帷幕翻飞，珠帘颤动，而一览无余的格局中，空荡无人。

"真走了？"虎煞环顾四周，匪夷所思道，"送上门的男人都不要，这妖狐，莫不是真转性子了？"

王寅虎却恍若未闻，他俊朗的眉宇，尽是颓然失魂，不知过了多久，他才喃喃自语道："莫非，是我唐突了？"

得助于王寅虎那日的一刀破天，异魔教血鸦散尽，竟久违地落下一道天光。只见天上浮云绵连，银装素裹，地上孽火滔天，粉饰千林。而此刻的啸狼却嘴衔三尺银线，就着石板睡得酣畅淋漓，便在翻身揩口水的工夫，一个领兵的小将亟亟跪在跟前来，禀道："啸将军，苏媚回来了！"

这一声入耳，啸狼瞬间清醒，两眼蓦地一睁，坐将起来："呵！还真敢回来，看我不剥了她的皮！"

说着，便扛起狼牙棒，端起凶神恶煞之态，要去抽筋剥皮。小将唯唯诺诺地跟在后面，补充道："她将五劫辟魔锥和幻魅画轴也带回来了。"

听得这话，啸狼立露喜色："当真？"

"当真！"小将却阴险道，"这狐妖平常巧舌如簧，可今日骂她都不还嘴了。她以前这般欺压我们，在主殿出尽风头，这回估计是伤情伤得狠了，正失魂落魄呢。依小的看，咱们要不要趁机杀人越货，再借花献佛，在掌旗使大人面前邀上一功？"

"邀什么功！"啸狼不假思索，抬起便是一脚踹了过去，"长没长脑子！我对掌旗使大人的忠心天地可鉴，需得靠这些娘儿们用的八婆手段吗？"

小将被训得一抖，又扑通跪下："小的错了……"

"错了还不赶快去放行！"啸狼狼牙棒一扔，"五劫辟魔锥对掌旗使大人至关重要，耽误了唯你是问！"

"是是是！"小将吓坏了，连滚带爬地出去了。

半刻钟后，异魔教主殿之上，苏媚毕恭毕敬呈着五劫辟魔锥和幻魅画轴，将这段时日之事一五一十地交代明细。诸魔恭候两侧，听得一愣一愣的，待她道完，开始交头接耳，评头论足，可翻来覆去的几句话，也不过都是在论苏媚向来乖张，什么时候如此循规蹈矩了云云。

可苏媚却对这些闲言碎语置若罔闻，退下之后，沉静的视线，一直盯着前方，不知冥想何事，直到她身体猛然一颤，猝然失力般瘫软下去，幸得一旁傲澜手疾眼快，将险些倾倒的她稳稳扶住。

苏媚仿佛大梦初醒，揣着一脸的茫然无知，环顾周遭。

黑岩铺就的炽焰大殿，压迫得让人喘不过气。

这竟是重新修葺过的异魔教主殿。

"我怎么会在这儿？"

苏媚脑子还是一片混沌不堪，傲澜欣喜之音却在耳边乍然响起："你终于说话了！"

苏媚感觉被他这一声，震得心神俱裂，揉额半晌，才问："我是怎么回来的？"

傲澜觉得这个问题颇有些离奇，便摸头想了想："走回来的？"

"不可能。"苏媚昨晚回到客栈之后，一直在血海深仇和余生安定之间抉择不定，但从未想过，再跟之前一样回到异魔教。

可傲澜却一脸坦诚："我亲眼看见你回来的，只身一人拿着那两件东西，路上啸狼的手下还拦你去路来着，我喊你你也不听，真是枉费我独守空房，苦等你这么久……"

"孔璘身边，除了我，还有谁可以随意操控一个人的意识？"苏媚打断他。

见她一脸严肃，傲澜也不由正经起来，反问道："怎么了？"

"昨夜我恍惚间睡去，一觉醒来，便是适才给孔璘呈物之时，而这中间种种，我竟然一样也记不得，就像是我用媚术控制人族一般。"

傲澜若有所思："难怪你适才与平时截然不同，但孔璘身边并没有新增人手，你再容我想想……"傲澜苦思冥想半天后，终才郑重其事道，"你这症状，应该是梦游！"

苏媚："……"

恰在此时，群魔忽然齐声跪下，恭贺孔璘大功将成，那声势浩大之程度，堪比人界新皇登基。更有甚者直言，武功独步天下的李逍遥如今都已是孔璘囊中之物，现今世道，孰又能与之争锋？

孔璘却暗自神伤："三魔器才凑齐一样，魔尊出世，为时尚早。"慢条斯理说完，又将"大功臣"苏媚拎了出来，"千叶禅师要在荆州举办除魔大会，我要你去做一件事。"

"除魔大会？"原本就警惕不安的苏媚，一听这几个字，目光更为戒备。

这时，傲澜又才上前与她解释道："千叶禅师广发名帖，号召武林正派在荆州举行'除魔同盟大会'，竞选盟主。"

如今江湖，动荡不安，妖魔作乱，相继灭了好几个门派。各方正派势力看似勠力同心、奋楫笃行，实则都是明修栈道、暗度陈仓。千叶不愿见仙门一盘散沙，号召选举盟主，巩固江湖势力，也是大势所趋。

但苏媚听罢，反而困惑更甚，不解地望向孔璘："他们竞选盟主，要我去做什么？我只答应帮你找三魔器，可没答应你做其他的事情。"

孔璘凝视她半晌，忽然大笑起来，神态却俱是不屑，轻蔑道："便是让你去，你也没这个本事！"

"那可不一定。"苏媚小声嘀咕一句后，并不与之计较，而是戒备地继续问，"那你究竟要我做什么？莫不是这除魔大会上，还有三魔器的踪迹不成？"

"不错！"孔璘那双幽冷的眸子，忽然眯成一道深不见底的壑，"千叶召开除魔大会，祭旗立誓之物，或许就是这三魔器之一的九转回魂珠。"

话一出口，苏媚这才大惊。她明察暗访多年，却无半分九转回魂珠的音信，如今，这令江湖觊觎惶恐的魔器，为何会出现在大慈悲明宗？见孔璘似已料定，苏媚又问："你如何得知？"

孔璘眼中，是笃定，也是不甘："因为他收了一个好弟子，喻承宗之子，喻南松！"

"喻大哥？"苏媚一愣，静待下文。

孔璘神情颇有些讳莫如深，默了半晌，再未明言，而是让一旁追随他多年的手下娓娓道出这段往事："喻南松的父亲喻承宗当年手中有个镇宅之宝，便是这三魔器之一的九转回魂珠。只是喻承宗那老骨头倔得很，掌旗使大人当年亲自出马，将他家人拖到面前，一一斩首，当面屠其满门，都未能如愿得到此物下落，后我们才知道，当夜，除了这九转回魂珠，一同不在的，还有他的长子喻南松。

"喻承宗当年也是和盛尊武、皇甫英等威望齐名的名捕之一。喻府出事后，喻南松走投无路之下遇见千叶禅师。当时的喻南松还是个孩子，遇见这种大慈大悲的出家人，自然是将所知之事和盘托出，他又年幼无知，哪知九转回魂珠于江湖的意义。是以，他父亲以全家性命死守之物，便自他嘴里，脱口而出。"

听完这些，苏媚心中唏嘘，没想到，屠尽喻大哥满门的，竟是孔璘……